古川日出男

南無ロックンロール二十一部経

河出書房新社

ぼくは小説のモンスターを産み出す必要があった。20世紀と21世紀をまたいだ黙示録を、しっかりと目に焼きつける必要があった。念仏としてのロックンロールを鼓膜に轟かせる必要があった。ぼくはぼく自身を、この作品に登場させる必要があったのだ。鳴れ鳴れロックンロール。

日出男

南無ロックンロール二十一部経　目次

プロローグ 9

第一の書　トゥッティ・フルッティ三部経

コーマW　面会 12
浄土前夜　ここにはサウンドはありません 16
二十世紀　南極大陸の「誤解の愛」 57

第二の書　ジョニー・B・グッド三部経

コーマW　庶民 86
浄土前夜　いよいよ音声たちが武装します 90
二十世紀　ユーラシア大陸の「鋼《はがね》の大橋」 125

第三の書　監獄ロック三部経

コーマW　穢土《えど》 158
浄土前夜　阿弥陀は幾何級数的に増えます 162
二十世紀　南米大陸の「霊的な蹴り足」 197

第四の書　ハウンド・ドッグ三部経

コーマW　畜生 226

浄土前夜　あなたは馬頭人身です　229
二十世紀　オーストラリア大陸の「苦《にが》い野犬」　246

第五の書　ロール・オーバー・ベートーベン三部経

コーマW　書物　292
浄土前夜　いまや浄もなければ不浄もありません　294
二十世紀　北米大陸の「鰐力《わにぢから》の探求」　329

第六の書　秘経　ジャパン・アズ・ナンバーワン三部経

コーマW　面会　362
浄土前夜　とうとう塾生たちも出陣します　366
二十世紀　アフリカ大陸の「鬼面のテープ」　396

第七の書　汝《なんじ》ブックマン三部経

コーマW　音楽　426
浄土前夜　ここにはインド亜大陸があります　432
二十世紀　日本列島の「誤解の愛」　511

エピローグ　571

装幀　水戸部功

南無ロックンロール二十一部経

二十世紀の地獄草紙ここにあり

プロローグ

これは一九九五年三月二十日の朝ではない。一九九八年か九九年の朝だとこの作者は書いている。だが初春の出来事ではある。男が一人、電車に乗り込む。それは地下鉄車輌で、霞ヶ関にアクセスする――官庁街の霞ヶ関に。男はひそかに猛毒ガスを準備している。無差別殺人を起こそうとしている。男は三十代、その胸の内側には教義がある。その教義は日本国の官僚たちを抹殺せよと命じている。新世紀はそこから始まるのだ。あるいは二十世紀がこの時点で真実終焉するのだ、と言い換えてもよい。終末を早める必要を男は感じている。いよいよ加速させて繰り上げる必要性をその男は感じている。感じながら座席に座っている。と、音楽が聞こえる。隣りの乗客がヘッドフォンをしていて、そこから音が漏れているのだ。男は、状況が状況だから周りへの警戒を怠らず、が、だからこそ漏れ聞こえる音楽にも注意を払った。リズムを感じた。軽快な8《エイト》ビートのリズム、それから高音を感じた。ボーカルの響き――歌手の声だ。それを、エルビス、と認識して男は慄《ふる》える。ここでロックンロールが？　男は、その車輌の、乗り合わせた乗客たちを見る。正面に見据えたり吊り革につかまる人物を仰《あお》ぎ視《み》たりして、順々に見る。

そこから、出来事の結末は二つある。

第一の書

トゥッティ・フルッティ三部経

コーマW

面会

ここを訪れるたびに私は、自分が見えない人間になったのだと感じる。この部屋を訪問するたびに私は、ほとんどゴーストさながらの物思いにふける。ある種の懲罰なのだろう。「なんという狭い部屋だ」と毎度思って、そこにいる人に……ひたすら眠る人に「窮屈ではないですか？」と問いたい衝動に駆られて、二重の意味で自分を愚かだと思う。

私はたっぷりと広い病床など、たとえばダブル・サイズの病床《それ》など、見たことがないよ。

想像したことだってないよ。

しかし、それにしても、ここは狭いね。まるで独居房だ。

――そう思った瞬間に、私は唇を噛む。

愚かさの第二。そこにひたすら眠るその女性が、問いかけられたからといって何を答えられるというのか。

何を！

だからこそ私が語るのだ。小説家の私が語って聞かせる、彼女のほうは語れないから。質問はだめだ、彼女は答えられないから。ロックンロールの話をするのは……ロックンロールの物語をするのは、必要だ。彼女が反応するから。一度は、心電図モニターに現われた。反応《それ》が。

奇蹟だった。けれども、私は驚いたかというと、「さもありなん」と納得もしたよ。物語るときの私がいて、それから、ただのゴーストとして物思いにふける私がいる。仕方がないだろう。たとえば私はつぎのように考えるのだ。「あれから何年になるのだろう？」――「というに十年はすぎたな」――「しかし問題は、そうじゃないだろう。この人にとって何年がすぎたか、だろう」と。時間は客観的に流れているのだと私たちはついつい勘違いする。が、時計も持たず、日の出と日の入りを確認もせず、ずっと目蓋《まぶた》を閉じていたら（すなわち黒い色彩の内側にいたら）、時間は主観的にしか流れない。

一億年が二、三分かもしれない。

それがありうることだから私は畏《おそ》れる。

しかしながら逆の可能性も考えられるだろう。私の、このフィジカルな二、三分が、この人の一億年であること。そのように想像しただけで私はより強《したた》かな畏怖に衝《う》たれた。

――それにしても、〝億〟……億年。時の単位に〝億〟がついてしまうと、あまりにも超越的だな。

私が生々しい感触《てざわり》をもって摑みうるのは、せいぜい一千年までだ。いや、もっと正確に語ろう。時間の単位としての〝千〟、すなわち千年の桁までだ。

千年のことはずいぶんと意識した。

意識させられた、と言い表わしたほうが適切か。私は二十世紀に生まれて（一九六X年七月生まれ）、二十一世紀にいまも生きつづけている。そうした人間は、あのミレニアム騒ぎを体験したはずだ。二十世紀のおしまいは、いわゆる百年＝一世紀ごとの「世紀末」というのではなかった。千年に一度のきわめて物珍しい「世紀末」だったのだ。ミレニアム millennium という西欧語に、つぎの日本語を意訳として宛《あ》てることもできるだろう。大世紀末。西暦二〇〇〇年は、ただ単に二十世紀の終わりというのではなかったのだ。それは、西暦二〇〇〇年のその先には西暦三〇〇〇年が控えているぞという劇烈なアナウンスだったのだ。

千年の桁の騒動。

だが、何かがおかしい。

ここにあるのは西欧史であって、日本史は、そもそも西暦など必要としていなかった。いったい救世主イエスが日本列島に生誕していたとでもいうのか？　たしかにフランシスコ・ザビエルが日本史に〝キリスト教〟を投げ入れた。イエズス会の宣教師、あのザビエルが。それは一五四九年のことだと伝えられている。嘘だ。当時、西暦はこの日本列島にはなかった。それは天文《てんぶん》十八年のことだったのだ。

そうでなければ日本史の出来事にはならない。日本史は、明治五年まで太陰太陽暦（いわゆる陰暦）を用いていたのだから。この暦を日本列島に流れる客観的な時間のエンジンとしていたのだから。

ところでザビエルは仏教をじつに厳しく攻撃した。が、私は思うのだが、ザビエルは「仏教にもいろいろある。その信仰は種々だ」とわかっていたのだろうか？　もしかしたら同一視《いっしょくた》にしていたのでは？　天台宗と真言宗と、それから禅宗、日蓮宗に浄土宗を。ただし、ザビエルに期待できる部分もないわけではないのであって、イエズス会とはそもそも反「宗教改革」の中核にいた修道会なのだった。ローマ教皇の公認する、それなのだった。すなわちイエズス会はカトリック側にあり、プロテスタントの誕生がこれを生んだに等しい。そうなのだ、〝キリスト教〟の信仰は、この当時も種々だ。

むしろこの当時こそ劇烈に。

——それをザビエルは、生身に融かして布教に生きたわけだものな。そう理解して、私は歴史上のフランシスコ・ザビエルに期待する。

しかしその歴史というのが、二つある。西欧史と日本史と。そのことを私は忘れられない。忘れられないからこそ思索に、沈黙に沈む。ロックンロールの物語をするばあい以外は。彼女に、それをするとき以外は。だから私は、以上のように物思いにふけったのだ。この部屋を訪問したゴーストとして。

そして私は、数えあげたりもするんだよ。「真言宗に禅宗に、日蓮宗に」と。それから「たとえば、浄土宗」と。

浄土前夜

ここにはサウンドはありません

その男は目覚める瞬間に生まれるみたいだと感じた。そんな感触《てざわり》をおぼえるのは初めてだったので戸惑った。本当は驚いていたのだが、その驚きを自覚する余地もなかった。ただ、その男はこうは考えた。目覚めるたびに「生まれた、生まれた」と思う人間には憩いというものはないだろう、あまりに大仰だから、そうだろう、と。睡眠がそうした胎児の様態のメタファーとなってしまっては、毎晩おちおち寝てもいられない。だいいち、叩き起こされたらどうなるのだ？　とその男は思った。妊娠三十七週未満での出生と同様に、たとえば揺り起こされるたびに早産の危機に見舞われるのか？　僕らが？　その男はしかし、思考をそれ以上さきには進めなかった。脳裡におしまいに一閃したのは、覚醒にいちいち呱々《ここ》の声がともなうのでは過剰にうるさいだろう、との生理的な好悪《こうお》、すなわち思考未満の感情だった。その男は「おぎゃあだなんて」と思ったのだ。「毎度毎度、おぎゃあだなんて」と。当然のことだが、まだ起床したいとは欲してなかった。言いまわしを換えるならば（これは大切なパラフレーズとなるのだが）、まだ生まれる準備はできていないと感じていた。この男はいずれ、いまの瞬間に体感している一切をきわめて緻密に書き記そうと希図《きと》するだろう。その場合にはより正確な、と同時に、より洗練された表現というものを用いて、その「驚きであるところの戸惑い」や「誕生のそれの言い換えであるところの起床の忌避」をほぼ精緻に文章に表わすだろう。なにしろその男は、そうしてきたからだ。ずっと、そうしてきたからだ。その男は憶えている、僕は『七部作』を書いたんじゃなかったか？　僕にはそう呼ばれる書物があったんじゃないか？　七書。それも二十世紀とロックンロールの七書。時には愉快なエンターテインメントの七つの書。それらは第一部から始まって、第七部で終わった。それらは第八部は持たずに、第〇部も付されはしなかった。序章《はじまり》を授けられている書物がもしもあるとすれば、それは、外典だ。外典をその男は（この瞬間ではないにしろ）外典《ゲテン》ともアポクリファとも同時に思う。いずれにしても外典《ゲテン》ともアポクリファとも思うことが、これに対置される、前提としての聖なる書物を「存在する」と断じる。それから、この瞬間がある。生まれるみたいだとその男が感じるのだ。目覚めるだけなのに感じるのだ。

　そしてお前は目覚める。

　お前、と呼びかけよう。なぜならば文体は黙示的な響きをおのずと帯びるし、それは、その男に、お前にふさわしいからだ。お前には黙示録がぴたりと映《は》える。お前自身、それは否定しないだろう。

　しかし、どこまで憶えている？

　お前は目覚める瞬間に生まれると感じた。生まれるみたいだと感じて、ありもしない産道を抜けた。この時、失われる記憶があった。それについては語られないし（当座は語られないのだ）、お前は語らない。お前は、生まれるみたいだとの印象をいだきはしたが、事実は覚醒なのだと判断していた。すると、お前は、起床するのだからとばかりに目蓋《まぶた》をカッと開いた。

たちまち金網を見た。

お前の正面に金網があるのだ。

張られている。お前は、かなり接近している。

もしかしたら顔が触れてしまいそうだ。

目も。

……いや、そうか？　お前はふいに疑う。お前はそれほど金網に近接してはいない。お前は誤解したのだ。その理由《わけ》もお前にはわかる。やけに網を編む針金が太かった。その一本一本がいやに極太に思えた。だから金網の近距離にいると誤認してしまったのだ。実際には、そうは間近にいない。とはいえ間近ではないのだから、間遠い、と形容しうるほど距離を置いてもいない。お前は錯覚の原因はそれなりに理解できたが、そもそも金網がどうして正面にあるのかが、了解できない。お前は問う、眠る前に僕はどこにいたのだ？

そして金網の向こう側には、土がある。

土の庭がある。

それをお前は、見る。透《す》かし見ているのだ。いやに宏大だなと、網を透《とお》して……。

金網の外がそうだったから、お前は内のことを考える。ここはどこなのか？　どうして正面《そこ》に金網が張られているのか？　外側が庭で、ここはなんなのか？　お前は把握しようとしている。じつのところ言語化される思考に先駆けて、している。視界の右側、そこにお前は金網を見出《みいだ》す。左側、そこにも金網を見出す。そんなふうに首《こうべ》を廻《めぐ》らせると、どうも違和感がある。初め、それをお前は眩暈《めまい》だと思う。次いで、いや重いのだと認識する。

頭が重い。

何かが載っているように、重いのだ。

それをお前は感じる。それを僕は感じる、とお前は感じる。しかも顎も。

何かが垂れているように重い。

お前はそれから、もっと内部に目を向ける。その金網の内部、お前のいるところ。お前は、石の段《きざはし》があるのを認める。内側にだ。地面は（ここもやはり、外側の「庭」と同様に）土。土というか……砂が撒かれているのか？　しかしながら砂だけのエリアは別にある。お前は十数歩あるいて、見る。そのエリアを確認する。砂場？　お前は土の色とも砂の色とも違うものを視野に入れて、銀だ、と思う。それもアルミニウムの銀色だ。お前は歩みよって、「でかい家具だ」と認識して、それから水の匂いを嗅いだ。溜められているのだ、アルミニウムの家具《それ》の内側に。

たっぷりと、水が。

しかし風呂と呼ぶには、こしらえがちゃち過ぎる。

プール？

お前はしかし、桶だ、とも感じる。これはスケール感がやけに歪《いび》つな水桶だ、と。

お前はふいに何かに貫かれたかのように、仰ぐ。

すると頭部がグラッと揺れるように一瞬は重いが、つぎの瞬間には慣れて、お前は天井を見た。

天井だ。そこに木目がある。

だから天井は木製だ。木で作られていて、粗末だ。

傾斜があった。それは屋根の傾斜だろう。

お前はふいに何かに撲《う》たれたかのように、ふり返る。

すると頭部も顎の下もグルッとお前をゆさぶるかのように重みを示すが、しかしお前は無視する。お前は樹を見る。

樹だ。それは地面から生えているのだ。

金網にその四方《よも》を囲まれた、ここ、お前のいるところの、内部に。

それなりの大樹だ。

どうして屋内に樹が、と思っている余裕がお前にはない。なにしろふり返ったことで状況のおおよそを把握し終えた。四囲が、あの金網だ。だが、うち二つの面というか一面ともう一面の半分ほどは、外部からトタン板らしき建材で覆われている。そしてお前は思った、これは監獄か？ そしてお前は、僕は囚人として捕らえられているのか？ とも推し量った。この部屋は（と、お前はお前のいるところを「部屋」と認識した）僕を抛《ほう》り込んでいる牢屋なのか？

独房か？

まさか、とお前は否定した。お前は最初に浮かんだイメージを即座に否《いな》んだ。広いのだ。独房《それ》だと認めるには大樹も抱えられるほどに空間がありあまりすぎるのだ。だとすれば雑居房か。ああ、そうだろう、とお前は思う。お前は諾《うべな》う。その証しのように棚があり、それは寝台列車その他の「寝棚《たな》」と共通した空気を感じさせる。

しかし、だからだ、とお前は思った。僕がここを、この部屋を独房だとしょっぱなに推測してしまったのは、誰もいないからだ、いても不自然ではないのに無人だからだ、とお前は思った。

僕以外には、誰もいない。僕以外には、無人だ。

それから、お前は地面を見る。

するといたるところにある。土を掘り返した跡が。掘り起こそうとした痕跡が。畝《うね》が、傷が。お前は「脱走を試みたのか？」と思う。しかし、それにしてはうねりに人工性がない。あるいは獣《けもの》じみた所業ばかりが感じられる。「脱走を試みるための道具すら、なかったのか？」とお前は思う。「手で掘ったのか？」と。それらはお前には、ここが雑居房であることの一つの証明で、しかしながら証しは、脱走の成功を示してはいない。あらゆる掘られた箇所がデッド・エンドだ。

それでは脱出口にはならない。

ならば扉は、とお前は思う。

お前は探す。

ある。

金網のとある一ヵ所だ。木枠がついていて、みるからに扉だ。出入り口の。しかし把手《とって》の位置が、お前の……お前の目や、頭頂の高さを超越している。それは不自然だ。スケール感はここでも歪む。しかし、お前には拘泥している余裕はない。あるいは猶予がない。そこに扉があるのだからお前は歩いていって、すると隙間を見出す。そうだ、開いているのだ。それは、わずかに。

だからお前は、出る。

それが監獄（独房にしても雑居房にしても）だとしたら、お前は脱獄する。

すると庭だ。もちろん土の庭だ。お前が金網から透かし見た宏大なあの「庭」。お前は、いちいちまわりを観察してはいない、この瞬間には逃亡者も同然なのだから瑣末な景観《もの》には注意を払わず、小走りにそこを後にする。脱《ぬ》けた部屋《そこ》を。だが庭は、どこまでが庭なのか。お前の視線はそれを確かめようとする。当然だ。そして、その土の庭は想像していたほど平《たい》らかではない。段差がある。小走りするには妨げになるような無数の起伏も。お前は、それから、それらの弥終《いやはて》を見る。その「庭」がおしまいになる地点。

　それが線ならば、地平線だろう。

　しかし線ではない。むしろ、線はない。あるのは塀だ、たぶん。コンクリートの塀だ。それが敷地（とは「庭」の敷地《それ》だ）を閉ざしている。だからお前は、仰いだ。線はどこで見出されるのか、と。まずはわずかな角度を仰いで、すると塀と空の境《さか》いを認める。その横に一直線の境い目こそが、ほかならない線だ。それからお前は、さらに多少の角度を仰いで、空だけを見る。

　夏だ、と感じる。

　お前はたちまち感じる。空の印象だけで、それはわかる。そこには空にいだかれた雲も関係しているのだろう。雲の類いの、彩りや、形状、あるいは「上層雲」や「下層雲」と名付けられる位置が。そういえば暑い、とお前は思う。しかし、どこかがちぐはぐだともお前は思う。雲は上空の風で動いていた。その空がわずかに高い……夏の空にしては高すぎるようにも感じとられたし、なにしろ雲が、少しだけ膨張しているようにも見受けられた。

　……膨張？

　僕は、いま膨張と認識したのか？　とお前は思う。

　お前は一瞬考え込む。

　しかしほんの一瞬だ。お前はじつのところ歪つなスケール感にやや馴染みつつある。馴染ませるのは意識の働きではない、無意識の機能だ。お前の。だからお前は、それ以上は考え込まない。もっと仰いだ。すると空はその澄んだブルーの色彩のうちに、空じたいの弥終だの、底だのを感じさせた。お前は、頭が重い、また重い、と思う。何かが脳天《そこ》に載っているように、また、と思う。

　それから三度《みたび》、お前はふいに貫かれるか撲たれるかして（言葉を換えよう、すなわち衝動がお前に命じたのだ）、ふり返った。すると、ある。じゃっかん離れているからわかる、体育館だ。その建物のフォルムは。かまぼこ形の……。しかし、距離を持たないとわからないとは、どうしてだ？　お前は遠近感の変調を今度はしっかりと自覚しながら、ジャングル・ジム、そのジャングル・ジムに接続されている滑り台、並んだ鉄棒、と視野に入れて確認していった。バスケットボール用のリングとネット、もちろんバックボードもある。それらが、ある、ある、ある、とお前は確認した。そうした体育用の設備があるところは、限られている。まして、庭だとしたら。

　だからお前は、さらにふり返る。

　もう九十度、ふり返る。

　庭は校庭だから。お前は、これは自然ななりゆきなのだが、校庭を過《よ》ぎるように走らせた視線の方面《そこ》に校舎を認める。お前は、もしかしたらこれも自然な帰結なのだが、もう小走りに動き出している。お前は駆け出しているのだ、夏の校庭の、その夏の校舎をめざして。そして、その校舎は異様だ。近づけばわかるが、高さが尋常ではない。いや、大きさが、というべきか。この時、お前はまだ始まってはいない事柄を感じる。お前は「何かが繰り返されている」という感覚を身内に感じる。だが、実際、校舎をめざして駆けるなどという行為は少年期以来のありえない反復でもあった。だから先取られた感覚には根拠があった。お前は、コンクリートのその学舎《まなびや》に近接しはじめて、お前は、高層の建物のように仰視し出して、お前は、そそり立ったそれに警戒する。お前は警戒する。

高層ビルの校舎？

そんな巨大な？

ありえない。

お前は建物の階《フロア》を数える。一、二……三。

三階建てでしかない。

お前は考えない。

お前は、入る。それは校舎の正面玄関だ。校外《そと》からの来訪者や教職員が使用している玄関だ。お前は、そこに入る。下駄箱があるが、お前はそんな瑣末な景観《もの》に注意を払わない。壁に掛けられる時計もあるが、そして、それは時を刻んでいるのだが、お前は時刻（とは長針と短針のそれぞれの位置だ）を確かめようともしない。お前は職員室の、その手前の廊下まで入っていき、そこで何かに気づいてふり返る。お前はふいに気づいたのだし、四度《よたび》あの衝動に命令されたのだ。廊下のそこには、鏡がある。姿見と呼ぶには大きすぎるが、お前はそうしたサイズの感覚の認識にここでは翻弄されることがない。ほかのことに囚われている。そうだ、お前は鏡を見ている。鏡面をのぞき込んでいる。鏡に映るのは普通は自分だが、お前は自分を見出せない。鶏がいる。

鶏がいるのだ。それも校内に。それもこの校内に。そこに職員室があるのに。僕は、とお前は思う。僕はいま廊下で鶏を目撃しているのか？　どこかの学校の……どこの学校だ？　これは小学校だ、そのことに間違いはない。そして、鶏だ。

この一羽の鶏。

白い体に赤い鶏冠《とさか》だ。

僕は鶏の品種を、言えるか？

言えるといえば、言える。肉用種にコーチンがいる。観賞用に矮鶏《ちゃぼ》、これは日本鶏《にほんけい》といって外国種とは違う。それから闘鶏用に軍鶏《しゃも》だ、軍鶏は肉用種に含めることができる。それと、いわゆる「ニワトリ」の代名詞のような白い体に赤い鶏冠を持っているのが、卵用種のレグホンだ。

白色レグホンだ。

そうだ、この鶏は白色レグホンだ。

鶏冠が……ほとんど真紅のそれが、五枚にしっかり分かれている。いかにも「トサカ」だ。僕は、鶏冠をこんなに間近に観察したことはない。頭の下にも垂れている肉があって……こうして至近距離から眺めると、その髯《ひげ》に似た部分もほとんど鶏冠の質感だ。

蹴爪がある？

……ああ、ある。

だとしたら、この白色レグホンは雄だ。雄鶏《おんどり》だ。蹴爪のあたり、肢《あし》には鱗がある。

背は、高いな。

背は、高いか？

しかし、目の高さは同じじゃないか。

僕と。

そうだ、お前は「僕と同じ」と思う。それは決定的な認識だ。お前はレグホンだ。

イタリア原産の、卵用の頑健な品種だ。白いレグホン。そして、鶏冠の強烈な（とは鮮烈な、との意味だ）彩りとの対比から、白と赤の鶏。雌であるならば年間に二三〇個から二八〇個もの卵を産む。飼育数はあらゆる家禽中でも世界最多を誇る。が、お前は雌鶏《めんどり》ではない、雄だ。

雄だ、僕は。

僕は、雄だと思っているのか、とお前は思う。

僕は、この雄鶏が僕だと思っているのか、とお前は思う。

お前はその鏡面を無視する。お前はその鏡面にのぞき込まれたのだと思って（そうだ、のぞき込んだのではないと思って）、無視する。お前はその鏡の前から歩み去る。お前はその廊下をも去るし、だから学校の玄関《そこ》から立ち去る。するとお前は校庭に出た。ふたたび出た。お前はそこを過《よ》ぎり出した。ジャングル・ジムが目に入ったし、鉄棒も入ったし、バスケットボール用のリング、ネット、バックボードもお前の目に認められて、それから体育館があった。かまぼこ形の建物が視界に認識されて、そのかたわらには金網に囲われた檻があった。檻だ。それは鶏舎で、もしかしたら兎の類いも飼われていたかもしれない、だとしたら鶏舎との表現は不適で、いきもの小屋だ。

お前は、夏だ、と思う。

お前は、どうしてだか呆然と蒼穹《おおぞら》を仰いでしまう。

お前は、すると、雲ではないものを視野に入れる。塔だ。それは敷地の外にある。だから、この小学校の敷地の外としての、いわゆる「校外」にそびえ立っている。眺めるのに角度を要求した。……いや、そうか？　お前は訂正する。お前は、それはそびえているとはいえない、と自らに訂正を告げる。なにしろ塔は、折れていた。全体の何分の一に当たるのか、上層のどこかが折れて、しかし断ち切れはしないで半ば二重《ふたえ》になって、折れていない部分に添うようにして、垂れていた。

それから、人の気配がした。

お前はもう、呆然とはしていない。

視界にその人間が現われる前に、お前は身を隠す。お前は本能的な判断で、そうする。校庭の縁《ふち》にはさまざまな植え込みがあるから、ひそむのはたやすかった。じきに巨人が出現したが、実際にはそれは巨人ではない。

少女だ。しかも十歳にも満たない。

少女はお下げ髪にしていて顔も腕も肩も日灼けしている。ほとんど夏そのものの感触《てざわり》の色彩をまとって、そのことがノースリーブの着用を正当だと理由づけている。少女は膝頭の出るスカートを穿いている。そのむきだしの膝も臑《すね》も灼けている。少女はこの敷地を「馴染みの土地《もの》」としている。足の運びが、それを証す。じつにすたすたと歩いていて躊躇《ためら》いはどこにもないのだ。グラウンドをほぼ直線に突っ切るようにして少女はここ、この小学校の敷地に出現したのだが、そこには脇目もふらないとの言いまわしが適切な勢いが見受けられた。少女は走ることはしなかった。いっぽうで道草を食おうとは毛頭思わないようだった。ジャングル・ジムには関心を示さず、バスケットボールの設備（とはリング、ネット、バックボードの類いだ）のかたわらを通過してもシュートの真似ごと一つしなかった。空《から》のボールを、投げもしなかった。少女の目蓋は一重《ひとえ》で、つねにシンプルに視線の切り込む対象をあらわにするのだが、これによれば少女は体育館のほうをお目当てにして歩いていた。それこそ、かまぼこ形の建物それ自体をゴール視しているかに窺われたが、しかし、歌によれば違った。その少女は口ずさんでいたのだ。「裏のケージね、ああ、裏のケージに、ああ、あああ、裏のケージが」と。そこで歌われる裏とは体育館の裏、側面その他も含めた裏手のことだろうし、ケージはもしかしたら鶏舎との表現が的を射ないいきもの小屋にほかならないだろう。それにしても、あまりにも高らかに口ずさまれているから、ここでの少女の描写には大胆なパラフレーズが要るが、それは即座には発見されない。地上の何人《なんびと》にも発見されえないかもしれない点に、少女のこの行為（あるいは行動、あるいは声を発するというアクティビティ）の何らかの本質、何らかの特異性が炙り出されている。そして少女は、十歳には満たないが八歳は超えていそうだ。あたりまえの日本人の少女だ。が、その断じ方はたちまち色彩によって否定される。モンゴロイドであるのが日本人であり、その人種の定義は「皮膚が広義の黄色《イエロー》の範疇にある」ことであり、少女はそのリミット内にはない。灼けているのだ。まるっきり黒い。ほとんど夏そのものなのだ。

夏がじかに少女を灼いた。

その少女が、歌う。

朝、とき、を作る。

それを、
ほうしんといいます。
夜明けという意味の、
晨《しん》を、
報じると綴ります。
これは、
もちろん、
専門用語です。
ああ！　ああ！　あああ！
誰がこれを、
使うのかしら？
誰がそれを、
用いるのかしら？
用語《それ》を、
誰が！　誰を！　誰にぃ！
でも、
でもでも、
それよりも、
誰が夜明けに「コケ、

コッコー!」と啼《な》くのかしら?
「はい、答えは、
雄鶏です」
って、
いまの答えは、
誰のかしら?
ああ、
そして、
もう雄鶏たちは引き取られましたし、
雌鶏たちもここにはいません。
だって裏のケージに、
裏のケージが、
ああ! ああ! あああ!
裏のケージなのね。
体育館の。
そこには兎たちもおりゃらしませんが、
それは、
それで、
かまわない。

それは、
それでちっとも、
かまわない。
朝、
兎たちは、
ときを作らず、
だから、
それは、
ほうしんとならず、
つまり、
報晨《ほうしん》とは綴りません。
綴らないのよ！
「ああ、
そうですか」って、
誰あなた。
でも！　でも！　でもでも！
雄鶏たちはもう引き取られましたし、
もちろん雌鶏たちもご同様。
兎たちだってついでです。

それで、
それはいっこうに、
かまわない。
それが、
避暑キャンプなのですから、
かまわない。
業者さん、
いきもののの世話をありがとう。
真夏に雄鶏たちが、
あの、
報晨《ほうしん》をしちゃうと、
たまぁにご近所が、
無人の職員室に苦情です。
だから、
ほら！　ほら！　ほらほら！
これは、
これでぜんぜん、
いいんです。

少女は歌った。声量も豊かに口ずさんだが、しかしながらそれは歌なのか。少女はたしかに歌ったが、しかし歌か。韻文としての詩歌《しいか》には含まれるだろう。そのように吟じられたといえるだろう。だが現代の言葉の用いられ方として、歌には第一にメロディが必須だ。しかし少女のそれにメロディがはっきり存《あ》るとは断じられない。いっそ適当なのだ。歌と言い切るにはあまりに無責任、首尾一貫して「いい加減」なのだ。いわずもがな伴奏のリズムもないのだから、音楽と命名する（すなわち、歌、とみなす）には勇を鼓す必要がある。たとえば膝を叩きながら、手を打ちながら声を発していたのならば、なるほど歌だと多少は了解しえただろうが。ここに少女のこの行為、この行動、またはこの声を出すというアクティビティの本質と特異性が滲《にじ》む。

　その少女は歌ったが、それは歌か？

　それから少女は携帯電話をその着衣のどこかから持ち出す。着信を知らせるサウンドはないから、かけようとしているのだと判断されるが、しかし少女は第一声で「……はい？」と言う。それは発信者の第一声にはなりえない。少女の手のひらの内で、携帯電話がそのスケール感を狂わせる。大きいのだ。少女の見た目の齢《とし》からして、大人用のツールでありすぎて、大きいのだ。手にあまるとはこのことだった。マシンと肉体の不均衡。しかも色彩にも不均衡はあった。少女は顔も腕も肩も、膝頭も腿も日灼けして黒かったが、携帯電話はほぼ銀鼠《ぎんねず》だった。

　それは広義の銀色《シルバー》の彩りの範疇にある。それはメタリックで、少女の黒はどこまでもオーガニックだ。だからこそだが、少女は携帯電話を握り、そこに（とは校庭だ、少女が歩みよった体育館の裏手をも内包した、校庭だ）立つだけで太陽の存在を感じさせた。

　第一声に続いたのは沈黙だった。少女は聞いていた。やはりかけてきた者はいるのだ。

十数秒間の沈黙の果てに少女は言った。

「あんたなんて、たかだか七十七歳じゃない」

それから数秒の沈黙。

「どうもありがとう」と言った。その声の表情《いろ》には謝意しか感じられない。悪意はない。

また数秒の沈黙。

「でもおには外なのよ」

また数秒。

「ねえ、嘘はつかないで」

今度は十数秒、少女は眉をひそめるが、しかし不快感よりは懸念を見せている。

「そっちは安全かしら?」

すると一秒で、少女は言う。

「ほんとう?」

そう言って笑った。

にっこりと笑っていた。それにしても電話とは不思議なツールだ。受信者と発信者間には双方向のコミュニケーションを許すのに、傍《はた》から聞いている者には許さない。発信であれ受信であれ、一方向しか把握させない。そもそも一方向しか感知できないのであれば、情報の有している送受の境界は溶けるのだが。少女の携帯電話を利用したこの会話は、だから会話としては推理が補うしかなかった。モノローグだからと切り捨てることを回避する手段は、それしかない。ならば、どのように会話を再生可能か。あんたなんて、たかだか七十七歳じゃないとの少女の発言の前には、きっと「未成年がうろうろするものではない」との警《いまし》めがあったのだろう。だが、その後に(具体的には数秒の沈黙を挟んで)少女が感謝を述べたのだから、そのうろうろの危険性が説かれたか、気遣いが縷々《るる》説かれたか、あるいは十歳未満であることが称讃されるかしたのだろう。しかしうろうろするなとは、どの場所を指してのことか。この学校の敷地内をか。これらは、さらに推理するしかない。そして……おには外なのよ、とは。鬼は外？ 平均的な日本語の体系の内側で連想するならば、福は内？ そして少女は、そっちは安全かしら？ と訊いたのだ。すなわち安全ではないエリアがあるのだ。こっちの外側に。

これらの情報は、貴重だ。

じきに少女は完全に通話を終える。再び着衣のどこかに携帯電話を収める。それから、裏のケージ、と名指したところに歩を進めかけて、ふとふり返る。あたかも何かの衝動にぴしゃりと叩かれた……撲《う》たれたかのように。その日灼けした、十歳未満の、日本人であるのにモンゴロイドの皮膚の色彩の定義から外れたお下げ髪の少女は、この瞬間にカサカサ、ザワッという気配を聞いたのだ。何かが距離をおいて付いてきているのを察知したのだ。植え込みの蔭にひそみながら、小動物が……。そして少女は、そこに見る。一羽を。もう、いるはずのない鶏を。尾羽と鶏冠の大きさから雄鶏だとわかる。しかも真っ赤な鶏冠、黄色い嘴《くちばし》、黒い目、それから全身はほぼ白いから、疑いなく白色レグホンの雄だ。地上でもっとも普遍的な、卵用種のあの鶏。少女は、その雄鶏がしっかりと黒い目で(それも双眸で、左右どちらにある目でも)自分を捉えていることを直観する。少しばかり見上げるようにして——。そうだ、鶏には人間《ひと》の少女ですら巨人なのだ。

そして、その鶏はもちろんお前だ。

お前は僕は人間なんだと少女に伝えようとするがコ、コケとしか言えなかった。お前はどうして僕はきちんと発音ができないのかと戸惑うが、その恐慌から漏れる声すらコ、コケッとしか響かなかった。お前は、そうだ、この娘《こ》がこんなにも巨大なのだから僕はきっと白いレグホンだ、そうなんだ、と認識した瞬間に「お前はあの雄鶏が自分だと思っているのか？」と内面の自己に詰問されて、言葉を失いもした。しかし、そうして失われた言葉さえもコ、コケッとの類いかもしれないと見通して、その頭を鶏冠の重みにグラッとさせた。それに顎の下には一対の肉髯《にくぜん》もあったのだ。加算される重量《もの》として垂れていて、さらに頭を揺らしたのだ。お前は、ああ、やっぱり白いレグホンなのだと思って、僕はまだ思っているのかと反問した。しかし、反問する言葉を口に出したらコ、コ、コケと鳴ってしまうだろうと慄《ふる》えた。少女がただちに見下ろしながら訊いた。

「どこから来たの？」

僕は、とお前は何かを言いかける。

そこまでだ。

できることはない。語れることは。だから、さらに語りかけられる。

「あんたは鶏なの？」

少女は訊いた。

「それとも――」

そこまで言って、しかし中途で発言を放棄した。だからお前は、声には出さずに返答した。

僕は人間だ。

いや、もっと丁寧に、とお前は思った。

僕は人間であります。

それから、遡ってお前は回答した。

どこから来たのか、ですか？

僕がどこから来たのであるか、ですか？

どこからも。僕は目覚めたのです。僕は、だから……どこから目覚めた？

「ここは、どこだ？」とお前は言った。

コケ、コッコ、コケェ、と響いた。

お前はいっきに戦慄《わなな》いた。

少女がスカートのポケットらしき部分に片腕の前《さき》を入れていた。じきに引き抜いて、手のひらをパッと開放する動きを見せた。すると地面にパン屑が散った。それもお前の目と鼻のさきに散った。お前はたちまち空腹を自覚した。そうだ、お前は腹が減っているのだ。お前は事のなりゆきとして、そのパン屑を突《つつ》くのをとめられない。しかも、突いているのは嘴だった。お前には歯がなかった。お前は、意識よりは深い部分で「僕には歯がないし、僕にはそれがある、それとはくちば……」と認識した。が、だから何がどう処理しうるというものでもなかった。少女がつぎのふるまいに出ていた。今度は手にナイフを握っていて（それはステーキ・ナイフにいちばん近い）、それをしゅっとお前の視界の左手に投げた。すると、生き物が刺された。投げナイフで、一羽の雀が串《つらぬ》かれていた。

お前は食指を動かされない。

お前はパン屑が美味い。

「鳥は、そうね、鳥を食べない？」と少女がつぶやいた。

返事を求められているのか否かをお前は考えなかった。ところでお前たちがいるのは、少女のいうところのケージ、裏のケージのほんのかたわらだ。少女は三番めの挙に移ったが、これはケージの外側の、しかし体育館に向かって傾斜する片庇《かたびさし》の下から、穀物袋のようなものをひっぱり出すことだった。「あのね」と少女は言った。「この配合飼料だけなの。いまはキャベツや小松菜なんかの青菜《あおな》はなし。食料は、あたしたちにだって問題だから。そう、トラブルのたねが籠城戦を強いててね。まあ、それでも、いいね？」と訊いた。お前は思わず、コケー、と答える。それで通じる。お前は、あまりにも不用意に少女に近づきはしないが、底の浅いアルミニウムの餌入れに飼料を盛られて、ついばみ、離れ、ついばみ、離れ、ついばむ。

少女がお前の後ろにまわる。

お前は抱かれない。

お前はそれは拒否する。

見知らぬ人間だから、まだ怖い。

お前は敏捷に、少女を避ける。

「あら、そう？」と少女は言った。

そして少女はあっさりと立ち去り、お前のここでの最初の夕《ゆう》べと夜がひき続いて訪れる。しかし、どうして夜に一度めやら二度めやらがあるのだ？　とお前は怪しむ。ここはどこだ？

最初の夜。お前はもろもろの行動を採る。しかし一切の行動はその敷地内での選択だった。コンクリート塀に囲まれた小学校の敷地《そこ》の内側での自由選択だった。お前はこの夜、校門も見出した。それはたしかに門《ゲート》だった。その向こう側が、外、で、こちら側が、内、だった。それと同時にお前は「何かが外で、何かが……内だった？」とも思った。お前の脳裡には甦りかけた思念があって、しかし果たせない。あるいはお前は、ただ連想しかけただけなのかもしれない。お前が推理したのだとは何人《なんぴと》も断じてはいないのだから。この夜、お前は四十一度（とは摂氏の四十一度だ）の体温を抱えていた。それは成鳥の鶏としてはまっとうな、言い換えれば平熱だった。お前は闇に包まれても凍えることがない。じきにお前は眠るが、そこには危険はない。それに、校庭が全き闇に沈むこともないのだ。敷地の外には街灯があり、内にも灯《ともし》びは常時、数ヵ所にある。だからお前は鳥目にならずに、垣根を見たし、花壇を見た。植木鉢も多数発見して、さほど理由もなしに突《つつ》きもした。しかし、お前が選択した行動としては、たとえば砂遊びを挙げるのが適切だ。どうしてだか、お前はそれがしたかった。どうしてだか、乾いた砂をたっぷり浴びたいと欲していた。それはお前の翼の欲求だ。羽根の間にいる壁蝨《だに》を払うために、したかったのだ。あらゆる健全な鶏は砂浴びで壁蝨を落とさなければならない。そんなものに血を吸われるわけにはいかない。そうだ、お前はそんな様《ざま》はいやだった。だから満足するまで、砂遊びに淫した。それから、お前が小石を食べたことを挙げるのも妥当だ。どうしてだか、お前はそれをしたかった。どうしてだか、美味いとも思えない小石を嚥《の》み下したかった。しかも一個では充足しない。それはお前の内臓の、筋胃《きんい》と称される器官の欲求だった。そこに適当な砂礫が蓄えられれば、消化に利するのだ。食物の。そこに蓄えられる小石類こそが、お前の歯なのだ。そしてお前は「僕には歯がないし、僕には嘴がある」と思う。また、「翼がある」とも認識する。だが、まずは嘴だ。お前はプールも発見した。その区画にも入れた（し、更衣室の外に非常灯もついていた）。お前はプールサイドから水面《みなも》をのぞき込み、満々とたたえられている用水《もの》を確認して、その嘴をさし入れたのだった。それから仰向いたのだった。お前は鶏だから、いちいち上を向かないと含んだ水が飲めない。翼の認識に関しては、そうして、それからだった。砂と小石とプール用水、それらに次いでからだった。お前はいまや夜の校庭の所有者のように自分を感じていて、さいわい全き闇には支配されていない土地をさらに歩む。お前はしばしば地表を見たが、また、国旗を揚げるポールも見た。掲揚用のロープがぱた、ぱし、ぱたと鳴っていておのずと注意を惹いたために目を向けた。お前はそれから空《から》のリヤカーも二台見た。地面の側ではマンホールの蓋がいやに気になった。それは地底への通路として間近にありすぎた。その真下から空間《ひろがり》が顕《た》ちあがるのだ……地中の……。お前は、そのことにおのずと脅かされて、いかにも「土の庭」然としているところにこそ歩を進め直す。たまに地面を突いて、すると地面《そこ》を削り落としているような奇妙な感じにも囚われた。いろいろと雑草が見出されたのだが、あまり関心が持てなかった。お前は、すなわち、本能的な選択を為していたのだ。銅像が一体立っていて、これも関心の対象とはならなかったが、糞は見た。銅像をあちこち汚す鳥類の糞で、しかしお前とは所属する種が違った。どの糞の痕跡も、そうだった。そして、お前の翼の認識に関しての一件が、ここからだった。

　お前は鉄棒の並んでいる場所にふっと出ていた。
鉄棒を視界に収めていた。

あの棒に、留まりたい、と欲した。
どうしてだか、お前は当然のこととして欲求した。お前は、だから、飛んだ。やすやす飛べた。ただし、的確な言いまわしを用いるならば、跳べた、か。距離の関係もあって跳躍に等しい行為だった、それは。しかしながらお前は、「僕には翼がある」との認識を活かしたのだし、さらに認識《それ》を深めもした。「僕には翼があり、それはある程度の飛翔能力しか持たない、持たないらしい」との正確な推量が付された。鶏が飛べないというのは嘘だが、地上の生活で事足りているためにめったに飛ばないのは事実だ。そして、必要性のないところに機能の発達はない。だから翼の力は他の鳥類に比較して、大いに劣る。おまけに家禽たる鶏は、重い。そこにも弱点はあるのだ。

そしてお前は眠りについた。

堂々たる就寝だ。危険はない。お前は四十一度の平熱を抱えたまっとうな体調で、この夏の夜に凍えることもない。おまけに敷地は門《ゲート》の内側にやはり護られている。が、そうした外的要因をはるかに凌いで肝要なのが、内的な、それも精神の内側で生じているとの意味合いで内的な、お前のその睡眠は胎児の様態のメタファーにはならないでいる、との一点だった。目覚める際にそれは実証された。お前は生まれるようだとは感じなかったのだ。そんな感触《てざわり》はおぼえなかったのだ。むしろすがすがしかった。シンプルな（とは多義性を持たない）覚醒でしかなかった。そしてお前は、光を見る。人工灯ではないものを、射す陽光を。お前がそれを見る方角こそが東だ。これは日の出なのだ。太陽は、白色レグホンのお前を日灼けさせる存在ではないが、しかしお前は昂揚する。もちろん鶏類は太陽をおおむね恋し、それは日光浴が尾脂腺《びしせん》から出る脂をビタミン

Dに変化させるという生態的要因のためでもあるのだが、そのことども別に昂《たか》ぶる。東をまともに見れば、視界の隅にはあの先端が二重《ふたえ》に折り重なった塔もそびえて……多少そびえて映った。そこにも薄日。お前は、たちまち、胸を反らす。お前は、たちまち、ときを作る。報晨だった。鶏としてのお前の性《さが》だった。お前は雄鶏だから、啼かないわけにはいかないのだ。

その音量にお前は驚く。

お前はお前自身の声量にすっかり驚いてしまう。お前は「僕がこんなにも、こんなにも、歌えて」と半ば思い惚《ほう》ける。そうだ、お前は例のコケコッコーの最後の音節を、すなわちコー《コー》を愛おしむように伸ばした。ひき伸ばすとそれは美しかった。

お前は恍惚として反復する。

その朝天《ちょうてん》への鶏鳴を繰り返す。これがお前の採った行動で、これが、そう、最初の朝だ。

最初の朝。

お前のことを語ろうか？　少女のことを語ろうか？　もちろん少女は再度現われる。この校庭に（門《ゲート》に護られている敷地内に）現われる。お前が雄鶏だということはもう描写した。お前が歌うのだということも説明した。少女は立ち去ったままだった。お前は少女からの抱擁を拒み、すると少女は「あら、そう？」とあっさり言ったのだ。そして退いた。

これを下校と、そのように表現してもいい。

ならば登校が、いま、ある。

お前の視線を語りながら少女のことを語ろう。お前は、自動的に動き出したスプリンクラーに呆気にとられた。それは午前六時半になると散水を始めるよう設定されていたのだ。芝生や花壇といった校庭の環境を保つためにタイマー設定がなされていた。しかし、涼しさはお前の敵ではない。お前の好奇心を満たさない要素でもない。お前はそれゆえスプリンクラーから視線を離さないし、遠い距離に逃げだそうともしない。すると、その水滴のカーテンを通過して少女は出現する。それもすたすた、すたすたと歩いて再出現する。少女はお下げ髪にしていて顔も腕も肩も日灼けしている、やはり。しかし膝や臑といった部位がどうかは明らかではない。少女は、昨日の膝頭の出るスカートを穿いていない。頭髪と、それからむきだしの黒い皮膚、すなわち顔も腕も肩もうっすら飛沫に濡らしている。そこには夏そのものの印象の多少の歪つな変異がある。いわば夏の冷却が見てとれる。少女は着替えている。もうスカート姿ではない。パンツ・ルックなのだ。そしてお前はといえば、更衣《ころもがえ》とは無縁だった。なにしろ羽根の一枚も生え替わっていなかった。

少女は右手に何かを持っている。

提《さ》げている。

その何かも飛沫にうっすら濡れている。

すると、お前はそれを美味しそうと感じる。鮮度が立ち上がっているからだ。

それは野菜だ。

「対峙していいかしら？」と少女は訊いた。

お前に話しかけたのだ。当然だが鶏のお前に。

僕は、とお前は返答しかけ、コ、とだけ言った。

発声を止めてから、ああ、話したいとお前は思った。

お前は少女と会話をしたい。しゃべる訓練をしなければとお前は思った。なにしろお前は人間なのだから。

それにしても、とお前は思った、タイジ……対峙？　ずいぶんと難しい単語を操る。ずいぶんと豊富な語彙を操る。それで、提げているその野菜は？

「いいのね」と少女は言った。

僕は、かまわないですよ、とお前は発声はせずに目で語った。

交感はこうして始まっていた。

「あら、野菜《これ》の種類？」

僕は、気になるのです。

「そうねえ……人工栽培ものでね。季節外れなの。でも、冬や春以外に出荷される小松菜は、そうでしょ？」

小松菜ですか？

「さあ、どうかしら」

どうでしょう。

「実際に食べれば、歴然。どう？」

すると野菜はさし出される。少女は腰をちょっぴり屈めて、お前に握った野菜の先端部を（そこが葉だ。束になりながらはらりと開きもしている青菜の、葉だ）供する。お前の意思よりもお前の嘴が、すると、先に反応した。突《つつ》いたし、ついばんだ。

小松菜だ。

お前は歓喜する。

これは小松菜ですね。これは新鮮な、みごとな小松菜でしたね。ついばむ行為《こと》が終わらないだけの、じつに多量な、みごとな……。

「ええ、小松菜」と少女は言った。

僕は、ああ、まだ食べつづけます。

「やっと手に入れたの。ほとんど密輸入に近いわね。あのトラブルのたねたちの目を盗んで、ね。西地区では三本の橋をおととい切り落としたから、すっかり要塞化は進行してるんだけれど。まあ、そうね、連合というものは成立しがたい運命なのかな。人間《ひと》のそれはね。それにしても、あんた大変な食べっぷり！」

僕は先日は失敬しました。

先日？　いや、昨日だった。僕が抱かれまいとしたのは昨日でしたね。

あなたの抱擁を避けたのは。

大変失礼いたしました。

「おしまい」と少女は言った。

僕は、残念ではありますが。

「それにしても、こういうの最高だわ。餌を与えること。ケージから出して、いわば平飼いにして、しかし食餌の時間は守らせて、あたしの所有《もの》にしちゃうこと。あたしがオーナーで、飼うこと？　あんた、あたしに飼われたい？」

お前はそれに答えて、翼をわさ、わさわさっと展《ひろ》げてその場で跳ぶ。

お前は垂直に、跳躍し、はい《イエス》と飛翔する。


ここまでは前置きにすぎない。二日め、お前は少女に飼われている。その日のうちに、契約を結んだ。お前は、足輪を付けられた。標識用の金属のリングだ。お前は右肢《みぎあし》の、蹴爪の少しばかり上方に、その足輪をはめられた。それは許可証でもある(とお前は理解した。たしかに理解した。お前は少女の語る言葉をあまさず咀嚼できているのだから)。標識の足輪が《それ》はめられることで、お前はここでの自由な行動を許されるのだ。許されるとはすなわち、捕獲もされなければ、喰らわれもしないということだ。レグホンは卵用種の鶏だから、その肉が最上等というわけではないのだが、雄鶏のお前は卵を産めないのだから、捕らわれれば擬似肉用種とみなされる以外にないだろう。が、そうした危難には遭わない、と保証されたのだ。その許可証にして(右肢にカチッと固定された)足輪こそが、生存《サバイバル》のライセンスでもあったのだ。それで、ここはどこだ? お前は最初から拘束されない行動を採っていた。この校内で、選択していた。だとしたら、さらに自由な行動のフィールドとなるのは、門《ゲート》に護られた内部ではない。

護られていない外部だ。

校外だ、もちろん。外部《そこ》を「校外」と表現して、なんら不都合はない。

そして、外にあるのは、外。

内にあるのは、内。

内にあることを希求されるのが福で、これは日本語の慣用句だ。あるいは呪《まじな》いだ。連想される

「福は内」。

　お前は小学校を出る。出るのは簡単だ。お前には飛翔能力がある。これは、まだ、二日めだ。二日め、僕は、とお前は思う。僕は、そうだ、校門を利用する必要はないのだ。僕はコンクリートの塀の高さならば越えられる。僕は、翼を用いて校庭の外に脱ければいい。とりあえずの脱出だ。たぶん戻る。いや、帰る……。僕は、知らねばならない。いったいここって？

　そうだ、お前は無知な新参者だ。

　僕は無知な新参者だ。

　お前はどこにいるのか。

　僕はどこにいるのか。

　お前はどこに生まれた？

　僕は……。

　知れ。そのためにこそ、いっさいお前は縛られていない。その行動を。

　僕はその行動を束縛されない、なにしろ許可証の持ち主だ。

　お前は許可証の持ち主の、鶏だ。

　僕は……どうして鶏だ？

　僕は帰巣はする。飼われているのだから、学校には帰る。かならず、夜は。そうだ、僕は日暮れが訪れるともう眠《ねぶ》たい。それから朝は早い。だが、それでも時間は余っている。僕はその余っている時間《もの》の有効な利用を当然視する。なぜだか、そう思う。結局、僕は僕自身が抱えている衝迫をパラフレーズできた。僕は「地図を作らなくては」と思っているのだ。いわずもがなここの把握のために。いわずもがな門《ゲート》の外側にも展開しているここなる世界の全容か、世界のその一端でも摑むために。その地図の核に、僕は、校庭を置いた。校舎付きの校庭、だから小学校を配置した。そここそが帰巣の場所なのだし。我が家《マイ・ホーム》？　もう一つ、目印はあって、それは塔だ。あの上層部が折れた、というか垂れている二重《ふたえ》の塔。つまり僕の地図には、学校があり、塔がある。これらが記号化されて描き込まれている。最初期は「これら二つしかない」白地図の様《さま》を示している。だからこそ僕は思考を現在《いま》に限定した。街の一区画一区画をひたすら見るのだ。ひたすら歩き、時には跳躍し、飛び、見るのだ。僕は嗅ぎもする。あたりまえだけど聞きもする。排泄もした。歩きまわりながらプリッと出すのだ。それでも僕は攻撃されない。生存《サバイバル》のライセンスは僕の右肢に光っている。ところで世界は、へんな具合にしーんとしている。ところでここは、街、という語句で形容してよい。規模からいって村ではないし、町、との表記も不適当だ。幹線道路をより立体化させて高架道路が走り、それが四車線だ。より立体化、とは土地本来の起伏を幹線道路が強調、というか強化している感じが僕にはしたからだ。この世界は、かなりの凹凸に満ちている。まあ、それは僕が白色レグホンとして寸法を落としたからかもしれないが。しかしスケール感の調整はつきはじめている。僕は、僕だ。僕は、この意識は人間だ。にもかかわらず飛翔して、高速らしき「上の」道路を窺うと、高射砲を積んだ車が走行していた。これはなんなんだろうか。ところで世界がしーんとしているのは、静寂《しじま》の類いが圧倒しているせいではない。騒音ならあった。まずは自動車の走行のそれ、クーラーの室外機を含んだ換気装置の作動音、建築現場のものらしき衝撃音、正体不明のあらゆる機械音、それから拡声器を使用した放送。アナウンスは人の声で、生《なま》の人声もさまざまに騒《ざわ》めいて存在する。まだ二日めの、その日、僕は七つの区画で三つの騒音の源を見出す。一番めは、食料商たちの拠点。たぶん商店と倉庫だ。彼らは従業員ともども武装していて、もっぱら構えるのは肉切り包丁で、僕はかなり怖い。僕はひと言、鶏的恐怖に襲われる。捌《さば》かれてしまいそうだ、と。二番めはレンタカーの営業所。食料商たちの拠点に次いで、凄まじい人だかりを見せている。三番めが学習塾だ。教室の外にまで漏れる生徒たちの声が、いや、それを上回る教師の声が、かなり大きなデシベルを示す。僕がその日に探りあてた学習塾では、漏れる指導者の声は老いていた。声音が、齢《とし》を重ねていたのだ。ここまでが無知な新参者である僕の、二日めの帰巣までの発見で、しかし地図作成は緒《しょ》についたばかりだ。もちろん、ひき続き作業される。

三日め。

四日め。

五日め。

お前はプールサイドにいる。午下《ひるさ》がりのそのプールサイドにいるのはお前だけではない。少女がいて、それから第三者もいる。鶏のお前とお前を飼う者を当事者であるとみなしての、第三者だ。ここでは「部外者」なる表現を用いるのが適切かもしれない（そのほうが学校関係者ではないとのニュアンスが漂う）。プールサイドにいる部外者は一名に限られたが、プールのその敷地内にはさらに何名かいる。水中にいる。泳いでいる。お前は水音のバチャバチャ、バチャバチャという立ち騒ぎに惹かれて、おのずと観察する。お前は海豹《あざらし》のようだと思う。泳者は全員、丸刈りだった。プールの水面《みなも》に現われては沈み、現われては沈みを反復するゴロッとした頭部をカウントして、お前は、四名だと断じた。お前は坊主頭の泳者《それ》を一、二、三……四、と数えたのだ。
他方、プールサイドにいる部外者はその毛髪を剃り落としてはいなかった。が、頭にあるのは残らず白髪で、その高齢をやすやす窺わせた。しかしながら肥っている。でっぷり肉《しし》が付いている。全体にアンバランスな老人。

「飢える」とその老人が口を開く。

「そうね」と応じたのは少女だ。

お前は応じない。お前は飼われる白色レグホンだから、応じられない。ただたんに思うだけだ。その心の内に、ここには……たかだか七十七歳、の人物がいたはずだな、と思うだけだ。じゃあ、その……たかだか七十七歳、が現われたのか？　と推し量っているだけだ。そして、会話には参加できない。

「わかるか？」と老人が少女に言った。

「それが大問題なわけ」

「餓死の脅威が？」

ひやりとした空気が走る。鶏のお前ですら感じる。プールからの水飛沫がもたらしている涼やかさとは違う。それは声音の冷房だ。お前は、樽のように下腹が出たその老人を積極的に観察はしていなかったのだが、寒気すら放つ声には反応した。ほかにも老人の声の特性《いろ》に意識の深みをノックされていたのだが、これは記憶と関係した。お前は、聞き憶えがあるのだ、と思いあたるまでには時間がかかる。だからまだぴんと来てはいない。お前は鶏冠をわさっと揺らすように老人に向き直る。紅い髯《ひげ》も揺れる。お前の視線は老人を見上げている（なにしろ身長はざっと五倍以上ある)。すると、上目遣いのお前は老人がその小脇に抱えたものも認める。それは分厚い、それは方形で、お前はだから「それが書物だ」と知る。それが……。お前の脳裡では思考がどこか断定的な文体を編んだ。お前は、一見したところの造りと厚みから書物《それ》をある種の教典ではないかと誤認するのだが、かつ、正典《カノン》それからアポクリファ、と連鎖的に思念を走らせもするのだが、そして恐怖するのだが、それは事典でしかなかった。しかし戦慄《わなな》きは瞬時には消えないものだから視線を老人の足下にまで……お前は、落とす。

　大型の携帯用カセットプレーヤーだ。

　でんと、ある。

　ラジオ付きだ。

　ラジオが付いているのは立てられたアンテナでわかる。

「ねえ」と少女が言った。お前の参加しない会話は続いていた。「北地区の粛清はあたしも承知してる」

　老人の背筋がぴっと伸びるが、お前は見ていない。

　老人は少女を見ていない。プールを睨みつけた。「あと何本だ！」と怒鳴った。

「二本です、塾長」と、立ち泳ぎの坊主頭が返した。

　その声は若い。二十五メートル・プールの水中にいるのは若者たちなのだ。

「いかん。いかんいかんいかん、どうして然《さ》ばかり中途半端をする？　ぶわぶわと呼吸するなと言っただろうが！」

「押忍《おす》、塾長」と同じ泳者が返した。

他の三名も（多少遅れて）立ち泳ぎになり、「押忍」と返した。すると老人はまた怒鳴り、命じた。「貴様らなぁ、第二十七番の体操が足らん。シャワーを浴び直せ。性根を入れ替えて千代田《ちよだ》流を学べ！」お前はこの時、耳では老人の声の特性《いろ》にあったフックの正体を知る。それは聞き憶えだ。塾長と呼ばれていることで気づいた。若者たちは塾生、プールサイドの老人はその指導者で、すなわち塾を開いているのだ。きっと、市中で――。お前は、無知な新参者としての探索の初めに、高デシベルでどやす声を学習塾から漏れるものとして聞いた。そのどやす声は老いていた。その声の主こそこの老人だ。そして体育は学習塾が用意している科目なのか？　ところで他方、お前はこの時、目では違うことを知る。老人の足下に置かれたのがラジオ・カセットテープレコーダーだと認識する。いわゆる「ラジカセ」だ。

　しかしラジオ放送は受信されていない。

アンテナは立てられているのに、音声は出ていない。

お前はその「ラジカセ」を、言葉を換えて、ポータブル・サウンド・システムだと広義に認識し直す。お前はわずかに歩みよっている。お前は「ラジカセ」に余計な装飾はないのに、金属片が煌《きら》めいているのを目にとめる。それはメーカーのロゴだ。ＳＯＮＹのロゴ板だ。お前は、お前が予想する以上にフットワークが軽い。蹴爪付きの両肢が俊敏なのだ。お前は時々、お前自身の鶏性に驚いてしまう。気がつけばＳＯＮＹの煌めきはほんの数十センチの距離にあった。カセットテープは挿入されていた。それが確認できた。そのテープが回転しているのも確認できた。しかしスピーカーは震えていない。無音。お前はそのことを確認して、ここにはサウンドが、と思う。

ない。

「来なさい」と少女が言った。お前に言ったのだ。

飼い主として命じた。

「ほら、貝殻の粉よ。あたしが機械で碾《ひ》いたの」

それは餌だ。プールサイドの舗石に撒かれた。お前は歓ぶ。白いカルシウムに感動してしまう。

大いにコッコッコッコと突《つつ》いた。お前は演技なしの一羽の雄鶏だ。

「今朝はミミズは捕った？」と訊かれた。いいえ、とお前は心中でのみ応じる。

いいえ。

「花壇を掘ってると、あんた、塹壕でも準備してるみたいねえ」

そうですね、僕も、そんなふうに人類として感じる時があります。

しかし、僕はもう鶏類なのかもしれません。

あなたに飼われていて、そう実感します。

ああ、抱擁ですか？

どうぞ、もちろん。

「艶のある羽根ねえ」

少女は感心して言う。お前の姿態といおうか、形貌《なりかたち》といおうか、それに感じ入ったのだ。お前は、単純にうれしい。それからお前は少女の胸をふわっと離れて飛び、再びプールサイドに下りる。老人とは捕虫網二つか三つ分の隔たりがある。更衣室の建物のかたわらでシャワー設備がザアザア鳴っている。塾生たちが滝垢離《たきごり》の行者もどきと化している。お前は、着地するや蝉の死骸を見出す。俗名がカナカナの蜩《ひぐらし》だ。お前は、そんなものを嘴でいじる気にはなれない。お前は少女に飼養されている鶏なのだし、お前は美食家ですらある。

蝉、飛べる虫たち、とお前は思う。

ほかにも飛翔可能である存在は、鳥たち、とお前は思う。鶏以外の鳥たち、雀、四十雀《しじゅうから》、鴉。鳩。

その他の飛翔可能な存在は、たとえば操縦されるヘリコプター、とお前は思う。ヘリコプターの編隊。あれは機械？　所有するのは人類？　すると、見下ろしたら在るのは、街？

お前は見上げる。

あれがある。

地図の、もう一つの（この、この学校に並び立つ）核である建築《もの》がある。

あの塔。

するとお前の視線を老人が追跡している。お前の行動を監視していたかのように、時を移さずに反応して、「何を見ている？　ああ、折れた東京タワーか」と言う。

「いつか空も落ちるわね」と少女が言う。

「馬鹿な。そんな戦術はない」

「ただの美辞学《レトリック》よ」

「現実を直視しろ。東京タワーがまともに雲を衝《つ》いていたのは」と老人は続ける。「あの『ジャパン・アズ・ナンバーワン』までだ。なあ、どんな時代を怨む？」

六日め。

七日め。

八日め。僕はひき続き作業する。鼠たちの早朝の行進を発見した。これは街からの脱走なのか？　そのルートを地図化する。十日め。僕のあなたであるところの少女の携帯電話が作戦の失敗を告げる。だから、あなたは難民たちを動員した。十九日め。地図作成がかなりディープな段階に入る。僕は狭い横丁を虱《しらみ》潰しだ。あなたはトラブルのたねたちに交渉を申し出るが、大使たちは食われた。あなたは「そうだったわ、人肉嗜食はもちろん馬頭《ばとう》のおにたちの生態の一部だったわ」と泣いた。二十日め。僕はボンネットを開いている七十台の車列がとうとう高架道路にバリケードを築いたのを確認する。また地図の幹線の一つが潰《つい》えた。そして、食料確保のためのラインが断たれた。三十一日め。あなたが泣いている。あなたが飢えている。僕の餌はない。三十二日め。あなたが焚火をしている。燃やせるものを盛んに燃やしている。そしてお前は、時機が来たのだと理解する。そしてお前は、飢えるのは一羽でいいし、一人であってはならないのだと判断する。その瞬間に、お前は犠牲《いけにえ》の道を歩んでいる。ほら、とお前は思う。僕は翼をひと振りして、とお前は思う。そして火中に身を投じた。お前は「食べられること」を求めたのだ。お前は灼熱にその身を焼かれながら、立派にときを作る。お前は雄鶏だから、最後まで高らかに啼いたのだ。しかし、それはコケでもコッコーでもない。それは「ア・ワップ・バップ・ア・ルン・バップ・ア・ラップ・バン・ブーン」とひと息に歌われる。それはリトル・リチャードの一九五五年のヒット曲『トゥッティ・フルッティ』の第一声と同じだ。その驚くべき鶏鳴は、ア・

ワップ・バップ・ア・ルン・バップ、ア・ラップ・バン・ブーン、ア・ラップ・バン・ブーンとロックンロールを鳴らした。そしてお前は焼け死に、肉と骨、それから生存《サバイバル》のライセンスの金属の足輪を残す。

全ては中断する。

二十世紀

南極大陸の「誤解の愛」

［1］

これは小さな太陽と呼ばれた人物の物語です。

［2］

この物語ではロックンロールの国籍が問われます。ただしロックンロールは確実にアメリカ（アメリカ合衆国、USA）で生まれました。そして一九五一年にロックンロールという言葉が生まれました。この音楽の名付け親はアラン・フリードです。アラン・フリードはラジオDJでした。一九五一年はもちろん二十世紀の折り返し地点です。以降、白人のアラン・フリードがロックンロールの名付け親、黒人のチャック・ベリーがロックンロールの神様、白人のエルビス・プレスリーがロックンロールの王様とみなされることになります。

ロックンロールの起源は、命名劇のあった一九五一年以前にあります。ジャズとゴスペルとブルース、それから一九四〇年代のリズム&ブルース（R&B）が、第一のルーツの「黒人音楽」として、ヒルビリーとウエスタン、さらにそれらが進化したカントリー&ウエスタンが第二のルーツの「白人音楽」として存在しました。その邂逅や衝突の果てに誕生したロックンロールは、レコード業界の地勢図の「黒人市場」と「白人市場」をクロスオーバーするものとなり、人種の壁を劇的に破壊します。そして、一九五六年に革命を起こします。ロックンロールの王様や神様が、この年、全米制覇をなし遂げるのです。ヒット・チャートを制したのはロックンロールでした。

ですが、これでロックンロールは永遠に安泰……とはなりませんでした。

［3］

たんなる流行現象で片付けられそうになりました。連鎖反応の口火を切ったのはリトル・リチャードです。一九五七年、リトル・リチャードは信仰に目覚めて牧師をめざします。ただし、すでに録音されていた音源がこれ以降も新曲としてリリースされましたが。一九五八年にはジェリー・リー・ルイスが十三歳の又従妹と重婚してスキャンダルを惹き起こします。一九五九年には早熟の天才といわれたバディ・ホリーが飛行機事故に遭い、わずか二十二歳で急逝します。そしてロックンロールの王様と神様と名付け親は、つぎのような始末。エルビス・プレスリーは徴兵されて二年間シーンから姿を消します。チャック・ベリーは未成年の娘《こ》を車に乗せて州境を越えたとの理由だけで連邦犯として逮捕され、じつに黒人差別的な判決から二年間服役します。アラン・フリードはレコード宣伝のための賄賂《ペイオラ》疑惑から告発されて、永久にシーンから消えます。このようにロックンロールの天下は一九六〇年まで持ちませんでした。革命は潰えました。ロックンロールはアメリカでは一度埋葬されます。

［4］

一九六四年にロックンロールは息を吹き返します。この一月にビートルズのシングルがチャートの首位を奪いました。二月にビートルズは大西洋を渡り、アメリカ公演を敢行しました。そして四月四日には音楽業界誌『ビルボード』のチャート一位から五位までをビートルズの楽曲が占めることになりました。ビートルズの四人はイギリス人でしたから、これは「イギリスの侵攻《ブリティッシュ・インベイジョン》」と呼ばれました。ビートルズにはローリング・ストーンズ、キンクス、ザ・フーその他が続きました。こうしてロックンロール生誕の地アメリカで、この音楽は多国籍になりました。ですが、いま説いた「イギリスの侵攻《ブリティッシュ・インベイジョン》」を考慮に入れて、ロックンロールはイギリスとアメリカの二重国籍であると断じてしまってよいのでしょうか。イギリス以外の土地から地球規模のヒットを飛ばすミュージシャンが登場したら、そのたびに三重国籍、四重国籍と加算する……こうした処理でよいのでしょうか。

［5］

ロックンロールは無国籍です。この物語は、それを証明するためのものです。

［6］

ちなみに無国籍の大陸である南極は一八二〇年、または一八二一年に発見されました。イギリスとアメリカ、ロシアがおのおの最初に発見したことを主張しています。「発見の記録」である航海日誌を、各国の船がこの一年余りの期間に残しているからです。それから時代は下り、ほぼ一八四〇年に集中する時期にフランスとアメリカ、イギリスの三カ国が相前後して科学調査を実施しました。この結果、南極大陸の海岸線の七〇パーセントが推定されました。断定ではありません。その大きさと形がかろうじて把握されたのでした。しかし十九世紀はそれからの五十年間、南極大陸に対して無視を決め込みます。態度が改まったのは一八九五年です。それはイギリス（グレートブリテンおよび北アイルランド連合王国、UK）のロンドン、第六回国際地理学会議の席上でした。「地球最後の秘境をこれ以上放置するのは、地理学的な倫理に悖《もと》る」とのコンセンサスが形成されたのです。ここから状況は急転直下、まずはノルウェー人ボルヒグレビンクが率いるイギリスの南極探検隊が、一八九九年、南極大陸で越冬します。いわずもがな人類初の偉業でした。

ここまでが十九世紀の南極史です。そして二十世紀が始まります。イギリス海軍士官のロバート・ファルコン・スコットが、一九〇一年にこの大陸の内部を調査するために派遣されます。一九〇二年、スコット隊は南緯八〇度を越えます。もちろん人類として初めてです。ほぼ十年後にスコットは今度は南緯九〇度をめざしますが、そこにあるのは南極点です。しかしながら南極点到達という巨歩を印したのはノルウェー人のローアル・アムンセンでした。一九一一年の十二月のことです。スコットも到達しましたが、これは翌一九一二年一月の出来事で、南極点にアムンセン隊の痕跡を認めたスコットの一行は、帰路、氷上で生命《いのち》を落とします。

このように、二十世紀、南極大陸はゆるやかに征服されます。スコット隊やアムンセンのそれに見られたような探検はいずれも各国政府に支援されていましたが、理由はひと色、どの国も領土獲得の野心に衝《つ》き動かされていたのです。一九〇八年、まずはイギリスが広汎な地域を領土として公に宣言しました。発見と探検の実績があることが根拠でした。これらの領土の一部は一九二三年にニュージーランドへ、一九三三年にオーストラリアへ譲られます。両国はどちらもイギリスの連邦国家でした。フランスは一九二四年に領土権の主張を始めます。一九三九年にはノルウェーも権利を主張して、さらに一九四〇年にはチリが、一九四二年にはアルゼンチンがおのおののイギリスの領土と相当に重なる範囲を自国の領土として要求しました。ここまでで合計七カ国。二十世紀の前半に、南極はすっかり多国籍の大陸でした。

［7］

同じ時期にアメリカはこの南極史に対してどのような役割を果たしていたのでしょうか。イギリスと同様の発見と探検の実績を有しているというのに、アメリカはこれを根拠にして領有宣言を出そうとはしませんでした。アメリカの意思はひたすらユニークでした。アメリカは、一九三九年、「そこに自国民が居住しなければ、そこは自国の領土とはならない。だから住まわせる」と決定したのです。これは永久占拠の試みであって、他国とは全く異なる南極政策でした。一九四〇年、恒久基地を建設するための探検隊が派遣されます。第二次世界大戦への参加でプロジェクトは一時中断しますが、終戦ののちに大胆に方向転換して再開、一九四六年からのハイジャンプ作戦では海軍所属の十三隻の艦船、二十三機の航空機、四七〇〇名の人員が投入されます。人類史上初の、これは軍隊による南極行動でした。一九四七年からはウィンドミル作戦がひき続き、莫大な軍事力を利用しての航空写真撮影と空中測量、その検証が行なわれます。このようにして一九四九年までに南極大陸の海岸線のほぼ六〇パーセントが地図化される結果となります。これは十九世紀前半のあの海岸線の推定ではありません。断定なのです。

アメリカは「地図を作らなくては」と思っていました。

［8］

それから二十世紀の折り返し地点です。一九五一年、日本がサンフランシスコ平和条約によって南極に対する権利を放棄しました。日本（往時の大日本帝国、ニッポン）の陸軍士官である白瀬《しらせ》矗《のぶ》が率いた探検隊はアムンセンとスコットと同時期に南極点をめざして、その当時世界第四位の南進記録を残しているのですが。一九五二年にはイギリスとアルゼンチンの海軍がともに自国の領土と主張する場所で衝突、発砲騒ぎを起こしました。南極初となる国家間戦争にまでは発展しませんでしたが、各国はこの頃、アメリカの思想に触発されはじめます。そこに居住しなければ……有効な領土権の主張にはならない？　……そうなのか？　ならば我々もとばかりにイギリスにアルゼンチン、チリ、オーストラリア、フランス、さらに南アフリカが恒久基地の建設に着手しました。計六カ国が「越冬の拠点を築いて、住まねばならない」と決定したのです。その居住先で何をしたかを挙げれば、郵便局を設置しての切手の発行だったりもしたのですが、基本的には科学観測でした。いまや地球最後の秘境であった白い大地に立つのは、探検ならぬ研究にこそ基軸を置いたサイエンティストたちだったのです。そのことを証すかのように、一九四九年から一九五二年にかけてはイギリスとノルウェー、スウェーデンの三国共同観測隊が内陸部での学術調査を実行しています。これは真実、多国籍のチームです。人工地震を起こすなどの実験を行なっています。表現を換えるならば、いまや発見は科学的な発見に偏りました。探検ならぬ探査がつぎつぎ行なわれます。そしてこのサイエンティストたちの登場こそが、二十世紀の後半、南極の前途《ゆくすえ》というものを決定してしまうのです。

サイエンティストたちは革命を起こします。

サイエンティストたちは国際地球観測年、略称IGYなるものを企画します。南極の科学に焦点を当てることを謳って、日本やソ連（ソビエト社会主義共和国連邦、USSR）も加えた十二カ国を参加させます。一九五七年七月から十八カ月間、五〇〇〇人以上を合流させて気象や地磁気や超高層大気物理を観測させます。冷戦の最中であるにもかかわらず、アメリカとソ連の専門家がにこやかに邂逅もします。観測はあまりにも成功したので、一九五九年を国際地球観測「協力」年として新たに設定します。サイエンティストたちは、このまま恒久的に「協力」体制を保っていきたいと無邪気に念じます。そして南極研究特別委員会なるものを国家的意思とは無関係に組織して、ここにＩＧＹの十二ヵ国をまるごと参加させてしまいます。この非政府組織はのちに南極研究科学委員会に改称されて、委員会のメンバーたちが合議し、南極条約をぶちあげます。この南極条約は外交官たちの調整で一九五九年十二月に成立、必然的な流れとして十二ヵ国が正式に調印し、一九六一年六月に発効します。

革命はなし遂げられました。

大仰な言いまわしではありません。そこには表明されているのです、南極大陸の平和的すなわち非軍事的な利用、すなわち核実験をしないことと、核廃棄物を投棄しないこと、科学的研究は自由であって、研究者も観測結果も交換が自由であること、そのために条約の有効期限内における領土権の主張と、その主張の支持、その主張の否認は停止されることが。すなわち南極大陸をどこの国のものでもない大地だと認めることが。南極条約は、南極《ここ》を無国籍に、と決定したのです。おまけに南極条約の有効期限は、三十年間、と試験的に設定されもしました。

これがサイエンティストたちの革命の、その実際です。

サイエンティストたちは二十世紀後半の地球に、特異な土地を誕生させたのです。国境のない世界、どこの国にも属さない、面積一四〇〇万平方キロの大陸を。

そして歴史が二〇〇〇年十二月三十一日の地点に到達しても、その大陸は無国籍でありつづけます。

[9]　これは**小さな太陽**と呼ばれた人物の物語です。この物語ではロックンロールの国籍が問われます。

[10]　**小さな太陽**はシカゴに生まれます。シカゴはアメリカの都市です。この物語の出発点にふさわしいのは、やはり、アメリカです。そして**小さな太陽**が呱々の声をあげるにふさわしいのは、二十世紀の折り返し地点の手前です。ちなみに到達点はロックンロールの一時的な埋葬の季節と重なるでしょう。**小さな太陽**というその名前は、小さな息子 little son に通じる、すなわち二世という意味を孕んだ小さな太陽 little sun でした。それがイディッシュ語の単語と響きを重ねあわせる形で「それらしい」人名化を施されています。このことは父親の出自と関係します。この父親は、もっぱら黒人たちを雇用しています。マックスウェル・ストリートの露店市で拾い上げることの多いブルースマンたちです。出身は南部、たいていミシシッピ州のデルタ地帯で、ふだんはここシカゴの食肉加工場や鉄工所、ガラス工場や製紙工場で働いているのですが、しかし歌います。歌詞は即興です。演奏する楽器はギターやサックスです。また、そのギターはアンプを通したエレクトリックです。そして**小さな太陽**の父親はといえば、黒人ではありません。チェコ系移民のユダヤ人で、レコーディング・スタジオを経営しています。もっとも適切な表現は「独立

系のレコード会社を所有している」でしょう。父親はもともと音響技師で、一九四〇年代初期からの黒人ブルースマンたちの試み、そのアンプを通す音楽に惹かれていました。大衆音楽であったはずのジャズが洗練を志向してしまっている現実に対する、ブルース側からの復讐のように思えたのです。父親は、これをニュー・ブルースと認識しました。導入される強烈なビート、場所をストリートからクラブ、そしてスタジオに変えればピアノやドラムスも加わります。父親はこのニュー・ブルースを、録音したい、自分でプロデュースしたい、と切に願って、実行に移したのです。

　当時のシカゴでは異人種同士が即《つ》かず離れず共存していました。東ヨーロッパ系と黒人とが同じブロックに暮らしていたりもしました。そのような次第だったので**小さな太陽**の父親は抵抗をなんら持っていません。人種の壁をまるで感じていません。それどころか父親は、サウンドにはそもそも色彩はない、皮膚の色彩《それ》の範疇に左右されるはずがない、そこでは真に黒いものが真に白いものとイコールで結ばれてかまわないのだ、もしかしたら黒から出発して白に到達することこそが、ナチュラルなのだ、と思っていました。

　この事業に対して、ためらいは皆無だったのです。

　それから第二次世界大戦があります。開戦し、アメリカの参戦があって、終戦があり、復員があります。ニュー・ブルースの実験は都市の全域にひろがり、滲透します。解放感が起爆剤となって、新しい音楽は新しい段階を、新しい快感の追求をめざします。すでにリズム＆ブルース（R＆B）と名付けられていて、この呼称でアメリカ全土に滲《し》み入りはじめるのです。**小さな太陽**の父親が経営しているのは極めてローカルなレコード会社でしたが、しかし通信販売がその事業の規模を拡大しました。ビジネスを成り立たせたのです。父親の、そして父親に雇用されるミュージシャンたちの挑戦は加速しました。レコーディング・スタジオ内では、揺籃期のロックンロール、あるいはロックンロールの原型には間違いないがまだ命名以前の音楽が、しばしば弾《はじ》けました。

［11］

そして**小さな太陽**は幼少の頃からスタジオで遊びます。そこでぶらぶらしていて、ミュージシャンたちから親しげに呼びかけられ、また、即興で歌いかけられます。たとえば、こうです。

小さな、
ああ、小さな太陽。
小さな、
ああ、俺っち等《ら》の小さなアシスタント。
俺っち等の、
ああ、ちびなオーディエンス！
ちびなスタジオ天使！
ああ、小さな太陽！

すると**小さな太陽**は、それに即興で応じます。単純な咆哮《ハウリン》です。

うぉう！
うぉう！
うぉう！

小さな太陽は日常的にシェラック盤の78回転のレコードに、いわゆるSP盤にも親しみます。時おりは戯れますが、もちろん商品には手はつけません。いじってもいいのはプレスに失敗した廃棄用の盤やまだプレス前の生《なま》レコードだと、これは経営者のジュニアとして自然にわきまえています。八歳の誕生日に**小さな太陽**は回転するレコードを眺めます。回転すれば、音楽は再生されるのだ、と確認します。九歳の誕生日に**小さな太陽**は父親から「数をかぞえろ」と言われます。その回転が……ぐるぐるが……「一分間に何回だ？」と。十歳を過ぎて**小さな太陽**は、しっかり「七十八回」と答えます。レコードの縁《へり》にマークを付けて、確認したのです。頭にあった知識には頼らずに自分の手と、目で、**小さな太陽**は知ったのです。これが78なる「道理」の数字の意味するところなのだ、と。**小さな太陽**は発見したのです。雀躍《こおど》りする**小さな太陽**は、たちまち即興で歌います。

回ることが、
肝心！

決められている、
数、数、数を、
回ることが、
大切！
それが、
正しい音楽の、
鍵《キー》！
演奏の、
鍵《キー》！
だから、ああ、
だからさぁ、
うぉう！
うぉう！
うぉう！

［12］

最良の日々のつぎに**小さな太陽**は思春期を迎えます。表向き、**小さな太陽**は健全です。しかし内側には過剰なものを抱え込んでいます。とはいえ**小さな太陽**にはそれが過剰だとは認識できないのですが。だから愛らしい鳩を二〇〇羽、殺鼠剤を用いて殺してしまいます。これが十二歳の夏です。優美さすら具《そな》えた猫の母子《おやこ》を三家族、ひと晩の間にナイフを用いて惨殺してしまいます。これが十三歳の春です。同じクラスになったスペイン系の、すでに釣り鐘型の乳房を誇る少女を尾行して、住んでいる団地に放火してしまいます。これが十三歳の夏です。**小さな太陽**は初恋なんだと思います。僕はすっかり、たっぷり、火をつけたいほど愛してるんだと思います。その感情にはみずから探知しうるエロティックな妄想は孕まれず、だから純粋なんだと**小さな太陽**は思います。犯行に、証拠は残しません。ばれてはならないと判断するだけの思慮分別はありました。自然にわきまえていたのです。ここに挙げられた行為こそが、**小さな太陽**には愛の表明《あらわれ》でしたが、もちろん、これこそが「誤解の愛」です。

［13］

そんな内面の過剰さは、ある時、とうとう**小さな太陽**自身にも制御しきれないほどに膨張します。

これは十五歳の冬です。

二十世紀の半分、一九五〇年が終わろうとしている頃です。思春期がしむけた業《わざ》ですが、幼少期には父親のレコーディング・スタジオに入りびたりになっていた**小さな太陽**は、どうしてだかティーンエイジャーになるとそこを避けます。なにやら羞《はじ》の感覚があるのです。父親の権威も感じるのです。ですがその冬、ひさびさに遊びに行って、むかし親しんでいた黒人のミュージシャンたちからの歓迎を受けます。おお、俺っち等《ら》の、と言われます。すっかりのっぽの太陽だなあ、と言われます。すっかり男前のスタジオ天使だなあ、どうだ？　やりたがりの季節《シーズン》かい？　と即興で歌いかけられます。ミュージシャンたちの誰もが屈託なく**小さな太陽**の帰還を歓んでいます。その事実に**小さな太陽**は感動します。それから演奏されている音楽のその進化にも感動します。演奏、かつ録音されているR&Bはこの二、三年でさらに軽快に、さらに野蛮に、さらに猥褻すれすれの、しかし性的には暗示にとどめられた際《きわ》どい歌詞に彩られながら弾けています。その音楽に志向された新しい快感は、もう、ほとんど爆発しています。凄《すげ》えやと**小さな太陽**は思います。思わず、うぉう！　の咆哮《ハウリン》で即興に応えます。この冬のある日から七日にわたって**小さな太陽**はスタジオに通いつめます。元ちびなオーディエンスとして、現在はのっぽなスタジオ天使として、何かが……何かの「音楽」が生まれかけている歴史の目撃者となります。父親がまた、愛らしかった小さな息子 little son がスタジオに戻ってきたことに満悦の態で、いつか会社をお前が継いだっていいんだ、これをお前の所有するレコード会社にしたっていいんだ、お前が興味あるなら、そうだ、そうしたっていいんだと言い、その発言にも**小さな太陽**は感動します。それから、そう……あの「音楽」でした。未知のエネルギーが内包されていて、陶然とするものが発散されていて、**小さな太陽**はすっかりぶるぶる打ち震えてしまいます。すっかり愛してしまいます。もともとスタジオを愛していたことも思い出します。そこに充満する熱気はこたえられないのです。いま産み落とされようとしている「音楽」を全部記憶して、**小さな太陽**には、それで一週間が限界でした。そこまでしか持ちませんでした。愛があふれます。そして**小さな太陽**はレコーディング・スタジオと倉庫にガソリンを撒きます。包装されている売り物のレコードの山にガソリンを撒きます。スタジオには父親とミュージシャンたちとエンジニアが、その鉄扉を閉じ、籠っていたのですが、かつ**小さな太陽**はそのことを承知していたのですが、建物を燃やしてしまいます。愛があまりに一杯なので、どうにも火を放たざるをえないのです。もう分別がありません。こんな、ばれてしまう犯行は。

　真冬、空気は乾燥しています。**小さな太陽**は逃げます。

［14］

小さな太陽の十五歳の冬が終わり、一九五〇年も幕を下ろします。二十世紀はちょうど後半に入りました。**小さな太陽**《ザ・サン》はパトカーを避け、警察無線のメッセージを避け、それでも大量放火殺人の事件と容疑者の息子の指名手配を知り、ミシガン湖岸をめざし、準備し、愛しています愛していますと言いながら多様な嘘で武装します。シカゴには無数のホーボー（渡り労働者）がいます。彼らは長距離バスや鉄道といった陸路を利用してこのアメリカ中西部最大の都市に流れ着いているのですが、それを重々承知している**小さな太陽**はわざとホーボーとは正反対の存在となることを志します。僕は、シカゴから流れ出すホーボーとなり、僕は、だから、水路を用いるホーボーとなる。これが**小さな太陽**の、反射的といっていい判断でした。シカゴは水陸両方の交通の要地です。ミシガン湖畔には人手を募集する船舶があふれていて、労働条件は劣悪、やや劣悪、そうとう劣悪と多様。その多様さに**小さな太陽**の嘘がみごとに嚙み合います。まるで歯車同士でした。十九歳と年齢を詐称した**小さな太陽**は、シカゴから出航する一隻に乗って、そしてミシガン湖からマキナック水道を通ってヒューロン湖に逃げ移ります。そのヒューロン湖はエリー湖につながっていて、エリー湖はオンタリオ湖につながっていて、この先には大西洋があります。海です。

［15］

小さな太陽は二十四歳になります。この九年間、**小さな太陽**はまるまる海に生き、携えていたのは多彩きわまりない嘘でした。**小さな太陽**は船での職を手に入れましたが、免許がないから航海士ではありませんし、機関士でも通信士でもないのですが、しかしながらなんでも屋であって、これは船乗りと同義語でもありました。船乗りの**小さな太陽**は、ボイラー室の掃除をして床のモップがけをして、それから食事係をしました。料理に関してのABC《いろは》は全部、現場で学びました。たしかな技術をものにすれば、以降は嘘の出番です。事態はつねに思惑どおりに動かせました。**小さな太陽**は、国籍を三つ四つ変えて、ニュージーランドではユダヤ系日本人を名乗り、年齢は十九歳で二十三歳と偽ったこともあれば二十二歳で三十三歳と詐称したこともあって、二十四歳の夏、二十八歳で落ちつきました。ただし**小さな太陽**は最初の一年《ひととせ》をのぞいた八年間は南半球にいたため、その夏とは七月や八月ではありません。夏というのは南半球では十二月から翌年二月までを指します。ところで**小さな太陽**には、この九年間ずっと貫かれた習慣がありました。**小さな太陽**は、音楽を聞きません。とりわけポップ・ミュージックは絶対に聞きません。理由《わけ》は誰にも話しませんが、口実ということでしたら、誰にでも語ります。しかも多種多様に語ります。そのようにして船乗りの**小さな太陽**は、時には貨物船の調理場で、時には客船の甲板で、巧妙に音楽を遠ざけます。碇泊地の陸《おか》でも遠ざけます。ロックンロールという名称は耳にしました。アメリカでこの一九五〇年代に産声をあげた、革命の音楽なのだと聞きかじっていました。しかし正体は知りません。**小さな太陽**は封印していました。何を封じ込めていたのかといえば、記憶であり、ある「音楽」に志向されていた新しい快感であり、エネルギーです。それらを厳封したのです。記憶には臭気もともなわれていて、それは燃える匂いでした。

レコードと……何かが燃える匂いでした。

生物《いきもの》？

〔16〕

九年間、他にもさまざまな習慣が**小さな太陽**にはありました。**小さな太陽**の周囲では事故が多発しましたが、もちろん**小さな太陽**の仕業でした。周囲でしばしば人が死にましたが、わりあい海難事故と片付けられる形で死にましたが、**小さな太陽**の仕業でした。**小さな太陽**の周囲では、九年間、愛が膨張して過剰に弾けました。愛しています愛しています愛しています、愛していますと**小さな太陽**は言いました。ほとんど言葉にすがりましたが、それは「誤解の愛」でした。しかし**小さな太陽**は、僕は、犯罪者じゃないんだと自分に言いました。これは愛で、これは全部愛で、だから嘘を多彩に活用しなければならない。

「僕はいったい、ほんとうは何歳なんだろうな」と**小さな太陽**は言いました。「僕の国籍は、いったい、ほんとうは何なんだろうな」

［17］

この物語ではロックンロールの国籍が問われます。ちなみに南極大陸は一九六一年六月以降、公式に無国籍です。

［18］

二十四歳の夏です。**小さな太陽**が二十八歳と年齢を詐称しているその夏です。この八年間、**小さな太陽**は南半球にいて、だから夏とは十二月から翌年二月まででした。この定義は南極大陸でも同様でした。大西洋から地中海、紅海、インド洋を経て、この八年間はもっぱら太平洋を往き来していた**小さな太陽**は、南米大陸とユーラシア大陸のアジア側、オーストラリア大陸にいわゆる「港」を持っていたのですが、もちろんアフリカ大陸も知り、北米大陸に関しては説明するまでもありません。そして二十四歳の夏、また未知の大陸《それ》に上陸しました。南極の、もっとも南米大陸の方向に張り出した、南極半島に、でした。耐氷船（耐氷構造貨物船）の調理場をあずかるコック長として、そこに到達したのです。

それから南極半島の先端、氷によって南極大陸と地続きになっているサウス・シェトランド諸島に置かれた数ヵ国の基地を歴訪しました。

料理をふるまう慈善事業を手がけたのです。

［19］

それは南極条約が締結される夏でした。一九五九年の十二月でした。人々は浮かれていました。条約の発効まではまだ一年半もありましたが、革命は成就したに等しいのです。サイエンティストたちの革命、この南極大陸を純粋に科学的な研究のための聖域として、無国籍にする、という革命です。**小さな太陽**は、さらに南下しました。耐氷船は夏の終わりまで、サウス・シェトランド諸島の沿岸に待機します。いまや南極は「国境なき大地」であることが約束されていて、各国の基地から基地へと査証《ビザ》もなにもなしに訪問する料理人とその慈善事業はこれぞまさに革命成就のシンボルです、大歓迎を受けます。加えて日頃のサイエンティストたちは、氷に閉ざされ、ぶるぶる震えながら貧弱な食の暮らしに耐えている実情もあります。そして十二月の終わりに、**小さな太陽**はプレゼントの申し出を受けます。ある国の観測基地というか基地のサイエンティストたちが、**小さな太陽**のふるまいに感動して、ロス棚氷《たなごおり》の観光を贈ったのです。ロス棚氷とは、南極大陸に大きく湾入するロス海をほとんど覆っている、巨大な氷原です。その地の調査に同行させたいと言われたのでした。**小さな太陽**は大いに感動して、サイエンティストたちの感動に感動で、それも一杯の、たっぷりの、過剰に満ちはじめる感情で応えました。

ロス棚氷に向かいます。

移動調査の足として用いられたのは雪上車でした。無限軌道を有しています。そこから降車しては、重力風とも呼ばれるカタバ風が起こす地吹雪に**小さな太陽**は身をさらしました。ほんの一キロほど内陸に踏み入るだけで、南極にはほとんど生命《いのち》がない……生物《いきもの》がいないことを**小さな太陽**は実感しました。**小さな太陽**は、まるで砂漠じゃないか、ここにあるのは風音だけだ、樹の一本も生えていない、と思いました。白夜のシーズンで、太陽は一度も沈みません。だから**小さな太陽**は少しばかり雪の反射に目をやられかけます。それから動物たちの営巣地を見ます。数万羽のアデリーペンギンです。そのペンギンたちの営巣地の存在は、数キロ、それどころか風向き次第では数十キロ離れた地点からも感知できました。なにしろ騒々しいのです。地上にあるまじき静寂の氷原が、一転、鰭《ひれ》状の翼を持った人鳥類《じんちょうるい》の金切り声や唸り声にあたかも八つ裂きの目にあうのです。しかも近づけば近づいただけ騒音のボリュームは増します。加えて、凄絶なアンモニア臭もあります。そこには臭気がともなわれているのでした。

それから**小さな太陽**は感動に震えます。ぶるぶる打ち震えます。

「これは奇蹟だ」と声には出さずに思いました。「こんなものが見られるなんて。南極のこんな氷原に、こんな、こんな音源が見られる……聞かれるなんて。そうだ、音源。ああ」

声に出しては、**小さな太陽**はこう言いました。即興でこう歌いました。

うぉう！

うぉう！

うぉう！

その咆哮《ハウリン》が、あまりにも大きな贈り物を授けてくれた、同行の、サイエンティストたちに対する殺戮開始の合図となりました。

［20］

一台の雪上車を**小さな太陽**は運転します。運転席にはいろいろな計器類があって、それに頼ります。沿岸部をめざしているらしいと把握します。それは、その雪上車がであって、運転する**小さな太陽**がではありません。依然として「誤解の愛」が**小さな太陽**を満たしています。雪原が途切れて、そこで**小さな太陽**は何かを発見しました。降車して確かめると、それはミイラでした。しかも犬のミイラでした。

「どうしてだ？」と**小さな太陽**は思います。「僕は、愛してるサイエンティストたちから説明を受けたぞ。南極条約がこの大陸への犬の持ち込みを禁じる、って。本来の生態系を護るためにそうするって。探検家たちは勝手に連れ込んでいたからって。……そうか、探検家たち？」

正確な推測でした。**小さな太陽**は、このミイラは二十世紀の頭に、あの名だたる冒険野郎たちのうちの誰かが持ち込んだ犬の、その一頭の、なれのはてだ、と理解して、ここでは時間が停まっているんだと思います。たとえば、雪の内側では氷漬けになって。たとえば、カタバ風に吹きっさらしの地面ではミイラになって。二十世紀が停止しているんだと思います。

フリーズだと思います。

二十世紀が、その始原《はじまり》から。

それから**小さな太陽**は一九〇一年を想像します。もしかしたら想起したのかもしれません。ここにあったはずの一九〇一年を、犬が体験したかもしれない一九〇一年を。ひょっとしたら自分も生まれていたのかもしれない一九〇一年を。ありえない過去を想い起こします。
「だって、僕は」と声に出して言います。「僕は、ほんとうは何歳なのかわからないし」

［21］

三日後に人の手で拓かれた場所に出ます。恒久調査基地が建設されていて、国旗が立っています。しかも星条旗です。もちろんＵＳＡの国旗です。**小さな太陽**は何百万年か、あるいは何十億年か時間《とき》を遡ってしまったような気がします。こんなところで星条旗に遭遇するのは、何かひどいな、とも思います。基地に滞在していたアメリカ人は少数です。あたりまえですが忽然と現われた**小さな太陽**を訝《いぶか》しみます。そして、もちろん**小さな太陽**の嘘は通用しません。結局。それから、**小さな太陽**は膨張する愛には打ち勝てません。結局。二人めの殺害に及んだところで、拳銃を手にした三人めのアメリカ人……同国人と揉みあいになり、至近の距離から撃たれます。が、外れます。発射された弾は**小さな太陽**の右耳をかすめただけで、結局、その拳銃は奪われます。調理場のナイフをふるいながら**小さな太陽**が奪うのです。そのナイフはこの基地の調理場のナイフで、その拳銃はアメリカが携行を許可した拳銃です。アメリカの、政府が、南極で。それから**小さな太陽**は三人めを撃ち殺して、それから基地内の全員を殺します。
　基地の、その内側には地獄絵があって、基地の、その外側には星条旗がひるがえっています。

それから**小さな太陽**は自分の右側の聴力が失われてしまったことを知ります。「あれ？」と言います。その声は左側にしか響きません。……あれ？　あれ？　僕の右耳、やられたな。永久に損なわれたのかな。**小さな太陽**はそうして微笑みます。拳銃を、左耳のすぐかたわらに据えて、一発……二発……三発と何に狙いを定めるということもなしに撃ちます。鼓膜がやられてしまうまで。
　損傷するまで。

［22］

もう両耳が聞こえません。

すると封印が解かれます。

あの厳封されていたものが、聞こえない世界に響き出します。

「ああ、R&Bだね」と言います。その声も聞こえません。左右の聴力がともに無《ゼロ》だから。

［23］

そのR&Bは進化したのだと**小さな太陽**は思い出します。**小さな太陽**は全部を思い出します。あの音楽、あの快感、あの爆発しかけていたエネルギー、と。そうした記憶の噴出に、聴覚が損なわれる前に**小さな太陽**がほとんど最後に耳にした南極《ここ》での現実のサウンドが混じりました。この基地の同国人たちの声ではありませんでした。一種の阿鼻叫喚《あびきょうかん》ではあっても、人類のものではありませんでした。鳥類のもの、それもアデリーペンギンのもの、営巣地にいたあの数万羽のアデリーペンギンたちの、わいわいがやがやのノイジーな大騒ぎ、氷原に出現したあの奇蹟でした。あの音源。それが噴き出してきたのです。そして、じきに融けたのです。あるいは媒介物《ミディアム》ともなったのです。

ガーガーガーガー……
ピーピーピーピー……
生命《いのち》だ……
生命《いのち》だ……、生命《いのち》だ！

圧倒的な騒音。すると混じります。全部がです。全部が混淆して、それは**小さな太陽**の内側でのことですが、何かが誕生します。**小さな太陽**は、わかります。すでに一九五〇年の暮れには父親のレコーディング・スタジオで生まれていたのかもしれない「音楽」、しかし命名はされていなかった「音楽」、だから革命の……。

生命《いのち》の革命の音楽だね。

「それのことは、僕は知ってる。それ、ロックンロ……」と**小さな太陽**は言いますが、もちろん聞こえません。声はもう。そのために自分の内側に耳をすまして、それが一つの楽曲になるのを待ちます。

［24］

それから別のことを待ちます。

誰かが来るはずだ、と待ちます。

［25］

小さな太陽の読みは当たります。アメリカは七つの基地を南極大陸に持っていて、連絡が途絶えた基地があれば即座に調べられるのは当然でした。誰かは、来ます。また、**小さな太陽**が待望していたようにそれはすでに一つの楽曲になっていて、音なき**小さな太陽**の内側の世界に響いています。結局、誰かというのはプロペラ機で登場します。極地飛行用の、寒さに強く滑走距離が短いタイプです。三人がこれに乗ってきて、二人が到着から一時間以内に殺害されます。**小さな太陽**は残る一人、操縦士に命じます。南極点に飛んでよ、と。一九五七年、そこにはすでにアメリカの基地、「アムンセン＝スコット基地」が建設されています。そこに飛んでよ、と**小さな太陽**は命じます。もう自分の声は聞き取れないし、だから確かめられませんが、それでも明瞭に発音して厳に命じます。プロペラ機は飛びます。おおよそ七時間を費やして**小さな太陽**は南極点に到達します。

そこには標識が立っています。

海抜は約三〇〇〇メートルです。

空気が薄いのがわかります。プロペラ機の着陸は「アムンセン＝スコット基地」から多少離れた地点にして、**小さな太陽**は時間を稼ぎました。操縦士に計器を持たせて、二人揃って雪原を歩み、南緯九〇度の標識に達しました。それから**小さな太陽**は操縦士に経度を測定させて、その結果を地面というか雪上に刻ませました。それから**小さな太陽**は、操縦士もそっと殺しました。そっと……。その時、どうしてだか**小さな太陽**は涙しました。その時、誤解がどこかでとけるような気持ちがしました。それから、時間は早いんだろうか、遅いんだろうか、もう遅いんだろうかと思いました。東経一八〇度であると同時に西経一八〇度でもある線をもう一度、その目で確認して、南極点の周囲を**小さな太陽**は歩き出しました。地球の自転とは逆に回りました。その線、その雪上に刻まれた線こそは日付変更線《デート・ライン》で、一回転するたびに、一日前の世界に戻れました。理屈ではそうでした。前の日に、その前の日に、さらに前の日に。**小さな太陽**の内側では、それ、すなわちロックンロールである楽曲が響いていて、止みません。

僕は、と**小さな太陽**は思います、この音楽を二十世紀の出発《たびだち》の地点に届ける、一九〇一年の一月一日にゴールさせる。だって、ほかに罪の贖《あがな》いの方法はないから。

そして**小さな太陽**は、ひたすら三六五の回転、あるいは三六六のうるう年の回転を続けます。レコード同様に、決められた数を、正しい一年の回転数を。「これが『道理』だね、父さん」と言います。もう聞こえないのに、**小さな太陽**は言います。「数をかぞえる」

第二の書

ジョニー・B・グッド三部経

コーマW

庶民

ミレニアムの話題に戻ろう。

それを十分割したのが、一世紀、ということになる。まあ、通常の発想ならば一世紀を十度足したのが、一千年《ミレニアム》、なのだろうが。

この十に分割された単位（一つひとつの世紀）に、算術的な優劣はない。どの百年も均等な百年だ。しかしながら歴史とは奇妙で、やはり重みは変わる。私にとっては十七世紀よりも二十世紀のほうがはるかに重要だ。あるいは十一世紀よりも二十世紀が。あるいは十二世紀よりも……。「そんなことはあたりまえだろう」と反駁する私がいる。それはまあ、そのとおりだろう。なにしろ二十世紀はこの私の生誕した世紀なのだから。「特別あつかいは仕方がない」と、ロジックが私に言う。

――いいや、感傷に説得されるな。

私は自らを叱責する。そんなものは、ロジックでは、ないんだよ！

私は、耳をすます。

機械音がする。

生命維持のための装置がいろいろと動いているのだ。その病床のかたわらで。この人につなげられて。音がするのは、そこに駆動される装置があるからだ。もしくは私は、点滴を施しているほぼアナログな装置の、そのしたたる薬剤音まで聞けそうに思う。

音とは、つまり、かように「ここにあるもの」「実体のあるもの」だ。

それを二十世紀は変えた。

録音物の登場だ。もちろんレコード（か、レコードの原型）の発明は十九世紀にあった。しかしながらレコードの実用は二十世紀にあった。「そこに演奏者がいないのに、そこに音楽が鳴る」――そうした情景が異様ではないと認識されるのには二十世紀を待たなければならなかった。まあ、譬《たと》えに挙げるのに音楽という音響《もの》に限る必要はないのだが。いっさいは二十世紀から（その世紀以降）常識化したのだ、との点は失念してならない。決して、決して忘れてはならない！

――それが歴史的想像力を持つということだから。

私は、私に言い聞かせる。音は「大半が録音物」だという図式から離れろ。そうすれば二十世紀がいかに特別で重要かがわかる。西暦一〇〇一年から二〇〇〇年に及んだそのミレニアムで、十分割のおしまいの部分だけは、圧倒的にかけがえがないのだった。「ここにないもの」「実体のないもの」が音に変化《へんげ》する、その驚異……。

多少はメタファーだな、と私は思う。私は、苦笑すらこぼしそうになる。ここを訪れても、この部屋の主《ぬし》である彼女にとっては私はいない。かつ、それなのに私はこの人の耳に入れるための物語をする。ロックンロールの物語を、する、もしかしたらロックンロールを鳴らす……。

ミレニアムを、私は十に割ったのだった。それから二十世紀のその、特異な価値に根拠をあたえたのだった。だとしたら二十世紀も割ってみよう。戯れにでも試みにでもいい、そして十分割は要らない、とりあえず半分でいい、するとどうなるのか？　ロックンロールが誕生する。まさに、そこに、ロックンロールが「いる」のだ。

そこから、「いる」のだ。

——しかしこの思索は、どこかで配慮に欠けるな。

私は唇を嚙む。

だが、何に対しての配慮に？　いわずもがな日本史だ。たしかに明治六年から日本史は太陽暦を採用して、すなわち西暦を採り入れたということだが、明治五年の十二月三日になるはずだったものを明治六年（にして西暦一八七三年）の一月一日とした。だから二十世紀うんぬんを語っても、そこに日本史はある。しかし、全面的にあるのではない。なにしろ明治三十四年から平成十二年までが二十世紀であって、明治、大正、昭和、平成という年号は消えなかったのだから。

私は思索を発展させる。明治六年から西暦＝太陽暦が採用されて、いかなる側面が蔑《ないがし》ろにされたか？　農業だった。それまでの陰暦はしっかりと農事をおもんぱかり、役立っていた。そうした要素が新たなる客観的な時間のエンジンである西暦には、ない。つまり、私の考えるところ、こうだ。明治政府は、あの〝富国強兵〟をスローガンにして、西欧に伍するための近代産業だけを求めた。すなわち「西暦と引き換えに、農業を切り捨てた」のだ。

それでは、見捨てられた農業に従事していたのは、誰だったか。どんな人々だったか。数としては多すぎる。わずかな社会的特権も持たない階層の人々、庶民だ。

それでは視点を変えよう。(西暦の)二十世紀の折り返し地点に誕生したロックンロールは、どんな音楽だったか。ごく短い歴史的定義をほどこすならば、どうか。

庶民のあいだに爆発的にひろがった音楽だ。もっぱらレコードを媒体《メディア》にして、人種の垣根と国境を越えて滲透した。特権階級の目からすれば蔓延《はびこ》った。

それでは、そのような音楽は日本史にあったか。西暦すなわち西欧史とは通じあっていない日本史に。

——音楽というか、音ならば、あった。実際、ほとんど音楽でもあるのだ。たとえば高校時代、私は浄土宗の総本山である知恩院で僧侶たちの合唱するそれを聞いて、節まわしに驚いたよ。あまりに〝旋律〟として完成されていて。かつ陶酔的でもあって。

しかも唱えられているのは、わずか六文字。

その繰り返しでしかなかったんだから。

そうだ、六字の名号《みょうごう》として知られる、南無阿弥陀仏《なむあみだぶつ》だ。

念仏だ。

それは、鎌倉時代、それまで貴族たちの信仰でしかなかった仏教を庶民のものにする媒体《メディア》として、日本の庶民のあいだに滲透した。爆発的に……爆発的に蔓延った。

人々はその六字を、歌ったのだ。

ロックンロールだった。そして名号の主である阿弥陀(浄土宗の本尊である仏)には、信仰者めいめいに語りかける力がある。つまり……お前、と。お前を救おう、と。

そうだ、二人称で呼びかける語りもある。

浄土前夜

いよいよ音声たちが武装します

鶏の来世——。

錯綜している。その錯綜は記憶にあるのかもしれないし言語にあるのかもしれない。お前はそもそも記憶と言語がきちんとは腑分《ふわ》けできないと思う。お前に用いられるのは人の言語であって、それも日本人の国語としての言葉であって、お前はその日本語でほとんどの思考を統《す》べていた。あるいは物を著わすならば、その言語をもって書き記していた。だが、どうなのだ？　仮に言語なるものの定義を「発声されるコミュニケーション手段」としたならば、どうなのだ？　お前には日本語を口にしようとしたのに、果たせなかった、との記憶がある。しかし、その記憶はたしかに日本語で（その思念で、その言語に司られた思考の輪郭で）形作られている。お前は日本語で考えていたのに、日本語を発することはできなかったのだ、とも言い換えられるだろう。これはパラフレーズだ。そして、お前にはパラフレーズですら既視感がある。お前はいま目覚めようとしているのだが、その起床を忌避したいと感じているし、同時に「生まれる準備がまだ調《ととの》ってはいないのだ」と思ってもいる。お前はこのとき、何かが繰り返されているという感覚を身内におぼえるか？　それとも、これからか？　しかしいまやいま以降とは、なんだ？　お前の記憶は錯綜している。整理しよう。お前は人間の言語を口にはできなかった。お前は、男、というよりもひと言、雄、だった。しかし思考はたしかに日本語で為した。おまけに付言したほうがため《プラス》になることがある。お前は日本語の発声こそ最後まで叶わなかったが、その最後に、ひと息の極めて重要な発声を行ないはした。そうだ、お前はそれを行為したのだ。しかも高らかに。劇的な達成であって、その実感はお前の口にあるし、いや、むしろ喉にある。声帯がそのことを憶えているのだ。しかし他には何を記憶している？　そもそもお前はなにごとを達成したのだ？　何が起きて、何を起こしたのだ？　お前はこのいちばんの核心に、触れられない。問いがあったとしても、答えられない。いっさいは縺《もつ》れていて、うねっている。すなわち錯綜している。それどころか問いが（仮にあったとしても、その問い自体が）もう、消える。さらにうねりが嵩じる。いまだ時間はここにはない。だから順番にしたがった過去はない。時間の諸相はうしなわれて、お前は思う。たかが『七部作』がどうした、とお前は思う。『ロックンロール七部作』が、政府がどうした、とお前は思う。たかが日本政府が、とお前は思い、ソ連……そうだソ連は解体した、あのＵＳＳＲがだ、そしてロシア連邦が誕生した、バブル経済崩壊後の日本に銃火器の調達やその製造技術導入を可能とするロシアが、とお前は思う。お前の背後には亡骸《しかばね》になってしまった人間たちがいる。最初は二人で、それから三人だ。お前が知らされた時は三人だった。修行中の事故を経てその死を隠蔽された者たち……護摩法で焼却されてしまった遺体、三。いや、数は不正確で、確実に言えるのは八人ではないし〇人でもないということだ。それからお前のかたわらには、何者かがいる……その人物がいる。救済者にしてお前の仮父でもあった人物が。教祖が。さあ、お前はどこまで憶えている？　あの七つの書を（そこには第八部もなければ第〇部も具えられてはいなかった）したためていたお前のかたわらに、その人物がいた。

嘘だ。

お前がその人物のかたわらにいた。

この言い換えにお前は慄《ふる》える。一介の物語作者であったことを思い出して、身ぶるいする。しかし、いつだ？　どの過去でだ？　そもそもお前に、その一介の物語作者ごときに何が幻視できたというのだ？　できた……できる、できない。できる。できない。ロックンロールと二十世紀、六つの大陸と一つの亜大陸、地球。……地球！　お前は戦慄《わなな》きから逃れられない。しかもお前には生まれる準備すら、まだ、できていない。お前はあまりに不安定な存在で、錯綜そのもので、お前にはその身を横たえる闇すら、ない。

だが目を開いたならば。

そうだ、覚醒と誕生のパラフレーズ。

そして、ここに時間が非在なのは、お前がまだ生まれていないからだ。

目覚めていないからだ。

さあ、起床しろ。

カッと目蓋《まぶた》を開いた。お前は。たしかに覚醒した。お前は。寝入っていた心憶えはなかったのに、しかしながら目を覚ましたのだから、やはり床にはついていたのだろう。そう思う。お前はそう思う。この瞬間にふたたび時間の序列が取り戻されて、諸相はそれぞれの相《すがた》として構成され直す。すなわち未来は未来であり、現在は現在であり、過去は過去だ。そして、この現在に連なるのはどの過去だ？　断たれたものがあるのだが、それが何か、は摑めない。お前は苛立たしさを感じるし、それ以上にその身のうちに荒々しさを感じる。とはいえ曖昧なものは断てばよい。お前の意識は、だから、覚めるのと同時にこのように言う。

俺の世界だ。

また、お前はこのようにも言う。

俺は安らかに目覚めて、ほら、安らかに生まれた。

さらにお前は言う。

生まれ落ちた……、安産だ。

が、それらは口にされる発言《もの》ではない。言語はすなわち縺れとうねりの渦中にある。依然、そうだ。お前はひたすら日本語でこのように思ったのだが、その人間の言語は発せられはしなかった。喉だ、ひたすら喉が鳴ったのだ。そこには断絶（または中断、途絶の感覚）よりも連続性が孕まれていたが、そして事実、お前は「連続している、ひき続いている」とも感じ取ったのだが、もちろん何と何が架橋されたのかについては、把握できないどころか想像すら不可だ。それでも喉があった。その喉が鳴って、声帯がふるえ、共感した。共感？

俺は目を覚ましただけだ、とお前は思う。

俺は起きただけだ、ここはそもそも俺の世界なのだから、生まれ出《い》でたと思うのは滑稽だ、とお前は思う。

俺の……俺の？

これが俺の世界か？　ここが？　この認識は的を射ているのか？

なにごとかが二つに裂かれている。分裂しているというよりも分割に近い。真っ二つだ、とお前は思う。お前は身ぶるいする。そもそも俺は……俺なのか？　異変はとうに感じている。お前はお前自身の大きさに戸惑っているのだ。世界はいきなり縮小した。そうだ、スケール感の異変だ。しかし視界はどうだ？　それは高さを多少加えたという気もするし、減らした、との実感もある。俺の背は……のびたのか、ちぢんだのか？　しかし圧倒的に俺は巨《おお》きい、ともお前は思う。

お前は、俺は、と言う。

喉が、ぐるり、と鳴る。

おかしな発声だ。もちろん日本語ではない。しかし、安らぎをあたえる発音だ。その「鳴り」を言語と捉えるならば、そうだ。当然のようにお前の半分は、これは言葉だとみなす。もう半分はそのように理解しはしないのだが、すでに充たされるものがある。ぐるり、とその「鳴り」が響いたことで全身のあちこちに充満し、しこたま漲るものがある。力だ。さらに詳《つまび》らかに説けば、筋力だ。

それは鳥の、たとえば平均的な鳥類の数百倍から数千倍、あるいは数万倍はゆうにある。

鳥？

お前は、俺は何と比較しているのだ？　と思う。

なにごとかが裂けている。割《さ》かれている。

人となら、どうだ、とお前は思う。人間の何十倍もこの力は、ある。

……人との比較？

お前はふたたび、俺は、と思う。

何と較べているのだ。何と何を？

それからお前は、ここは俺の世界だと思う。だからお前は、見る。すでにカッと見開かれた両目があるのだから、身ぶるいのあとに初めて、お前は注視する。観察だ。いわずもがな見えるものがあるのだが、それをあえて説明するならば、どうなる？　まずは森だとお前は言える。樹木の風景なのだとお前は脳裡に語れる。それから、草。お前は、やや屈む、その茂みに。認めると同時にそうしたのだ。本能的に、行動したのだ。お前はいきなり動いたりはしない、ひそむ。すると異状というのはただちに感受されて、この森は……奇妙だ。お前の総身《そうみ》がそのように断じた。遅れて判断の根拠がお前の覚醒した意識のあるところに届いた。お前は数えあげる。一、重量感があからさまに奇妙だ。ここに展《ひら》けている光景にはある種の、いわば、釘づけられた印象がある。だからこその過剰な重みだ、そう、地面に打《ぶ》ちつけられている。二、およそ生き物がいない。森であるはずなのに生命の気配がない、さっぱり感知されない。小さきものたちも、だ。いわゆる獣《けもの》だけに限らない、その範疇に昆虫《むし》たちを含めたとしても、小動物がいない。それから鳥たちも。

鳥？

たとえば報晨《ほうしん》する……鳥？

お前は、喉を鳴らす。お前は、その出所のわからない共感をそのまま共鳴《ともな》りに変える。それをハーモニーだとお前はわきまえられない。お前の知性は、だ。記憶はたしかに声帯それ自体に宿っていて、しかしながら、理知的に判断するならば記憶のための器官はそんなところにはないのだ。その器官は脳であって、脳は頭蓋《とうがい》内に収まっている。お前の。さあ、だから口を閉じろ。違った、声帯だ。それを鎮めさせろ。

ぐるり、と言うな。

ぐる――とも言うな。

お前は沈黙する。もう鳥のことは考えない、お前は。いないものは、いない。お前はだから、根拠の一、それから二と数え直して、ふと疑念に囚われる。異状が感じられたとして、ならば普通の状態とはなんだ？　これはいつの、何に比較しての異状だ？　かりに、俺が知悉している森があるとして、するとそれはどこの、何……。

冬を感じる。

お前は唐突に、冬を感じる。

しかも身中に。

お前は、俺のこの肉体には季節の冬が内蔵されている、と透察《とうさつ》した。

お前は、咆《ほ》えたい、と欲求して、お前は、その衝動を抑える。お前は、咆える、という行為を「咆哮《ハウリン》」との単語に置き換えない。お前は、だとしたら眼前のこれは、この森はなんだ、と問う。俺の世界のはずなのに、異状をたっぷりと孕み、たたえているここは？

お前は、一、と数える。

二、と数える。

三。

頭上をあおいだ。空を仰視するつもりで。そこに蒼穹《おおぞら》はなかった。そうなのだ、樹冠もなかった。樹々のその繁茂、その鬱閉《うっぺい》といった視界を遮る情景も。あったのは天井だ。お前は、見る、そこに灰色を濃くしたようなコンクリート製の天井を。そして、お前は見通す。そのお前の知力が断じる、この森は贋物《にせもの》だ。

そうなのだ、この風景は、とお前は思惟を咀嚼する。

ただの人造の贋物で、レプリカだ、とお前はわきまえる。

この森はレプリカだ。

すると先んじたのは知力の類いよりも本能だった。足に力が入った。無意識に力を入れた、入っていた。腕というよりも足にだ。それから腕にもだ。お前は、もう屈んでいない、跳んだ。両脚の腿がうなり、撓み、徹底して制御されつつも歩みを駆動する。それから三歩、四歩。お前の歩行《あるき》は音を立てない。お前の全てのその蹠《あしうら》は無音を製造する。それから、すでに十一歩、十二歩。岩だ。ふいに視野にその巨岩が出現して、お前は、これはあるというよりも置かれているのだと思う。回り込む。岩にはもちろん岩陰がある。そこからも森が続いているだろうとお前は予期しているのだが（あるいは「前提」視していたのだが）、裏切られる。見えるのは壁だ。しかし、やや遠い。その遠距離の感覚が、どうしてだか理由《わけ》を明かさない。お前に。だからお前は、究明を図る。お前はあらゆる物事を、どうやら鼻では確かめない。いや、嗅覚ももちろん場合によっては使われるのだろうが、まずは鼻を措《お》いて目だ。と同時に耳だ。しかし聴覚が解き明かすところはない。

とりあえず、ない。

ならば視覚だ。

お前は目を凝らす。

もう三歩、四歩とその歩行《あるき》を加算しながら、凝らす。

するとお前は、わかる。お前は、すでに視界に捉えられていた壁の曰《いわ》く言いがたい間遠さの謎を、解明する。可視のその壁の一メートルか二メートルばかり手前に、不可視の壁があるのだ。たぶん、不可視の壁が。もっと適切に形容するならば透ける障壁だ。お前は「あれだ」と思う。お前は「これは、つまり、例のあれだ」と思うが、言葉を思い出せない。お前はウ、ウウ……と呻吟する声を漏らしそうになる。が、漏らさない。お前の本能はそんなに軟弱《やわ》ではなかった。もしも言葉が得られないのならば、狩ってでも得るまでだ。狩り立ててでも。だからお前は、そっと忍び寄って、だからお前は、その存在をその目で確かめて、ある、と認知して、その透ける障壁なるものに顔を近づける。息すら吐きかける。ぴったりと鼻面や頬を押しつけはしない。だが、これだけでもう判明する。

それは、窓だ。

それは、ガラス窓だ。

お前のいるほうがガラス窓のその内側で、向こうは、その外側だ。

このことをお前は見分けた。いうなれば真理を見分けた、わきまえた。お前は、世界は分断しているのか、と思う。お前は、世界はこうして内外《うちそと》に、こちらとあちらに分かれているのかと思う。断たれているのかと思う。それから、ならばここは、何だ？　と思う。

お前は理知的に回答する。鎖《とざ》された場所か？

お前はその答えをさらに咀嚼して、問題はこちらとあちらなのだと思う。その、どちらが封じられているのかなのだと思う。それから、もしもこちらならば、それこそが問題なのだと思う。

弾《はじ》かれているのがこちらならば。

こちらは、字義どおりに外界ではない。

こちらには自由はない。

これは、牢獄だ。

檻か？

何かがお前の心を打つ。そしてお前は思う、何かが俺の心を稲妻めいて打っている、と。氷雪に覆われた樹林のその天の閃電《せんでん》めいて打っている、と。そこからお前は、考えない。もう考えない。為すべきは現在の把握であって、他にはない。今度こそ思考が先んじてはならない。お前はだから、命じるよりもさきに、言葉を操るよりもさきに、お前自身に告げ了《お》わっている。その内容を強引に言葉に換えるならば（換えることは理に反するのだが）、状況をひたすら解け、となる。解きほぐせ、となる。これがレプリカだとしても、風景のあらゆる輪郭を知れ、知悉していると言い切れる様《さま》にいたるまで、知れ、となる。そうして俺は、とお前は思う。実際には思うのではなしにただ単に認識した。俺はここに、第一に森を見る。第二に空を見るが、ここには空はない。ここにはコンクリートの天井があるだけだ。ただし、それは、高い。喬木たちを多数抱えられるほどに、天井は高い。第三に俺はここに岩を見る。その岩陰もまた岩の領分だ。ガラス窓はこの檻かもしれない（し、檻だと推論するのが筋道としてはまっとうな）場所の囲いの、領分だ。俺はここを、幾つもの領分に捉え直している。腑分けしているのだ。俺は、ガラス窓をこれらの領分を超越している超領分として認めて、しばしば不可視のこの超領分に戻り、沿いながら進み、慎重に歩行《あるき》をもう三歩、もう四歩、もう十一歩、もう十二歩と重ねて、窪地という領分もただちに見出す。そこには溜められているものがある。

水だ。

この透明さは俺には親《ちか》しい。

俺は水が、厭《いや》ではない。

苦手ではない。

水は溜まっているし、川のように流れてもいる。

凍ってはいない。

すると、飲める。そうだ、俺は喉が渇いている。すっかり忘れていたが、目覚めてから一度も潤していなかった。だから当然、渇いている。俺は水面《みなも》をのぞき込んで、飲む。俺は舌で飲むのだ。長い舌先をのばして、そうするのだ。ぴちゃぴちゃ。ぴちゃぴちゃ。俺は音を聞いた。俺は俺自身の鼓膜にこれを心地好いものとして聞いた。ぴちゃぴちゃぴちゃ。それから俺は、波紋を眺めた。水にできた波紋を眺めて、これが徐々におさまるのを眺めた。それから俺は、今度は映った動物を見た。その水面にだ。しかも間近にだ。俺は俺自身の網膜に強烈なものを見た。それは、猛獣だ。あきらかに肉食の獣《けもの》だ。縞模様があり髭があり耳があり鼻面がある。いままで水を飲んでいたから、双《ふた》つの牙も見える。それは、虎だ。それは一頭の虎の顔だ。しかも俺のほんの目の前の。俺は虎を見ている、とお前は思う。

いいや、お前は認識する。

俺は虎だ。

それがどうした?

お前は虎だ。お前が、もしも本来の知識を駆使したとしたならば（日本語で編まれた知識《それ》を検査したとしたならば）、まずは虎のその品種を順番に挙げただろう。いや、その前に虎は家畜の類いではないのだから、品種という表現も不適だ、とまずは指摘しただろう。あるのは種に亜種に変種、そうした生物分類学の区分だ。すると虎とは一つの種であって、お前は八つの亜種をその脳裡に言挙《ことあ》げすることができただろう。しかし、それと同時に三亜種はもう絶滅してしまったのだと悲しむこともできただろう。そうだ、アモイ虎は滅び、カスピ虎は絶えて、バリ虎も絶え果てた。それらは二十世紀に死に絶えたのだ。亜種の数は、もしかしたら九種類と数えあげることが可能なのかもしれない。しかし、死に絶えてしまったのだから正確にカウントすることが不可能なのだ。

しかしお前はここにいる。

だとしたら生き残った亜種だ。

お前はなんだ？

仮にお前がおのれの出自というものにこだわったのならば、もっと観察しただろう。その水面に映し出された顔を、そして、アムール虎に違いないと判断したことだろう。すなわちお前は、俺はアムール虎だ、と断じたことだろう。実際、お前はアムール虎だ。そして虎の八亜種（か九亜種）のうちの最大種がお前だ。お前の体重はじつに三〇〇キロを超えている。それから、お前の体長は尻尾のさきまで入れて三・五メートルに達している。そうだ、お前には尻尾がある。お前はその黄色と黒の縞にいろどられた尾を、水をぞんぶんに摂《と》ってから揺らす。

ぴしゃりと。満足げに。

わさりと。誇らしげに。

俺はアムール虎だ。

お前は身を起こす。お前は次なる行動に着手する。その檻（といまや論理的に断じている、その場所）の領分をほぼ十全に把握して、囚われている、という状態を釈《と》くこと。こちらには自由はない……あたりまえだが、それをお前は許さない。

アムール虎の棲息地をお前は挙げられる。お前は、挙げようとすれば可能だ。ロシア連邦の沿海州だし、アムール州だろう。沿海州の行政中心地はたしかウラジオストクで、アムール州はどうしても憶えられないロシア語の地名の都市《まち》が州都だったろう。そしてアムール川をまさに国境線にして、南に中国が控えていたはずだ。中国、あの中華人民共和国が。それにしても、ロシア連邦？　お前は「それはUSSRではないが、それは本当にUSSRではないのか、その極東地域における領土や、その国境線が示す形状は」と問うこともしただろう。しかし、それ以上に、領土という言葉に反応したかもしれない。領土、縄張り。そして国家に縄張りがあるようにお前にも縄張りがある。お前たちにも。そうだ、それが棲息域だ。

それは減りつづけている。

減らされ、だ。言い直そう。

それは奪われつづけている。

だからお前たちは数を減らしたし、だから虎という生物種のうちの三亜種はもう絶滅した。アモイ虎とカスピ虎とバリ虎は。もちろん獲られたから減ったのだということもある。人に狩猟の対象《ターゲット》とされたから、死滅に追いやられたのだともいえる。なにしろ虎には、いかなる亜種を問わず、美しい毛皮があり、漢方薬に用いられる内臓が、骨がある。骨組織まで薬材とされてしまうのだ。しかも雄の性器は強壮剤に用いられてしまうのだ。お前の睾丸が揺れる。歩きながら、お前の睾丸がその股間でぶらりとする。ぐにゅりとする。そうだ、お前は雄だ。あるいは、お前も雄だ。そして、これが一等肝心な問題なのだがお前たちの棲息地はいかにして縮小した？　どのように奪われた？　仮にこの問いをさしだされたとしたならば、お前は、森林伐採があったと答えることだろう。鉱山の開発もあったと答えることだろう。俺にはあらゆる道路という道路に対する憎悪があるのだ、とも答えるかもしれない。それらは全部、人類の所業だ。しかし、この瞬間、お前は言うだろう。

それがどうした？

お前はガラス窓という超領分がぷつりと途切れる箇所を見出す。

たんなる障壁に変じる。透けない壁だ。しかも外からは……このレプリカの景観をこちら側とみなした時のあちら側からは決してうかがえない、ちょうど死角に位置している。

お前は柵を見る。縦二メートル横一メートルほどの鉄柵を。

それは扉だ。

見るからに頑丈な鉄扉だ。出入り口の。しかし隙間がある。そうだ、開いているのだ、それは。

お前は当然の権利を行使する。お前は、出る。

それは脱獄にすらならない。お前を投獄することがすでに不当だから。

扉は「裏」に続いている。続いているのだとお前は思う。お前は、その「裏」を、こちら側のさらに奥部、つまりバックヤードと認識する。しかし閃いたその一語、バックヤード、が果たして適切な用語《もの》なのか、さほど一般的でもなければ述語としても不備を孕んでいるのではないかとも思う。そして引きつづいて一、二の単語がつぎつぎ閃く。作業室。寝室。俺の寝室？　廊下は、あるといえば、ある。その向かって右側に、お前が俺のと思う寝室が、ある。それも柵の（またもや閂《かんぬき》付きの鉄柵の）隔たりのあちらに、だ。マットレスはない。虎にマットレスは要らない。敷かれているのは乾《ほ》した草の寝床《ベッド》だ。それから、天井の隅にはビデオカメラ。お前は、あれで観察するのだ、と思う。お前は、あれで俺を観察したのか？　と思う。俺を？　この「裏」で？

お前はその、あるといえばある廊下の、その突き当たりを見る。

檻の、こちら側があり、その「裏」まで存在していて、ならば残るのは……あちら側だ。どん詰《デッド・エンド》まりに扉が、ある。

分厚い、鉄製の、錠前が付いた、ガラスでもなければ柵でもない扉だ。

開いている。

そうだ、それも開いているのだ。

しかも光が。

お前は視認して、思った、自然光が射し込んでいる。

お前は導かれる。

お前は出る。

いわずもがなだろう？　当然の権利なのだから。

降りそそいでいる陽射しは本物だ。太陽の光線《それ》だ。お前は、浴びる。そうして、これでお前は自由か？　お前はうすうす予感している。この陽光が一〇〇パーセントの本物だとして、本物という言葉に対置されるのは、贋物だ、と。そして、贋物ならばレプリカとして、あの人造の森という形でもって、あった、俺がいま後ろ肢《あし》で砂を浴びせてきた、と。だが、それでおしまい《ジ・エンド》だと俺は断言できるか？　お前は、慎重に歩を進める。お前は、あまり跳躍しないで（飛び跳ねて駆けたい、全力で疾駆したいのはやまやまなのだが）わずか四歩に五歩を足して、たった十八歩に十九歩を重ねる。すると、森のあの世界に断続を手段としてつなげるように、まるで感触《てざわり》の異なる森がある。しかも一面がガラス窓で……透ける障壁の半球型の筒でおおわれている。お前は思う、ここには冬がない、これは冬の森ではない、そうか……熱帯の？　お前は、熱帯の森がその内側に移植されているのだ、と判断する。

……移植？

そして、熱帯？

しかもその森も、レプリカだ。鎖《とざ》されているのだから当然そうだ。生き物はいなかった。お前の視界に（ガラス越しであるという条件を多少はあんばいしても）映らなかった、いなかった。お前には鋭利な視覚が具わっているというのに。この事実をパラフレーズすれば、いわば、お前には死角がないというのに。お前は歩行《あるき》を加速させる。そうやって速めはじめても、不用意な音は立たない。立たない。お前の蹠は、より正確にはお前の前後あわせて四つの肉球《それ》は、どれも無音製造器だ。お前は岩で囲まれただけの相当に宏大な、ほぼ円形の凹部にも見《まみ》える。それは草原のようで、その草原地帯もレプリカだ。お前はだんだん、わかる。ここには複数の、あるいは多彩な自然環境があって、これらは「再現された」自然であって、すなわち自然ではない。全部、レプリカだ。

　レプリカだ。

　レプリカの土地の断続的な連続、連鎖、あるいは連繋、これが……俺の世界か？　見たところのテーマパークが？　お前は、もっとむきだしの檻も見る。止まり木がある。巨樹そのものが止まり木であって、まるで鳥籠の巨大化したバージョンだとお前は思う。鷲なり鷹なり梟《ふくろう》なり、猛禽たちのためのものだと思う。そんな鳥類は、不在だが。空《から》だが。巨岩、との形容では追いつかない岩山も発見する。しかし、むろん、天然の地表の凸部のはずもない人工の岩山だ。レプリカだ。ここに猿たちが放たれていたならば、猿山だ、とお前は思って、やっと真実につきあたる。そうだ、実際にそれは猿山だ。たぶん日本猿《にほんざる》たちが投げ込まれるのだ、そこに。いまは投げ込まれていないから、わからないのだ。お前は、そして続けざまに了解する。わかった。草原には草原地帯の生き物が投げ込まれて、熱帯の森には熱帯地方の生き物が、そうだ、そんなふうに……。放飼《ほうし》される。動物たちがいないから、俺は気づかなかった。人間のスタッフが、飼育係員たちがいないから、俺は理解が遅れた。ほとんど致命的に遅れた。あるいは来園者がいないから、か？

　これは、動物園だ。

　最新の展示手法（にして技術）を駆使したゾーンにもあふれる、動物園だ。

　いろいろな檻が、特殊な装置だ。

　そして俺は、うんざりだ。動物園、それがどうした？　俺が置かれた状況は、これか？　俺は、走る。俺は、やっと疾駆する。糞、糞、糞。レプリカめ。こうして俺が全力で駆ける、この四肢《あし》で、これは脱走だとみなされるのだろう。かりにこの動物園が開園中《オン》であったのならば、捕獲班が登場するのだろう。その人間たちは麻酔銃を抱えているのだろう、獣医師も（この医者はかならずや象すらも診察できる）同伴しているのだろう、俺は、脱獄囚だと名指されるのだろう。しかし、いまは、とお前は思う。いまは絶対的にオフだ、とお前は思う。その絶対との響きは自由との概念と結びついている、そう思索するお前はアムール虎で、ネコ科の食肉獣であって、垂直なところを登れる。かなりの高度からも着地できる。そして動物園の敷地にはかならずや塀があり、塀しかないのだ。その向こう側は、すなわち外界。お前は、だから、跳躍する。いよいよ奔放に跳ぶ。お前は思う。

俺はレプリカの外へ出る。

「うんざりすることに、うんざりだ」お前は、そう咆えた。

お前には狩りのための視覚《め》がある。お前には狩りのための聴覚《みみ》がある。お前には都市が森だ。お前はそこにひそみ、縄張りの確保をはじめた。それを凌駕する本能などお前にはない。声がする、縄張りを持て、なによりも縄張りを持て、と。この声は命令ですらない。そしてお前には、お前に内蔵されている冬の命令には順《したが》うとの意思がある。その肉体に内蔵されている、冬なる季節の、その声ならば、との。お前には出し入れ自在の長い爪があって、それらは前肢後肢を問わずに全ての指に具わっている。爪鞘《つめざや》がある。お前はそれらの爪を研ぎたい、だから研いだ。用いたのはアスファルトの路面ではない、たとえば街路樹だし、それから市中《まちなか》にある緑地帯の樹々だ。とても森とはいいがたいが、林、の程度ならば都市にも散在した。お前は、それを公園とは呼ばない。お前は、それを広場とは呼ばない。しかしながら、お前がいちばん公園かもしれないと感じ取った空閑地《あきち》では家具が燃えていた。箪笥、円卓、ソファ、椅子が燃えていた。誰かが燃やしたのだ。誰かがいたのだ。たぶん、人が。お前は、マーキングした。お前はその優美な尾を真上にあげて、尿を飛ばしたのだ。そうやって「縄張りだ」と示した。しかし、誰に？　お前の本能は「他のアムール虎に」と答えるだろう。お前は、もしかしたら「人類に」と答えるのかもしれない。お前の体毛のその縞は、カムフラージュ用の縞だ。光の陰翳はお前を都市にじゅっと融かす。お前は、じゅ、じゅ、じゅっと融ける。お前には隠れる場所がないどころか、隠れる場所しか用意されていないも同然なのだ。そしてお前はアムール虎だから、単独行動をするし、このことになんら問題はない。お前は夜間、動いた。もうすこし慣れれば、お前の行動は早朝と夕暮れという二つの時間帯にもっとも活性化することになるだろう。が、それは縄張りが安定してからだ。また、安定以前に、縄張りが確保されてからだ。そしてお前はハンターだ。狩猟をする生き物。お前は草食性ではない、肉しか食べない、お前はあの「餌」たちのことを思い出す。冬の「餌」たちだ、猪の類い、赤鹿《あかしか》（それはシベリアに棲息していて、肩の高さまでが一・四メートルにも達する、大型の鹿だった）、時には羆《ひぐま》。大きいものは、善だ、とお前は思う。お前は舌なめずりする。小動物はひもじいし、悪だ、とも思う。お前は一日に……三キロ、いや四キロ、いや五キロの肉塊は摂りたいと願う。善。善、善。善、善、善、と内蔵された冬の命令に呼応する。しかしながら、いったい、都市のどこに「餌」たちが見出される？　鹿の群れは、どうした？　猪だって群れるだろうが、とお前は思う。猪たちのあの群れの疾駆は、大地をどんどん、どん、と鳴らすだろうが、とお前は思う。お前はその地面の鼓動《ドラミング》をいま回顧されるものとして脳裡に聞いた。いま……まだ、幻聴か？

音楽。

お前はどうしてだか唸りそうになる。

鼓動《ドラミング》、そして……旋律。

だが火急の用件は、違った。大型の「餌」たちが発見されないことだった。中型のも。お前が公園だと認識した公園や公園だとはみなさなかった（し積極的にみなそうともしなかった）公園にそれなりに代用の「餌」はあった。動物といえば動物で、鳥だ。あまりに小型だが、それらは鳩で、鴉で、また、椋鳥《むくどり》だ。樹上を飛び交っているわけでも飛翔する直前でもなかった、皆、地面にいて、すでに死骸だ。撃たれている。お前は鳥類がそれぞれの種に属した鳥である事実に、いまや関心は払わない。引っかかりもおぼえない。現況《これ》は非常事態なのだからと、食う。もちろんお前は撃ち殺された鳥たちを喰らった。銃弾がガリッとして、牙ではないほうの歯を鳴らして、吐き出せるものは事前《さき》に吐いた。残りは事後《あと》の排便にゆだねるだけだと思った。

そうだ、俺の、とお前は思った。俺のそんな銃弾混じりの糞。愉快じゃないか？　とお前は思った。

俺はまたマーキングする。

尿のスプレーだ。

俺は、待つ。

しかし何を？

ある朝が一つの区切りになる。が、その前に夜がある。お前は、夜、月明かりがあれば双眸を光らせた。網膜の裏側にタペータムなる反射層があったから、ネコ科の生き物として「光る目」を示した。それから曙がおとずれて、お前の瞳孔は太陽光線のその強弱にあわせて大きさを変更する様式《モード》に入った。丸々としていたり、細まったり、可変の状態に。だが、その時間帯に、機能したのは耳だ。網膜よりも鼓膜だ。お前の縄張りが……なにごとかの異状に押さえ込まれている。蓋をされるように、頭上から。天から？　自然音ではないものがするのだ。機械が発生させている騒音があるのだ。しかも移動する。飛ぶ機械だ。

飛び回る。

機影？

やっとお前の目が役立つ。あれは人の、人類の開発した飛行用の機械だ。しかもホバリングする。垂直の上昇と下降もする。ヘリコプターだ。お前は聴覚《みみ》に続いて視覚《め》を活用して、お前が「確保した」と信ずる縄張りを駆ける。しかし驚異的な時速を誇れる猛獣のお前にしても、飛行機械には敵わない。基準が違いすぎる。もはや、どこにも（どの空にも、その暁の蒼穹《おおぞら》のどの座標にも）機影はない。そして、お前が縄張りとしている市内の、十を超える箇所に、おおかたは大胆にも交差点に、生ゴミの袋が落ちている。あきらかに宙から落とされて、半透明のポリ袋がある。かなりの大型だ、容量は七十リットルに達するかもしれない。なかばクシャリとしながら側面に「東京都指」との文字がある。たぶん、指定、と続くのだろうと読める。お前は読めるのだ。「指定ゴミ袋」と続いているのだろうとも推測できるのだ。そして、お前はわかる。その中身は、肉だ。

その生ゴミが肉塊だ。

ポリエチレンなど容易に咬みちぎれる。疚《やま》しさはない。みずから獲った「餌」ではないのは残念だが、狩る機会もないものは（そもそもないものは）狩れない。肉の種類は不明だ。まだ腐敗ははじまっていないし、あのシベリアの沿海州だか、アムール州だかのように凍りついてしまってもいない。彼《か》の地では野ざらしが即、冷凍庫ゆきなのだ。お前は血を感じた。じわっと滲みもしたから。その味わいからすると、種類は羊肉かもしれない。しかし俺は、羊を食ったことがあったか？　狩ったことが？　お前は、わからない。想い起こせないし、問わない。まずは貪るだけだ。それから、その落とされたゴミ袋を一つ残らず、探し出す。都市に。お前の縄張りの、その市中《まちなか》に。アムール虎としてのお前はかなり食いだめが可能な質《たち》だが、もちろん「一度の食」のリミットはある。胃袋は無限界《ノー・リミット》には拡張はしないのだ。だからお前は、見つけ出したがその場では喰らえないものを、半透明に包まれた生ゴミにして「餌」を、隠しもする。それはアムール虎としての（あるいは、それもまた虎としての、広義の生物種の虎としての）お前の性《さが》だ。隠し場所をどこにするかを、お前は悩まない。そんなものは本能の命令に順えばよいのだし、いや、これもまた命令以前だ。ただちに引きずってゆける場所、しかもカムフラージュ柄をまとったお前同様に、他者《ひと》の目からじゅっと融け、おのずと隠されてしまう場所。命令の形をなすのは、冬の声だ。お前に内蔵された――。

そうだ、俺には冬が内蔵されている。

この身中に。

お前は咆える。

また咆える。

縄張りだからかまわないのだ。しかも「確保された」ものだから。そして、お前の喉のその振動は低い。お前のその声帯から放たれる咆哮《ハウリン》は、低音部にありつづける。とはいえ、一、お前はこの時「咆哮《ハウリン》」なる語を用いての認識はしない、二、それが低音部に置かれたから冬の声が高音部に配置されることも、ない。一に関しては、やはりしないのだ、と付言してもいいだろう。二については、冬の声なる命令はまさに至上命令で、もっと超越的にお前の意識とその肉身《にくしん》に君臨している、と補足の説明をしてもいいだろう。そして、そんなふうに保存された肉塊、東京都指定ゴミ袋に入れられているのかもしれない正体不明の「餌」だった。これはいわば、貯食《ちょしょく》だった。お前は何日分の食糧になるのか、と思う。笑いはしないが、にんまりと思う。うんざりは全然しない。そして、それから縄張りに訪《わた》れた安定感だった。お前は、糧《かて》の捕獲がままならないのならば十キロメートル四方でも平気で渉り歩いて勢力下に置いただろうが、それは当面不要だ。そこまでの拡張は。そして、それから好奇心……あるいは普遍的な関心、探求心だった。お前はもちろん一頭のアムール虎として、その習性から巣窟《ねぐら》を転々とする。お前は、ある程度こ、こ、と固めた縄張りのその内側を、この移動の過程で詳らかにする。しかも愉しみながらだ。お前は単独行動する動物だから、寂しいものか。お前は森やその他の野《の》においてそうしたように、丘を捜す。そうしたものは、多数ある。丘とは見晴らしの謂《い》いだからだ。なにしろ二層以上の建築物こそが都市の主流だ。非常階段が設《しつら》えられてあれば、お前に登れないところはない。屋上にも到れる。そこは四階の屋《おく》であったり五階の屋であったりする。そうだ、お前はそうして非レプリカの、本物の市街を見下ろす虎だ。

その都市がお前の森。

俺の森だ。

その都市がお前の縄張り。

俺の縄張りだ。

それから、駅も。そうだ、俺は線路をあちこちに見出して、たどって歩行《あるき》を進めて、ホームに到達する。駅のホームはつねに一段か二段、地表から高いから強引に愛らしい丘の範疇に入れられる。望楼にはなりえないが、快適だった。その理由は、わかるだろう？　線路の類いは地中に通されているのでなければ、街の、風の通り道になる。抜け道として機能する。だからだ。わかるだろう？　俺はそのために大いに気に入る。電車は走っていない。一本もだし一輛もだ。メンテナンス用の回送電車も。動力がないわけでもないだろうに。それとも、ないのか？　もしかしたら、供給される電気がないのか？　俺はこの洞察に思わず愕然とする。俺は、夜、だから待つ。もしかしたら俺は何かをずっと待っていたのだが、この夜は意識的に待つのだ。すると判明したのだが、俺の縄張りには電気がない。そうだ、いわゆる「灯り」が失われている。あるのは天の、月、その月影《ムーンライト》だし、わずかな星々、その星影《スターライト》だ。おまけに雲が多少でもかかれば消灯してしまう。世界のブレーカーが落ちてしまった様相《もの》、これが俺の世界か？　いや、それだけが俺の……ではない。俺は目を凝らす。俺は夜行性にも昼行性にもなれるのだが、いずれにしても夜に活動するのに不自由はないし、俺には鋭利な視覚があるから、知る。それに鋭敏な聴覚もあるのだ。

おかしなゾーンがある。

俺の縄張りに。

縄張りに……隣接して？

いや、何かが食い込んできている。

東だ。

それは東から侵蝕してきたのだ。そのゾーンが。俺の縄張りに、何かが入る。入り込む。俺の縄張りに、誰かがいる。侵入している。それを俺は、許すか？　これは極めて重要な命題だ。それが同胞のアムール虎ならば、俺は許さないだろう。しかし同胞以外の生き物ならば、俺は許すのか？　俺はそれがスマトラ虎だとして、許さない。ベンガル虎だとしても、許さない。ならば人はどうだ？　それとも、人類以外の猛獣……食肉獣ならば？　俺は答えを出す前にもう、疾駆している。あるいはこの命題に対する回答の代替物として、ただただ行動している、駆けるのだ。結論は直面したところで出せばいい。対峙してから反応して、味わえばいい。ほら、これが冬の命令だ。冬！　一等初めに俺の目が言う、あちらに炎があると言う、あちらに、それから正確にあちらに、見晴らしまたは望楼となる丘もどきを続々と蹈《ふ》むと、そう言う。たしかに、そのゾーンは燃えている。たしかに、いろどりは派手な紅蓮に燃えあがっているのだが、火事ではない。そうではないと単純に直観される。一面の火事でもなければ局所的な火事でもない、むしろ心理的に随所で噴いているのだ。炎が、だ。それが、あちらだ、俺は目に言われてひたすら駆ける。ほとんど馳せ参じようとする。次いで俺の耳が言う、あちらに騒《ざわ》めきがあると言う。もっともっと的を絞りながら、あちらに、大地の……ダン、ダンダンダン、ダンダン、ダンと鳴る鼓動《ドラミング》が、ある、と断じる。俺を誘導する。そのゾーンまでだ。最短距離かもしれない、だから俺は、これが俺のそもそもの縄張り内での移動だというのに未知の行軍を強いられる、俺は、地響きにして遠雷めいた音響《それ》に惹きつけられて、まるで誘蛾灯を視界に入れてしまった蛾だ、わかるだろう？　そして、その鼓動《ドラミング》がまるで武装した狂騒だというのも、わかるだろう？　俺はまずは川を渡った。橋は落とされていた。俺の視野に認められたかぎりでは二つの橋が、あたかも切り落とされている。しかし俺は泳いで渡河した。俺は水を恐れない。おまけに指の間には水掻きめいた皮膜《もの》があって、それが虎なんだ。水遊びを俺が敬遠すると思うか？　そして俺は、川のそのつぎには陥没地帯に入る。それがゾーンだ。どうして俺の縄張りが……めり込んだ？　これじゃあ無残なクレーターじゃないか。しかし林立しているビルディングたちはいまだかろうじて林立している。傾きながらも密集している。夜だ。そして、炎だ。ほら、俺の目が言う。それから、ほら、俺の耳が言う。だからクレーターの深層というか奥底の果てに、俺は圧倒的なダン、ダンダン、ダン、ダンダンダンの響きと、あらゆる空《から》の窓という窓から火炎の柱を噴いている高楼にたどりついた。石造りの、もしかしたら年代物のマンションか。鼓動《ドラミング》はもう、まるで演奏だ。ほとばしる炎はもう、ほとんど横様《よこざま》の紅蓮の棘《とげ》たちだ。一階にホールがある。そこに人影がある。立っている人物がいる。平然と……平然と。しかし人影か？　人なのか？　俺は対峙する。俺は、まだ咆えない。

角《つの》がある。それを人だとみなすならば、その人物には一対の角がある。身の丈はおおよそ一メートル八十センチから九十センチで、これは通常の人（とは、広義の現生人類のことだ）の枠内におさまる。その頭部から下には見るところ異常といえるほどの異常はない。たとえば瘤のようなものがフォルムに具有されているわけではないし、たしかに赤いネクタイや金属的な瑠璃色に煌めいているシャツは異様に派手だが、首回りのスカーフだかマフラーだかとの釣り合いを勘案すれば、ただの洒落者なのだといえないわけでもない。問題は、だから頭部だった。それは牛の頭だった。現用家畜であるヨーロッパ牛《ウシ》の系統の。その角から、雄だ、と判じられるのかもしれない。しかし、これが人物だとしたならば男だ。もちろん人間の頭部は牛にはなりえない。顎が大きい。そんなふうに顎が異様に発達しているのは臼歯が大きいからだ。唾液は垂らしていない。けれども口もとは何かを言いたげだ。耳がぱたり、ぱた……ぱたぱた、と閃いている。その牛の頭の、鼻柱にも頬にも毛があって、そうした体毛は密集しながら顔面を覆っている。そして、やはり尋常ではないのは頭部だけだ。下半身がどうかといえば、たとえば足はサンダルを履いている。ひづめはない。五本指の人の足だ。それから、今度は手の指。男は（あるいは雄は、雄牛でありながら人間の体をしたものは）右手の、やはり五本ある指のあいだに煙草を挟んだ。中指にリングが光っている。小粒の紫水晶《アメジスト》が嵌められている。男は（あるいは牛頭人身の雄は）その右手をすっとかたわらにのばした。真横に。そこは何もない空間で、だが、つぎの瞬間には小さな炎の柱が噴きだして、煙草の先端を舐める。そうして、着火はすんだ。男は（あるいは雄は）煙草を口もとに運んで、喫《す》い出す。いちど、美味そうに煙を吐いて立ちのぼる白煙《もの》を目で追いかけ、それから、視線をもとの高さに下ろす。お前をじろりと見る。

お前を見た。

「こういう話なのですよ」と言った。その牛の頭が。その牛頭《ごず》が。

どういう話だ？　とお前は思った。言った。

しかし、現象としては喉が鳴るにすぎない。それもくぐもって。

「ふむ」と牛頭が引き取った。「……話せない？」

虎がしゃべれると思うか、とお前は言った。思った。

「牛はしゃべりますよ」白い煙が今度は口の端から出される。「わたしがね」

奇妙だ。

「こういうのは奇妙ですか？　そう思われますか？　いや、思うのはわたしの側じゃないかな。わたしは、まいっていますよ、虎とはねぇ」

お前は牛頭のその煙のもとを注視する。

煙草を。

銘柄がわからない。

「その視線も」と牛頭が言う。「まいったな。喫煙の善し悪しをここで問われるのは心外だ。罰金でも科しますか？　いや、そういうことじゃないのかな？　あなたは口をきかないし、わたしは饒舌だ。そういうことなのかな？」

牛頭の、その正面に突き出た鼻の穴から、煙が漏れた。二つに岐《わか》れて——。

お前は、ああそうだ、ずるい、と思った。言う。

「ずるい？」と牛頭。「それは、威嚇ですか？」

このごず、聞こえているのか？　とお前は思う。

「ゴズ、ゴズ、ゴズ」と牛頭は繰り返した。「日本語のその体系の内側には、いい言葉がある。ねえ？　言語体系というのは立派なものだ。それで、話を戻しましょうか。いや、進めましょうか。そうだ、話を進めるんだった。ねえ……こういう話なのですよ」

　どういう話だ？

「籠城戦をはじめられてしまうと、攻める以外、ない、ということですよ。対立概念として。そうではないですか？」

　それは、どういう話だ？

「もちろん侵蝕の理由ですが。東からの。おや？　おやおや？　もしかしたら話が見えていない？」

　不可視、とお前は思う。

　可視、とお前は欲する。

「おかしいなぁ。あなたは子飼いでしょう？　ほら、だから、ヘリコプターがあなたに食糧を投下して――投下部隊を編成して。違いますか？　それとも、あれは不燃ゴミだったのかなあ？」

　可燃だ、とお前は無意識に応じる。

　しかし俺は、焼かないで食う。

　味覚の第一が、血、だから。できるかぎり鮮血の味わいだから。いいか？　これは独り言だ。

「何も聞こえませんよ」と牛頭は言う。

　肉塊の話だ。

「こっちの話は見えないのに」

　そうだ、不可視、とお前は言う。

「おう、おうおう、また唸り声を出して、わたしを威嚇しちゃって。これだからけだものは、失敬、獣《けもの》は困る。じゃあ、自己紹介といきましょうよ。そこから不可視の状態は解けるかもしれない。それに、わたしたちは勘違いしているのかもしれない。あなたを、あなたの存在を、です。それでは早速」

　早速、なんだ？

「わたしは『兄君《あにぎみ》』に所属しています」

　それは、なんだ？

「で、あなたは？　あなたはいかが？　率直に」

……なんだ、これは？　不可視だ。

「ねえ、無所属はいかんよ」と牛頭は言う。ふいに周囲のダン、ダンダンダン、ダンダン、ダンという鼓動《ドラミング》が昂まる。演奏が昂まる。火炎がその（お前に対峙する牛頭の立っている、この）ホールの内奥でも躍りはじめる。紅蓮の大小の柱たちが。牛頭のその形相が、火影《ほかげ》の縞を帯びながら変わり出す。「無所属やら中立やらは。それに、中立という概念《もの》はこの東京には、ない」

　お前は見る。お前は、見えない話題から意識を転じて、いまお前をじろじろと見るものを見る。これが対峙なのだと再認する。すると、お前には想像される情勢がある。これほどの異物と対峙しているのではなかったら、俺はどう反応しただろうか。目の前にいるのが初見の異物ではない、ただの人間だとしたら、どう対応していただろうか。無人の世界にとうとう人が現われたことで、一、安心したのか？　たとえば空腹がいかに極端な度合いにいたっても、これは動物園をこそ例として挙げればいいのだが、人間ならば配合した飼料《えさ》を分けてくれるに違いないと期待して、安堵したか？　しかし、俺はそもそも空《す》きっ腹ではなかった。あの落とされた肉塊があった。だとしたら、二、苛立ったのか？　俺の縄張りに、人よ、踏み入るなと。そして、威嚇したのか？　あるいは、襲いかかったのか？　しかし、そもそも対峙しているのは人間ではない。ただの人間ではない、初見参《ういげんざん》の異物だ。こいつは、頭がまるまる牛で、言い換えるならば草食動物で、しかも大型の動物《それ》で、だとしたら赤鹿にも類するのか、ハンターとしての俺の「餌」にも類するのか。する、とお前は結論づける。

　ようするに仮定の一も二もなかった、三だった。脳がなかば観念としての空腹を現出させて、お前は跳ぶ。お前はもう躍りかかっている、跳躍している。牛頭が、中立という概念《もの》は……と言ってから一秒も過ぎていない、○・一秒か、あるいは○・○一秒もかかっていない。お前の両の前肢《まえあし》から爪が出る。鋭い長い硬い爪たちがいっせいに飛び出す。本能だ、捕食本能だ、そしてお前に内蔵された、これが、冬の命令だ。冬！　お前の牙はある一点を狙う。さほど特殊なポイントではない、お前は、その牛頭の喉もとを狙う。そこでは人身とそうではないところ（とは牛の頭だ、ごずの牛頭たる所以だ）が分かれる。そこを咬んで、お前は三○○キロを超える体重で、獲物を、生きているその「餌」を、牛頭をバタリと地面に引き倒す。バタリ、バタッと。そのまま力を込める、込めつづける。牛頭は起《た》ち上がれない、じたばたというか、やはりバタリ、バタバタッとしている。そしてお前は、牛頭のその気管を破壊する。お前は、あらゆる捕獲動物をそうするように、窒息させる。牛頭を。

　そうだ、お前は息の根をとめた。

　するとお前が思考に用いている言語の、その語彙のシステムの内側《なか》から、一つの成句が浮上する。日本語の、その慣用句が浮上する。「俺は、鬼の首を獲った」とお前は思う。「俺は、たしかにそうした」と思う。お前はこの刹那に異物であった生き物の牛頭に、鬼、と命名している。それを適切だとも思う。それから、獲った鬼の首のその口もとから咥えられていた煙草が落ちるが、お前は銘柄を確認しなかった。お前はやはり、銘柄がわからないままだった。お前はそれよりも、圧倒的に先んじて為《す》ることがあったのだ。お前は鬼の、その背骨を咬み砕いて、それから喰らいはじめたのだ。時おりは口を放し、咆えて、歌いながら、やはり貪ったのだ。そうだ、それは美味い。圧倒的にしたたる鮮血の味わいだ。しかも炎は不要だ。

　不要だ。

　このゾーンめ。

　この、派手に紅蓮に燃えあがり、心理的に炎を噴きあげるゾーンめ。

　お前は肉食性にして生肉《レア》派（とはアンチ炙りもの派だ）で、お前は、鬼こそが俺のこの世界における最善の「餌」だ、と認識する。善。善、善。しかも最大の善。お前はこの日、この夜から、このゾーンをこそ狩り場とする。お前は定《き》めたのだ。東からの侵蝕を進めつつあることに忍び、虎ならではの歩行《あるき》で隠れひそんで、待ち伏せて、そして。この決定は、ここがお前の世界であり、なにしろゾーンがお前の縄張り内にあるのだから、もはや摂理だ。その摂理を与えたのが、いわずもがな、この日にしてこの夜のこの牛頭《ぎゅうとう》をした一匹めの鬼。ここからハンティングは続いて、じきにお前の糞からは、鬼の歯や、爪も見出されるようになる。お前の排便の痕《あと》にはそんなものも混じる。二匹め以降だ。そうだ、お前はきちんと「餌」すなわち犠牲を重ねていったのだ。鬼たちの。食後には満足の欠伸《あくび》をしながら。数えるならば、こうだ。

　三匹め。

四匹め。

五匹め。

ヘリコプターの爆音がする。低空飛行の。舞っている。

六匹め。

七匹め。

八匹め。お前は鬼を斃《たお》したが、直後に、出現したヘリコプターに捕獲される。ネットで。それから麻酔銃も併用された。お前は再び檻に入れられて、その檻が、垂直に上昇するヘリコプターに吊られた。お前は移動する。朧《おぼ》ろな意識のなかで、俺は縄張りから離れる、切り離される、と思う。しかしお前はまだ東京にいる。それも都区部内にいる。基地、としか言いようのないヘリコプターの発着場《ドローム》で、お前はこれを告げられる。フルフェースの球状のヘルメットをかぶった人物に言われたのだ。声からすると、男だ。そして、これ以降、お前が接触する人間は皆、球状のヘルメットを装着しているのだ。遮光のための処理が施されている黒いヘルメットだから、その表情は決して目にできない。お前は、うかがえない。だからお前は、「ヘリ男《お》たちだ」と思う。「こいつらは全員、ああ、ヘリ男たちなのだ」と。いっぽうでお前も命名される。お前は、捕獲から四時間以内のいまだ意識が朦朧としている内に、首輪を付けられて、それは発信器で、頸部に長さ一・五センチのカプセル様の精密機械も埋め込まれて、それは痛覚に直接信号を送る馴致用の装置で、そしてお前は「これからジョニーだ、お前は」と言われる。お前はヘリ男たちの二人に揃って「虎のジョニーなんだよ、お前は」「お前は、今日からジョニーなんだよ」と命名の事実を告げられる。三人めのヘリ男が、いっぺん鬼の味をおぼえたらもう大丈夫だ、人食い虎といっしょさ、と言うのも聞き逃さない。そうだ、サーカスの一座やらの類いがお前をさらったのではない。お前は、天然の兵器だとみなされたのだ。お前は、自発的な、自立する「鬼殺し」の戦闘部隊として、ここに存《あ》るのだ。命名されたお前は、命令もされる。ミッションは簡単だ。あるいは自明だ。お前は鬼たちを狩り立てつづければいい。ヘリ男たちに運ばれたあのゾーンで、はたまたこのゾーンで。順わなければ、頸筋《くびすじ》の装置が（馴致のためのカプセルが、痛覚神経に繋がれた装置《もの》が）作動する。すると、お前は痛い。お前は激痛にやられる。それが厭だからお前は鬼を殺す。毎度のように窒息させて、貪る。九匹め。どこかで爆発音が聞こえる。二十二匹め。お前は二重《ふたえ》に折れた東京タワーを目にする。しかし、空からだ。四十九匹め。お前はすると、牛頭《ぎゅうとう》の鬼たちの罠に落ちている。お前はごずたちに囲まれている。真後ろにヘリコプターは不時着して、しかし機関部が燃えるまでには到っていない。コクピットからは二名のヘリ男が逃れて、呆然と立っている。あるいは慄然と……慄《ふる》えながら死を待っている。そして声がある。「ジョニー！」と声がある。牛頭たちが迫る。お前は、行けジョニー、との命令をゴー、ジョニーと聞いた。ゴー、ジョニー、ゴーと聞いた。それは歌詞だとお前は思う。それはロックンロールの歌詞で、あのチャック・ベリーの一九五八年のヒット曲『ジョニー・B・グッド』の畳句《サビ》だと思う。お前は、だから、歌う。たとえば死ぬならば俺は、俺を、食べてくれる側に。この身を。

結論は出ない。お前は死ぬ。

毛皮が火を噴いた。

行《ゴー》け。

二十世紀

ユーラシア大陸の「鋼《はがね》の大橋」

［1］

これは**食べる秘史列車**の物語です。

［2］

はたして列車は永遠に走りつづけることが可能でしょうか。そのような永続する時間はロックンロールと関係を持つでしょうか。この**食べる秘史列車**は一つの寓話として、時間はほぼ無秩序に動かせるし、手作業《マニュアル》で前後に進められることを証します。ところで、こうして証明されるはずの事柄は、レコード（音楽の録音盤、螺旋状に溝が刻まれている円盤）の再生と類似点を持つでしょうか。

レコードを再生させるのは針であって、その針はかなりの頻度で溝の走り方を誤ります。二十世紀、再生用の音源のほとんどはデジタルではなかったのです。その世紀の内側の九割方、ひたすらアナログだったのです。盤面のその螺旋に傷がついていたら当然ですが、熱にさらされてレコードの材料である樹脂や合成樹脂が歪むこと、また埃の付着などでも前奏パートがいきなり間奏に、間奏がいきなり後奏パートに連結してしまい、はたまた同一の楽句《フレーズ》がえんえん繰り返される事態の原因となったのです。ここには時間のランダムな操作も、永遠性への肉薄もたしかに孕まれていました。

アナログにはアナログにしかない哲学性と、その実証があったのです。

［3］

これは**食べる秘史列車**の物語ですが、歴史の現在の時点における名称は別で、路線としての総称はシベリア横断鉄道、特定のその列車の名前ということであれば「ロシア号」です。シベリア横断鉄道はモスクワとウラジオストク間を結んでいて、全長は九二八八キロにも達し、世界最長の鉄道です。なにしろ子午線に合わせるようにしてユーラシア大陸に刻まれた七つの時差を越えます。おまけに西はボルガ川から東はアムール川にいたる六つの大河を渡りますから、この路線そのものがユーラシア大陸に架けられた一つの鋼《はがね》の大橋だともみなせます。そのボルガ川はヨーロッパ最大の川で、往時よりロシア人からは母なるボルガと呼ばれ、他方、アムール川はロシア連邦と中国（中華人民共和国）の国境を流れていますから、後者での呼称たる黒竜《ヘイロン》江との名前も持ちます。

シベリア横断鉄道は帝政ロシアがまずは所有し、それからソ連に抱えられて、いまはロシア連邦の持ち物となっています。鉄道省が統制しています。

［4］

いまは二〇〇〇年の夏です。歴史の現在地が、そうです。これは二十世紀のおしまいの年にあたり、この世紀のちょうど折り返し地点にはロックンロールという言葉が生まれています。同時期、ロックンロールが誕生したそのアメリカでは極端な赤狩り《レッド・パージ》、いわゆるマッカーシズムが猛威をふるっていました。東西冷戦の時代でした。アメリカは極度に共産主義を恐れて、あちらに疑わしい異分子がいれば検挙、こちらに体制を批判する人物がいれば告発と、ヒステリー状態で共産党シンパの追放に走っていました。共産党シンパらしき人々もらしきの段階で追放されましたから、いわば魔女狩りでした。それほどまでに当時のアメリカは東側を憂惧《ゆうぐ》して、自分たち「自由主義圏」から赤い要素を除《の》けようとしていたのです。地球は国家単位をその視座とするならば本当に真っ二つに分かれていたのでした。それでは、アメリカで呱々《ここ》の声をあげたロックンロールは「共産圏」には滲透しなかったのでしょうか。

［5］

結論からいえば、そんなことはなかったのです。ロックンロールはしっかり「共産圏」に滲透しました。しかし、ひっそりと滲《し》み入りました。冷戦構造というものは当時、たとえばモスクワを首都とするソ連邦内での、「自由主義圏」すなわち西側のレコードの輸入規制なる形で表われていました。音楽のジャンルでいえばジャズとロックンロールが禁制品あるいは禁制の概念となって、国営のレコード会社はこれらをプレスしなかったし、プレスできませんでした。すると、いかなる事態が出来《しゅったい》したでしょうか。海賊版の登場、そして、その流通でした。ひっそりとした流通です。SP盤（78回転のレコード）用のカッティング・マシンがじつに多様な素材に西側のポップ・ミュージックを刻み込みました。若干の例を挙げるならば、円形に切られたレントゲン・フィルムや、それから航空写真用のフィルムや、こうした類いが生《なま》レコード盤の代替の品になったのでした。ほとんどのレントゲン・フィルムは撮影ずみの、病院で廃棄されたものが流出した手合いでしたから、肋骨や頭蓋骨などが鮮明に写っていました。鮮明に、しっかりとです。こうしてロックンロールは珍妙な媒体《メディア》に乗って、ほぼ生まれ落ちると同時に「共産圏」にしっかり滲透したのでした。

［6］

もちろん製造も販売もソ連では違法でした。というわけで、こうした作業に関与したソビエト人たちは時に逮捕され有罪を言い渡されて、投獄されました。ロックンロールの伝道師の役目を担ったばかりに、首都モスクワのはるか東、シベリア地方に強制労働に送られもしました。まさに東側たる「共産圏」の絶東《さいはて》です。ここに、旧ソ連にして現ロシア連邦のあらゆるロックンロールにちなんだエピソードが、一、シベリアをその起点とし、二、安っぽい海賊版のレコードさながらに針飛びを起こして当然、との保証が得られます。

［7］

そして、これは**食べる秘史列車**の物語です。歴史の現在の地点は、二〇〇〇年の夏です。すでに断わりを入れたようにシベリアの、それも日本海に面した軍港都市であるウラジオストクで、とりあえずのエピソードの語り出しが、再生の開始《はじまり》がはじまります。七人の若い男女が駅舎にいます。いわずもがなシベリア横断鉄道の駅舎で、若者たちはモスクワ行きの「ロシア号」の入線を待っています。七人の大半が楽器の入ったケースをそのかたわらに置いています。これからユーラシア大陸を横断して「ロシア号」車中で六泊七日を過ごす予定の、これはアマチュアのロックンロール・バンドでした。彼らの心情に寄り添うように耳をそばだてたならば、こんな自己紹介の歌が聞こえてきたでしょう。

血のしたたる熊は、
サックス・プレイヤー。
でも、
こんなのは、
新メンバー。

あたしたちはもともと、
七人編成で、
いまも、見かけは、
七人編成なんだけど、
キーボード奏者は脱退しちゃったし、
♫ああ、それは、あたしの妹分！
♫ああ、あたしこと、箱入り娘の妹分！
アコーディオン奏者もやめちゃって、
ううん、
嘘。
ライバルのバンドにぶん捕られたの！
それは、コンテストの、
予選当日のこと！
首都モスクワ大会の勝ち抜きオーディションの、
地区予選のこと！
とりあえず、
演奏はよかったわ。
オリジナルの勝負曲で、
きっちり、

勝負できたわ。
でも、
それなのに、
三十分後に青天の霹靂《へきれき》、
あたしたちは、たった、
五人編成になったの！
呼吸《いき》のあうメンバーが、
まとめて二人、
ライバルのバンドにぶん捕られたの！
いきなりの脱退劇で、
そちらのバンドに新加入で、
同じ予選の、
あら、まあ、
ステージに立っちゃって！
♫ああ、そこに、あたしの妹分！
♫ああ、この箱入り娘の、あの妹分が！
やばいわよ。
ええ、
そう、

やばい演奏よ。
それでも、どうにか、
最終審査で蹴落とせたわ。
このウラジオストク、
この「極東ロシア地区予選」の優勝は、
あたしたちだったわ。
でも、
これ、
あたしたちなの？
だって、
あたしたち、
五人編成になっちゃったじゃないの！
だから、腹いせ。
　♪おお、腹いせ！
怒濤の、腹いせ。
　♪おお、腹いせ！
他の優勝候補のバンドから、
ただちにメンバーをぶん捕っちゃって、
強引にあたしたち、

七人編成に復帰だわ。
さしあたりの解散はなしだわ。
でも、
新メンバーが、
サックス・プレイヤーの、
血のしたたる熊?
それから、どうしてだか、
音楽評論家の、
悪い肝臓?
それって名前?
♩ええ、名前です。
♩僕の名前が、悪い肝臓ですとも。
♩いろんな歌詞を、推敲できますとも。
そして、このあたし、
あたしの名前が、
箱入り娘!
♩ええ、箱入りです。
♩あなたの名前が、箱入り娘ですとも。
♩紅一点の、ボーカリストですとも!

でも、
それ以外の、
メンバーの名前は、
どうでもいいのよ。
あたしたちはこれから、
移動費用は主催者《むこう》持ちで、
シベリア横断鉄道の最高速列車、
この「ロシア号」の二等寝台車に乗って、
首都モスクワの大会に参加するわけなんだけれども、
でも、
あるのよね。
遺恨が、
あるのよね。
どうして、あたしの妹分が、
寝返ったの！
ここには、なんらかの、
陰謀があるんじゃないの！
ああ、
こんなバンド、

見込みはないわよ！
だって、
調和がないのよ！
ただの七人編成で、
体面だけの七人で、
こんなので、
モスクワで、
優勝できる？
ああ、
展望は、
ない。

二番もあります。これはロックンロール交響曲《シンフォニー》の体裁を採っていますから、楽章の作りが大胆に変わります。

ロシア連邦には二〇〇〇年、レコード会社が乱立していて、理由《わけ》は単純明快で、ほんの九年前までは国営企業しかなかったのに、ソ連が消滅しちゃって、だからで、それが一九九一年、その年の十二月二十五日のことで、いまのロシアは資本主義で、十数社もが共存してて、ちゃんと競争も繰り広げてて、外資系まで登場しちゃって、国際的な大手レーベルが、そうなのよ、この勝ち抜きコンテストを主催してて、地区大会から首都モスクワでの決戦オーディションまで、そうよ、網《ネット》を張って、あたしたちが「極東ロシア地区予選」代表者で、実力はたっぷり、もし優勝したら、往《い》きは二等のシベリア鉄道でも、帰りはきっと飛行機ね、でも本当はどうなの？　優勝するためには音色《おと》があわないとならないのに、現実は、いったいどうなの？　誰かと誰かが裏切りに荷担して、ああ、あたしたちって解散寸前なのが実態だし、新加入のロック批評家《クリティック》の悪い肝臓は、性格、ずばり冷笑的だし、血のしたたる熊の、そのサックスって、どんなふうにR&Rの魂にからめるの？　そうなのよ、あたしにあるのは超猜疑心、それにリズム・ギターが陰謀説を煽るし、リード・ギターはあろうことか、悪い肝臓を相手取った、呑み較べに負けちゃうし、それもウォッカのよ、ありえない、だから旧メンバーの間の信頼もぼろぼろ崩れて、人間関係が壊れるわ、壊れる壊れる、七人はことあるごとに衝突するのよ、モスクワで、優勝したいのに、全員が心の底では同じ願いを持ってるはずなのに、何かが空転するのね、あたしが思うにたまったもんじゃないわ、展望は、ない。

三番もあります。

展望は、本当にないなんて断言はできないだろう？

俺たちは、等しい背景をほら、しょってるだろう？　あたしたちは、七人揃って、ソビエト人として生を享《う》けて、それから？
ほら、いまはロシア人だ、俺たちが生まれた社会主義国家は、どろん、
二十世紀に生まれて、二十世紀に消えちゃった、あたしたちは、
ウラジオストクっ子ね、七人揃って、
太平洋艦隊の基地の、ウラジオストクは、秘密主義に覆われていただろう？
ソ連解体の前までは、外国人はいっさい、
立ち入り禁止だったろう？　俺たちは、そこにいて、
それが突然、一九九二年一月から方針が変わって、一八〇度の大転換、
俺たちは、門戸開放されたウラジオストクを見る、あたしたちは、
国内外のあらゆる旅行者って人種《もの》を見る、それから？
環境は激変、アパートには落書き《グラフィティ》、米国化だ、
空き地では犬どもがゴミを漁って、俺たちは、ポップ・ミュージックだ、
米国のポップスを、漁れるだけ漁って、あたしたちは、
だって中国からと北朝鮮からの、物の流れが、ここにはある、
ここウラジオストクにもある、なかでも「中国市場」が凄い、
凄いのよね、化粧品に女性用下着にスニーカー、
そしてラジカセ、それだ、それなのよずばり、
ラジカセ、あたしたちは海賊版を手にする、最初の媒体《メディア》は、
品揃えが豊富なカセットテープ、それから、

ある時期からはCDばっかり、違法コピーのCDなの、誤字ばっかり、
生産工場が東南アジアのどこかの海賊版だから、ロシア語がだめなのよ、
誤字、キリル文字の綴りの間違い、でも気にしない、
あたしたちは聞いたの、俺たちは、十二、三歳から交流したぜ、
コピー・バンドも組んだぜ、旧メンバーの間でな、
それからオリジナル・バンドに変わって、成長して、ああ苦労した、
練習スタジオがない、だから廃棄された軍艦の内部《なか》に、
忍び込む、大音量で演奏だ、逮捕されかけたぜ、
そうね、何度も逮捕されかけたわね、でも頑張って、
あたしたち、音楽談義を重ねて、俺たち、
セッションして、いつかモスクワに出てやると誓った、そうだ、
市場主義経済のこの世界で、この新しい世界で、
俺たちは、勝つ、
あたしたちは、勝つ、
誓ったのよね、メジャーに躍り出るんだって、そうして、
ほら「ジャガーを乗りまわすさ、ポルシェを乗りまわすのさ」って、
そんな夢を語ったのはベーシスト、あたしたちは結束してたの、
あたしたちは、
俺たちは、

結束してたの、展望は、それじゃあ本当は……どこかになら、ある？

自己紹介の歌はここまででした。見たところの崩壊寸前の雰囲気は変わらず、七人編成のこのロックンロール・バンドは、待機する駅舎で「ロシア号」入線の放送を聞いて、じきに、険悪さだけをおのおの携えてホームに到着したその列車に乗り込みます。

［8］

このバンドの編成をさらに詳《つまび》らかにすれば、ボーカルとリード・ギター、リズム・ギター、ベース、ドラムス、サックス、最後に音楽評論家です。七人の若い男女は二つのコンパートメントをめざします。シベリア横断鉄道の最高速列車である「ロシア号」の二等寝台車は、上下二段式のベッド、その向かい合わせの配置の四人部屋が一つのコンパートメントの単位になっています。殺伐たる気配を漂わせた七人でしたから、最初、どのように四人と三人に分かれるかで揉めました。誰と誰が同室になるか、なっても諍いを起こさないか、を検討するための事前の諍いでもありました。結局、旧来のメンバーであるリズム・ギターのプレイヤーが、新メンバーの二人、サックス奏者の血のしたたる熊と音楽評論家の悪い肝臓と同室して、三人におさまるということで落ちつきます。夕食だけは持ち込みの品々を四人組のほうの部屋に並べて、七人揃って摂ることにしたのですが、ぎゅうぎゅう詰めのコンパートメント内で大瓶のウォッカを開栓したこともわざわいし、ほんの小一時間で罵りあいの惨状を呈します。リズム・ギター、それから血のしたたる熊と悪い肝臓が三人の部屋に引きあげます。

ちなみにシベリア横断鉄道では、寝台車に男女の区別はありません。

深夜、「ロシア号」はグベロボ駅の付近を通過します。サックスを抱いて横になっていたのが血のしたたる熊でしたが、輾転《てんてん》とするだけで眠れません。血のしたたる熊は、胸の内にはぐくまれた恋情を自覚していました。グループの紅一点、それはボーカル担当の箱入り娘ですが、じつは一、二年前から血のしたたる熊はこの娘に恋《こ》い焦がれていたのです。だからこそ例の地区予選での引き抜きにも即座に応じたのでした。もっと……もっと親密な交流、いや交際ができるに違いないと期待してのことです。実際は、さにあらず。グループ間には殺気立った空気《もの》だけが満ち、恋愛対象であるはずの箱入り娘との魂の距離はちぢまらず、罵倒こそ応酬はしませんが交わされるのはもっぱら沈黙です。血のしたたる熊は、どうにかならぬものか、とひたすら思います。俺たち七人のこの人間関係がどうにか改善されぬものか、と煩悶します。それから、四人部屋のほうの寝台に箱入り娘が寝ていることを思います。あちらに……男女同室の様相《ありさま》で、と思って、悶々と憂いに堕ちます。翌朝、どうにも調子の出ない状態で目覚めた血のしたたる熊は、「ロシア号」がユダヤ人自治州内にあるオブルチエ駅に十五分ほどの停車をした際、ホームに露店を立てるか鍋をのせた乳母車を並べるかした地元の主婦たちから、自家製の料理を買います。揚げたパンです。齧る時、泣きたいような気分に襲われます。

この血のしたたる熊と同室だったのが新加入のメンバーたる同じ境遇の悪い肝臓で、揚げパンが血のしたたる熊に齧られてから二、三時間ばかり後、はめていた腕時計の針を一時間遅らせます。ウラジオストクとモスクワ間に横たわるのは七つの時間帯、いま列車は首都モスクワに対して「十《プラス》六時間」の領域に入ったのです。悪い肝臓は、時間が増えたり減ったりするのは論理的なんですかね、と自問します。悪い肝臓は、音楽評論家の僕にとってはそこに論理があるのかが唯一絶対の基準ですからね、と胸をはります。それはロックンロールの道理とも摂理とも言い換えてよい、僕はしばしば冷笑家と誤解されますけれども、大いなる間違いですからね、そうでなかったら音楽の価値をBPM（一分間あたりの四分音符数、beats per minute）で測るテクノ信奉者たちをわざわざバックステージで襲撃したりはしません、ロックンロールの聖性に忠実だからこそ犯罪行為にまで手を出す、みずからの善を証すためです、僕は冷笑家どころか熱い《ホットな》んです、と架空の質問者に断言します。悪い肝臓は、そのロックンロールの眼識を買われて、過去複数のバンドに在籍しました。悪い肝臓は、歌詞を書けましたし、また他人《ひと》が準備した歌詞をその「道理」に照らして推敲できました。ロックンロール的に正しい歌詞に昇華させる稀有な能力を有していて、オーディエンスにも評判でした。悪い肝臓は、地区予選をきっかけに電撃加入したこのグループでも目下、首都モスクワ大会での演奏候補曲の歌詞をいっぺんに練り込んでいて、この仕事への熱情は一〇〇パーセント本物だったのですが、しかし絶望に襲われないでいられるはずがありません。現状のままでは完全なる歌詞を付けた完全なる勝負曲が、まるっきり呼吸《いき》のあわない不完全な演奏に弄ばれる……。優勝はほど遠いのだと認識せざるを得ず、悪い肝臓はどことはなしに冷笑的な態度に堕ちてしまいます。どうにかならないものか、それとも、ならないものはならないから、もう無残な死骸《しかばね》か、ははははは、と嗤《わら》います。

もう一人、このコンパートメントに同室するのがリズム・ギターです。同じ朝から昼にかけて、胃痛を起こしかけています。自分たちの実力からいえばモスクワ大会での優勝は間違いない、はずだったのにメンバー同士のあいだの演奏はまるで嚙み合わない、初期メンバー七人が携えていたあの美《うるわ》しい結束はうしなわれて、糞、寝返りだ……糞、陰謀劇だ……この数合わせの七人メンバーの、糞、俺はどいつを頼ればいいのか、そんなふうに苦悶して歯嚙みを続けています。ただし、ここには若干の希望がありました。ここは、この三人の部屋です。血のしたたる熊も悪い肝臓も揃って新加入のメンバーなわけですから、裏切りには荷担していない。在籍していなかったのだから、できない。だとしたら信用することはできるわけです。リズム・ギターは、なんとかならんのか、と思います。七人が呼吸《いき》をあわせて最高のロックンロールを鳴らせる状態に、態勢に、編成に、立て直しはきかんのか、と切に望みます。胃がチリチリとするのは、なにか、腹に食べ物を入れれば鎮まるんじゃなかろうかと無根拠に考えて、すがるような心情から同室の二人を昼食に誘います。「なあ、食堂車に行かないか?」と。

［9］

これは**食べる秘史列車**の物語です。しかし、いわゆる列車名は「ロシア号」であって、そこには食堂車が一輛あります。

［10］

リズム・ギターに率いられた血のしたたる熊と悪い肝臓が、食堂車の、白いテーブルクロスの掛けられた席に着きます。三人は示しあわせたわけでもないのに甜菜《ビーツ》のスープを注文します。滋養のことを考えたのです。スープの具のその主役は豚肉で、他にはひと口サイズに切られた種々の野菜が入り、味わいは極めて素朴です。三人は、何かが足りない味だ、と意見を交わします。それが野菜の切りかたを原因としているのか具の選択にそもそも問題があるのか、異論と反駁が重なり、一瞬、この三人の間でも不穏な刺々しい空気《もの》がふたたび頭をもたげそうになります。と、離れたところから声があがります。「若者たち、これを試してごらん」と身形《みなり》のよい初老の男が、自らのテーブルから起《た》ち上がり、合成樹脂製の容器《タッパー》を手にして歩み寄ってきます。その容器《タッパー》に入っていたのは、自家製のサワークリームです。三人のスープ皿に、それは投じられます。薄赤の甜菜《ビーツ》の色彩にそのサワークリームは溶けて、咲きはじめの薔薇の白さがあふれて、リズム・ギターと血のしたたる態、悪い肝臓の三人はいっせいに啜りはじめます。味わいは激変しています。サワークリームをひと味足しただけで、スープは驚くべき逸品に化けました。四分間、彼らは黙ってスープを啜ります。しかし、彼らは洞察にぴしゃりと撲《う》たれていたのです。それは三つの章句《フレーズ》から成る教訓でした。

ひと味足せば、
何かが変わる、
最高のものに！

だとしたら可能性がある、と彼らは思ったのでした。それは新しい歌詞でもいい、それは新しいリズムでもいい、それは新しい情熱でいい。前向きな展望まで、あとひと味だ。

［11］

そして**食べる秘史列車**には、さしあたっての最初《はじまり》の挿話に茸があり、とりあえずの最後《おしまい》の挿話に大蒜《にんにく》があるでしょう。針は飛びます。その針とは**食べる秘史列車**の物語をメタフォリカルに再生させるレコード針です。

［12］

食堂車に居合わせた初老の紳士の携えていたサワークリームには乾燥したバジル、マジョラム、ミントが少々、それと乾《ほ》し茸をプロセッサにかけたものが含まれています。もっとも魔術的な成分が茸です。秘伝かつ万能の調味料として紳士のその妻が作りあげました。しかし、さじ加減を伝授したのは妻の義母、この紳士の実母です。紳士は、共産主義を廃した新生ロシアの実業家で、この「ロシア号」には商用の帰り路として乗っていました。住居はモスクワにあり、故郷はサンクトペテルブルグ近郊です。この一族の主婦たちは、古《いにしえ》から三十種類の食用の茸が見分けられるのが自慢でした。高祖母が曾祖母に伝え、曾祖母が祖母に伝え、祖母が母に伝え、母が娘に伝えて、調理法もやすやす三桁に達しました。茸狩りは四月から十月にかけて適宜おこなわれていましたが、例年九月の第一週に、一族がこぞって参加する行事も催されました。年齢性別を問わない親戚たちが森に入り、収穫量を競うのです。もちろん、この一族のどこかの家庭に飼われている動物も加われます。

犬もです。

［13］

そのコリー犬は一九九六年の九月一日に死体を発見します。四輪駆動車に乗せられて、サンクトペテルブルグのずっと南、ほとんど人跡未踏の森林に連なっている土地に入ります。茸狩りに特化した嗅覚《はな》を働かせて、落葉の下から衣笠茸《きぬがさたけ》に山鳥茸《やまどりたけ》とつぎつぎ探り出し、掘り起こし、その活躍ぶりが人間たちからの大いなる賞讃を招《よ》び、この人間たちとは実業家である紳士の伯母の、その義弟の筋だったのですが、コリー犬はさらに勇猛果敢に森の深奥に走り込みます。すると種類の嗅ぎ分けられない茸の群生地に遭遇します。食用種か、はたまた有毒種か、コリー犬は悩み、あきらかに困惑の仕種《しぐさ》で腐葉土をごそごそと掻きます。すると死体が出てきます。実際には骨、それも古い人骨です。奇妙な興奮に駆られてコリー犬はこの人骨を引きずり出します。もっと前肢で掻けば、もっと出てきました。さながら巨大な墓地をあばいているかのように何十体もの遺骨が発掘されます。翌日から政府の調査が入り、なんと四〇〇体もの遺骨がそこに埋もれていることが判明します。大半はポーランド人のもので、一九三九年、独ソ不可侵条約によってソ連がポーランドの領土の三分の二を獲得、占領したさいに捕虜となったポーランド軍の将校たちだろうと推し量られます。遺骨は、ほぼ全員、後頭部を撃ちぬかれています。コリー犬は、結局、歴史をあばいたのです。ソ連の秘密警察と軍情報部によるポーランド人の捕虜たちの虐殺現場を、特定したのです。そして、この現場にはソビエト人の遺骨《もの》が一体、どうしてだか雑《ま》じっています。その頭蓋骨には、銃弾の痕はありません。その胸骨には、ナイフを突き立てられた痕跡はあります。このように骨が語っています。

［14］

軍装品らしい遺物がこのソビエト人の履歴をあらわにします。ヨシフ・スターリン（ソ連共産党の指導者、「鋼鉄の人《スターリン》」）の信任を受けていた機関に所属する、いわば当時の軍事エリートで、階級は大尉でした。二十四歳でした。機関内部での通称は天使でした。天使のように美しく任務を遂行するから、がこの通り名の由来でした。出身はウラル地方の中心都市、エカテリンブルグで、この街は一九二四年にスベルドロフスクと名前を変えて、ソ連の解体後の一九九一年には旧名のエカテリンブルグに復します。

［15］

独ソ不可侵条約はスターリンがアドルフ・ヒトラー（ナチス支配下のドイツの指導者、大統領と首相と党首を兼ねた「総統《フューラー》」）の野心に便乗して、一九三九年の、その八月二十三日に締結されていました。ですが一九四一年の六月二十二日にこの条約は反故《ほご》にされます。ドイツ軍は「バルバロッサ作戦」を発動して、対ソ連進撃を開始します。とある軍人が転戦します。この軍人は、一九四〇年に少佐の地位に昇ります。いかにして佐官級のポストを摑んだのか。天使をおとしいれて、です。あの天使を、極秘任務遂行のさなかに、捕虜であるポーランド軍少尉にナイフを手渡して、道連れにするように状況を調《ととの》えて、です。この軍人の昇進のためには、天使が邪魔でした。そして天使は、尋問時にそのポーランド人の少尉から多大な怨みを買っていました。一九四三年、この軍人、すなわち少佐はコーカサス戦線にいます。

［16］

コーカサスの油田がヒトラーに狙われて南ロシアが戦場と化します。これから最大規模の戦車攻撃が仕掛けられる、との噂があります。何者かが友軍の情報を流している、との指摘もあって少佐の出番となりました。少佐は、内部調査のために前線に来たのです。内通者たちの目星はつけました。このうちの半数は無実であることがわかっているのですが、少佐は気にしません。内通者ではない人間を内通者に仕立てあげて虐待し、惨殺すれば、内通はほぼ終熄すると経験からわかっているためです。この策謀を実行に移す前日に、少佐はいずれ死者となるリスト上の「内通者」ばかりを集めて晩餐会を開きます。翌《あく》る日には歯を抜かれて爪を剝がされ、嘘の供述を強いられるはずの若者たちを眺めて愉しみます。厨房係もまた、同じようにリストに記載された兵卒から選びました。食事が供されはじめます。前菜、スープ、それから主菜の羊肉入りの炊き込み飯と牛肉料理。少佐がそこで顔色を変えます。牛肉の塊《かた》まりを口にして、かたわらに控えた軍曹に「これは誰が調理したのだ?」と訊きます。答えがあってから、「その料理人の名前はリストから抹消しろ」と命じます。

［17］

料理人は殺されませんでした。料理人は、少佐にその腕前を見込まれたのです。石榴《ざくろ》のジュースに漬け込まれた牛肉が、串に刺されて、隠し味にヨーグルトを塗られてじわじわ焼かれるという、主菜の料理《それ》は逸品だったのです。その料理人はヨーグルトを地元から持ち込んできていました。ヨーグルトは、株《たね》に特長があるのか、牛乳を加えるだけで同じ味わいのものが容易に増やせました。料理人はコーカサスの山岳地帯の出身でした。一九四三年の秋まで、料理人は少佐の配下に置かれて可愛がられます。一九四四年の一月に、料理人は戦地を離れて帰郷します。その後、二度の結婚をして、これは一人めの妻が一九五三年に病死したためだったのですが、結果として息子五人と娘三人をもうけます。その五人の息子は二十七人の子供をもうけて、三人の娘は十一人の子供を産みます。一家は標高一七〇〇メートルの高地にある村々に暮らしました。人種としてはアルメニア系でしたが、彼らはアルメニア共和国の領土内にはいませんでした。その土地はアゼルバイジャン共和国のなかに飛び石のように存在しているアルメニア系の自治州で、ナゴルノカラバフと呼ばれていました。

［18］

ナゴルノカラバフは一九二三年、ソ連の政治的決定によって強引にアゼルバイジャン共和国に編入されました。結局、このつけはまわります。民族対立が激化し、ペレストロイカ（一九八五年以降のソ連の改革、「立て直し《ペレストロイカ》」）開始後に内戦状態に入ります。料理人の四人めの息子の長男がアルメニア・ゲリラになります。一九八九年、このアルメニア・ゲリラは手製のロケット砲を発射します。とあるアゼルバイジャン人の村が戦禍にさらされて、五歳の男の子の父親が死にます。爆死でした。

［19］

父親をうしなった五歳の男の子は、母親と兄弟、それから祖父とともに、アゼルバイジャン共和国の首都バクーにいる親類のもとに身を寄せます。一九九一年のことです。しかし、この首都すらも戦乱をまぬがれません。かろうじて本格的な内戦の勃発を抑えつけていた力、すなわちソ連が崩壊に向かったことで、親類の家は戦車に潰されます。十二月、男の子の一家はモスクワに出て、赤の広場の難民キャンプに暮らします。

〔20〕

モスクワで、誇り高き共産党員だった壮年の男性が自殺を図ります。その男性の通り名は、鷲鼻のボリスです。共産党の活動がロシア連邦内で非合法化されてから四カ月後のことでした。鷲鼻のボリスは、党員証をわずか一〇〇ルーブルで売りました。市場には堂々とそれを買う連中がいました。外国人向けに「モスクワ土産」として高値で売りつけるのです。かつて西側をヒステリー状態に追い込みもした共産主義の脅威《それ》は、いまや売り買いできる思い出に堕したのです。鷲鼻のボリスは、絶望しました。売ったことに絶望して、その誇りがわずか一〇〇ルーブルにしか換金されなかったことに希望を絶たれました。いっさいの希望、生きる希望まるごとです。鷲鼻のボリスは、大通りから百貨店の建物に入り、道路に面した四階の窓をこじ開けて、飛び降りました。そこには当然、車道がありました。そこを子供が横切りました。アゼルバイジャンから来た難民の子供で、一九八九年にアルメニア・ゲリラに父親を殺されたあの男の子でした。七歳になっていました。男の子はいつものように市中《まちなか》に物乞いに出て、その車道の向こうに買い物客が落としていった紙袋を認めました。盗まなければ、と思いました。獲物だ、と思いました。もしかしたら袋の中身は肉か果物かもしれない、僕は食べられるかもしれないぞと思いました。男の子はもちろん四六時中空《す》きっ腹でした。だから本能的に駆け出して、アゼルバイジャンから逃れてきたこの七歳の男の子は、突っ込んできた幌付きのトラックに撥ねられます。運転手は急いでブレーキを踏みましたが、間に合いません。男の子は即死しました。急停止したトラックのその幌に、ぼん、と音を立てて鷲鼻のボリスが落ち、無傷で生きのびます。

［21］

鷲鼻のボリスは、生後まだ十一カ月の時に生まれ故郷をうしなっています。一九三六年にソ連は全土の電力化を目標に掲げて、「偉大なる社会主義国家」の証しとしてのダム建設に励みました。鷲鼻のボリスの生地は、この展開《なりゆき》のさなかに人造湖に沈んだのです。そうして水没した土地はウラル山脈と首都モスクワのちょうど中間に位置していました。田舎町ではあったのですが、ふしぎと古都の趣きを具えて、これは実際に町の歴史が古いからでした。そうした人々の自負の心を象徴するのが、一六〇〇年代に建てられた壮麗な教会でした。鷲鼻のボリスは、その教会も目にしていません。やはり水面下に沈んだからです。ロシア革命の直後から宗教弾圧は始まっていて、一九三〇年代にはゆうに八割を超える教会が破壊されるか閉鎖されて、聖職者は迫害されていました。農村部の人々の心の支柱がじつは教会、言い換えるならば宗教だったのですが、これに対する肯定的な想いを口にすることは、禁じられているばかりか危険でもありました。そして、教会はあたりまえのように人造湖に沈んだのです。もちろん鷲鼻のボリスは、この水没する情景も憶えていません。母親の言《げん》によれば「お前はこの胸に抱かれて、見た」そうなのですが、いまだ乳児でしたから記憶は不可でした。そのために、以下の事柄の記憶《それ》もありません。その教会の尖塔の内部《なか》に司祭が残ったこと、沈みゆく教会と運命をともにし、信仰に殉じようとしたこと、堤《つつみ》では見守る人々がこの事態に涙していたこと、だが一人の若者がいきなり勇を鼓して逆巻く水に飛び込んで、深みに呑まれつつある尖塔に向かって泳ぎ出したこと。司祭は結局その救出の行為には間に合わず、おのれの願望《ねがい》どおりに溺死し、すなわち殉教を遂げたのですが、若者がその遺体を岸辺まで渾身の力で運んだことで、ダムの水底《みなそこ》に無残に放置されるような目には遭わず、母なるロシアの大地に弔われることと相成《あいな》り、こうした一連の場面の展開からそれ以降、若者がこの町の、沈んだ町の人々のあいだの英雄になったことを鷲鼻のボリスは憶えていません。まして、母親の言にはなかった事柄、若者がひそかに母親の愛人で、いうまでもないことですが母親は亭主持ちで、にもかかわらずボリスのその鷲鼻はどうしたって秘められたこの父親ゆずりで、しかも不倫関係はじきに露呈して、英雄はかつての英雄に堕ちて、すっかり白眼視されて、ついには出奔してしまったことを記憶していないのは自然なことです。どのような手段を用いても憶えられることのない、鷲鼻のボリスの知らない事実はほかにもあります。ですが、その前に知っている事実があります。鷲鼻のボリスは、その水没した生まれ故郷、古都の趣きのあった生地が「味の郷《さと》」との見地からは周辺地域から隔絶していたことを知っています。白ロシア（ベラルーシ）風ともバルト海風とも、または漠然と認識されるところの中央アジア風の調味とも異なり、スラブ的に許容される範《のり》を超えて大蒜を多用していたことを知っています。スープからサラダ、肉と魚料理にいたるまで。実母《おふくろ》の味がそうだったから、知らないわけがないのです。ただし、放胆な大蒜づかいだとはいえ、用いられるのは大味の正反対、摺《す》りおろした繊細な大蒜のみで、しかも適量、この調味法は洗練されています。そして、鷲鼻のボリスはつぎに続く事柄を知らないのです。一九七五年、シベリア地方では人口最多の都市として知られるノボシビルスクの東、かつタイガ（ケメロボ州の街）の西、炭坑とは関わりのない小さな村で二十歳《はたち》の娘が教会を焼いたこと、この教会は一九三九年の七月に閉鎖されていたこと、その二十七年後に当時十一歳だった娘が忍び込んで、あちらこちらに掛けられていた聖画像に魅入られ、十二歳になっても十五歳になっても二十歳になっても侵入を続けたこと、時には篝火《かがりび》に照らして聖画像をためつすがめつ眺めて、あげく、その炎で教会を焼失させてしまったこと。その焼き払われた宗教施設の敷地から、意外としか言いようのないもの、完全な一体の人骨が現われて、たぶん床下にそれは置き棄てられていたのではないかと判断され、すると二十歳のその娘のこの年五十四歳となる伯母が、もしかしたらあの司祭の骨ではないのかと思うことを、鷲鼻のボリスは知りようがありません。その司祭は、伯母の記憶によれば、一九三七年だか一九三八年だかにウラル山脈の西側から来たのです。村にはこの頃、聖職者がおらず、それは前任の司祭が追放されていたためだったのですが、そうしたおりでしたから「新たに赴任してきました」と告げる二十代の司祭は歓迎されたのです。しかし、素姓は怪しかったのです。実際、一九三九年にあきらかになるのですが、この司祭はロシア正教会とはなんら関わりを持たない人物で、贋《にせ》坊主だったのです。けれども、贋坊主は、信仰心ばかりは本物であったようで、わずか一、二年の間に村人たちの信頼はすっかり贏《か》ちえていたのです。正体がばれた直後には、自分はかつて殉教した司祭を湖沼《うみ》から救い出したことがあり、その司祭の魂をここに、わが胸に、宿らせているのですから魂的な真の坊主です、と強弁もしたのです。そして、五十四歳のその伯母はもっと思い出すのです。一九三九年には十八歳の小娘だったこと、その贋坊主には郷愁に対する弱さがあって、しばしば「これが首都風の味付けなんですよ」等と丸め込まれて、何かの調理の秘訣を習わされたこと。「僕の生まれ故郷では、こうして大蒜を用いるのですから、君たちお嬢さん方もおぼえなさいね」と言われたこと……。姪が教会を焼いてしまった一九七五年のその一件を契機に、伯母は、大蒜づかいを復活させます。

それから二十五年が過ぎて、満七十九歳になった二〇〇〇年の夏、タイガ駅の構内でシベリア横断鉄道の乗客たちに揚げたパンやクレープを売るでしょう。それは未来でしょう。もちろん鷲鼻のボリスは、そんな光景を目にすることはありません。しかし、生きています。投身自殺を企てたのに、いまトラックの幌の上に横たわり、知りようもなければ見ようもない記憶と未来を、一つの感触《てざわり》として味わっているのです。

［22］

それは**食べる秘史列車**です。タイガ駅に滑り込んで、この「ロシア号」はここで二十五分ばかり停車するとアナウンスします。七人編成のロックンロール・バンドの、リード・ギターがふらりと降車します。物売りをしている地元の主婦たちの間をさまよいます。ホームで、じつのところ同室のボーカルやベースやドラマー、そして別室の三人のことも気遣いながら。どうにか展望らしきものは開けないかと思いながら、そこに露店を出していた老婦人からクレープを買います。「これにゃあ精力がたっぷりだよ」と説明されて、どうしてだか七個、買います。たぶんメンバー全員に分けるために。老婦人は続けます。「大蒜がしっかり利いてるから！」

［23］

この物語の結末は永遠に来ません。なぜならば**食べる秘史列車**は走りつづけるからです。ユーラシア大陸に架けられた、その、鋼鉄製の一本の大橋を。

車内では、音楽評論家の悪い肝臓がその腕時計の針をまた一時間、遅らせました。手作業《マニュアル》で。

第三の書

監獄ロック三部経

コーマW

穢土《えど》

口が渇いている。私は少し水が飲みたい。

しかし欲求は断《た》った。贅沢なものだと悟ったのだ。そうだろう？　この人には点滴とチューブしかないのに、小説家の私が、物語ることで口中が渇いたからといって……。

脳波を見たいな、と思ったのは事実だ。

脳波は平坦《フラット》ではないだろう。けれどもどこまで反応したのか。

——どんな反応を示したんだい？

問いかけたい衝動に駆られて、それも抑える。もっと直接的に信じればいい。たとえば血色、この人の血色はいい、循環機能は活きている。たとえば呼吸、この人の胸部は眠りながらでも上下する、呼吸機能は活きている。モニタリング装置を介さずとも、私は直接的に理解できるのだ。

だから語るのだ、とも言える。

そして、何について物語るならば、たとえば右側の下半身を、すなわち——右の上腿部を、下腿部を、くるぶしと、そこから先を活性化しうるのか？

そうだ、活性化だ。どうしたらもっと活きている血行に変えられる？　その皮膚の、色彩《いろ》を、輝きを……。

私は、人体に物語を宛《あて》がってみる。

いいや、言葉を換えよう。人体に大陸を（それぞれの大陸を）当てはめてみる。

頭は南極大陸だ。

――凍った脳があると、そこにあるとイメージされるから？　私は自問した。

「かもしれないな」と私は答えて、それから「心臓はユーラシア大陸、だから胸部が」と続けて、右腕に北米大陸を、左腕にアフリカ大陸を、それから左足にはオーストラリア大陸を宛がって、「すると、反対側の……右足は南米大陸だったな」と悟る。

私は恣意的に当てはめているのか？

そうではない。私はわかっていたのだ。経験的にも、それから一種の直接的な信仰としても。ところで胴部が足りない。胴部に対応させる大陸が、どうも欠けている。それはまずい。胸にあるのは心臓で、胴には、臍《へそ》がある。

臍は肝要だ。

「だとしたら、胴部にはインド亜大陸を」と私は回答した。

全く正解なのだ、と私はうなずけた。

しかし日本列島はどこにあるのだろう？

人体の日本《ここ》は？

――鎌倉仏教に思考を、戻せ。

私はおのれに命じた。私はその話題に、引き返す。貴族＝支配層のための仏教がいきなり個性的に多様化した時代、すなわち浄土宗も日蓮宗も禅宗も花開いた、その日本流の「宗教改革」の時代、反権力の運動にはもちろんロックンロール力がともなわれていた。新興仏教のそれぞれが過激に走るところ、ただただ南無阿弥陀仏、または南無妙法蓮華経《なむみょうほうれんげきょう》を唱えればよい、との主義主張が現われた。ただし日蓮宗は〝国家〟を考慮に入れていたから（すなわち日蓮宗は「最終的には国教になることをめざす」、権力志向ゆえの反権力だった）、その七字――南無妙法蓮華経は、浄土宗の六字――南無阿弥陀仏よりはロックンロール力に欠ける。

ところで鎌倉時代とは、日本史における初めての、二都物語の時代だった。

もちろん京に都《みやこ》があったのだが、鎌倉に幕府が開かれていた。

軍事政権がそこにあり、かつ、伝統的権威としての朝廷はやはり京都にあった。

――二都だ。私はしかし、もっと咀嚼する。東国《とうごく》に置かれた都は鎌倉であって、東京の（後世の東京の）地ではない。

京都と鎌倉の、二都。

その二都物語の時代にロックンロール力としての念仏、イコール浄土宗は巷間を席捲した。とはいえ浄土宗のその隆盛には前史がある。鎌倉時代の前史なのだから、平安時代に妥当する。天台宗の僧侶であった源信が、寛和《かんな》元年に『往生要集』を著わした。

残念ながら私は、西暦の注を挿《い》れなければならない。

寛和元年とは、西暦九八五年だ。

西暦に照らせば二つも前のミレニアムに属した寛和元年で、その坊主、源信は何をしたのか？

その著書『往生要集』に、何を書いたのか？　それは仏教文学書だった。極楽往生するための方法を説いた。百数十の経典から「往生するための要《かなめ》」を引用していた。

——そして人々が極楽を、極楽浄土を求めるために。

私は感心してしまうのだが、源信は十章から整然と構成される『往生要集』の冒頭に、まず「厭離穢土《えんりえど》」の章を置いた。穢土とは、穢《けが》れた国土、この世のこと。このことを理解させるために、源信は、巻頭からひたすら地獄の描写を進めた。この世でいかなる罪を犯せば、どの地獄に進むのか。すなわちいかなる罪業が、どの地獄に直結しているのか。

そのどの地獄をも、リアルに描出した。徹底的に。

源信は執拗だった。人々が「往《ゆ》きたくない」と思う地獄を、これでもか、これでもかと描いた。つまり、源信は多種多様な地獄を（じつに体系的に）創造したのだ。源信は、地獄の鬼たちも創造した。異形の獄卒を、産んだ。

視覚的な生物《いきもの》として。

——地獄なければ、浄土なし。

その説得力。私は無自覚におののいてしまうのだけれども、実際怖ろしいものだな。これほどの現実的な発想は私にはないよ。

あるいは私には、欠如しているよ。

それから私はさらに思うのだ。何某《なにがし》かの地点からひるがえって。一人称で物語るものは一人だけではないね。この私だけでは。

浄土前夜

阿弥陀は幾何級数的に増えます

わたしはゆるやかに認識する。ここはどこか鎖《とざ》された場所なのだと認識する。根拠はない。その根拠はこれっぽっちもないのだけれども、無根拠さの根拠《それ》ならば挙げられるとわたしは思う。風が通っているから。吹きぬけているから。すなわち気流は遮断されていないのだし、ほとんど四囲の壁はない。ないのだと断じていい。こんなにも心地好い風。わたしは顔をあげる。すると二つめの、無根拠さをわたしに証すための根拠《それ》が視界に入る。そうだ、見えるのだ。空が、天穹《てんきゅう》が、夜の空が。架かっているのは満ちた月だ。ほとんど満ちていると説明するのが、正解？　わたしは多少は躊躇する。わたしには十四夜《じゅうしや》と十六夜《いざよい》のそれぞれの月を判定する能力がない。おまけに満月は、それら前後の二つとしょっちゅう混同される。ひと目見て、誰かわかるの？　もしかしたら誰かはわかるの？　わたし自身は（辱《はじ》を忍んで告白すれば）たびたび満月が三度つづいていると感じた、その十四夜からの三晩《みばん》に。ところでわたしは話を変える。その三度の月夜はいずれも狩りに適していた。そのことをわたしは語りたい。狩り……。

いま、わたしは狩りと思った。

わたしは狩猟する生き物なのか？　ふいにたびたびとはいつだったのかと自問する。そもそも、とわたしは問いを連打する。わたしはいま、どこにいて、何をしているのか。何を？　そうだった、わたしは認識していたのだった、わたしは認識しなければいけないから認識していたのだった。これら一切の事情もあって、ゆるやかに。そうだ、ゆるゆると。すると感じたのだ。ここには「鎖《さ》し固められた場所」との印象がある。どうしてだか、無根拠にそれがある。しかし檻《ケージ》の類いとは違った。だって、風が通っている。ほら、心地好い夜風。わたしの全身を撫でた。これが根拠の一つめだった。二つめは天穹だった。夜空が目に入るということは、天井が、葺かれた屋根がないということ。ところでわたしは、眠っていた。いま、目覚めた。いまなのかいましがたなのか。数々のおかしな夢を見た気がした。珍妙な……。

そんなことまでわたしは認識した。

わたしは、起きなければ。

身を起こさなければ。

ふだんの警戒心をふだんどおりに働かせながら、わたしは巣穴を出る。いいえ、これは巣穴ではない。ただの寝ぐらだ。そして、地下室……というか床下だ。這い出てみて理解した。木造建築の床下だ。それから（匍匐《ほふく》で前進して）石か、アスファルトか、どちらかの固い地面をわたしは踏む。前で、後ろで、やんわりと。わたしは前のほうを「手」だと認識しただろうか？　多少はした。四つが四つとも肢《あし》だと自覚するわけではない。分担があるのだ。たとえば獲物の攻撃に用いるのは二本の「手」だ、器用なのも前のそれ。ところでわたしには尾がある。尻尾が……。ある。

あるな。

わたしは、いま、揺らした。尻尾はふわっと揺れたし、重みは馴染んだ形でわたしに感知された。いわばまっとうな重量だ。ふさふさと毛が生えていることまでわかる。つまり、それは、疥《かい》癬《せん》にはやられていないということだ。あの病には。それならばいいの。脱毛はじきに体力を奪って、じきにわたしたちを死に直進させてしまう。直進、それとも突進？　そんなふうに疥癬に冒されて、無残に死をめざした同胞たちを多数見た。大の同胞も小のも。そうだ、小さな同類も、ばたばたと仆《たお》れた。わたしたちは減った、とわたしは思い出す。わたしたちはこの都市ではほとんど生き残れなかった、この大都市では、ここでは。そうだ、ここ、東京では。東京……。

ここは東京なのか？

違和感がある。

もちろん直感として、その違和感はある。ゴリッとした異物《もの》。わたしは覚醒直後であるあまり、混乱している。そうね、記憶がアナーキーなのよ。わたしは意図的に認識する速度を落とす、さらに。ゆるりと、もっと落とす。わたしは周囲にあるものをたんに「在る」として見ればいい。あるいは情景を、おもむろに聞こうか？　ほら。水の音はしていない。車の走行音はしているけれども、遠い。この場所の外部《そと》を走っていて、やっぱりこちら側が囲われているのだ。四方《よも》の壁はないのに鎖《とざ》され……閉じられている。どうしてだか。それと、この場所には灯りがある。月影以外の人工灯。それが地面を照らしている。地面、そう、わたしの手足が（いま、この刹那にも）踏んでいる石畳を……。

石畳？

わたしは白い照り返しを視認する。

固い地面だ。石畳だ。

それでも、とわたしは思う。それでも、灯りは弱いのね。わたしは、そもそも、と思えばよかったのだろうか？　そもそも、灯りは弱いのね、あわあわとした反射しかないから。石畳のその白さは朧《おぼ》ろだ。わたしは顔をあげる、光源を探して、すると「在る」。灯籠だ。わたしは、ほら一基、いいえ、ほら二基と認識する。わたしには少々ゆるやかさが欠けていた。二つだ、ここに認められる光源は。一基の石灯籠、そして、二基めの石灯籠。そして……。視線はおのずと廻らされて、わたしは結局ほとんど真後ろをふり返る。わたしが這い出してきた床下《そこ》の、上。つまり床上？　建物のとりあえずは正面と認知するのが妥当な部分。事実、正面にあたるのだろう。ロープが垂れている。わたしは教訓を活かしながら数える、一、二、三。ゆるやかに認識した、ロープは三本……。

ところでロープは極端に太い。

縒られているの。

目をあげれば鈴が確認できるの。そんなものが付いているのが看《み》て取れるの。それも小の鈴と大の鈴。もっと視線を上方に走らせれば、建物の横木があって、そこにもロープがあって、それは（それも）太い藁縄《わらなわ》で、紙が垂れている。紙製の四手《しで》が。わたしの脳裡におとずれる閃きがある。これはシメナワだとわたしは思う。シメの縄。きっと意味合いとしては「標《しめ》」の……。やはり境界がここにある。ひとつの領域が標識で区切られている。神聖な場所として。それから、結界……。

見えない線が引かれている。

四囲に。いいえ、何重にも？

外部《そと》から何重にも隔てて。実際、わたしの正面に（というか眼前に）垂れている三本のロープは簾《すだれ》だ。大の鈴も小の鈴もと釣り下げたロープたち。握って揺らせば、カランカランと複数の鈴が鳴るのだろう。わたしは何人もの手の臭いを感じる。手のひらの側の。それは人間の「手」だ。そのロープには何人もの、いいえ、何千人もの「手」の臭いが沁《し》みついているのを、わたしは嗅いでいる。六十万人かもしれない。その具体的な数字は何？　わたしは問いを推し進めない。自問あるいは問いの連打よりも認識しなければならない、「在る」ものを目で、その他の感覚器官で。眼前に垂れている三本の太いロープがほとんど簾であると認識して、その向こう側をわたしは見る。そちらがいわば内部《なか》なのだ。木箱がある……。

置かれている。

むしろ鎮座している雰囲気だ。

その存在感。ああ、とわたしは認識する、賽銭箱ね。それは（これが）参拝者の賽銭を受けるための箱ね。でも、誰に捧げているの？　この疑問が大音声《だいおんじょう》で脳裡に閃きとどろいた瞬間に、わたしは認識する速度をあげる、あげることを自分に許した。賽銭箱がある。シメ縄もあった。神域であることが示されていた。ここは結界としての境内だ、神社の。それがどうだというの？　わたしが高速で認識するのはわたしの空腹だ。ひどい空腹。わたしは目覚めた直後で、しかも飢えている。賽銭箱の上には載っているものがある。何かが……何？　二基の石灯籠の弱々しい深夜向きの灯りがほのかに照らす。化学繊維に特有の反射……ビニール？　ビニール包装された、何か？　わたしは、跳ぶ。わたしは、賽銭箱に乗る。

跳び乗った。

ビニール袋に入れられた、かつ未開封の、食品がひとつ供えられている。

方形だ。食品《それ》は細長い。長方形だ。

包装を透《とお》して若干の臭いが感知できないわけではない。わたしは、嗅げる。腐敗はしていない。

それから油の臭気がした。菜種油？

わたしは破っている。

わたしは歯で袋のその端のほうを嚙み、ビリッと嚙みちぎり、中身にたどりついている。たちまち。中身の食品《それ》に。いい香ばしさだ。わたしが歓迎してしまう臭いだ。揚げ物だ。しかも大判の、そして、大豆の風味がする、そうだ、ジュッと滲《にじ》むものがあって、わたしの食欲に訴える、訴えつづける。

わたしは貪る。

わたしは貪っているわたしのことをも認識する。

だがわたし自身のことよりも食品《それ》を正確に認識する。それは、何なのか。油揚げだ。人間が捧げたのだ。誰かに捧げたのだ。この結界……この境内で。この神社の、あるいはこの神社に祀られる誰かに。

わたしは貪り了《お》えたわたしを認識する。しかし飢餓感が全面的に満たされたとの思いはない。当然だ、これは油揚げ一枚だ、まだ一枚……。わたしは高速の認識下でもちゃんと数えて、足りない、全然足りないとむしろ飢えを強烈に（無《ゼロ》の枚数の時点よりも強《したた》かに）感じる。

わたしは生きなければならない。

食物を獲なければ。

つまり獲物だ。狩る。

だとしたら、とわたしはただちに決定する、わたしは外部《そと》に出なければならない。この神社の内部《なか》から、ここから。言い換えれば境内から。言い換え……パラフレーズ？　ある感触《てざわり》がいきなり脳裡に大きな位置を占めかけて、けれどもわたしは無視する。だって、記憶はアナーキーなのだとすでに確認ずみなのだから。ふたたびわたしは首《こうべ》をあげて、廻らせて、この賽銭箱からの多少の高さを添えた視界に、まずは拝殿、それから石灯籠、参道と順に認める。配置の把握だ、東西南北はわからない。

それがどうだというの。

わたしは、跳ぶ。

わたしは、石畳をちゃちゃっと駆ける。

二基の光源のあいだを縫うように走る。その向こう側をめざして走り、ほの暗い参道の途上、するとと「在る」。

わたしは三基めかと思う。

灯りが入れられていない灯籠《それ》かと思う。

石柱らしさを感じたから。基台だった。ああ、とわたしは誤解する、狛犬？　違う。ほとんど間髪入れずにわたしは否定する。石彫りの獣《けもの》であることはたしかだ。生命のない像が鎮《しず》まっている。しかし犬ではない。ないの。犬や獅子《ライオン》をかたどってはいない。月影にその輪郭をふちどられているから、わかる。耳はやけに尖っている。そもそも顔貌が尖っている。むしろ体軀そのものが鋭敏さ、鋭利さを内包したプロポーションを有して、つまり……尖っている。さらには長いぷっくらとした尾。

これは犬たちの同類ではない。

わたしに似ている。

それじゃあ、狐の似姿《にすがた》?

わたしはショッキングな認識を得る。わたし自身のことの正確な、たぶん客観的な認識。わたしという「在る」ものの。この地上に。それからわたしの（わたしたちの）同類がそこにかたどられていることの。狛犬ではないけれども霊獣ではある、とわたしは考える。聖なる場所を守護しているのだから役割は同じ、と考える。だったら石像は一対《ペア》のはず。刹那にわたしは視界に片割れを見出している。

狛犬でいえば阿吽《あうん》の相の位置。

口は、とわたしは見る。

何かを咥えている。そちらの片割れは。巻物?

こちらは、とわたしは見る。

ない。咥えられているものはなんらない。どうやら口は閉じている。ただし片方の前肢《まえあし》……もしかしたら「手」が、大きな玉を踏んでいる。片割れは巻物で、こちらは玉。参道の左右に据えられた、ある力としての構図。わたしは第三のショッキングな認識を浴びている。ここは稲荷《いなり》だ。ここは稲荷神社で、人間たちは祈りや賽銭を（あるいは油揚げを、あれを）その神に捧げている。

その神か、その神として祀られる存在《もの》に。わたしたちの同胞に？　もう、絶滅しようとしているのに？　この東京で、この……。

ここは東京なの？

そんなことは、とわたしは思う。

いま以降にしか問われない。わたしは石造りの狐たちの一対《ペア》を再度、観察する。当然だが石像は動かない。微動だにしない、わたしに似ていても。生命が吹き込まれていないからだ。わたしは違う。そうではないの。むしろ生命《それ》しかない。だからわたしは、動ける。わたしは歩き出す。ふたたび、ちゃちゃちゃっと駆ける。手水舎《ちょうずや》があったけれども立ち寄らない。わたしは手を洗わない。参道はじきに石畳の坂となって、それは下る。わたしは下る。結界としての空間の、その「見えない」区切り線を最後まで脱ける。あの標《しめ》の類いのいちばん外側の一線まで。たぶん、わたしは。いま？

そこからは、いま以降？

論理が回答する。いま以降だ、と。かつ、ここまでがお前の体験したことだ。お前はわたしがゆるやかに認識すると思いながら目覚めて、わたしは思う、わたしが考える、と認識の主体でありつづけた。ここまでの一切がお前の体験したことで、覚醒後のざっと二十分間に相当している。お前はお前が狐という生物であることに気づいている。一頭の狐。それも生きた狐。面長な顔を持っている事実すら自覚していた。ところでお前は雄なのか、雌なのか？　性別についての自意識は、しかし全く働かなかった。仮に雌狐《めぎつね》だとしても、その事実は発情するまでは感じられなかっただろう。その時には外陰部は腫れて、脹《ふく》らみ、濡れもして、出血も見せる。そうなったら

「ああ、わたしは雌狐なのね」と自覚しただろうが、いまはそうではない。だから性差《セックス》は重要視されなかったし、群れてもいなければ家族も所有していないのだから、ジェンダーも同様だ。そもそもお前に、群れられる可能性はあるのか？　ところで発情期には当たっていないことが、「いまはそうではない」と語られた。いま？　しかし、それはいま以降ではないのか。あのいまの、未来の時間の内側《なか》にこの語りはあるのではないか。つまり（ありとあらゆる）いま以降は、つねにいまに追われる。お前は走る。お前はもともと夜行性の生き物だから、あの目覚めからの三十分後の夜にも、四十分後にも、それどころか五十分後の夜にも駆けている。疾駆すれば尻尾がゆれる、お前の。あの、ふさふさと毛の生えた尾が。もちろんお前は時速にして五十キロまで、それどころか八十キロまで出せるのだが（出そうと思えばだ）無益なことはしない。なにしろ無益なことの筆頭が体力の浪費だし、そもそも浪費しうるほどの蓄えがないのだ、お前には。体力は蓄えられておらず、あるのは飢餓感だ。お前はひょうひょうと歩きもして、なのに行動は疾駆に似ていた。もちろんお前は耳から熱を発散した。狐の長い、尖った、大きな耳はそのためにある。そのように機能する。そして放散される体熱があるならば、お前はまだまだ死なないだろう。お前には生きのびる可能性があるだろう。この推量は予言に似て響き、お前はそこに黙示録を感じるか？　あらゆる黙示的な文書の音色《ねいろ》を？　感じるがいい。そしてここは、あのいま以降の、夜の都市だ。それも大都市だ。お前が優先することはシンプルだ。食って、生きる。そのためには天分を働かせるだけでよい。たとえば鼠を狩ることの天分《それ》を。ほら、月夜だ。しかも夜空に架かっているのは満月、お前は容易に鼠たちを捕れた。そうだ、複数の獲物だった。ただしクマネズミにはまるで出遇《であ》わず、ドブネズミばかりだった。平均してドブネズミのほうが図体《ずうたい》で勝るから食い出はあるのだが。しかし人間たちと「人家」で同居しているはずのクマネズミたちはどこに隠れたのだ、いったい？　ここには建築の大小を問わず「人家」ばかりだというのに。だから都市だというのに。とはいえハンティングには成功しつづけるのだから、お前には不満はない。捕った鼠たちを数える。ちゃんと数えた、お前は。カウントは教訓だ。二匹めと三匹め、四匹めと五匹め。ずいぶん腹は満たされる。もちろんお前は下手物《げてもの》食いはしない。お前は鼠たちの尻尾は貪らない。それらは道路に残されて、それらは数分間ばかり、うねる。本体が喰らわれても、まだうねった。

そして、道路だ。

都市には道路がある。おおむね舗装されていてアスファルト・コンクリート類が表面を飾る。お前がもっぱら利用するのは路地で、しかし大通りを無視するわけではない。大通りの歩道（というか、歩道側）は利用した。人道だ。しかし横断歩道は渡らなかった。お前は車道を忌避する。夜、あらゆるタイプの車輛が走行している。お前が聴覚《みみ》に認識したとおりだ、「結界の外側には車が走っている」と、あの稲荷神社の境内で。予期しえなかったものとしてお前がその視覚《め》にするのはヘッドライトだ。速度と轟音をともなうヘッドライト（その轟きとは通常四つの車輪がアスファルト・コンクリート類を嚙むノイズで、地表に手足をついているお前の全身を揺さぶる、痺れさせる）、ハイビームとロウビーム、そこに反映する車種のバラエティ。交通量は、疎《まば》らとはとてもいえない。運転する者たちは当然人間なのだが、フロントガラスまたは左右どちらかのウインドウ越しに顔を拝めることはない。ヘッドライトの速い光輝が邪魔して、残像もまた視認することを妨げる。いずれにしても、車道は忌む必要がある。お前は大通りも活用するのだが、決して車道には踏み出さない。横断歩道の類いは、人道ではあっても、狐用の歩道《それ》ではないのだ。

するとと、都市は島になる。

大道に分断されている複数の島になる。汀《みぎわ》がそれら大通りの歩道だ。お前はしかし、島から島へと渡れないわけではなかった。地下通路もあったし歩道橋も見出されて、お前はこの（目覚めてから最初の、一つめの）夜のあいだにも後者の陸橋《みち》を移動に用いた。ドブネズミの鳴き声を違う島に聞いたからだ。お前の大きな耳は、餌食たちの気配を数百メートルほどの圏内に聞ける。位置も正確に摑める。ただし、フラットな土地ならば、だが。ここはフラットではない。土地はおおむね平坦でも人工物で建て込み、極端に高密度な凹凸ばかりを示してしまう。ここは、都市は。

都市。ところで、ゴリッとした異物はお前の胸中にいまだ居坐っている。ゴリゴリッとした違和感はこの一夜めが深《ふ》けるにつれて昂まっている。東京なの？　この夜の、この大都市は、東京なの？　お前は思うのだ、ここが東京ならばわたしたちを排除した、と。わたしたち狐を放逐しながら、弾《はじ》きながら成長したのがこの東京だ、と。一〇〇年、それとも、二〇〇年……。お前はさらに二つの疑問を持ち出してよかった。お前は「そもそも群れられる可能性が、わたしにはあるの？」と疑ってよかったし、社会的な性差《ジェンダー》の無意味性にまで思いを馳せてよかった。お前の雌雄が、その区別が何の意味を持つ？　先んじるのは不可能性だ。妻になれなければ夫にもなれず、母にもなれなければ父にもなれない。そうだ、可能性としての最後の一頭でありつづけるのだ、お前は。そしてこのようにも疑ってよかった。東京のその街としての歴史が一〇〇年はたしかに遡れるにしても、二〇〇年になると、どうか。二〇〇年より昔にも東京は「在る」都市《もの》であったか。それは違う都市《もの》がその名を改められて、誕生したのではないか。いわば転生したのではないか。この疑いまで持ち出しえたならば、お前はきっと「東京は以前エドだったのよ」と思いあたったに違いない。しかしながら、エド、との地名の響きに正しい文字を宛《あ》てることは叶わなかったに違いない。お前は回答または閃きの瞬間、穢土《えど》、と字を宛ててしまったはずだから。東京は、穢土だった。ここには真理があり、お前はそれをわきまえてしまったはずだ。納得し、うなずきもしたかもしれない。しかしお前は、二〇〇〇年……と考えて、それ以上は思惟を進めなかった。お前は適応という行為を優先した。そうなの、とお前は思った。わたしには適応力《プラス》がある。最初の夜に二つめの夜が続き、二つめの夜には三つめの夜が続いた。お前は教訓をためとしながらカウントするが、ただし無意味にはしない。匿名の、または無名の夜はそのままにする。ある夜には鼠がいない。餌食になるドブネズミに、これはクマネズミでもいいのだが、遇《あ》わない。ある夜は果実しかない。しかし雑食性の生物であるお前は、甘い果実は歓んで食《は》む。ある夜には卵ばかりを見出す。大きさとしては鶏卵《けいらん》程度だが、だとしたら放《はな》ち飼いの鶏がいるのか。この都市に？　お前は、発見したその場では（歩道のやけに茂った植え込みや、公園の花壇では）卵を貪らない。習慣からだがいったんは口に咥えて、運ぶ。割るのは多少離れてからだ。鶏卵は美味だった。そして、有精卵だったから、たまに孵化寸前の雛にもあたった。それは雛寸前、の雛ではない生命だったが。厳密な定義として。それでも鶏の味はした。その肉の。チキンの味わいだ、とお前は思った。獲物の骨はカリカリと鳴って、ただし未熟さはともなわれていた。お前はぴちゃぴちゃと舌を鳴らした。空腹というのは痛みだ。いまのところ、お前はその痛みを飼い馴らしている。お前は同胞を思った。わたしたちの同胞、と思った。きっと絶滅してしまっている、わたし以外は、とも感じはじめた。「おしまいには飢えて死んだの？」とも問い、ケッケッと鳴いた。ケーンとも鳴いた。ここで絶えた、ここ東京では。東京なのか？　それからお前は、ある夜、ＫＦＣを発見する。

普通に考えればＫＦＣはケンタッキーフライドチキンを指す三文字のはずだった。あたりまえの東京ならばそのように頭文字《イニシャル》だと判断して問題なかった。ファーストフード店なのだから。おまけに、用意されているのはもっぱら揚げられたチキン類なのだから。仮にこの判断以外のＫＦＣが営業していたならば、むしろ訴訟の対象になる。が、何ひとつ断じることはできない。まだ、できない。だとしたらＫＦＣは可能性としてケンタッキーフライドチキンではない。実際、「ではない」ことの根拠はやすやす示し得た。そのＫＦＣの店頭の路面には等身大の（とは通常の人間、それも成人した人間《もの》と同サイズということだ）人形が二本の足で立っている。それが白い髪をしていて、白い眉と白い髭を蓄えていて、ダブルのジャケット姿に黒いストリング・タイをしていたならば、あれだ、とわかっただろう。

大佐《カーネル》だ。そうならば無根拠にちかづいた。が、そんな人形ではなかった。

情景を描写するならば、新月ではなかった。けれども新月ではないからといって月影《ムーンライト》の代用となる星影《スターライト》まで消えてしまったとか、そんな状況にもない。夜間の電力の供給は、それなりに抑えぎみらしいけれども、ある。夜行性の生物にはどうでもいいことだが、島々として認識されている分断された都市空間に（この都市のエリアに、確認している範囲に）夜、電気は通る。わたしは、だから、そうとうクリアに知覚したと思う。ちゃんと見た。人形はトロンボーンを持っている。Ｕ字スライドを装備する金管楽器だ。本物だ。ただし人形の造りと一体化していて、手のひらやジャケットの裾の部分に張りついて、多少熔《と》けている。これはケンタッキーフライドチキンのあれではないし、だいいち大佐《カーネル》よりちびだ。狐であるわたしにはその身の丈が十全には目測できないのだけれども、おおよそ一メートル五十センチ台だと思う。ただ、揺るがしがたい大佐《カーネル》との共通項も目にできた。日本人をかたどってはいない。この人形は、全然、日本人（という人種）の似姿ではないのだ。やっぱりヨーロッパの……。コーカソイド、とわたしは思う。その人種の定義は「皮膚が広義の白色《ホワイト》の範疇にある」ことで、人形はぴったり適っている。あの大佐《カーネル》とは違って、髪の毛は金色をしている。わたしは北欧出身者の印象を抱《いだ》いた、だから。不正確きわまりないのかもしれない。そもそも、ただの人形を観察しているだけなのだし、そもそも、わたしは狐なのだ。わたしに人種が推断可能であるほうがおかしい。

　にもかかわらずだけれど、おかしいのはこちら側ではないかもしれない。あるいは、わたしやわたしに所有される知識、経験だけでは。これが……ただの人形？　いっさいはおかしい。わたしは考えをそのように改めた。妥当だ。ファーストフード店はＫＦＣのロゴを掲げていて、ケンタッキーフライドチキンであるとの根拠はこれっぽっちも持たず、ケンタッキーフライドチキンなのだと主張しようともしていない。これが正確な観察結果で、これが正確な理解だ。つまり、このファーストフード店は、ただ三字のＫＦＣだ。三字、とわたしは言葉を噛《か》む。わたしはＫＦＣを、これはＫＦＣだ、とシンプルに承認して、隣りのビルとの隙間の路地に出されていたゴミの山を漁る。可燃ゴミの袋を選んだ。すると、もちろん、チキンを掘り当てる。それも揚げ鶏肉《フライドチキン》ばかりで、わたしは屠る。カリッ、カリカリ。

これが一軒めのＫＦＣだ。

結局、わたしは二軒めも発見する。新月ではなかったその夜ではない夜に。数えることに関しては、わたしは何番めの夜かよりも何軒めのＫＦＣかを優先した。重要度で勝るのが本能でわかったから。わたしの行動圏はおおよそ一平方キロに及んでいる、または若干及んでいないという程度だったけれども、その範囲内に何十もの島があって、大通りに分断される都市の島たちは三つに一つがＫＦＣを持った。じきに二つに一つほどに、あるいは「二つに一軒（以上）」の域に探索を進められるかもしれない。二軒めのＫＦＣで、わたしはテナーサックスを手にした人形を見た。身長は目測で一メートル七十センチ前後。一軒めのＫＦＣのトロンボーンの人形とは違って、髪の色は白い、しかし大佐《カーネル》っぽさは皆無で、丸顔どころか痩せていて、瞳が碧《あお》かった。表情には何らかの恐怖を喚《よ》ぶ不吉さはない。むしろ人形らしさしかない。それは健全さと言い換えられる。パラフレーズできる。可能な……パラフレーズ？　四軒めにはドラム用のスティックを握った人形が立ち、そんなふうに楽器や楽器演奏とは無関係の人形も多少はいたけれども、同じ人形は一体としてなかった。

わたしはそれらを、憶える。

わたしはそれらを、夜々、憶えた。

どのＫＦＣに、どんな人形が。

どの島に、どのＫＦＣの、どんな人形が。

まるで地図？　この都市の、地図化？　そうなのかもしれないとわたしは思った。わたしは意識しないところで地図作成に励んでいるのだし、わたし自身の縄張りに（そう、縄張りだった。

わたしの行動圏は、わたしの棲息圏、わたしの縄張りだ）ランドマークを配しているのだ。このことを察した晩、わたしは極度に凹凸にあふれる土地の、いちばんの凸部を求めた。高層建築物を、かつ非常階段を有した建築《それ》を。わたしは、登ったのだ。登って、それから……眺めた。ただの眺望をわたしは必要としたのではない。俯瞰すればとか夜景ならばとか、そんなことを願ったのではない。わたしはＫＦＣを探したの。わたしのランドマークを眼下に、わたしのＫＦＣたちを視野にちゃんと収めようとしたの。

その瞬間だった。

わたしがまだ東西南北を知らないで、いまも知る術《すべ》を持たずにいて、あたりまえのようにＫＦＣのロゴのそれぞれの、どれが、どの島の、どの人形を店頭に立たせている何軒めにあたるのかを摑めずにいて、それでも七つものロゴをいっぺんに、まるで奇蹟のように視界に入れることが叶った瞬間に、手前と奥の、右側と左側の、幾重ものレイヤーを感じさせて特別な夜景に配置されているＫＦＣが、響きあうように滲む。するとわたしは、ロゴの灯りの変容を見る。Ｋは阿《あ》に見える。Ｆは弥《み》に見える。Ｃは陀《だ》に見える。どのＫも、どのＦとＣも。三字が、こんな三字に変わっている。阿弥陀。そうね、とわたしは思った、あきらかに顕《あら》われているわ。ＫＦＣ、阿弥陀。それから認識が高速という速度すらも超えて、わたしの脳裡に到達する。わたしは思い出す、幾つもの幾つもの名前を思い出して、しかも、それは彼らの名前だ、とも理解する。彼らとは、人形だ。ここの（この都市の、それぞれの島々の）ＫＦＣの人形たちだ。一軒めにいてスライド・トロンボーンを手にしていたのは小さい《リトル》ジョー。二軒めのＫＦＣ前に立つテナー・サキソフォン吹きは蜘蛛《スパイダー》のマーフィー。他には哀れな《サッド》サックと……そうだ、いんちき《シフティ》ヘンリーがいて、それに番号だけの連中も。しっかり憶えている。47号と3号。ただの数字ではない、これだって名前だ。わたしは舌に転がした……リトル・ジョー……スパイダー・マーフィー……サッド・サック……シフティ・ヘンリー……ナンバー・フォーティセブン……ナンバー・スリー。一頭の狐であるわたしは、ケッケッ、クックックッと鳴いただけだったけれども。わたしの口蓋は日本語化されたアメリカの人名の発話に不適当だったけれども。わたしの口はこんな感じで、目は、いまも三字を捉えつづけている。捕捉するのか、捕獲するのか。夜景のパノラマ内の、あの三字、阿弥陀。もっと滲め。それからわたしは、自問しないではいられない。リトル・ジョーやスパイダー・マーフィーやシフティ・ヘンリーや、この人名の記憶はなに？　記憶か、もしかしたら知識はなに？

答えられずに、わたしは非常階段から世界を見下ろす。

わたしは、ケーン、と鳴く。

応答する同胞はいなかった。わたしは孤立を感じる。それは自立ではない。冷ややかな現実として、自立という様相《ありさま》とは根底から異なっているのだとわたしは痛感する。すると衝動がある、わたしは夜を出よう。多少のあんばいでいいのだ。この夜をパノラマとして保ちながらも、昼の都市に侵出しよう。朝方の数十分か一時間。暮れ方の一時間か数十分。わたしは侵入する、これは夜行性からの脱出で、しかもそんな大仰なものではない。いわば適応のひとつのバリエーションにすぎない。ただし、その前に、わたしは眠る。

お前は眠る。

わたしは夢を見た。

お前は夢を見た。阿弥陀の三字のパノラマを胸の内に抱えながら、その日にだ。これは昼の眠りだ、とお前は認識している。お前はいままでは（いいや、ここでは）夢見る主体だからわたしはとは語れない。主体の輪郭が甘すぎるのだ。朧ろすぎるのだ。だからお前のことはわたしはとは語らずにお前のこととして描写するしかない。お前はきっとわたしは朝ぼらけを待たずに寝入ってと説明したいだろうがわたしはとは言えない。お前が……お前は朝ぼらけを待たずに寝入った。それから。お前は夢見を自覚した。ただし冒頭にあったのは速度だ。「これは加速なの？」とお前は思ったのだ。あるいは、「これも加速なの？」とお前は思ったのだし、二つを同時に思ったのだ。お前はボヤッと朧ろな主体でしかないのだから、一度に二つのことを考えられるし、もしかしたら一時《いちどき》に二人にもなりうる。いや、狐なのだから二頭か。しかし狐なのか。お前は、それを加速とみなしたのだが方向が妙だった。お前は、たとえば現在に関しては認識する速度を上げたり下げたりできる、意識的な高速の認識に入ることが可能だ、しかし速度の高まりは前方にしか向かない。時間の前方、すなわち未来方向というかいま以降にしか。そして、この夢見の瞬間、まさに方向《それ》がおかしかった。それから。お前はわかる。お前が死ぬ、しかし狐のお前がこれから死ぬのではないともわかる、お前はもっと巨《おお》きい、その一頭の脳裡にはゴー、ゴー、ゴーと命令が反響している。お前の毛皮が火を噴いている、お前には舌に転がせる名前がある気がする、気がするどころか記憶がある、アメリカの人名だ、ジョニーだ、ジョニー・ビー……。ひたすら火に苛まれながら「焦熱地獄だ、阿鼻《あび》地獄だ」とお前は思いながら、「俺はそれに値する」と雄の言語で思いながら、お前は遡る。もっと加速している、もっと錯綜している、お前は焼かれていないし、お前は誕生したばかりだし、その認識は嘘だ。お前は目覚めた。そこで檻を確認して、が、それ以前だ。お前は遡る。死をあいだに挟むことでお前は、「これは一つの前世のさらに前世だ」と判断し、煩悶し、どうして煩悶するのかと問えば火に焼かれているからで、お前は灼熱の内側《なか》にいる。「僕のバーベキューだ」とお前は思う、お前は啼こうとする、啼声《ていせい》をあげようとする、たぶんコケやコッコーと響くだろうと予想していて、しかし違う鶏鳴がほとんど轟きわたるのだが、しかし通過している。この場面も。お前はもっと遡って、この世界の無知な新参者だと自覚して、プールを見る。校舎を見る。いきもの小屋を見る。それがケージだ。第一の檻《ケージ》だ。お前は起床の場面に遡っている。お前はカッと目蓋《まぶた》を開いた。しかし、その前。ありもしない産道がお前を通過させて、ほら。

　ここまでが夢の冒頭だ。

　すると、誰かがいる。

　それが夢だ。

　夢なのだから不可思議のいっさいが了解できた。お前は、もはやなんら驚かない。眼前には光《かが》輝《やき》の柱としか呼びようのないものが立ち、これが偶像の一種類だとわかる。しかし生命のない（煌めきはするが、ただの）彫像なのか、生命があるにもかかわらず人形《ひとがた》なのか、お前以外の何者にも断じられない。断じるのを許されている肝心のお前はといえば、ヒトガタ、と認めるや同じ文字に「にんぎょう」との音を宛てて、もはやなんら驚かないはずなのに戦慄《わなな》いた。この矛盾は夢見のさなかだから容認されて、お前は人形《にんぎょう》が、人形がと思う。その周りを声がまわっている。光輝《かがやき》の柱の周囲を、ひたすら、ひたすら、声が。声は合唱化する。それから。お前は誰かがいるとふたたび思い、お前は二人だと思い、最初、その二人とは光輝《かがやき》の柱ともう一人、黒い何者かの影のような気がした。その人物の影は膨張している。つねに脹れ、脹れつづけている。この時、お前は二人だと思うのだが、二頭でも、二羽でもないのか。しかしながら一人と一柱《ひとはしら》ではあるのではないか。神仏として数えられるものが（そうだ、本式の日本語であれば神にも仏にもハシラと助数詞を付す）、そこに……。それから。誰かがいる、とお前は三度《みたび》思い、今回は唯一の選択肢として、二人だ、と思い、驚きはしないがなにごとかに戸惑う。二人？　そこには自分が勘定されている、カウントされる数に含められている、お前は光輝《かがやき》の柱を見て、そのかたわらの影を見る。人物の、黒い、脹れる影を。いいや、もう膨張しない。それから。その影である人物の声が響いた。

「教化《きょうけ》しろ」

「そうです、します」とお前は言う。お前は答える。

コールされて、それから応答《レスポンス》。それから。お前は光輝《かがやき》の柱が観想用にあるのだとわかる。まわりながら瞑想しなければならないのだと、事実を、その事実を再確認する。お前は行《ぎょう》としての観想を、幻視、と言い換える。物語を編むための力に変奏して、言う。お前は『ロックンロール七部作』と口にしそうになって、しかし夢はお前にまっとうな論理に順《したが》った発言を許さず、それどころか思考も許さず、夢見る主体としてのお前はさらに輪郭をボヤボヤッと朧ろにし、すると反比例して影である人物の、または影でしかなかった人物の輪郭《それ》が鋭さを得る。それから。

「適性というものはそれぞれだ、とわきまえろ」

「わきまえました。これが救いです」とお前は言う。

お前は言ってしまう。呼び声《コール》、それから。もう人物のその形貌《なりかたち》がシャープにある。人物は男だ。

性別は、その雌雄は。雌雄？　そんなふうに戸惑ったのはお前なのだが、二人を二頭と考えて、その性差《セックス》を雌雄と考えてしまったのは夢の内側にいながらも狐である遡っていないお前なのだが、この語りはお前のその混乱に翻弄された。それから。男は光輝《かがやき》の柱のかたわらに立ち、いや坐り、南アジア系のように彫りが深い顔立ちをしたその男のそのかたわらには自動小銃がある。自動小銃は、床にあるのではない、中空にある。浮いている。お前はわかる、男が兵器を弄んでいるのだと。能力で浮揚させているのだと。霊的覚醒者たる教祖の男がその力で。教祖？　それから。お前が影に変化《へんげ》してしまう予兆を感じる。しかも、その影とは色彩の黒さを本体とするものではない、光の欠落（という状態）の反映でしかない。お前は聞いている、むしろ聞きたいと思っているし、その発言を得ようと、……獲ようとしている。獲物として。「わきまえました、武器製造技術の導入班に入る適性はありません。大手鉄工所の接収に関われたのは光栄でしたが、今後はこれまで同様、高弟の内でもひたすら書物を著わす機関の筆頭として」とお前は言いかけて、その応答《レスポンス》は、早い、とお前は思う。お前は夢のなかで焦る。コール・アンド・レスポンス、コール・アンド・レスポンスと反響する声がある。きっと合唱化する声なのだ、あの光輝《かがやき》の柱の周りをまわるのだ、声音の群れとなって、とお前は思うというよりも想い起こしかけて、突如、轟きはじめるお前の鳴き声を聞いた。夢に、ここに。非常階段から夜の都市のパノラマいっぱいに放たれた、「ケーン」を。あんなふうに鳴いたのは、わたしだ。そして応答はなかった。わたしの同胞からの。

　お前の同胞からの。

そうだった、お前は狐だったし、お前たちは大都市圏では滅びに瀕しているイヌ科の生物で、雑食獣で、基本は夜行性の狐たちだ。おまけにお前は多少なりとも夜行性を振り切る。夜行性のリミットを。そんなお前のことをここからはたんに、狐、と名指す。もしかしたら最後の一頭だから。可能性としての最後の一頭だから。そして二〇〇年前の東京は江戸で、その後、江戸は東京には発展せずに響きのエドのままの土地だったのかもしれず、すなわち穢土で、そこから二〇〇年が経過する。覚醒に向かって夢が加速する。

その狐は覚醒するその瞬間に生まれるみたいだと感じたりはしない。そんな感触《てざわり》はおぼえないし、おぼえないことを当然視する。しかし一点だけ通常の目覚めとは違って、視界に太陽がある。太陽があるから方角がわかる。その狐はいまは日の入りだと正確に時刻を把握して、都市にとうとう東西南北を与える。パノラマは日没の方向、西を（陽光の）光源として得る。西は紅い。その狐は西方《さいほう》と思って、どうしてだか認識するや慄《ふる》え出し、この方角はまだ避けなければならないと戒める、みずからを。ただし忘れない、朝と夕方ならばこの都市には東西南北があることを。東西南北があれば東北東もあり、きっと西南西もあるだろう。

その狐は日暮れの都市を見た。あまりにも物珍しい、人間たちは意外なほどあふれていた。どうして歩きながら俯いているのか、どうして群れながら歩いているのか、その狐はビル陰《かげ》にひそみながら「難民たちが、難民たちは、難民たちの」との繰り返されるフレーズを聞いた。

そんなフレーズを耳にした。その長い、尖った耳の奥に入れた。鼓膜はその奥の奥にあって、あらゆる物音は狐のための貴重な情報になって、西方以外をめざしている狐に標《しる》べを与えた。たとえばその狐は、灰色のビルたちを見ていた。

まだ陽射しがあるから色彩があるのだ。そうでなければ黒いビルか、電飾のその色彩だけの高層建築物となる。灰色を穢《きたな》らしい色だとはその狐は思わない。そもそもこの都市を穢らしいとは思わない。穢《けが》れた土地とは。しかし、だからといって浄《きよ》められているのか。

その狐は順番というものを守った。回答を優先する問いもあることはあるのだが、これはそうではない、そんなことは本能でわかった。いつもの警戒心を十全に発揮しながら狐は灰色のビルたちの一つに入っていった。

そこには墓地があった。一階と二階は事務局らしきオフィス空間にみな当てられているのだが、三階からは墓地だった。見ればわかった、土が運び込まれていて、それを利用した埋葬がおこなわれていて、墓碑も立っていて、こうした情景《こと》を狐は見た。

狐は見ていた。四階も墓地だった、五階もまた墓地、そして十九階までビルは上方《うえ》にのびていた。その屋上では風葬か、鳥葬がおこなわれているのではないかと狐は予想したが、どうやら予想は外れた、何の痕跡もない。

「永久霊園だぞ」と誰かが言っていた、もちろん人間たちの誰かが言っていた。狐はビル内を、ささ、さささ、さささと駆けていたのだが何人《なんびと》にも見つからなかった。絶滅寸前の狐は人の目には見えない。

その狐は見られなかったから、よりつぶさな観察についた。しかしその狐にとって夕方は一時間か、一時間と数分ばかりしかなかった。それからは夜になり、夜の都市は馴染んだあの都市だった。

車道がそれなりの交通量を（たちまち、地中から湧いたかのように）たたえた。ヘッドライトがハイとロウの光線《ビーム》に分かれて前方を、または路面を射し、照らして、その狐は「こうして人間たちは、夜から避難しているのだ。夜の恐怖から」と合点した。「車輛はボートだ」

狐は、分断を余儀なくされている何十もの島々という夜間の都市の様相《ありさま》、の成り立ちを理解した。その狐はまた、後にしたばかりのビルのてっぺんから何かが飛び立つのを見た。ほとんど翔《と》ぶ。

ヘリコプターだった。屋上からだった。狐は「そうか、発着所から発《た》ったのか」と判断して、やっと屋上に風葬や鳥葬の痕跡、または設備を見出せなかった理由《わけ》を悟った。

しかしヘリコプターの発着所を設《しつら》えたビルを灰色のビルと認識したのは、嘘だ。狐は灰色のビルだと（あるいは灰色のビルたちの一つで、いま出てきたのだと）思ったのだが目では見ていない。夜、色彩は見えない。

また世界は島々で満たされた。そこからは狐の行動範囲は変わらなかった。しかし転《うた》た寝《ね》はして、朝に備えた。夜行性の習性、にして体質から暁《あかつき》の方向に多少食《は》みだすために。食みだした。その狐は日の出（なるもの）を目にした。その大いなる光源の顕《あら》われは東にあって、この一度めの朝に狐はついに東を知る。東が紅い、それから、黄色い。

その狐は東をめざした。いよいよ明確に東を、なぜならば分相応《ぶんそうおう》だからと狐は思った。わずか一時間か、一時間と数分ばかりの朝を体験して、夜ではない時間帯の都市に侵入したその狐は眠る。

この朝天《ちょうてん》を一度めとカウントする。すると二度めがある。三度めも、四度めも、五度めも、それと同時に確かめられる二つめの東があり、三つめも、四つめも、五つめの東すらある。

八つめの朝、南南西に煙がある。黒煙がある。燃えている。数えられない側に夕方がある。いつかの教訓をため《プラス》にしてカウントされたのは朝なのだ。しかし、その夕《ゆう》べに（とある夕べに）都市の防衛線の建設工事がある。その狐は見ていた。人間たちに相応のサイズの、防御された「島」が市中《まちなか》に生まれようとしている。守備の鬼門には高射砲が配備され、たぶん工事は午前からひき続いていた。連日のことだろう、しかし日没前につねに中断するのだろう。それを夕方、その狐は見ていた。

これとは種類を異にする保護区も通過した。しばしば人間たちが口の端《は》にかけているのは「保護区が、保護区は、保護区の」とのフレーズだったから、確実にそこは保護区だった。将棋の対局が交差点という交差点でおこなわれているように思えた。夕方、その狐は見ていた。

保護区では「女の子が、女の子は、女の子の」との多々反復されるフレーズもあり、それを狐は聞いた。使用頻度と状況からいって普通名詞とは思えなかった。固有名詞なのか。女の子？だとしたら固有名詞の女の子は崇められていた。その保護区も通り過ぎた。九つめの朝。

ある夕方には重い流れの川も見た。夜の都市の、狐の棲息圏あるいは行動圏を寸断する想像上の水流ではなかった、すなわち島々（または人間たちの「島」）とは無縁の本物の川だった。その狐は見ていた。

海豹《あざらし》が何頭かいるように、最初誤認した。実際にはアザラシ科の海獣では全然なかった。丸刈りの若者たちだった。バチャバチャ、バチャバチャと立ち泳ぎをしていた。

遊戯の雰囲気はどこにもなかった。むしろ戦闘的だった。しかも泳法は高速で、腰には縛りつけた白木の鞘がちらりと覗いた。短刀《ドス》を呑んでいた。

じきにこの泳者たちは、と狐は予感した、夜間訓練にも入るのかもしれない。この重々しい流れの川は都市の、この都市の一級河川で、相当な広域をつらぬいている。戦術に用いられるのかもしれない、と狐は洞察した。

夜間戦術。狐にもまた夜はあった。カウントされる朝と、されない暮れ方があり、夜はそれ以前と同様に「在る」と狐は感じていた。たとえば夜はその狐に揚げ鶏肉《フライドチキン》をあたえた。KFCを、人形たちをあたえた。ただしKFCがそれぞれの店舗ごとに立たせる人形たちは、ある種、反復というか再出現をはじめた印象があった。ふたたびスライド・トロンボーン、ふたたび金髪、ふたたびドラム・スティック、ふたたびテナー・サキソフォン。

しかし反復の内側にも変奏はあった。47号や3号は、もうダブルのジャケットを（ケンタッキーフライドチキンのあの大佐《カーネル》同様のそれを）着用していなかった。囚人服を思わせる衣服を着ていた。事実、囚人服なのかもしれなかった。

そんなことよりも、とその狐は思っていた。目覚めて夕べに視界に入れる太陽と、就眠前に視界に入れている太陽はその太陽なのか、この太陽なのか、判じられないと迷っていた。しかし夜は安定している。

夜そのものは。やはり夜行性の生物の母なる懐《ふところ》なのだと狐は痛感していた、が、あたりまえの前提すぎて思念に換えるまでもなかった。東に、東にと移動しても高層からのパノラマは求めた。阿弥陀、は見ることが叶った。世界が滲《にじ》む時に。灯される複数のロゴのKが阿に換わって、Fが弥に換わって、Cが陀に換わって。夜、その狐は阿弥陀に護られる、ひたすら三字に。

確かめられる東が朝の数だけある。九つめを超える朝に、東進に東進を重ねて、新しい夜の島々をも超えて、その狐は本物の島がある場所に来ている。とうとうたどりついている。

池だ。

島があるのは、池だ。わたしは認識した。わたしは、わたしの言葉でこれを語りたい。わたしは認識したの。畔にあるのは並木で、たぶん桜で、もちろん咲いてはいなかった。咲いていたのは蓮《はす》だった。嘘。咲こうとする寸前だった。ほとんどどの蓮も、とわたしは思った。蓮は水面をびっしりと覆って、そこに若干の月影《ムーンライト》が映る。黄金色に照らされているところが「水がある」とわかる箇所。わたしは島に渡っている。路《みち》が設けられていて簡単に渡れる。島には観音堂がある。ここも、聖域だとわたしは思う。ここも、境内というか一種の結界と考えていいのかもしれないとわたしは思う。わたしはふと、新月はまだだとのシンプルな事実に思いあたる。ずいぶん欠けてはいても天穹《てんきゅう》に月はあるの。わたしがカウントせずとも月齢《とし》を重ねるもの。そんなことよりも島だった、この島だったし、この島を内部《なか》に抱えている池だった。わたしは、水面の側に頭を突き出している。わたしは匂いをたっぷりと嗅いでいるけれども、それよりも蓮のその花に惹かれている。一輪のちゃんとした花になる前の、つぼみに。光っている。そう、光っているの。それ自体で輝いている。見渡すかぎり、密生したどの蓮の、どのつぼみもそう。咲こうとする寸前に蓮華はこうなるの？　わたしにはわからない。内側に満ちた淡い光を観察するだけ。すると、カプセルだと感じた。あるいは光のカプセルなのだとやっと見通したのかもしれない。目を凝らすと、漏れそうで漏れないものはあわあわとした光彩ばかりではなかった、わたしはつぼみのその萼《がく》かなにかの、びりびりした揺れを看《み》て取る。振動があることをちゃんと見る。そうだ、音だ、とわたしにはわかる。つぼみの内側には淡い白光とともにサウンドがあって、それもまた漏れそうで漏れないでいる。満ちていて、漏れないでいる、光もサウンドも。もしかしたら光とサウンドが。わたしはそれから、蓮のカプセル内に動いているものを見る。影だ。小さな影。小さなものの蠢《うごめ》きといっていいのかも。わたしは想像する、善《よ》きものばかりがここにいて、開花とともに現われ出ようとしているのではない。咲きこぼれる瞬間に漏れるのは、たとえば邪気や、それから悪鬼かもしれない。たとえば無数の、小さな鬼たち。その可能性はある。わたしは、そんな侵入の可能性は大いにあると思って、なのに気にしていなかった。懸念し恐怖するどころか、わたしは震懼《しんく》の感情の類いを無視して、もしかしたらそれらを含みながらだけれども泣いていた。ここに咲こうとする蓮があることに、何らかの可能性のカプセルがあることに、しかもびっしりとあることに泣いていた。わたしは狐なのに涙を流す。わたしはきっと滑稽な一頭だろう。けれどね、わたしは最後の一頭なの。わたしは最後の、最後の、この東京の。東京？　それから、わたしは、とお前はこの体験を咀嚼する。咀嚼した。この夜、不忍池《しのばずのいけ》で。

お前は老人と会う。

これは夜と払暁《ふつぎょう》のおおよそ谷間の時間帯だ。その老人を描写しようか？　それともお前のほうの描写を優先しようか？　長々とした前置きがあって規模の大きな物語が進むのならともかく、お前はしっかりと小さな物語の（もしかしたら挿話程度の柄の、その）一瞬一瞬を生きてきた。その小ささこそが無制限《ノー・リミット》の巨大さに値する。だとしたら、ここはお前の視線を借りて語ればいいだろう。お前が見たように、老人を描写するのでかまわないだろう。その場所がどこかは、じきに老人の口で語られる。漠然とだが語られるから、この点の描写は要らないだろう。

老人は肥っていた。

しかし、その前段階において老人は数名の若者たちに囲まれていた。頭を丸刈りにした二十歳《はたち》前後の者たちだ。たぶん二十歳の手前、ぎりぎり十代だとお前は感じている。十代らしい忠誠を見抜いている、狐の目で。囲まれていたから老人のその肥満やら肥満でないやら、体つきの詳細は不明だった。が、坊主頭の若者たちは散った。お前はその場面に立ち会ったのだ。より正確には、出喰わしたのだ。お前には若者たちが、でたらめに散開したように見えた。二人ひと組が多かったのだが、おおよそ三方に散ったと思う。もしも正面が南だったとしたら、西と北と北北西に、だ。去りぎわ、敬礼をしながら「自分は朝刊配達にゆきます、塾長」と声をあげる坊主頭がいて、その宣言が風景を（タイミング的に、ちょうど）切り開いたようにお前には思えた。老人の全貌が視界に入ったのは、そこでだ。

この時、肥っている、とお前は視認した。

この時、高齢者だ、とお前は認識した。車輛が何台か出発した。たとえば西と北と北北西で。そういえば坊主頭の若者たちは丸裸でもなければ半裸に海水パンツ姿でもなかった、とお前は遅れて認識した。全員、戦闘服に身を包んでいた。何人かは「押忍《おす》」と言った。

……塾長？

お前が思うと、老人がふり返った。

お前は見られた。

「なるほどね、監視する狐か。いや、失敬。それほど強い視線ではない、……か？」

お前は、わたしは見られている、と思った。

「狐、狐、狐」と老人は言った。「そういえば狐の七変化ともいうな。この日本語は、知ってるかね？　まあ、これは教養の問題だが。それにしても」

それにしても、何？　とお前は思った。

「ロシア大使館を捜すのにこれほど手間取るとは甚だしい読み違えだったが、その大使館の真面《まおもて》で、未明、棲息するなど聞き及んだ例《ため》しのない狐に会うとは。さて、ロシアの子飼いだろうと踏んだが、どうしてどうして、揚げパンのピロシキやらは餌にされたことがないという顔をしておる。だとしたら何を餌にしている、狐？」

揚げたもの？　とお前は思った。

それと同時に、ロシア？　と思った。

お前の視線は、でっぷり肉《しし》の付いた老人を超えて、その背景を見た。後景の建物。その建物の前の、鉄の柵。関係者以外の立ち入りを警《いまし》める装置だ。鉄菱《てつびし》の佇まいすら、お前は感じる。大使館……ロシア大使館……。

「野生か」と老人は言った。塾長と呼ばれた人物は。

お前は思った、連想を続けていた、ロシア連邦大使館……その前身は、ソビエト連邦大使館。あのUSSR。それからアメリカ合衆国は、USA。アメリカの……アメリカの揚げたものは？

揚げ鶏肉《フライドチキン》、とお前は思った。

「ちと違うのか」と老人が、あの塾長が言った。「いずれにしろロシアとは無関係に、狐、貴様はここにいるのか？　こんな東に？」

お前は思った、東？

そうね、東ね。

「ここは東だぞ」

ええ。

「上野の要塞化は、挫折した」

ウエノ。

お前はびくりとした。多少、背中側の毛が逆立った。それが東京の地名だったからだ。すると、（結論は容易に弾き出されるが）ここは東京だからだ。お前は塾長をじっと見返して、その表情で（目で語って）訊いた、ここは東京なの？

「馬鹿野郎、ロシア大使館はロシアの領土だ」と即答しながら、塾長はにやりと嗤《わら》った。「大使館敷地の治外法権は維持されている、いわずもがなだ。貴様、狐だとしても言い換えはできるか？　治外法権のその内部《なか》は、いいか、結界だ。結界も同然なのだ。しっかり換言しろ、大馬鹿野郎。この東京がいまにも牛頭馬頭《ごずめず》どもに陥落させられる手前にあるとしても、しかしロシアはどうだ？　ロシアの現実なら？　だからこちらとしては、なあ、ロシアの手を借りることにした。見事な実効力、鬼を損なえもするだろう。いかんせん多大な危惧はあるが。東京でありながらロシアの『母なる大地』であるところから、何が湧きうるか、想像もつかなければ対策もとれない。ところでピロシキを餌にしたことがないというのならば、野生らしき狐の貴様、これはどうだ？」

匂いがする、とお前は思う。

揚げてあるのね？

いま、鞄から出したの？　そのタッパーから？

「塾生に食わせるのだ。なにしろカルシウムが豊富だからな、骨を鍛える。要らんか？　じゃこ天だ」

要るわ。

それからお前は、じゃこ天といわれた練り物の天麩羅を、しかし衣はついていない天麩羅《それ》を、食う。貪れるほど、美味かった。雑魚《じゃこ》がいた、すりつぶされて。

耳には塾長のさらに語る声が届いていた。遊歴《ゆうれき》するものが現われている、鬼たちの陣地と、人のこちらとを、自由に、自在に――。往還する生命体であって、ブックマンとの通称で知られはじめている。この名前が何を指すのか。なにごとを証すのか。中立者はいないというのがこの東京の前提だが、それが揺らいでいる。風聞を綴《と》じ束ねるならば、ブックマンはこのような見た目をしている。一例が、これだ。馬の頭を二つ三つ提《さ》げている――。

一柱《ひとはしら》に三柱を足す。

三柱に九柱を足す。

九柱に二十七柱を足す。

二十七柱に八十一柱を足す。

わたしはおしまいの眠りに入る前にブックマンに会う。わたしは夜の都市のパノラマを捕獲するのがすっかり上手になっている。高層階に登らないでも、感覚さえ摑んでいればＫＦＣを一望できた。すっかりKFCは増えたし、視界にスムーズに滲んだ。そして、三字になる。わたしはケーンとは鳴かない。わたしは孤立に慣れた。だって、同胞たちは棲息していないのだもの。だったらわたしは誇りを持って「ここに狐がいるのだ。ここにわたしがいるのだ」と生きなければならない。そんな孤立に慣れ親しんだわたしの前にブックマンは現われた。まるでケーンに応答するように。わたしの呼び声《コール》にレスポンスするように。わたしは高架道路に登っていただけだったから、ブックマンが少々の炎をまといながら歩いてくるのを目にとめると、地上に降りた。炎はそれほど乱暴ではなかった。譬《たと》えていえば、北風になびいているマフラーみたい。あるいは、尻尾の飾りみたい。驚いたことにブックマンは、鳴き声が聞こえたから、来た、とわたしに言った。わたしは、じゃあわたしに会いに来たの？　と声に出して訊いたけれども、その声はケッケッケッとしか鳴らなかった。舌と口蓋を巧みに操ろうと挑戦したけれども、コッコッコとしか響かなかった。でも、キ、とは言えたし、ふたたびケーンとも鳴いて歓迎の意思を表わせた。ブックマンはたしかに馬頭《ばとう》を腰に吊るしていて、それらはからからに乾《ほ》されていて、カウントすると一つ、二つ……三級あった。ブックマンは額に馬の血でアルファベットのRか、漢字の、裏返しか逆さにした占《せん》に似た文様を描いていて、わたしは「Rだったらいいな」と思った。その理由《わけ》がわたしに、わたし自身に認識されるのは少々あとのことだ。でも、もうじき。ブックマンは、わたしに、ダンテばかりが中世を地獄に堕としたわけではないと言った。わたしは訊いた、ダンテ？　するとブックマンは『神曲』だ、ダンテ・アリギエーリと言って、それが中世のヨーロッパで、たとえば源信の『往生要集』はと言いかけて、そこにヘリコプターが現われた。夜空に。飛翔音でこの静けさを劈《つんざ》いて。サーチライトでこの穏やかな暗闇と、ブックマンの装飾品《アクセサリー》じみた炎を、そう、蹂躙して。わたしは、とお前は理解した、ヘリコプターがブックマンを「誤解している」のを理解した。鬼たちの陣地から（その陣地をほとんど貫いて）歩いてきても、鬼ではないのに。キャビンの扉が開いて、機関銃が狙いを定めるのをお前は見た。お前は、さあ犠牲《いけにえ》になろうと思った。お前は、おしまいに眠り入る瞬間《とき》というのが、これから、いま、来る、と思った。認識はゆったりとしていた。どうしてだか、ゆるやかだった。銃弾の楯《たて》になるために宙に跳びながら、お前は、一頭の（それも、この東京の最後の一頭の）狐であるお前は見ていた。爆音とともに天穹《てんきゅう》から放たれる機関銃の弾《たま》は、一つ、一つ、阿弥陀だ、と。三字のどれかで、あれはKだし、それはFだし、これはCだ、と。そう認識しながら撃たれて、貫かれて、血を噴いて、しかし耳に聞こえるのは銃撃の爆音《それ》ではもう、なかった。とても愉快なビートだった。心躍らせるリズムたちだった。それがエルビス・プレスリーの一九五七年のヒット曲『監獄ロック』だと気づいた途端に、ああスパイダー・マーフィーもリトル・ジョーもサッド・サックもシフティ・ヘンリーも、全員、このロックンロールの歌詞に歌われている人物なのだとお前は認識した。連なるように認識した。だから囚人47号がいる。囚人3号がいる。そうだ、レッツ……レッツ・ロック。

R。

おしまいの狐の終焉《おしまい》が来る。

二十世紀

南米大陸の「霊的な蹴り足」

［1］

これは**武闘派の皇子**《おうじ》と呼ばれた人物の物語です。

［2］

この物語は南米大陸で展開します。ただしウルグアイもパラグアイも無視されて、というか素通りして、国境を接した二つの国家、アルゼンチンとブラジルを**武闘派の皇子**が股にかけることで展開します。当然ながらロックンロールの物語ですが、表面にこの音楽は現われません。それでは、そのように表面には現われずに潜行を余儀なくされたものがアルゼンチンかブラジルにあったでしょうか。

〔3〕

ブラジルにありました。音楽であり格闘技であり舞踊でもあるカポエィラがそうです。また、カポエィラは儀礼でもあります。歴史を紐解《ひもと》けば、一切の起源はアフリカ大陸にあるといえます。ポルトガルの植民地時代のブラジルで、黒人奴隷たちが生存術としてカポエィラを発展させました。原型《ルーツ》に近しいとされる流派にカポエィラ・アンゴラと呼称されるものがあり、ここには実際アフリカの地名アンゴラが響いています。格闘技としてのカポエィラは高度な蹴り技にその特徴を持ち、事実、危険でした。このことから一八九二年、カポエィラは違法とされてしまうのです。

ブラジルで。十九世紀末のブラジルで。

この禁止はいずれは解かれるのですが、同じように十九世紀末にこそ「存在」に関わる多大なインパクトを有したものが、それでは他にあったでしょうか。じつはアルゼンチンにありました。舞踊であり音楽でもあるタンゴがそうです。通説では十九世紀も大詰めとなる頃、ブエノスアイレスの場末の港町においてタンゴの原型は誕生したとされています。カポエィラに幾つかの側面があるように、タンゴにも二つの面があり、いずれにしろ両者ともに音楽ではあるのです。ちなみに物語が進むにつれて**武闘派の皇子**は多種多様な肉体操作の術《すべ》を学びますが、カポエィラは学びません。**武闘派の皇子**が最初に自発的に修めるのは、タンゴです。そして**武闘派の皇子**はアルゼンチン人です。なのに物語の最後には、**武闘派の皇子**はカポエィラに触れます。さらにちなみに、タンゴ、とはラテン語に起源のある言葉で、触れる、を意味しています。

武闘派の皇子はロックンロールにも意識的に耽溺することはありませんが、やはり、物語のそのエンディングにはカポエィラと同様に触れます。より直接に語れば、同時に触れます。

［4］

ところでロックンロールには、音楽でありながら何々でもある、という二面性や多面性はないのでしょうか。ロックンロールはただ単純に音楽だけなのでしょうか。いや、そうではない、と断じることは可能です。

［5］

ロックンロールが二十世紀の、あるいは二十世紀を通してのポップ・カルチャーの寵児となるためには、その創成期、とある視覚的な要素に頼らなければなりませんでした。シンガーや演奏家たちのルックスもむろん大事でしたが、これよりもはるかに強烈な推進力、人気高騰のためのエンジンとなったものがありました。それは動きです。肉体の動作、また派手な所作という意味合いでのアクションです。たとえばロックンロールの神様とみなしていいチャック・ベリーは、演奏中、ギターを抱えて「ダック・ウォーク（家鴨《あひる》歩き）」をしました。てこてこてこてこ、と独特極まりないステップを踏みながらステージを歩いて、かつ、エレクトリック・ギターを爪弾《つまび》いたのです。いわずもがな画期的な、台頭する新しいポップ・ミュージックのための新しい動作でした。未知のアクション。

いわば目で見るロックンロールです。

この音楽の躍動感そのもの、その視覚化でもありました。そして「ダック・ウォーク」は一部の人間たちを熱狂させながら、残りの大多数の眉をひそめさせます。なんたる馬鹿げた動きか、と。それから、たとえば、ロックンロールの王様とみなしていいエルビス・プレスリーがいます。

［6］

登場するやたちまち反社会的な偶像《イコン》となったのがエルビスでした。当時のステージは次のような辛辣な表現でもっぱら語られていました。エルビスは腰をグラインドさせている、足をぐねぐねだのかくかくだのさせている、あるいは少々柔らかい言いまわしで、エルビスはお尻を揺らしている、エルビスは、エルビスは、なんだかわからないが、けしからん……。ここで反社会性として問題視され、論争の焦点となっていたのはじつのところエルビスの音楽ではありませんでした。エルビスの動きでした。そのステージ・アクションです。実際、一九五七年、当時のアメリカ（アメリカ合衆国、USA）の怪物的視聴率を誇る人気テレビ番組『エド・サリバン・ショー』にエルビスが出演した時には、腰から下は放送禁止、との措置がとられました。すると、このようにも考えられます。ロックンロールはその、画面に映し出されることのなかった、腰から下にあったのだと。

あたりまえですが恥部の話ではありません。指弾されたのは動きです。

そうであるからこそ、権力はこれを封印しようと試みました。テレビという権力、あるいはアメリカ当局が。しかし封じきれるものではありません。ロックンロールはアクションしつづけます。

［7］

ロックンロールには音楽があり、アクションがあったのです。耳で聞かれる要素《もの》があり、目で見られる要素《もの》があったのです。二種類の側面です。シンガーが腰をぐいぐい動かしただけで聴衆は悲鳴をあげ、時に失神する。こうした構図はロックンロールの、表向きの音楽性にとどまらない大切な臍《へそ》となりました。アクションとしてのロックンロール、これこそがロックンロール創成期における人気高騰のための強力なエンジンで、しかも映像メディアの発達していない一九五〇年代には「ステージやそのテレビ放映に生《ライブ》で立ち会わなければ、感受しようがない」ものだったのです。レコードにしか接していないならばある種の秘伝になってしまう事柄。じかに立ち会わなければ、知りようもなく、学びようもない事柄。肝心の動きそのものに見《まみ》えないかぎりは。

［8］

これは**武闘派の皇子**と呼ばれた人物の物語です。ロックンロールを意識的には享受せず、むしろ舞踊としての側面とともに音楽としてもタンゴに耽溺し、しかしながら人々が悲鳴をあげ、時には失神する動きに憑《つ》かれ、読んで字のごとしの秘伝を探求することになるのがこの人物です。さて、アクションがあり、その肉体の所作というのが腰を動かしただけで相手が絶叫し、また、意識を喪失したりする類いであって、その臍の部分にはまさに秘伝を蔵《しま》っている万事を語れば、おのずとロックンロールは深い、深い本質として奏でられるのでしょうか。この物語はそれを大胆に確かめもします。

［9］

南米大陸でこの物語は展開します。**武闘派の皇子**がアルゼンチン国籍ですから、当然のようにアルゼンチンの、その首都ブエノスアイレスから語り出されます。一九九〇年の真冬、しかし南半球の季節ですから北半球とはちょうど裏返しの七月に、**武闘派の皇子**はブエノスアイレスを発って北に国境を越えます。それが、ウルグアイもパラグアイも無視したブラジル入国です。この時、**武闘派の皇子**は二十一歳、すでにプロのタンゴ・ダンサーでした。それもただのプロどころか、大いに将来を嘱望されていました。ところで**武闘派の皇子**とは戯《たわ》けた名前です。このことは本人も自覚していますし、ダンサーとしてはこのようには名乗っていません。本名を用いています。かつ、一九九〇年の七月の時点では、まだ実際には**武闘派の皇子**ではないのです。そんな異名は採用していません。複雑な経緯《いきさつ》があって、**武闘派の皇子**は何者かを小馬鹿にしたような名前の**武闘派の皇子**になるのです。ただし、皇子、という箇所だけは気に入っていました。本人に「アルゼンチン・タンゴ界のプリンスはむろん我なり」の自負があったからです。そんな皇子たる青年が、二十一歳のその七月、麗しいとはいいがたい幾分下衆《げす》な復讐心をめらめら燃やして、ブラジル入りを果たします。この越境にいたる紆余曲折はすでに触れたように多少複雑ではあるのですが、出国前の当人の、ブエノスアイレスのとある一角での、とあるビルの内部《なか》での、とある人間を相手にしての語りを拾えば、それだけで説明されます。

それだけですむのだから、それだけですましましょう。

いわば、以下は採譜です。

［10］

ひとつだけ註を挟めば、これは何週かに分けて語られた**武闘派の皇子**の身の上話です、心理療法家に。

［11］

「そうですね。僕は父を怨んでいるのでしょう。これは父との軋轢なのでしょう。否定はしません。これとは僕がいま、このキャリアを積んでいることの、……そう、全てですね。父に対する僕の感情、はっきり言えば反撥がたしかに作用して、僕はタンゴ界に身を投じた。ちょっとした省察で、うん、僕自身にもわかります。

十四歳の時でしたよ。

知的な、洗練された大人になりたいって思ったんだな。単純ですよ、都会派を志向したんです。だからタンゴだった。タンゴの道を選んだ。それを歩むのをね。わかるでしょう？　この十年、実際には一九八〇年代に国外から評価が逆輸入されたっていうかな、北米やヨーロッパ、アジアから、『アルゼンチン固有の文化、すばらしいタンゴ』って認識がもたらされて……。ほら、それでね、十四歳の僕も、本物のアルゼンチン人の、それもブエノスアイレスっ子の洗練を身につけるなら、タンゴだろうって、ええ、判断して。

直感です。国外でも通用するような都市的な華麗さだ、そうも予感できたし。

レッスンを受けはじめるとね、これはね、吐息が漏れましたよ。確信が深まりましてね、『この舞踊はなんてスタイリッシュなんだろう！』って。足捌《あしさば》きは、見ればわかるだろうけれども曲芸の連続でしょう？　なのに演《や》る側としては、その労力を微塵もうかがわせちゃならないって……。そうです、唖然とするほどに気高いんです。僕は嵌《は》まったな。それから十五、十六、つぎの段階に進みました。ご存じでしょうけれども、タンゴ、この語のもともとの意味は『触れる』です。まさにそれに僕はやられた。二人ひと組で踊られる形式のダンスだからこそ、現われたり、現われなかったりする凄いものがある。凄い何かが……。うん、相手役と呼吸《いき》を合わせるおもしろさですよ。おもしろさであり、困難。そこから発生する即興性。いいものです、本当に。教訓はスーッと摑めました。

　タンゴを究めたいのならば、
相手の心の動きを読み取って、

予知するように肉体《からだ》を反応させること！

こんなふうに、三行詩みたいにね。当然、夢中になって……十六、十七歳。ちょっと自慢になりますが、僕はこの齢《とし》に才能を開花させました。三つのコンテストに上位入賞したんです。そして翌年、十八歳でプロ・デビューです。そうだな、業界的なことをいえば、僕の評価は二十歳《はたち》前には固まっていたんです。僕は、この首都の有名タンゲリーア（タンゴ・バー）にレギュラーで出演していましたし、幾つかの専門誌での評判をお知らせしてもいいんですが、体幹が並外れて安定している、重心の移動が信じられないほど滑らかである、膝下の旋回が多少どころか相当神憑《かみがか》っている、なんて評されました。僕本人は、あたりまえだな、そのとおりだよって思うんです。僕がめざしているのは、洗練、そのものずばりの洗練なんだから。

的外れな野心の類いではないと思うんですが、いろいろ夢を持ってますよ。じきに手が届きそうなところでは、タンゲリーアでの夜のショーの振り付けを僕がみずから手がけるとか。いや、手が……届きそうだった、かな。自嘲しかけますね。もっと告白しましょう。僕はタンゴ・スタジオの開設を夢見ている。いずれはタンゲリーアの買収だって視野に入れている。だって、十八、十九、二十歳、この二十代のはじまりを告げる誕生日には『ああ、僕がアルゼンチン・タンゴ界のプリンスになるな』って確信もあったし、業界の大御所からカードをもらったんです、それから、うん、いまは二十一歳です。

順風満帆の人生ですね、タンゴ・ダンサーとして。青写真そのままっていうか、そういう……人生でしたね。この冬までは。ブエノスアイレスに初冬《はつふゆ》が降臨するまでは。うん、僕は寒い。薄ら寒いです」

［12］

「先日はちょっと遠回りしてしまいました。ええ、話が。単刀直入に言わないと……。父は死にました。訃報には練習スタジオで接しましたよ。この時、この時に……ええ、僕は驚いたんです。スタジオのね、鏡に映っている僕の顔、その表情にです。笑っていましてね。ああ、誰かに気づかれたらまずいな、そう咄嗟に感じたことを憶えています。あまりスタイリッシュではないですからね、そんな狡《こす》い表情は。

でも、僕がこうしてカウンセリングを受けなければならない必然は、この瞬間にある。

それは思いますよ。やっぱり、ねえ。

皮算用をしたんです。あの男の呪縛から離れられたら、その後、どれほど遺産が転がり込むだろうって。一族のためには僕が管理を……遺産管理をするのが善《よ》しだ、と、これは以前から考えていました。そうですね、そうした資産運営のアイディアは、正直、僕の人生の青写真に含まれていた。

ただね、お父さんが亡くなられましたって他人《ひと》から聞いて、ああ大変悦ばしいですって顔に出しちゃうのは、どうかなあって」

「一族ですか？　もともとはパンパ（アルゼンチン中部の草原地帯）の出です。スペイン系移民ですから、農場主をしておりまして、これを曾祖父が没落させたんですね。ええ、僕はそう教えられていますす。家系、まとめましょうか？　いま語ったように曾祖父が零落《れいらく》の張本人、土地を売り払ってブエノスアイレスに移住してきて、出直しを図ったんですけれども何もなし遂げられなかった。今世紀の初頭だそうです。曾祖父は浪費家で、おまけに博奕《ばくち》打ちで、なのに子供たちは違いました。いちばんは長男ですね、僕の祖父です。わずか一代にして建て直したんです。家を。傾いた身上《しんしょう》を。叩き上げの商売人だった、僕もけっこう憶えていますよ。その面影。あれは不撓《ふとう》不屈《ふくつ》の人だったな、と思います。ただね、若い時には働きづめだったわけでしょう？　避けがたいことですけれども晩婚になって。息子を授かったのは五十代も半ばを過ぎてからです。

僕の父親です。

そう、この息子というのが。

二つ、ステレオタイプを話していいですか？　いや、言いたいんですよ。両親がね、年老いてから生まれた子供はべとべとに甘やかされる、そうした紋切り型の構図はあるわけでしょう？　父にはこれが当てはまります。それから僕が疑っているのは隔世遺伝だな。うん、つまり『曾祖父似』なんですよ、その性格が。

いえね、僕も実父をただただ阿呆な輩《やから》だと判じるのは、いかがなものかって思いますよ。事情だって推し量ろうとはしました。その、ずいぶん幼い頃からうちの家名を、祖父がブエノスアイレスで上げ直した家名《それ》を誇りにしながら、それでも『お前のところは、この首都の本物の上流出身ではないだろう？』って蔑むような視線にさらされて、さらされつづけて……きっと反撥した。でもですね、だからって新しい誇りの拠《よりどころ》に、パンパの出を持ってきたのはどうなのか。口癖はこんなね、三行詩なんですよ。

女々《めめ》しいブルジョアの家柄が、どうした？

俺の血とは、比較にならないんじゃないのか？

だってパンパは、パンパはやっぱりガウチョ（アルゼンチンの牧童《カウボーイ》、男らしさの象徴）だぜ。

凄い選択です。ガウチョ！　父が選んだのはこのステレオタイプ、この無法者の代名詞、父が生きようとしたのはこの粗野さ粗暴さだったんです。結局、阿呆な輩になった。その生涯、色恋沙汰と腕力沙汰に明け暮れました。享年三十九。

これは心理学的に、どうですか？」

「僕は十八歳の時の父の子供です。もちろん養育放棄がありました。もちろんがさつな父を、僕のほうから拒絶しました。本能的に『ガウチョなあらゆる要素』から僕自身を隔てようとして、洗練を、都会派を求めて……。その父がね、一切の始原《はじまり》にいるような父がね、死んだのです。この訃報のおかげで、結局、僕は」

［13］

「これは考えていませんでした。

こんなことを相談することになるとは想像だにしていなかった。

僕は亡き父親との摩擦について、カウンセリングを……しっかりとカウンセリングを受けようとしていたのです。善き人間でありつづけたい、魂の清浄を得たい、と思って。その憎悪する父の遺産を相続するにあたって、少しでも浄《きよ》らかさを保とうと。そうですね、人生設計のためにです。しかし、どうやら僕は仇討ちをしなければなりません。

して、いいんでしょうか？

仇討ちです。復讐です。

どこから話そう？　弁護士に喚《よ》びだされたことは、肝心ですね。そうだ、死因だ。これは結論になるんだけれども、父親の死因は決闘です。決闘、ケッ……闘《トウ》！　それから、そうだ、弁護士の事務所はレコレータにありました。あの地区ですよ、レコレータらしい高級マンションでした。マンションの一室。そしてね、そこには僕のママがいたのです。実母ではありません、初対面のママです」


「うーん……」

「三十歳前後、でしょうね。いや、女の人の年齢って当てづらいから。三十路《みそじ》というのも憶測ですが。家系のことに続いて僕のいまの家族構成みたいなのをまとめますと、祖父母はとうに他界しています。そして実の母親は、法律上はもう父親の配偶者ではありません。もう配偶者ではない、というか、とうに、ですね。籍を入れたのが二十一、その一年と半年ばかり後に別居し、離婚しています。もちろんこの間に僕が生まれています。まあ、最初が強引な求愛……こまされたって言っています。正直ですね。僕の成長のことは気にかけていて、年に四度は顔を合わせているでしょうか。幼少期から欠かさずに、です。

で、僕は考えていなかったのです。

考えたこともなかったのです。

父親にいまの配偶者がいるとは。いや、これも過去形でいったほうがいいんだろうか。父には、いたんです。妻が。その妻は、その高級マンションの一室に、弁護士の事務所にいたんです。それから、いきなり言ったんです。

『ママよ』

『何がですか?』と僕は訊きました。

『わたしが、あなたの』

もちろん僕はきょとんとしたでしょう。それから、呆然とした。委細はたちまち明らかになりました。というか、明らかにされました。四ヵ月前に結婚していた父、そのことを証すために弁護士からさし出された婚姻証明書、さらに遺言状。そうです。目の前にいるのは継母《ママ》でした。その、……あまり僕の趣味の範疇にはない女《ひと》でした。化粧が濃い。僕はここ何年もの間、父とは疎遠でしたから、それに第一この父というのが始終ふらふらと遊びまわっていましたから、近況をまるで摑めていなかったのも宜《むべ》なるかな。それでもですね、妻の、それも新妻の存在は寝耳に水でした。

『ほんの四ヵ月前に?』と僕は言ったと思います。

しかし継母も弁護士もなんら反応しません。ひたすら、婚姻証明書を見ろ、それから土地、建物の権利書の写しを見ろ、との態度です。書類の束はもっと、もっと大量にありました。しかし問題は、じつは一つでした。遺言状でした。弁護士が言ったのです、『――条件となりますのが、この項目のこの件《くだ》り、読みあげましょう。ワタシガ決闘ニ敗レテ死ンダ場合、ワガ息子ガソノ敵《アダ》ヲ討タナケレバ財産ハ相続サセナイ。ええ、今回がその事例です』と。

死因は決闘。

僕に課されたのは、復讐。

この復讐を果たさなければ、遺産は……継母が預かるそうです」

「茫然自失とさせる展開だったし、あまりにもうさん臭い。あの、……正直に言わせてください。僕、相談したいんです。一族の財産が、どうもこの化粧の派手な、いきなり登場した継母に騙し取られようとしてるんじゃないのか、そう思えてならないんです。当然の……疑い、ですよね？弁護士との意思の疎通がありすぎるのも、どう解釈したらいいのか。書類が捏造されてるって可能性もありますし。ええ、大いにあります。しかし、法律用語は、あるいは関係書類もですけれども僕の手には負えない。ただ、僕は言ったんです。『このご時世に、決闘なるものは法的に許されているのですか？』って。すると二人は、もしかしたら連《つる》んでいるかもしれない二人ですけれども、要約すれば三行詩と三行詩で掛け合ってそれから合唱するように、こう返したんです。

あら息子さん、息子さん、あの人には決闘癖があったのよ。

それがガウチョ流儀なのよ、そうなのよ、あぁら格好いい。
おまけにママは、ほら！　遺産は無期限に預かるだけよ、頂戴したりはしないのよ。

そうですよ、クライアントの息子さん、文言《もんごん》を言い解《ほど》けばそうなんです。
さらに法的には、決闘と申しましても、殺し合いまでは不要でありまして。
法的には、証人を立てて対決すれば、それで全然よろしいのでして。

だけどね、息子さん、
♪おお、クライアントの息子さん
勝てなければだめ！
法的に、絶対に絶対に、だめ！
それからね、息子さん、
♪おお、クライアントの息子さん
人間以外の証人もオーケー！
いまの時世、証拠にビデオが採用されるのは、あり！
映像《これ》もまた、証人、なるものよ。

　僕は、……どっしりと疲れました。僕は、……何を相談したらいいんだろう？　僕の人生設計は狂ったんです。いずれにしたって、父は、僕の父は、あの世に往《い》ったって呪縛を解かない！」

［14］

「突きとめました。

ええ、足を棒にしましたよ。僕のこの大切な、足を。タンゴを踊るのに不可欠な黄金《きん》にも匹敵する価値を持つ足を。しかし、それだけのことはありました。順番に説明します。僕があちこち聞いてまわったのは、サン・ニコラス地区です。馴染みのタンゲリーアも多いので、まずはコリエンテス大通りを中心に聞き込みをしました。サン・ニコラス地区、ええ、ここが父の死の現場です。決闘には二十人ちかい野次馬が群がっていたそうです。それと、恥ずかしいことも判明しました。一族の……羞《はじ》です。父はもうじき四十になろうとしていたのに歓楽街ではしょっちゅう街頭の喧嘩《ストリート・ファイト》自慢、『若い奴らには負けない、ガウチョが負けない』と啖呵を切っては、ほとんど名物のような素手のファイトを演じていたそうです。月に三、四度は……。

僕はまず、父を死に至らしめたその決闘、その、最後の決闘がいかなるものであったかの目撃証言を集めました。

相手は、巨漢だったそうです。

外国人観光客で、罵倒はポルトガル語で口にしたそうです。ブラジルのポルトガル語です。

わずか三秒あまりだったそうです、父が、アスファルトの路面に押し倒されて馬乗り状態になられるまでにかかった時間は。倒れた瞬間に頭を打ち、それから七発殴られたのですが、そのたびに父は後頭部をガン、ガンガンと地面に打ちつけたそうです。それからあっという間に肘の関節を極《き》められて、左腕を折られていたそうです。ポキッと。ここまでで二十秒足らず。勝敗はあっさり決したそうです。決闘は終わりました。

僕は驚いたのですが、そうです、相手は父を殺していません。

しかし死因は、やはりこの最後の決闘に、間接的に……というには相当直接的にありました。説明しますね。父はこの日に急死したのです。大敗を喫してしまった屈辱感からか、折れた左腕を三角巾で吊るしながらえんえんサン・ニコラス界隈のあちこちの酒場でくだを巻き、『あのブラジル野郎、痛《いて》ぇじゃねえか、情けない寝技をかけやがって、あのブラジル野郎、卑怯じゃねえか』と愚痴って呑みつづけ、居合わせた女給たちの証言によると朝方六時すぎだったそうですが、テーブルでうとうと眠り出したかと思ったら十秒足らずで危険な鼾《いびき》をかきはじめ、そのまま、二度と……目覚めませんでした。ええ、脳を強打したのにアルコールを摂取するのは、少なくとも二十四時間程度は空けずに摂取するのは、ひと言、阿呆の所業でした。プロのボクサーたちはたいてい、この『二十四時間ルール』を厳守するそうですから。

父は、たしかにブラジル人の巨漢との決闘に殺されて、しかし墓穴は自分で掘っています」

「うーん……。

僕は一瞬、楽観的になったんですよね。

決闘の相手がね、父にひどい怨恨を抱いていたり、そもそも殺意を持って決闘《それ》に臨んだのではないって事実が判明したわけでしょう？　だったら、手はあるじゃないですか。たとえば僕のね、僕の側のよんどころない事情っていうのを話して、負けてもらえるんじゃないか、たとえば証人を立てて僕と決闘してもらって、でも事前にたんまりとお金を握らせたら、わざと敗北してもらうのは容易なんじゃないか、とか……。

ええ、八百長です。八百長を夢見ました。

それから、僕は悲観的になったんです。

今日の僕は悲観的ですよ。そう、心理療法にぴったりだ」


「突きとめたんです。

順番に話しますね。

父の、決闘相手の、その実像です。

歓楽街のとある女給が、僕に証言しました。『うちの店に来た時に、そのブラジル人のおでぶちゃん、ワタシハ・ぶらじるデハ・有名人デスネって片言のスペイン語で自慢したの。それで、この雑誌を置いていったわ。まあ、なにしろ太い腕だったわね。両肩から首の筋肉っていったら、オタリア（アシカ科の海獣。性成熟した雄の体重は時に五〇〇キロにも達し、南米大陸の沿岸部に分布）ね』と。

さらに順番に説きますね。

その雑誌です。ブラジルの格闘技専門誌でした。表紙を飾っているのが、問題の人物、父を殺……いえ、父の直接間接の死因となった人物です。名前が載っていました。名前というのは格闘家としての、つまりリング・ネームでした。『武闘派の皇帝』、これが異名《それ》です。

ルタ・リーブリをご存じですか？

ブラジル生まれの格闘技で、組む技が中心です。武闘派の皇帝は、このルタ・リーブリの現ヘビー級王者です。

武闘派の皇帝は、現在三十一歳です。

プロとしての戦績は、七十戦全勝です。

おまけに、ここからを……僕はちゃんと順に説き明かさないとならない。スペイン語－ポルトガル語対照の辞書を片手に、僕はその雑誌を読んだんです。格闘技雑誌のその巻頭の特集を。

武闘派の皇帝は、ストリートでも無敗です。

武闘派の皇帝は、『売られた喧嘩《ファイト》は全部買う』をモットーにしています。

ストリート・ファイターであることが売りなんだ。あのね、夢は……僕の夢は、いやあ破れちゃいました。八百長の夢、うん、無理ですよ」

［15］

「……先日、女々しかったのは僕です！」

「さあ、ひと息で語ります。ええ、ええ、語りましょうとも。午下《ひるさ》がりだったんです。葬儀は継《マ》母《マ》がとり仕切ったんです。父の葬儀、それはしめやかに執《と》り行なわれたんです。しめやかに棺は墓地に運ばれたんです。そして継母は、その墓地で僕と顔を合わせた瞬間に、ニコッとしたんです。僕にはほとんど……ニヤリとしたように感じられたんです。僕は猛烈に腹立たしかったんです。僕は僕なりに、って思い出したんです、いろいろと皮算用をしていた。そうだった、なにしろ一族《うち》の資産にはアパートメントも揃っていて、一部はそのままタンゴ・スタジオに転用可だったし、考えてみれば港湾のほうのあの土地、この土地、そうした不動産を売り払ったら即座にタンゲリーアの一軒や二軒、それどころか四軒でも買収できた。そんな皮算用というか人生設計を思い出したんです。それが残らず、継母の……、この化粧の濃い、けばい、三十路の女のものになったのかと思って絶叫しそうになったんです。でも、抑えたんです。必死に考えたんです。『いったい、どうしてこんなことに？』『その発端は？』って。僕はそこで、はたと気づいたんです。プロの格闘家でありながらアマチュアの喧嘩を買った、例のブラジル人のおでぶ、武闘派の皇帝のせいじゃないかって。『そうなんじゃないのか？』と僕は僕自身に問い、迷わず瞬時に僕自身が『そうだ』と答えました。そうです、そうなんです、結論は出たんです。墓地をあとにする頃には、僕は、タンゴ・ダンサーから一時《いっとき》、格闘家に転身することを決めていました。仇討ちをしなければならない義務があるのなら、すればいい。僕は、燃えていました。めらめら燃えていました。僕は烈《はげ》しく熱い。そして僕を燃やしていたのは、復讐心なんです」

「あのブラジル野郎、ぶっ潰してやります。ええ」

［16］

もう僕は父を怨まない！　と**武闘派の皇子**は言いました。セラピーは終了しました。

〔17〕

武闘派の皇子は越境しました。アルゼンチンから北へ、ブラジルへ。国境を越えた**武闘派の皇子**を待っていたのは三年間の修行、それも読んで字のごとしの「武者修行」でした。復讐を決意した瞬間《とき》からブラジル入りは定まっていたも同然ですが、しかし、この物語のここからの展開にブラジルが必要とされる理由《わけ》は他にもあります。南米大陸の格闘技業界はまさにこの国、ブラジル（ブラジル連邦共和国、FRB）を中心に動いていたのです。他国《よそ》と比べるならばプロ選手の層の厚さが違い、アカデミアと呼ばれる道場の数も同様。しかもブラジルはその国土の広さでは世界第五位、南米という大陸のほぼ半分を占めます。この結果、地球上でも稀《まれ》にみる移民大国となって、あらゆる種類の武道、格闘技の技術体系が根付いています。リング・ネームを**武闘派の皇子**とするまでの遍歴は、一種、格闘技の歴史の内側《なか》の彷徨でした。その歴史は、二つに分岐しているともいえます。組む技と、殴り、蹴る技の二つの体系です。ルタ・リーブリが前者、カンフーや空手が後者でした。ブラジルで独自に発展した柔道にして、実践柔道（ストリート・ファイト用の柔道）であるブラジリアン柔術は前者、ボクシングは後者でした。そして、ブラジリアン柔術の原型《ルーツ》が日本からの移民集団のあいだにあり、日本列島にあるように、二つに岐《わか》れる歴史がさらに遡ることで何十、何百にも分岐しうるのです。歴史の遍歴、それから、現実にして現在の遍歴。その三年間、**武闘派の皇子**には滞在し、通過した土地があり、叩き、叩いた流派の門がありました。習い修めた格闘技を羅列することで遍歴は具体的に物語られます。**武闘派の皇子**は一三〇万人の日系ブラジル人を抱えるサンパウロで空手を学びます。タンゴ・ダンサーとして、捌《さば》きには自信のある足、これを活かそうとしたのです。直接打撃制《フルコンタクト》の空手でした。ここで**武闘派の皇子**はいわゆる「打たれ負け」をしない、筋繊維に鎧われた肉体を養いました。続いての遍歴の地はパラナの州都、クリチバでした。通ったアカデミアはムエタイ（タイの国技、通称「タイ式ボクシング」。蹴り技を中心とする）のもので、これまた一九七〇年代に入ってからブラジルで発展、普及したブラジリアン・ムエタイでした。この**武闘派の皇子**とムエタイとの邂逅は、一つの運命を感じさせせました。練習に二人ひと組のメニューが多いのです。相手と呼吸《いき》を合わせて、即興的に切磋琢磨しあうスパーリング（実戦練習。試合用ではない厚いグローブと臑《すね》ガードを着用する）が多いのです。**武闘派の皇子**は本当に驚いたのですが、それはタンゴ・ダンサーとしての彼の得意領域でした。表現を換えるならば大好きなものでした。三行詩すら、**武闘派の皇子**の脳裡に甦りました。

タンゴを究めたいのならば、
相手の心の動きを読み取って、
予知するように肉体《からだ》を反応させせること！

そのタンゴの部分《フレーズ》をムエタイに置き換えればいいのです。だいいちタンゴとはラテン語起源の言葉で、触れる、を意味していますから、秘められた相性が格闘技との間にあったのです。触れて、拳《こぶし》で突き、触れて、膝蹴りと肘打ちを叩き込み、触れて、多彩な足技をふるう。組む体系の格闘技でも、「触れる」点に関しては同様です。摑んで投げて、極《き》めて締める、どの場面でも触れます。**武闘派の皇子**は二人ひと組のトレーニングで実戦の技術を、それからタンゴで培った素《も》質《の》も十全に活かしての格闘用のリズム感とスピードを養い、そのアカデミア屈指のムエタイ選手に育ちます。アマチュアの試合に出場し、八戦全勝、その後にプロに転向して、いま、二十四歳。リング・ネームを**武闘派の皇子**として、こう名乗ることで誰かをこけにしました。

格闘技業界の大物を。ルタ・リーブリの顔役を。

武闘派の皇帝を。

こうして、一九九三年の真冬、因縁のカードが組まれました。異種格闘技戦の興行、ルタ・リーブリ対ブラジリアン・ムエタイ。武闘派の皇帝対**武闘派の皇子**。

地元テレビ局の中継も入って、ビデオ映像にも記録されます。仇討ちの……決闘の、証人です。

〔18〕

もちろん**武闘派の皇子**の遍歴は二カ所の土地、二つの流派にとどまらず、その三年のあいだに異なる殴り、蹴る技の体系、組む技の歴史にも入り込みました。たとえばアカデミア間の友好的な出稽古《でげいこ》で。**武闘派の皇子**は、太極拳や合気道、また空手の多様な流派のなかでも「沖縄空手」に触れることで、東洋の武術ならではの神秘や奥義、すなわち秘伝を得られないかと期待したのですが、だめでした。

隠されているものは、隠されているのです。

［19］

しかし、本当にそうでしょうか。門外漢として秘伝を探求し、門外漢だから秘伝を授けられなかった**武闘派の皇子**の前に、まるっきりの門外《そと》から秘伝が奏でられる可能性が、あるのではないでしょうか。

そんな体験が。

この物語は、それを大胆に確かめます。

［20］

一九九三年に、武闘派の皇帝と**武闘派の皇子**の試合当日があります。それは**武闘派の皇子**にとっては父の仇討ち当日です。数千人収容の会場に設けられたリングは方形で、その四角さの中央に立って**武闘派の皇子**は敵《かたき》を見ます。じかに対峙すると、相手の巨体は肉の壁さながら、実際その身長差は十五センチ、体重差にいたっては三十キロもあります。ゴングが鳴ります。武闘派の皇帝はタックルで挑み、**武闘派の皇子**は躱《かわ》します。何度かに一度は膝蹴りを合わせます。鋭いジャブの連打があります。**武闘派の皇子**は旋回するようなフックを繰り出し、アッパーを出し、そこに蹴りを交えます。蹴りは、曲芸です。武闘派の皇帝は幾度も後退して距離をとります。死角から攻め込み、投げを打とうとします。**武闘派の皇子**は突如として優雅なステップワークに転じます。円運動があります、骨盤を旋《まわ》す蹴りが連続します。スタイリッシュな舞踊を踊り切るように、刃《やいば》のような回し蹴りが武闘派の皇帝の側頭部めがけて放たれます。ここまでで、ゴングから四分。武闘派の皇帝はその速すぎるし強《したた》かすぎる蹴りを避けきれず、まともに受けて、その巨体を揺らします、揺るがせます。マットに崩れはじめます。**武闘派の皇子**を視界から見失いつつある武闘派の皇帝の頭骨内で、脳が震盪《しんとう》し、失神するその刹那に一九七九年のことを思い出します。武闘派の皇帝は。

一九七九年に、当時十九歳の武闘派の皇帝はブラジリアン柔術界の大物と対戦しました。相手は四十三歳、すでに伝説の存在と化していました。打撃はボクシングに学び、オリンピックのボクシング競技の金メダリストを倒したこともあり、異種格闘技戦では無敗。しかし、武闘派の皇帝はこの伝説の柔術家に挑戦状を叩きつけたのです。死闘は四十三分に及び、最後に武闘派の皇帝がチョーク（裸絞め）で勝利しました。この一戦をきっかけに武闘派の皇帝は一躍ブラジル格闘界のスターダムにのし上がりました。そして武闘派の皇帝に頸動脈を圧迫されて失神するその刹那、柔術家は一九六四年のことを思い出します。

一九六四年に、柔術家はルタ・リーブリ勢の強豪を倒しました。当時、彼は二十八歳、対戦相手は三十一歳でした。いわゆる「スポーツ化」する以前のルタの滾《たぎ》るような血を継いで、その強豪は野獣《けだもの》めいた強さを発揮しました。しかも打撃のバックボーンとなっていたのは逆立ちや回転を利用した多彩な蹴り技で知られるカポエィラで、加えてフリースタイル・レスリングのコーチもつけていました。柔術家は、この対決に先立ち、マナウス（アマゾン川中流の河港都市）の南六十キロの地点に異様なトレーニング・キャンプを張りました。鸚哥《インコ》を喰らい、わざと凶暴なインディオたちの後をつけて、その矢を躱しました。いっさいがルタの強豪に勝利するためでした。死闘は二十五分に及び、最後に柔術家が相手の腕を折り、さらに止《とど》めにと絞め落としました。この一戦で柔術家は異種格闘技戦の帝王と認められます。そして柔術家に失神に追い込まれるその刹那、ルタの強豪は一九五六年のことを思い出します。

一九五六年に、ルタの強豪はカポエィラの天才児と対戦しました。当時、彼は二十三歳、相手は自分よりも年下の二十一歳の黒人でした。カポエィラは禁じられた格闘技です。アフリカ大陸から奴隷として連れてこられた人々が、生存術、自己防衛術として発展させて、叛乱の手段となるからと公に禁じられた時期には音楽にカムフラージュし、同時に音楽そのものともなり、儀礼にも、また舞踊にもなりました。たいていはビリンバウと呼ばれる一弦の楽弓《がっきゅう》のメロディを伴奏に、その舞踊は「二人ひと組」で踊られます。舞踊でありながら格闘技である時には、あるいはそれらが重なる局面では、音楽にこそ反応する特異な足技、ステップを展開させます。二十一歳のカポエィラの天才児は、その年に、スラム育ちの自分には立ち入ることが許されていない高級ホテルのバーの外で、ある音楽を聞きました。北米の流行歌、USAの新世代ポップス、それが漏れ出していました。しかも週に何十度も、何百度も。レコードで。カポエィラの天才児は気がつけばそのバーの、その屋外《そと》である場所に通いつめて、ある日の練習で思わず知らず体内に記憶されていた音楽《それ》に反応しました。格闘家として応答して、側転と刃《やいば》のような後ろ回し蹴りを一体化させた何かを生み出しました。いわば秘技を。そして当時二十三歳だったルタの強豪を、対戦の開始《はじまり》からわずか一分数十秒後、この秘技で沈めました。それはルタの強豪の、生涯、ただ一度の敗戦で……一九六四年を迎えるまではそうでした。この完敗を喫するという体験が、のちにルタの強豪に殴り、蹴る技の体系としてのカポエィラを学ばせました。
そうした事実を、そうした歴史か時間を、一九六四年の失神の瞬間にルタの強豪は思い出します。

［21］
カポエィラの天才児が一九五六年に聞いたＵＳＡの流行歌は、ロックンロールでした。
チャック・ベリーの『ロール・オーバー・ベートーベン』でした。

［22］
一九九三年、真冬、**武闘派の皇子**はそのロックンロールに触れます。対戦相手の側頭部を、鋭い、重い足技で蹴ることで、じかに触れます。いま、秘伝が奏でられます。

第四の書

ハウンド・ドッグ三部経

コーマW

畜生

会話は交わせないが、語って聞かせることはできる。物語をすることはできる。それが私の、ここを訪問する一体のゴーストとしての私のポテンシャルだ。ゆえに秘密も伝えられる。

たとえば六十万という数字の秘密。

——それにしても録音物と似ているな、私は。

私は苦笑いして、それから、たぶん極端にシリアスな表情になった。私は鏡を前にしているわけではないから、視認はできないのだが。感覚としてはそうだ。なにしろ直覚として、その認識は胸にずんと響いた。「そこに演奏者がいないのに、そこに音楽が鳴る」事態を生んだのがレコードだし、そうした事態が当然視されたのが二十世紀だ。言い方を換えれば、二十世紀の証しがそれだ。そして……。

そして、彼女にとって、私は病室《ここ》にいないのも同然なのに、私は語る。

彼女にとって、私は絶対的に「ここにいない」ゴーストなのに。

——私は唇を、唇を噛む。

六十万だった。これを人数だとしよう。すなわち六十万人だ。そして、こんな問いを立てよう。奇妙な問いだ。

「六十万人とは、何人か？」

答えは、全人類だ。

衆生《しゅじょう》のことごとくだ。仏教用語にいう迷える人間＝衆生の、その全体をある時期の日本人は六十万人だと了解した。ある時期、たとえば鎌倉時代に。だからこそ、浄土宗のその一つである時宗の創始者・一遍は、「南無阿弥陀仏・決定《けつじょう》往生《おうじょう》六十万人」と書かれた念仏札を諸国行脚して配りもした。

これが六十万という数字の秘密。さて、ほかにはどんな秘密を伝えようか？

六道《ろくどう》の秘密か。

衆生が死後に向かう世界には、六種類がある。それが六道だ。地獄道と餓鬼道と畜生道、阿修羅道と人道《にんどう》と天道。すると仏教的には、この世界――人類が生まれ変われる程度の世界は、六部作なのだと理解できる。

しかし本当か。

私はそのことを（湧いてきた疑念を）掘り下げるために、畜生道に焦点をあてる。あてるよ。畜生道とはむろん、鳥獣と虫、魚類の、あらゆる獣《けだもの》の世界だ。生前の悪業《あくごう》によっては、人はこの世界に生まれ変わる。だが、……だが待て。

畜生道以外にも、畜生は、いる。

すなわち地獄道にも餓鬼道にも阿修羅道にも、もちろんこの人道にもいるし、天道にもいる、と説かれている。そうなのだ。畜生道の命は、ほかの五道に滲《し》み出している。

六道に何かを足している。「この世界は、完結した六部作に終わる——閉じるものではない」と告げている。ほとんど大音声《だいおんじょう》で告げ知らせている。

そんなふうに告知する存在《もの》が、畜生だ。

さあ、それでは、ふたたび地獄を見よう。そこにも「在る」畜生を確認するために、地獄へ往く。

浄土前夜

あなたは馬頭人身です

地獄は火のなかから生まれる。俺はそのことを知っている。そして、火を絶やさないようにするのが俺の役目だ。俺はそのことを知っている。

で、俺は誰だ？

いきなり思考が停止した。危険なのだと俺は直感した。その危うさは問いにある。俺は、俺は誰だ、などと問うてはならなかった。そんな質問を発したら、俺が俺であるという立脚点も崩れてしまう。しかし、しかし、しかし……。俺はそこから出発するしかない。十中八九、危険だとわかってはいても。だとしたら解決策の模索だ。なにしろ十中八九の直感には、一あるいは二の抜け道がある。それは十中十ではないのだ。

俺は思考を続けた。ゆるやかに解決の方策は見出された。俺は俺自身に命じた。

「俺を見ろ」と俺は言った。

その声は、鼓膜に響いた。もちろん俺の鼓膜にだ。この時、予想もしなかった感慨が俺を満たした。そいつを詳述しようか？

いいか？　俺はいちばん最後に、「ああ、俺には鼓膜があるのだ」と思った。

俺が耳のない生き物って可能性もあったからな。

それから俺はいちばん最初に、「ああ、俺はしゃべれるのだ」と思った。それどころか、俺は声に出して、その大いなる感慨を吐いた。

「俺は・しゃべ・れ・るのだ！」

俺が何を予期したと思う？　こうしたセンテンスを吐き出して、もしかしたらコケーコッコーと響いたり、グルルルルッと響いたり、ケーンと鳴ってしまったり、そういうことがあるかもしれないし、そういう事態が出来《しゅったい》しても驚かないかもしれないって予期したんだ。つまりだ、俺は鳥獣の言葉が飛び出すことを、やっぱり十中八九、期待していたんだ。

それは、いい期待じゃない。ただたんに「その手の現実になるんだろう」って期して待っていた、それだけだ。しかも根拠らしきものもない。あるいは根拠はあったのかもしれないが、俺には摑めていなかった。俺は、俺が誰かも知らなかったんだし。単純に鳥獣語を吐いちまうのだろうって感じただけだ。

けれども裏切られた。

人語だったんだよ。

「そうだ、人語だ」と俺は言った。「驚いたもんだな。これは人語だ、俺のこの口は人語を話すよ」

説明を加えるまでもないが、こうしたモノローグも俺の鼓膜に響いていた。俺自身の声が、だ。そこにも感慨があるわけだが、俺は自分が口のある生き物って現実にもっと深く沈んだ。なにしろ人の言語の発話に適している、この口蓋や、この舌の構造は。ふつうに考えれば――。

「ふつうに考えれば、俺のこの口は、人間の口だな。俺には人間の発声の、『それ用』の器官があるね」

おまけにこれは日本語だ。

ディス・イズ・ジャパニーズ。

これは英語だ。

ディス・イズ・ジャパニーズ。俺は日本人か？

両手を見る。それも「俺を見る」行為のひとつだ。視線を下ろすと左右の手があった。俺は、ほう、と思ったね。日本人のその人種の定義にぴったりの色合い、俺の手の皮膚は黄色《イエロー》だ。モンゴロイドの色彩だった。俺は、見下ろした手がちゃんと俺の手かをたしかめるために、動かした。指をだ。ちなみに指は十本ある。いうまでもないが左右あわせて十本。七本と三本じゃない。片側に五本ずつ、均等に揃っている。

「で」と俺は言った。これは質問だ。「この指は、なんだ？」

この・指・は、なん・だ？

俺は何用だと問うたのだった。みずからに。すると答えは訪れたし、むしろ閃いた。そうだ、考えるまでもなかったのだ。俺は言った。

「物を書くための指だな」

書く。書け。書きつづけろ。

その回答が浮かぶと、そして実際に口にされると、俺はどうしてだかニヤリと嗤《わら》った。どうしてだ？

　俺はその真相が知りたい。それに……それにだ、俺が嗤う表情って、どんなだ？　それも知りたい。

「ならば俺を見ろ」

　続きも命じられた。そうだった、俺自身による命令があったのだし、俺はまだ行為を十全には果たしていないのだった。俺の関心が「俺の表情を確かめたい」ということならば、最大の関心がそこにあるのならば、そうすればいい。実行だ。俺の顔だ。

「この言葉を発している、俺の顔を、だ」と俺はあえて言った。鼓膜の震えは俺を少しばかり酔わせる。俺は、その心地好さの方向にのめり込むように、思考の閃きに順《したが》って発話を続けた。

「顔だ。それにペンだ。それにノートだ」

　ノート？

　しかし疑問をどうこうするよりも前に、俺は歩き出していた。俺の足運びには惑《まど》いやためらいがほぼ皆無だった。擬音語だか擬態語だかを用いるならば、俺はすたすたと歩を進めたのだ。なにしろ勝手知ったる場所だった。勝手知ったる場所、と認知する以前に俺は知っていて、そのために歩いていた。思考を、俺は待たなかった。そいつは遅れてきたのだ。遅刻したものをもっと解き明かそうか？

　俺は、書斎をめざしていたんだ。

　この邸宅内の。

　おまけにこの邸宅のボスは俺だった。

俺が所有しているんだ。おまけにこの邸宅には耐火構造が要らなかった。俺は思った、「抽象建材を燃やせる地上的な手段があるもんか、そんな手強い人材がいるもんか」って。

俺は瞬時にして知識を咀嚼していたんだ。地獄の内側《なか》に建つ家屋が、火事に遭うか？

「ある構造物が、怨念で造られるとする」と俺は続けた。「それを鎮められるのは、水や強化液使用の消火器や化学消火剤のはずがない」

俺は、また嗤い出しそうだ。が、その表情は書斎で見なければ、確かめなければ……。俺はふたたび順々に、書斎だ、ノートだ、ペンだ、と思う。そうだった、書斎にはノートがあるのだし、筆記具があるのだった。しかし――。

「しかしノートだと？　その紙に、俺は、何を記載するんだ？」

さぁな、というのが当面の回答だ。

じきにわかるだろ。

それに、ノートにだったら物は書かれるだろうしな。

で、書斎だ。

こんなことを解説するのはあたりまえすぎて失敬だが、書き物机《ライティング・デスク》があった。書斎だからな。

照明器具があちこち設《しつら》えられていた。本棚はあったが、いわゆる書籍というよりも、こう……紐で綴じられた台帳みたいなのが多かった。一見したところでは、だ。それから書き物机《ライティング・デスク》のかたわらに車輪があったんだが、これは木製だ。なんだろうな？　電車や自動車の「それ用」じゃない。しかも一輪だけ……。

ところで書斎には窓がない。カーテンもない。

壁がある。もちろん壁はあって、そこに鏡がかかっている。

それだよ。正面の壁の、ちょうど書き物机《ライティング・デスク》の真上に置かれた鏡だ。姿見とまではいえない、しかしサイズはそこそこ大きい。俺は、この鏡を見出した瞬間に、もっと具体的に詳述するならば書斎の扉を押し開けて室内《なか》に入り、ほとんど真ん前にこの鏡を目に入れた時に、いきなり疑問の答えを得たよ。ほら、俺は誰だ？

鏡に映っているのは、馬だ。

ちゃんと描写しよう。馬の頭だ。

驚いたような表情をしている。そうだ、表情だ。ああ、これが俺の表情なんだなとわかった。これが俺の表情で、俺の顔なんだなって。ちなみに首から下の部分は人だった。茶色い喉頸《のどくび》が真っ白いシャツの襟もとに吸い込まれていて……。なあ、俺は正装しているよ。いや、そこまで本格的とはいえないにしても、カジュアルさにはほど遠い。俺はジャケットを着用している！

「まいったな」と俺は言った。

鏡の俺も、言っていた。馬の頭部《それ》だが。

試すように俺は続けた。「俺だろ？」

馬の口も、オレダロ？　と開いて、閉じた。うん《オーケー》、これは俺だ。俺は馬鹿じゃないからさっさと認める。で、結論を急ごう。俺は誰だ？

たぶん馬頭《めず》だな。しかし何号の馬頭なのか。たとえば馬頭770号？　さぁな。

そうだ、小さな疑問がまだ残っていた。この指。俺のこの指は、なんだ？

俺は書き物机《ライティング・デスク》の前に、つまり椅子にだけれども腰を下ろす。木製の椅子だった、そして椅子にだって耐火材料は要らない。ペンを執《と》る。俺は、あまりに自然にペンを執った。ノートがちゃんと開かれていたから。そうだ、ノートがあった。

で、これはどんなノートだ？

「日記帳だろ」と俺は言った。俺にむかって。

さあ、はじめよう。

日付を挿《い》れる。まずはそこからだ。そうだろ？


地獄一日《ついたち》。

これでは不正確だとの批難をまぬがれないか。では年月日の表記にする。地獄年地獄月一日。それともまた地獄紀元の第一日。俺にはほかに書きようがないから、こう書きとどめる。不当ではないはずだ。俺が見た時間《とき》と地点からこの地獄がはじまったのだ、と、俺はそう感じるのだから。もちろん地獄は前々から「存《あ》った」のだろう。しかし、俺が画する紀元はいまを基準とする。いま、すなわち今日だ。

地獄一日。文句はあるまい？

とりあえず何年何月は省いて進める。客観にこだわる必要もあるまい？　ほら、これは主観の地獄紀元、その元年なのだから。

馬は草食獣だ。俺はそのことを自覚した。俺には門歯と臼歯があるんだ。そぉら、鳴るだろ？臼歯を軋《きし》らせれば……キリキリ、キリキリ、ギリッて。そうだ、臼歯は、すり潰すだろ？　それが俺の口で、俺のいわゆる「歯牙」の構造だ。俺は馬のように歯軋りができる。馬頭《ばとう》だからな。

しかし蹄がないな。俺の足先には……いいや、手先にも。すると俺は奇蹄類《きているい》ではない。ウマ科の生き物では。あたりまえだ。もっと声を大にして言おう、というか書こう。

あ・たり・まえ・だ。

馬は日記を付けない。糞、俺はどうして、どうして、こんな「いわずもがな」な事柄を書いている？　リアルタイムで思考し、それを書き記しているからだ。リアルタイムで日記を進めよう、書き進めようと試みているからだ。が、そういうのが日記か？　繰り返す、俺は声を大にして書こう。そういう・の・が・日記・か？　否。「起きた出来事を、あとで記録する」等、そういうのが日記だ。たとえば就寝前に？　ああ、それがいい。加えて自問自答のこうしたプロセスの委細まで記載するのは、全く……全くよくない。

そうだ、リアルタイムすぎる記載《それ》は悪い。

書き直そう。頭からだ。それとな、俺は文体も変えなければならないと思う。日記には日記にふさわしい調子、いってみれば日記調があるだろうが。そういうのが必要だ。しかし文体を変えるからといって人称代名詞やそれから人称までは変えないが。つまり俺は俺だよ、俺だ。わたしや僕ではない。おまけに俺はあなたや君でもない。あいつや彼でもな。一人称で固定しているから、二人称にも三人称にもならないんだ。

この決定を繰り返そう。が、今度は小さな声で囁こう。いいかいこれは文章の囁きだよいまからそっと言うんだけれども耳をすましてほしいんだけれども俺は俺だよあなたではないんだよこの事実をあなたはわかったかな一人称の固定はゆるがないんだし語り手はここにいるんだよ、それじゃあ。

地獄一日。

今日、俺が俺だとわかった。そういうわけで俺は公務につくための準備をし出したが、まだまだ知識は咀嚼の度合いが足りなかった。何かをはじめられそうにない！　もちろん、地獄は火中《ほなか》から生まれるし、その炎を絶やさないようにするのが俺の公の役向きなんだとは認識していたんだが。俺はまず、俺自身の邸宅のボスである俺に（すなわちこの俺自身に）馴染むことにした。俺は犬を探した。犬たちだ。三頭いるんだ。ふだんは番犬だとか猟犬だとかレッテルを貼ってる。二頭めまではやすやす見つかって、三頭めに手こずった！　あいつ、毛穴という毛穴から火を噴きながら、厨房で「本能に任せて仕留めた餌食」の調理にいそしんでいた！　やれやれ、俺が俺として生まれ直すまでの間、ほんの少々目を離した隙に、この不始末だ……。俺はお仕置きに三本鞭を喰らわせてやろうかと思ったが、しでかした粗相の現場を目撃されるなりキュイーンと鳴いて尻尾を巻いたので、今回は見逃してやった。これで番犬になるのか？　まあ、明日からは連れ歩いて、欲求不満だか闘争本能だかを発散させてやることにしよう。いずれは江東区《コウトウ》の「東京ヘリポート」で大いに暴れてもらおうか。番犬たちは、さて、何十メートル何百メートルの高度まで跳躍できるかね？　夕方、俺は犬問題が片付いたので晩餐にした。メイン・ディッシュは《二重母音》だった。なにやら懐かしい味わいだった……。それから畜舎を覗きにいった。俺は山羊を飼っているのだと思い出したのだし、それはつまり、俺が山羊を飼っているということだからだ。山羊はいた。一頭だけだった。体高はおおよそ七メートル、雄で、茨《いばら》じみて繁茂する角《つの》をその頭頂に戴いている。俺を見るとムェェェェと鳴いた。雄だということは忘れていた！　雌だったら乳を搾れたのにな、と考えると残念だ。そんな山羊の乳からは《文鎮化する白黴《しろかび》》チーズが作れるから……。しかし無念さにひたり続けるわけにもいかないから、俺は雄のそいつに声をかけて（「おい、鬚《ひげ》の伸び方が足りないぞ、もっと地獄コンシャスにしろ！」と言った）、山羊はたしかに偶蹄類《ぐうているい》であること、を確認した。その四肢の蹄たちを見て。それにしても山羊というのは白い家畜だ。本当に白いな、と俺は感心してしまった。いずれにしても、山羊は掌中に収めておかなければならないし、犬たちは付きしたがえて行動しなければならない。明日はミーティングだ。俺は出席するだろう。俺は「母上《ははうえ》」に所属している。

地獄二日《ふつか》。

定時に登庁。魂の地図は（ああ、はっきりと見憶えがあった！）作戦室に展《ひろ》げられていた。しかし裁きはもう無効なのだ。俺たちは人間が地獄に堕ちるのを待たない。夜、「兄君《あにぎみ》」の動向を探る。東からの侵蝕に問題が生じたらしいとのこと。ざまぁみろ！　ところで俺の記憶の縺《もつ》れは多少は続いていて、こんなフレーズを記さずにはいられない。ああ、俺の記憶がアナーキーだ……。よし、洒落のめした譬喩《ひゆ》だ、いいんじゃないか？　物書きにはふさわしいだろ。乾杯。俺は年代物の赤ワイン《老と病から、吾《われ》死を引き算す》を抜栓した。それから犬たちに生き餌を与えて、就眠。

地獄三日《みっか》。

ロシアが問題視されている。魂の地図に重層化が可能なのは首都圏のホログラフィだけだと思っていたが、違う（次元の違う？）地図が滲透しはじめた。本当か？　糞、俺の理解が追いつかない。二人の牛頭《ごず》が内通者かもしれない、とのこと。これだから組織は！

地獄四日《よっか》。

今日は最前線に出た。指揮するにあたって判明したんだが、俺は馬頭9号だった。9号だと、そぉら、大出世だ。戦術は七割有効、二割無効、一割は不明。番犬たち、どうしてだか友軍の内部で小競り合い。馬鹿どもめ！　あれでは永遠に犬頭人身には進化できない……。日没までには状況が摑めた。籠城戦は一進一退、原因はロシアの《赤い魂》地図にあり、そこに触れれば（つまり領土と領土の接触する「線」にタッチすれば、だ）肉体は切断される。専門的にいえば物質化の解除だ。番犬も、牛頭も、われわれ馬頭も！　晩餐会を兼ねた鳩首会議で、記録すべきは以下の発言也《なり》。

「これは『鉄のカーテン』と呼ぶべきだ」（まさに）

「この拮抗状態はおかしい。地獄は強制収容所ではない」（悪い譬喩ではない）

「ロシア正教会は黙示録を持っているのか？　他界を準備していたのか？」（返答する我ら「母上」幹部は皆無。ドストエフスキーに訊ねるべきだ！）

前線地帯から、夜、灯りが完全に消えたわけではないのは、たち昇るその煙がしっかり黒煙だと視認できたからだ。色彩をわずかなりとも感知できるのならば漆黒の支配はない。俺はもう少々最前線をカラフルにした。車輌は、一台ずつ燃やした。リズミカルに、ぽん、ぽん、ぽんっ、て。自動販売機を焦がし、あらゆる「冷たいドリンク」が冬支度に入るのを楽しんだ。そぉだ、ホットだろ！　市街戦に銃火器ならぬ消火器を持ち出す人間を見たら愛してやろうと思ったが、残念、一人もいなかった。足りないのはユーモアの感覚だと感じるね、そこが問題、大問題だ。ディス・イズ・ジャパニーズ。さあ、いい加減に東京よ、陥《お》ちろ。とうに地獄は首都圏を、そして東京都心を包囲しているんだから。おまけに俺たちは、処罰するためにここに来た。

地獄五日《いつか》。

ブックマンに遭遇した。

地獄六日《むいか》。

糞、どうしたらいい？　犬は二頭やられた。同胞《はらから》は多数やられた（数えていない）。ブックマンは、ブックマンは、多少の炎をまとっていた。ブックマンは、ブックマンは、俺を見逃した。俺を、俺を、どうしてだか選んで。しかし問答を仕掛けてきたのはたしかだ。「俺たちはどこから来たのか」だと？　糞、何を訊いたんだ？　俺たち鬼は、どこから来たのか……。もちろん俺たちは、獄卒だ。罪人を責めるのが務めなんだし、俺ならばそもそも地獄という世界を、その建材の火を、保ち、作りもしている。炎熱の責め。その俺が、俺が、どこから来たかって？　俺たちはどこで生まれたのかって？　ブックマンよ、ブックマンよ、こう答えてやるよ。「知るか」って。そんな愚問は、知るか！　あるいは物書きならではの譬喩でいこうか？　俺たち鬼は、月から降ってきたんだ。ほぉら、詩的だろ。地獄の紀元前、満月の夜に、俺たちの眷属は……。いや、どうなんだろう。どうなんだろうな。どうして俺は、馬頭人身なのか。どうして俺は、人類を罰したいのか。ブックマンよ、ブックマンよ、俺は話題を変えたいんだ。本当のことをいったら、俺は話題を逸らしたいんだ。だからこそ俺は、お前に言ったんだ。聞いただろ？「ブックマン、お前が蔵書なのか。教団の蔵書なのか」って。この俺の発言。この俺の直感と混乱。錯乱……記憶の？ 俺は、俺は、いったい何を言いたかったんだ？ そして俺は殺されなかった。そして俺はこの馬頭を斬られなかった。乾《ほ》されもしなかった！ 俺はお前の額に、R、らしき一字を見た。それはなんなんだ？ 梵字を見間違えたんじゃないのか？ 俺が、俺が……。いま、俺は考えている。この一日だ。この一日、ずっとだ。俺が所有している（俺がボスである）邸内に、ずっと留《とど》まって。俺たちが攻め落とそうとする側と俺たちのいる側とを自在に、障《さわ》りをおぼえずに往き来できるということは、ブックマン、お前は超越しているのか？ お前は神か？

神？

地獄七日《なのか》。

俺は少女に会った。

この感情はなんだ？ これは恋ではない。

俺は馬頭9号として（幹部級として、だ）、戦局を先読みしたんだ。ロシア連邦の前身はソビエト連邦、USSR、すると対置されるのはUSA、アメリカ合衆国。そこに何らかの手を出されるはずだ、と。人間たちの手が、だ。触手がのばされるはずだ。かならず！

だから俺はアメリカ地区に行った。

都心のだ。

六本木《ロッポンギ》に「在日米陸軍地区」がある。そこにだ。

そのゾーンは、堂々とある。

ゾーン？

これは誰の用語だ？

俺たちはそんな言葉をもともと持っていたか？　また記憶の縺れだ。糞、まあいい。

大事なのは急襲だ。俺は行ったんだ。俺、馬頭9号の部隊として。もちろん犬も連れていった！　あの番犬だか猟犬だかのレッテルを背負《しょ》ってる、生き残りの一頭。

もしも「在日米陸軍地区」から重機関銃やキャノン砲や、軍事車輛が大量に湧き出したら（というか流れ出したら）危ないからな。

先読みだ。だろ？

これをすませたら、俺は「母上」独自の外交っていうやつを提案するはずだった。そういう腹づもりだったさ。交渉術だ。なにしろ「鉄のカーテン」は剣呑《けんのん》だろ。

俺は、俺は……。

それから俺は少女に会った。

待ち構えていた、と記載するのが正しい。

罠だったんだ。その罠は《馬落とし》って命名されてた。囮《おとり》は難民たちで（俺たちのネズミが収集したインフォメーションによれば「保護区」の難民たちだ、六十万人いるんじゃないかって人山《ひとやま》だったが、実際には八〇〇人を超えていない）、俺の部隊は大喜びでそこに飛び込まざるを得なかった。飛んで火に入る、アメリカ地区の鬼だ。鬼たちだ、俺たちは。

俺は、俺は……。

たぶん、俺はまだ動揺していた。ブックマンとの問答に、それから翌日の（とは、昨日の、だ）二十四時間ずっと続いた思索に。

迫撃砲がむけられていた。《馬落とし》の穴の底に。81ミリ迫撃砲だった！　その砲口！

かたわらに指揮官として立っていたのが、そして、少女だった。

女の子だよ。髪はお下げ。

馬の俺は視力がいい。馬頭《ばとう》の俺の双眸は、いろいろ見える。だから見えたね、少女のその、一《ひと》重《え》の目蓋。片方の手に握っているメタリックな色彩の携帯電話、もっと詳細に説けば（分類すれば）、色は銀鼠《ぎんねず》。それから少女の見た目の齢《とし》は、十歳未満、八歳超だ。

静まり返っていた。

その現場がだ。

威圧する迫撃砲のせいだったのか。すでに砲口から静寂《しじま》が一発、撃たれていたのか。

犬は、《馬落とし》の穴にはいなかった。

しかし、俺を救助しに跳び込むこともできずに、ほとんど穴の縁にいた。

俺と、迫撃砲に少女に難民たちっていう対峙している二点と、それから犬が（わが愛犬が）外れてポツリと、って三点の構図かな。

そして、静かだった。静まり返っていたよ。

声は聞こえた。滲《し》みたんだな。

「ねえ」と少女は言ったんだ。

「やあ」と俺は返したんだ。どうして、どうして俺はそんなことを言った？　この……その時の感情は、瞬間的な反応は、なんだ？

俺は黙った。口をつぐまざるを得ないさ。だろ？　そうだろ？　すると静寂《しじま》はもっと深まる。もっと、もっと、もっと……。

そこに少女が、小石を落とすように、言ったんだ。

「やっぱり」って言ったんだ。やっぱり？

どうしてやっぱりなんて言うんだ？

どうして、それから少し黙るんだ？

どうして、瞳を少し潤ませるんだ？　これは俺の、俺の馬の顔の目の、目の錯覚か？

それから少女は、口を開いたんだ。俺はそれを、丸ごと載せる。一つめは——。

「あたしはあなたを食べたことがあるわ。そして生き存《なが》らえた。ありがとう」

……ありがとう、だって？

二つめは——。

「いい？　罪は償えるのよ。いかなる重さの罪も、生命体が為したものならば、もしかしたら」

もしかしたら、だって？

三つめは——。

「あたしに、入りなさい」

それは、転生しなさい、という命令に聞こえた。それから迫撃砲の爆風《ブラスト》があった。いいや、その前に撃つ轟音《クラッシュ》があったんだ。で、これが七日間の記録だ。俺の七日間のちゃんとした書き物、日記。あたかも地獄が（地獄ですらも）七日で創造されたみたいだろ？　ところで俺は、と俺は思うんだ、俺はこのエンディングを書いているのか？　いつ書いてるんだ？　俺はいないのに。

　そうか、少女がこの日記を書いている。

犬が、と書いている。犬が一頭残っていて、それが邸外《そと》で吠えている、と記述している。まるでエルビス・プレスリーの一九五六年のヒット曲『ハウンド・ドッグ』みたいに、犬が、番犬かもしれないし猟犬かもしれない地獄の犬が、と書いている。

　吠えているの。歌っているの。

二十世紀

オーストラリア大陸の「苦《にが》い野犬」

〔1〕

これは**ディンゴ**と呼ばれた人物の物語です。

〔2〕

ところで普通名詞のディンゴとはいかなる存在でしょうか。百科事典的な解説をすれば、オーストラリア大陸に棲息する野犬です。当然ながら**ディンゴ**はこの野犬のディンゴたちと関わりを持ちます。そして、これまた順当なことながら、この**ディンゴ**の物語はオーストラリアの大陸内で展開します。そこから出ません。

［3］

大陸としてのオーストラリアは、その特徴としては「世界最小の大陸」であることが挙げられ、かつ孤立した島大陸でもあります。そのために生物進化は極めて個性的でした。このことを証明する動物が単孔類《たんこうるい》と有袋類《ゆうたいるい》です。前者にはカモノハシとハリモグラが属し、後者には大小のカンガルー（便宜的な区分としては大型種がカンガルー、中型種がワラルー、小型種がワラビー）やコアラが入ります。いずれにしても動物相は独特かつ多彩です。進化史的な歴史の深さを感じさせます。

ちなみに国家としてのオーストラリアは一九〇一年一月一日に誕生しました。歴史を感じさせません。土地に比すればまだまだ若い国家です。けれども二十世紀のちょうど始点に生まれ落ちたことは重要です。まさにこの世紀の出発《たびだち》の日に連邦国家として建てられたのですが、それ以前は、では何だったのでしょうか。「それぞれが個別にイギリスと関係を結んでいる六つの植民地」というものでした。これが二十世紀の第一日に、ビクトリア州、ニューサウスウェールズ州、クイーンズランド州、南オーストラリア州、西オーストラリア州、タスマニア州とそれぞれ改変されて、オーストラリア大陸には連邦政府が生まれたのです。もちろんタスマニア州はタスマニア島にその中心があって、大陸の外側に位置する州ですが、この点にはこだわる必要もないでしょう。タスマニア島そのものが地理学的にオーストラリア大陸に所有されている、とみなせばすみます。

一九〇一年一月一日にオーストラリア連邦は生まれたのですが、これがそのまま主権国家としての全き独立を意味してはいませんでした。オーストラリアは植民地の持ち主だったイギリスとの特殊な関係をそれからも続けます。一九四八年に至るまで、オーストラリア人はオーストラリアの国籍と市民権を持ちません。法的にはイギリス人として生きるのです。

それでは**ディンゴ**はどうだったのでしょうか。

［4］

最初からオーストラリア国籍のオーストラリア人でした。一九七〇年十一月一日に生を享《う》けていたからです。男児でした。そしてこの男児がみずからを**ディンゴ**と命名するまでにはまだ間《ま》がありました。

［5］

これは**ディンゴ**と呼ばれた人物の物語です。ただし、彼が呱々《ここ》の声をあげると同時に幕を開ける類いではありません。物語のその起点はさらに時間的に遡ります。なぜならば、母親がいなければ子供の誕生はありえないのだし、母親がいるならば必ずや父親もいるからです。もちろん生物学的な父には限りません。実際、**ディンゴ**には一人の母親と二人の父親がいましたし、それどころか生物学的ではない子宮も含めて、二つの子宮（子袋《こぶくろ》、胎児として発育する空間）がありました。このことが**ディンゴ**に二つの極端に振りきれた感情、すなわち過剰にピュアな憎しみと愛を与えます。

物語を生物学的な線《ライン》で遡るならば、まずは第一の父親がいました。このディンゴの実父はR&Rとともにオーストラリア大陸に現われます。

［6］

R&Rは通常、ロックンロールの略称です。ここでは違います。慰労のための休暇《レスト・アンド・レクリエーション》という用語の略称です。戦場で口にされている言葉であって、当然、このR&Rには戦争が関わるのですが、それではロックンロールはいっさい関与しないのかといえば、否、これも関わります。なぜならば当の戦争とは、人類史上初、ロックンロールを「もっともサウンドトラックにふさわしいもの」と所望したアメリカの戦争だったからです。

ベトナムにおける、米ソ冷戦時代最大の局地戦争でした。

［7］

ベトナム戦争はいつ火蓋を切ったのでしょうか。どの時点が開戦でしょうか。専門家のあいだでも意見は割れます。一九五〇年代の終わりには実質、ずるずるとアメリカの介入がはじまっていて、しかしながら南ベトナム解放民族戦線が結成された一九六〇年十二月二十日がその日付だと考える研究者がいるし、たぶん一般的にはトンキン湾事件が捏《でっ》ちあげられた一九六四年八月だとされています。が、この**ディンゴ**の物語においては、その開戦がロックンロール生誕以降の出来事であれば、問題はないのです。そして一九五一年という二十世紀のちょうど折り返し地点にロックンロールの命名劇（ラジオDJのアラン・フリードによる）はあったのですから、すなわち、問題は何もないのです。

国家を擬人化して語るならば、アメリカがロックンロールを産んだのでした。かつ、この**ディンゴ**の物語にこそ必要な視点を用いるならば、ベトナム戦争とは「出産した子供」ロックンロールを母なるアメリカがしぶしぶティーンエイジャーだと認めるための戦争でした。ティーンエイジは、十三歳《サーティーン》にはじまり十九歳《ナインティーン》に終わります。ロックンロールという名称が公的に生まれた一九五一年をとりあえずの誕生年とし、また、ベトナム戦争のとりあえずの開戦を一九六四年と設定するならば、ロックンロールまさに十三歳《サーティーン》にしてベトナムにアメリカの戦場ができます。ではロックンロール十九歳《ナインティーン》の時分はといえば、これはインドシナ半島にアメリカ軍がいちばんの兵力を注《つ》ぎ込んだ時期でした。

五十万人超もが、一九六九年前半までに駆り出されていました。

歩兵たちの平均年齢は、この頃、二十歳《はたち》になるか、ならないかでした。

いや、なりませんでした。十九歳《ナインティーン》でした。

ティーンエイジャーたちだったのです。

かつロックンロールも従軍しました。擬人化を続けるならば、です。前線に送り込まれた歩兵たちの世代的英雄はロック・スターで、必然、戦場のあらゆる地域・地帯でロックンロールは鳴り響きました。AFVN（米軍ベトナム放送）がトランジスタラジオの受信できる範囲にロックンロールを届けて、その範囲というのがノー・リミット、ほぼ戦場の全域を覆いました。最前線の応急処置所《エイド・ステーション》で、または後方の補給部隊の駐留地《キャンプ》で、または激戦地帯の塹壕《トレンチ》の深みで、何千台何万台ものテープデッキが作動してロックンロールを撒布したのです。インドシナ半島の交戦状態のあるところ、「音楽的空爆」として空気は劇烈に振動させられたのです。

それはエアプレイです。

空気《エア》のプレイ。当時の若者たちの世代的英雄は、具体名を挙げるならばジミ・ヘンドリックス、ドアーズ、ローリング・ストーンズ等でした。たとえば一九六九年にアメリカの空軍は約二十万機を出撃させ、ベトナムの大地に無数のクレーター（爆弾穴）を生み出そうと努めたのですが、同様にロックンロールも空爆を続けたのです。その「音楽的空爆」を。戦場の空気《エア》を爆発させたのです。人類史上初、ロックンロールがサウンドトラックとして求められる戦争は、こうした経緯で出現しました。背景音楽は、ほぼ全編、ロックンロール。

一九五一年から数えるならばロックンロールそのものがティーンエイジャーで、その戦争に参加しているのが相当数ティーンエイジャーで、その戦場はほとんど常にロックンロールを切望していて、もはや因果律も不明な結論として「ロックンロールは、ティーンエイジャー」でした。

［8］

ロックンロールの空爆は一九六九年の約二十万機と同じように戦地のいたるところにクレーターを生じさせました。同様に穴は開きました。これらは歴史の穴でした。音楽的な、歴史の穴です。しかしながらこの物語はベトナム戦争を語るものではありません。オーストラリア大陸から一歩も出ない**ディンゴ**の物語であり、いまは生物学的な線《ライン》を遡って、**ディンゴ**の実父の登場を待っているのです。その実父こそがアメリカの陸軍歩兵、ベトナムに派遣された十九歳の若者で、黒人でもプエルトリコ人でもない、徴兵されたポーランド系ユダヤ人の大学中退者。

［9］

彼は一九六九年の十二月の下旬に、五日間の慰労のための休暇《レスト・アンド・レクリエーション》を与えられます。R&R。アメリカの同盟国であるオーストラリア、その最大都市シドニーで過ごす休暇でした。空軍機が**ディンゴ**の一番めの父親である彼を輸送しました。ベトナムから。

［10］

五日間というのはわずか五日間です。このわずか五日間に、彼は喜怒哀楽の全部を体験しました。まずは喜と楽でした。最初、彼はうきうきしています。そこにあったのは平和です。すなわちオーストラリアは「平和な大陸」でした。おまけに公用語は英語ですから言葉も通じて、文化はあらゆる局面でアメリカナイズされていて、大変に安心です。用意されたホテルに泊まり、あちこち動きまわり、バスに乗ったり列車で観光に出かけたりしました。軍の上層部からの厳命は、一般女性に声をかけてはならない、であって、現地のプロ（商売女）と寝るのはあたりまえですが不問に付されています。「ナンパは禁止」の命令があるだけです。が、喜怒哀楽のその喜と楽ばかりを体感する時間は、そう長続きはしませんでした。それは三日めの朝でした。目覚めた途端に彼はどんより落ち込んでいて、俺は馬鹿か、との自問をはじめたのです。ここから彼の感情は喜怒哀楽の哀、哀《かな》しみと自身に対する哀《あわ》れみに移り、また、怒にも移行します。それが三日めの起床以後、R&Rが終了する離豪の瞬間《とき》までに展開するのです。わずか三日間です。そしてこの感情の推移には、R&Rにじつに適して、ロックンロールがその背景音楽として響きわたっていたのです。彼、**ディンゴ**の実父である十九歳のアメリカ兵の脳裡にです。

感情の、彼の心情のサウンドトラック。

旋律とリズムはあのインドシナ半島の前線地帯に不可欠なヒット曲、ローリング・ストーンズの『サティスファクション』に借りていました。ですが、歌詞は彼の日記のようなものです。R&Rの三日めのその朝からオーストラリア、シドニーを離れるまでがつぎのように歌われていました。

俺はなんか騙されてたな
なんか騙されてたな
だって故郷に帰ったわけじゃないし、俺は
軍務《つとめ》を終えたわけじゃないんだし、俺は
たんにR&Rの真っ最中
たんにそれだけ

自覚しただけで鬱になるよ
街に出てみれば
オーストラリア英語は訛りが超きつい、言葉は通じねえ！
話しても
話しても
話しても
何も返事を得られないんだ
アホみたいに「はい？」《ソーリー》ばっか、俺は
繰り返しちゃって、俺は
ポップ・カルチャーのアメリカナイズだって？
そんなのも、ほら！
大《グレート》ブリテン島の方角にずれてるよ
イギリスの植民地だったからだね
もちろんローリング・ストーンズはそっち《UK》方向から来たけれど……
俺たちのこっち《USA》にも来たんだけれど……
でも、どうにもこうにも不満なんだ
ここオーストラリアで
俺は
不満足な米兵《GI》なんだ

ヘイ、ヘイ、ヘイ
もっと不平を連ねるよ

俺はなんか騙されてたんだ
なんか騙されてたぞ
だって十二月なのに真夏で、「はあ?」だろ
明後日はクリスマスなのに雪は、「ねえ、どこに?」だろ
たんに南半球だってことかい?
たんに南半球?
自覚しただけで鬱状態を突破するよ
俺は鬱から離脱だ
こんちくしょう、頭にきた!
ファック・ユーだ
ファック・ユーだ
ファック・ユーだ
そんな罵倒ばかりを繰り返して
三日めの晩には、俺、「ファック・ユー、国防総省」とわめいちゃって
ついに裏切りだ!
命令を破るんだ!

一般女性のナンパだ！
ああ、いたいた、超美女だね
美女たちがわんさか、こんな街なかに、街なかだから？
俺は果敢にアタック
ターゲットは十八歳以下に限定、やってやろうじゃねえか、殺し文句ならあるよ
俺の不満を満たすための、文句《それ》
俺は
十九歳の二枚舌なんだ
ヘイ、ヘイ、ヘイ
だてに戦場《ナム》を歩いてないよ

ベトナム
戦場《ナム》
満足するぞ
満足するぞ
満足するぞ
もうやっちゃうよ

俺はなんか騙したな

なんか騙しちゃったな
あの甘言ってのをしっかり弄しちゃって、俺は
十七歳のシドニー娘を手に入れちゃって、俺は
しかも生娘《きむすめ》
しかも純朴
自覚しただけで俺ってワルだぜ
ちょうどクリスマス・イブの夜だった
俺は結婚の約束をしましたよ
しましたとも、そしてホテルに連れ込んで
突っ込んで
突っ込んで
突っ込んで
気づいてみれば五回戦
ああ、生娘《きむすめ》相手に、ひと晩で五回戦？
俺はワルだね、そして
男のなかの男だね
共産主義もたちまちに、尻尾を巻いて逃げだす
戦場《ナム》のタフガイが俺なんだね
それから俺は言った、「そんな僕だから

君を絶対に
あふれんばかりの愛で
絶対に将来の君を幸福にしちゃうよ
そんな理想のアメリカ野郎が
僕なのさ
そうだね
子供は三人はほしいよね？」って
俺は耳もとで囁きながら、避妊もせずに励んだ、甘い囁きなんだ
俺の
いやぁ大満足だ
ヘイ、ヘイ、ヘイ
もう不満もないな

俺は
俺は
俺は
満足できた
満足できた
満足できた

もう『サティスファクション』は用無しだ
　今日までありがとう、ミック

こうして**ディンゴ**の父親のその胸中のサウンドトラックは、演奏を終えました。R&Rの終了でした。再度空軍機で輸送されて、インドシナ半島の最前線に戻り、彼は「ワル」を自覚していたわけですからシドニー娘に手紙を出したりはしません。連絡はいっさい取りません。そして一九七〇年一月七日に指向性破片地雷（クレイモア地雷、人員殺傷用）を踏み、戦死者のリストに名を連ねます。こうして**ディンゴ**の一人めの父親は、物語から退場します。

が、それはオーストラリア大陸外でのことです。ある意味、退場はとうに起きていたのです。物語は生物学的な線《ライン》で大陸内にひき継がれていて、これは**ディンゴ**の母親の登場を指しています。

〔11〕

母親の誕生でした。まず一九七〇年の同じ一月七日があります。夜間行軍で**ディンゴ**の生物学的な父がその生命《いのち》を落とした瞬間、シドニー郊外で彼女はハッと目を覚ましました。クリスマス・イブに五回戦を挑まれた十七歳《セブンティーン》が、「あの人が死んだわ」と悟りました。その直覚にはビジョンがともなわれていて、彼女は、あの人は死んだ、不運にも地雷をばっちり踏んじゃって、ばらばらの肉片になった、とまで見通します。いわゆる虫の知らせであって、しかも的中しました。

ただし、ひき続いた推論はことごとく的外れでした。彼女は、これでもう二度とあの人とは会えない、死んでしまったから、と思いましたが、仮に戦死者にならなかったとしても二度と会う運命にはなかったのです。彼女は、ああ相思相愛だったのに、と思いましたが愛は一〇〇パーセントの片道《ワンウェイ》だったのです。彼女は、もう二度とあの人からの手紙だって来ないわ、と思いましたが、この勘違いに至っては一度めもなかったのです。しかし、ビジョンの強度が並外れていたために、「勘違いを多少は疑う」ことすら彼女にはできませんでした。そして三カ月後、彼女は自分が**ディンゴ**の母親になったことに気づきます。妊娠していると知ったのです。そう、母親の誕生でした。子の誕生《それ》に先立って、妊婦という母が生まれるのでした。しかも彼女は、その子供を「愛の証し」として産もうと意を決してもいました。完全無欠の母でした。この三カ月後の時点で、彼女は十八歳《エイティーン》になっています。わたしはシングル・マザーになるわ、と彼女は言います。さあ、負けるもんですか！

［12］

その戦闘的な姿勢、そのピュアすぎる熱情は、まさにティーンエイジャー特有のものでした。しかし出産後に十九歳《ナインティーン》になり、その翌年には当然二十歳。もはや年齢にティーンが付帯せず、そうなるとティーンならではの世間知らずな強さは鳴りをひそめるというか自然消滅し、働かなければ乳飲み子を養えないとの状況に直面しながら、当の息子に手がかかりすぎるために満足には働けません。これがシングル・マザーの現実？　彼女はしばしば声を荒らげるようになり、また、我が子を撲《ぶ》つようにもなります。「このぉ」と彼女は言います、「ちゃんとしなさい、ちゃんとしろ、ガキ！」と。

［13］

そうして叩《はた》かれていたのが**ディンゴ**です。

一九七〇年十一月一日にこの世に生まれ落ちた男児の、**ディンゴ**です。ただし自ら「ディンゴ」と名乗るにはまだまだ間があります。

いまは母親に授けられた名前だけを持った、彼女のお荷物です。胎児のあいだは、あるいは〇《ゼロ》歳児のうちは、愛の結晶だと思われていたのですが。もちろん、実際にはアメリカ人の十九《ナインティーン》歳とオーストラリア人の十七《セブンティーン》歳というティーンエイジャー同士の、比率としては騙し半分・愛半分の結晶だったのですが。

［14］

それでも愛しかない、と**ディンゴ**の母親は思います。ティーンの愛にはこりごり、だとしたら大人の愛だわ、と彼女は思います。「それは打算の愛なのよ。わたしを、わたしたち母子《おやこ》を救済するのは、ずばりわたしたちをまとめて養える経済力《おかねのちから》で、必要なのはそれ含みの愛なのよ」と口にします。**ディンゴ**は聞いていましたが、理解はできません。**ディンゴ**は聞いていましたが、母親が多少なりとも大きな声を出すと反射的におびえます。しかし、ここでの主役は母親です。**ディンゴ**の意向や反応など、誰が気にするというのでしょう。そして母親には美貌があり、そもそもその美しい容貌がR&Rに来ていたアメリカ人の兵士を惹きつけたのですが、母親にはまた二十歳ならではの「ピュアな愛など夢見ない」分別があり、あるいは分別と思われるものがあり、ためらわずに損得勘定に邁進します。一、もてる男を選んではいけない、と数えます。だって、将来わたしを棄てるかもしれないから。若いティーンに走ったりして？　すると**ディンゴ**の母親はみずからの妄想にめらめらと怒りました。そして、二、と数えます。未来永劫もてない男は、たぶん「整った顔立ち」はしていない。非ハンサムを選ばなければならない。それから、三、と数えます。わたしを妻にして、生涯、一生涯舞いあがりつづけるような、そんなブ……醜男《ブサイク》を選ぶの。

いるかしら。

いたわ！

［15］

ディンゴの第二の父親が登場します。そこには血の繋がりはありません。しかし、この二番めの父親がじつは**ディンゴ**に二つめの子宮をもたらします。物語を時間軸に沿って進めます。**ディンゴ**の母親が目をつけたのは長距離トラックの運転手でした。オーストラリア英語にいうトラッキー truckie です。この自立したタフガイであるところのトラッキーは、**ディンゴ**の母親の策略にやすやす、あるいは、たちまち陥《お》ちました。彼女を初めてものにした夜には極度の感動に衝《つ》き動かされて射精後ひそかに泣き出したほどです。トラッキーはこの時までプロ（商売女）としか性交の経験を積んでおらず、もちろんプロ相手ならば百戦錬磨に等しかったのですが、なにやらアマチュアの美女であるディンゴの母親は別次元の生物に想われて、おまけに「愛、愛、愛……」との口走りもあったのです。そして連れ子を気にするトラッキーではありませんでした。「赤ちゃんって、可愛いんだなあ」とまで言ってしまいます。通帳に記載されている預金額をあからさまにディンゴの母親に確認された後、トラッキーは「一生添い遂げるし、一生家族に奉仕します」との誓いを三重四重に立てさせられて、ほとんど費用のかからない式を挙げます。同時に入籍もします。

そうしてディンゴの継父に、二番めの父親になったのです。

トラッキーが妻に与えたのは、以下のような環境です。ニューサウスウェールズ州のシングルトンに建てられた自宅。これは借家ではありません。その家にひと月のうち一週間程度しか帰らないという労働スタイル。これは長距離トラックを転がすことで月々の収入を得ているのですから、あたりまえです。その結果としてディンゴの母親にもたらされる、夫が不在のあいだは妻としての務めを果たさないでもいい、大半の家事はしないでもいいという気楽さ。最後に、これが万事の基盤でもあったのですが、母子が養われているという現実。働きに出ないで全然問題ないのだし、働き口を探そうともしないですむのです。

こうした環境を手に入れたディンゴの母親はどのようにつぶやいたでしょうか。

こう言ったのでした。「勝利！」

トラッキーは何をつぶやいたのでしょうか。毎日こう言ったのでした。「俺は幸福だなあ。美女に赤ちゃん、俺の息子《サン》」やがて二歳児となるディンゴは何かをつぶやこうとしたのでしょうか。したのでした。「ルー、ルー」と言いました。カンガルーの意味でした。うん、ぶたないで。

［16］

それから数年間の家族の肖像があります。

トラッキーは扶養家族を得て、これまでにない頑張りを見せます。五つの州とノーザン・テリトリー（北部準州）を走りまわります。六番めの州のタスマニア島とその周辺の島々には、海を越えることが必要なので一度も渡りませんでしたが、それ以外の土地、オーストラリア大陸のさまざまな幹線道路をトラッキーとその愛車は踏みつづけます。一日に十七時間ハンドルを握ることがあって、時には一週間で五〇〇〇キロ超を走破します。大陸横断と大陸縦断、シドニー（ニューサウスウェールズ州の州都）からパース（西オーストラリア州の州都）へ行き、パースからアデレード（南オーストラリア州の州都）へ進み、アデレードからメルボルン（ビクトリア州の州都）へ、メルボルンからケアンズ（クイーンズランド州の北東岸の港湾都市）へ、さらにはアリススプリングズ（ノーザン・テリトリーの南部、幹線道路の中継地）にもダーウィン（ノーザン・テリトリーの行政中心地、ティモール海に面した港湾都市）にも。

積荷は毎度変わります。オーストラリア大陸の物流を支えているのは「動脈」としての幹線道路網でありトラック運送業ですから、仕事はたっぷりあります。そしてトラッキーは、オーバーワークをむしろ楽しみます。もともと一匹狼でこなせるこの稼業が大好きで、誇りを持っていました。組織には所属せず、それどころか両腕に入れ墨を彫ってカウボーイ・スタイルの格好で決めて、アクセルとブレーキ・ペダルをいつだって裸足で踏むことができます。その瞬間に、愛車と一体になったような感触を持つことができます。人馬一体ならぬ人トラ一体です。愛車に肉体《からだ》がつながり、融けている感触です。

それから、20トン・トラックの運転席の高みから見下ろした路面。

視野いっぱいの赤い大地。

こうした一瞬一瞬に訪れる、自分が「オーストラリアという大陸を歌っているのだ」という奇妙な実感。

そこに加えて、いまや家族を養っているとの自負です。頑張りに頑張りを重ねて、稼いで。経済力《おかねのちから》のための大奮闘、これで一家全員が幸せだ、「ああ俺は幸福だ。ハッピー・トラッキーだ！」とつぶやき続けました。

義理の息子が三歳になった時分からトラッキーはこの子を運転台に乗せます。助手席にです。稚《いと》けないままで「ディンゴ」との命名もすませていない**ディンゴ**は、第二の父親のその仕事、「世界最小の大陸」オーストラリアの横断行と縦断行につき従いはじめるのです。きっかけを作った**ディンゴ**の母親、トラッキーのその妻が言います。毎度、言います。パパの立派な働きっぷりを、両目《おめめ》にしっかり焼きつけてきてね。そしてシングルトンに建つ自宅の玄関口で手をふり、そしてドアをぴしゃん。そして居間にただちに駆け込んで、そして「うざい育児業からも数日間はこれで解放ね。あぁ、せいせいする。自由！」と宣言します。

　第二の勝利宣言です。

　そして、そこからも家族の肖像。

　母親から巧みに育児放棄されて、**ディンゴ**はトラッキーのそのトラックにいて、何かを感じています。助手席の、当然ながら大きすぎるシートにすっぽり嵌まっていて、合皮の柔らかさにすっぽり収まっていて、心地好い揺れ、トラックの走行する振動をずっと感じつづけています。すると、ここは憶えのある場所だ、と思うのです。自分がまるごと包まれている場所で、しかも安全なところだ、と思うのです。ただし、意識の下層でだけ感知するのであって、何を思い出そうとしているのかも自覚していません。それもそのはず、憶えがあるのに思い出せない空間《スペース》とは、胎内でした。誕生前の**ディンゴ**を孕んでいた母親の子宮です。それは、胎児の**ディンゴ**を包み、揺らしながら移動し、なにしろ安全でした。

　そんな場所が、また戻ってきたのです。

ディンゴは、自宅のあるシングルトンを離れて、安全でした。

ディンゴは、継父のトラッキーの同行者となって、安全でした。

　トラッキーは、ハンドルを操りながらラジオを聞いていました。ダッシュボードの装置からいつでも放送が流れています。ニュースやバラエティ番組の類いはあまり好まれず、もっぱらポップ・ミュージックの専門局に周波数が同調《チューニング》されました。「そのほうが集中できるからな、運転に」とトラッキーは**ディンゴ**に言いました。トラッキーはいろいろなことを**ディンゴ**に説明しました。一九七四年にオーストラリア国内でのＦＭ放送がスタートすると、じき、トラッキーはこれに飛びつきました。一九七〇年代も半ばになって、オーストラリア文化からは相当「イギリス臭」が消え、ポップス界でのパックス・アメリカーナ（アメリカ支配による平和）はほぼ達成されていました。ですからオンエアされるのは、表現を換えるならば空気《エア》のプレイがなされるのは、そうした楽曲《もの》です。トラッキーがディンゴに説明します。

「息子《サン》よ、これがロックンロールだぜ」

「ロック・アンド・ロール」とディンゴは丁寧に言い直して、反芻します。

五歳児になっていました。ディンゴはいつだって運転台でラジオに耳をすませていました。種々雑多な知識を聞き憶えて、それらはじゅんじゅんと脳に滲みました。脳はまだまだ、まっさらだったのです。それからディンゴの両目を通って、視覚の情報も同じ脳に滲みました。ディンゴはオーストラリア大陸の大地、その赤い大地と、そこに刻まれた幹線道路網をいわば「原初の風景」として認識しました。

子宮から、見たのです。

二番めの子宮から。

始原《はじまり》を、です。

ディンゴは、そうして、その継父とともに移動し、大陸じゅうのトラック専用のドライブインに入り、父子《おやこ》という単位で食事をし、シャワーを浴び、地球上では最小であるという大陸の巨《おお》きさを実感し、本能的に測れるようになり、なにより愛を、愛を感じました。オーストラリアという大陸に対しての愛はもちろん、万事を凌駕するような継父に対する絶大な、ピュアな愛を。デ

ディンゴはこの二番めの父親、トラッキーをむしろ本物の父として、かつ子宮を具えた父として愛したのです。いったいなんという完全無欠な父親でしょうか。ここには**ディンゴ**の母親のあの視点、あの価値観は入り込む一厘《いちりん》の余地もありませんでした。顔立ちの優劣の話であって、ずばり醜男《ブサイク》かどうかです。しかし、**ディンゴ**の目から見たら、父親のどこに醜さがあるというのか。タフさは美、憧れて当然の美、たとえば**ディンゴ**は「その低い鼻、曲がった口角、離れた両眼、潰れたような耳朶」がどうしてだか遺伝していない現実に、悲しみをおぼえたのです。

パパは、かっこいい。

パパは、ぼくをまもる。

うん、まもるぞ。

パパなら！

そのほかに**ディンゴ**はトラッキーの愛車との一体化にも憧れました。あの人馬一体ならぬ人トラ一体です。助手席に座っていても父親がマシンと融合しているような雰囲気は摑めました。ほとんど崇高でした。パパの、てが、トラックのしゃりんで、パパのあしが、トラックのばりき《パワー》そのもの！　すごいばりき《パワー》！　パパは、うん、きかいといっしょになってる、と**ディンゴ**は思いました。ぼくもちゃんとおとなになったら、ちゃんとパパみたいなおとなになったら、ちゃんとパパみたいにきかいといっしょしたい。

したいなぁ、と望みます。

20トン・トラックの運転台という子宮で、継父の胎児として、切望します。

［17］

その望みはおかしな形で実現します。

［18］

これは**ディンゴ**と呼ばれた人物の物語です。一人めの父親を知らず、二人めの父親を失い、二つめの子宮を喪失して、母親と一つめの子宮を見限る**ディンゴ**の物語です。そして**ディンゴ**は幼少期から愛情を注いだ大陸を野犬たちのように、普通名詞でディンゴと呼ばれている赤茶色の野犬たちのように流離《さすら》います。

物語はオーストラリアの大陸内で展開して、そこから出ません。

物語はもう転章を迎えています。

［19］

十三歳までに何が起きたでしょうか。八歳で**ディンゴ**は遊び道具としてのコンピュータを入手します。８ビットの卓上コンピュータで、本体にキーボードが組み込まれていて、あらゆるコンピュータがそうだったのですが当時としては高価です。それがどうして八歳の子供のおもちゃになりえたかといえば、これがそもそもは継父のトラッキーの積み荷だったからです。しかし目的地に着いて下ろすさいに、帳簿を手にした依頼人から「おかしい、一《ワン》パッケージ余分だ。どう計算しても荷が増殖した」と告げられて、一種の奉仕品として贈られたのです。「ま、もらっておけ、ミスター・ラッキー・トラッキー。無料《ただ》だ」と。継父のトラッキーは、大喜びでそれを**ディンゴ**にプレゼントしました。ちなみに義務教育は六歳からはじまっていましたから、**ディンゴ**は幼児期同様に父親のトラックに乗り込むことは不可能になっていました。学校に通わねばならなかったのです。ここで**ディンゴ**の、譬喩としての子宮からの放逐が起こりました。すなわち二つめの子宮からの誕生です。けれども長期休暇になれば以前同様にトラックの助手席にいられますから、放逐だ、とまでの自覚は生じません。実際にはこの世にふたたび生まれ落ちたに等しかったのですが。ただし父親のトラッキーのほうは、「ああ手放した」と痛感しています。「息子との蜜月から俺は卒業しないとならなくなった」と。その想い、その寂しさがプレゼントに表われていました。8ビットのコンピュータです。こうした父親の感情を無意識に汲んで、**ディンゴ**はこの遊び道具に熱中します。

新時代の玩具。

九歳、**ディンゴ**はひたすらコンピュータ言語との戯れに没頭しています。

十歳で最初のプログラムを書きます。

十一歳でオリジナルのゲーム・ソフトを書きます。そのプログラムは専門誌（『月刊プログラミング入門』、シドニー市内発行）に掲載されます。

天才児だったからではありません。資質は、たしかに具わっていました。しかしそれ以上に、熱中を強いる環境があったのです。コンピュータ遊びに没入しなければ耐えられない何かが。父母の関係が険悪になったのでした。義理の父親と実母が、**ディンゴ**の義務教育がはじまって以降、加速的に悪感情を抱《いだ》き出したのです。現実的には母親がトラッキーにもともと好感情を持っていたかどうかが怪しいですから、これは父親の側の変容、変節でした。しかしながら先んじたのは母親の変容でした。それも外見のです。年中自宅でゴロゴロしていて、洗濯物も月に二度しか洗わず、できるかぎり溜め込み、台所のシンクでは食器類が同じ様相《ありさま》、そうした「家事はうっちゃった一九七〇年代」の十年間をリビングの間食《スナック》ざんまいとともに過ごしたものですから、異様に体重が増していました。具体的には、ぶよぶよ肥っていたのです。この事実が父親、トラッキーから憑き物を落とします。その憑き物とは愛です。ある時など直截《ちょくせつ》に問いつめます。お前はもしかして俺のことをまるで愛していないんじゃないか？　その返事は、うるさいよ、稼ぎな、でした。見ると、妻の腰回りは一メートル二十センチは超えていそうです。この刹那にトラッキーは洞察します。

この女、俺のこの妻、昔はその美貌を誇ったこの女房は、醜い。

こいつは、ブ……醜女《ブス》だ。

顔も心も。

不和は出現しました。依然として夫婦がシングルトンの自宅でともに過ごすのは月に一週間ばかりなのですが、トラッキーは内心離婚も考えはじめて、その「ともに」いる時の家庭内の空気はいつだってビリビリと着火寸前です。しかもトラッキーは義理の息子の**ディンゴ**のことは愛していて、その愛はつゆ疑わず、離婚やら別居やらの踏ん切りもつかず、事態はさらに縺れます。こうした状況下で、**ディンゴ**は耐えるために夢見がちになったのでした。現実を耐える、現実を無視する、「そんな現実《もの》はない」と行動する。

その回避行動がコンピュータとの戯れでした。

コンピュータ言語の習熟でした。

夢見る手段がプログラミングでした。

十二歳で**ディンゴ**は父親を失います。予期されたかもしれない離別ではありませんでした。両親は別れず、**ディンゴ**の父親はただ死んだのでした。それも、いきなり死んだのでした。交通事故でした。不注意からハンドル操作を誤ったというだけのことで、しかし、操っていた愛車《それ》は20トン・トラックです。場所はメルボルンとアデレードのほぼ中間の、コールレイン付近の幹線道路。この日の積み荷はステンレス鋼で、車体のバランスにはそもそも難があり、ハンドル操作のミスは横転に直結して、トラッキーの視界の天地は崩れ、それから運転席が潰れました。するとダッシュボードと凹んだルーフに挟まれてトラッキーの頭蓋骨もぐちゃっと潰れました。即死です。アンラッキーでアンハッピーなトラッキー。訃報は四時間後に家族のもとに届きました。家族とは**ディンゴ**の母親だし、**ディンゴ**自身です。

十二歳の**ディンゴ**は泣きませんでした。

十二歳の**ディンゴ**はわめきませんでした。

胸を悲しみにひき裂かれはしませんでした。少なくとも見た目は。なんら劇的な反応を示さず、というか一切の反応を示しませんでした。いわば無反応。そして、ひたすらプログラミングに熱中して、そして、通常どおりの現実無視に邁進して、そして、寝食を忘れます。自室でのコンピュータ画面を前にした作業に没頭します。それは「通常どおり」の度をたちまち超しました。どうしたって圧倒的に不自然でした。

十二歳の**ディンゴ**は本気で現実を弾《はじ》こうとしたのです。

父親の頓死という現実は、ないのです。

凶報から四日間、**ディンゴ**は一睡もせず、とうに常軌は逸していました。その後、少しずつ仮眠を取りはじめて、多少は食事というか栄養も摂りはじめました。が、この時すでに取り返しのつかない事態は起きていました。十二歳の**ディンゴ**はおよそ一〇〇時間、完全に眠らないでいて、もちろんレム睡眠（急速眼球運動 Rapid Eye Movement の見られる睡眠。夢を見ている時間帯と対応する）とは無縁でした。その後の仮眠も短すぎるし断続的すぎて、あるいは現実無視との意志が強すぎてなのか、レム睡眠は妨げられました。

結論をいえば、夢は見ることを拒絶されたのです。

見られはじめたとしても即、中断されて、覚醒によって追い払われたのです。

すると、これは当然のなりゆきだったのかもしれませんが、夢の逆襲が起きます。

［20］

繰り返します。八歳の**ディンゴ**がいて、十歳の**ディンゴ**がいて、十二歳の**ディンゴ**がいて、それでは十三歳までに何が起きたでしょうか。幻覚を見はじめます。それは異様な風体《ふうてい》の人物の出現であったり、視界いっぱいに展《ひろ》がる鮮明なビジョンであったりします。**ディンゴ**が火星人と名付けた存在《もの》たちも平然とあたりをうろつき出します。学校にもいます。蛸《たこ》の腕とカンガルーの尻尾の折衷器官のような尾を生やした級友たちが、たぶん**ディンゴ**を嘲笑っています。しかし、**ディンゴ**は賢明です。冷静沈着に判断できるだけの知性がいまや**ディンゴ**には具わっています。十三歳に達したからだし、生物学的ではない父親からのタフさの遺伝があったからです。**ディンゴ**は、渋滞の大通りのその自動車のルーフの連なりにテレパシー使用者のマーガレット・サッチャー（イギリスの政治家、一九七九年に同国初の女性首相となった「鉄の女《アイアン・レディ》」）を蜘蛛人間として発見し、脳に直接「イギリス病は感染するわよ」と囁かれても、ありえない、と断じられます。こんな現象は、ありえない。夢だろ？

「けど俺は起きてる」と十三歳の**ディンゴ**は言います。「俺は起きてるよな？」

だったら夢が来たんだ、と**ディンゴ**は推理を導きます。とても論理的な推論です。そこからは身体感覚として、夢が現実を、恒常的に侵している、と把握します。そうした難しい語彙は用いずに、しかし現象面としては的確に認知します。**ディンゴ**の最終的な判断は、こうです。俺は意識があるのに夢が見られる。それは凄いことじゃないか。この秘密は誰にもあかさないぞ。話すもんか。

「ところでアボリジニ（オーストラリア大陸の先住民）が夢を持ってたんじゃなかったっけ？」と十三歳の**ディンゴ**は考えます。「トーテム（部族集団と特殊な関係にある動植物）の夢で、つまり、その種族を表わす夢っていうのを。神話の時間を生きるためにその夢はあるんじゃなかったっけ？」

神話の時間、と口にしてから、**ディンゴ**はしばし黙ります。黙考です。それから、ニヤリとします。なるほど、と思います。結局のところ俺のこれも、……それだ、と理解します。だったらこの夢にも名前をつけないとな。秘密の名前だ。最高機密のトーテム名だ。瞬時に**ディンゴ**は、候補リストから以下のような動物の名前《それ》を切り捨てます。たとえばフクロネコ（肉食性の有袋類、別名フクロイタチ）やタスマニアデビル（タスマニア島にのみ棲息する有袋類）やコアラ、たとえばカモノハシやウォンバット（夜行性で巣穴に暮らす、四肢に穴掘り用の頑丈な爪を持った有袋類）。ここオーストラリアは個性的な獣《けもの》の大陸で、けど、と**ディンゴ**は思います、それだから余計に有袋類と単孔類から選ぶのは無しだ。

そして「ディンゴだ」とつぶやきます。

いってしまえば単なる犬の、ディンゴ。

もう少々の説明を加えれば、数千年前にこの大陸に入ってきたと考えられていて、それから人《ひ》類《と》の手を離れて野生化し、たとえばフクロオオカミ（肉食性の有袋類、別名タスマニアオオカミ）を絶滅させてしまった、悪い犬。十九世紀にはヒツジの天敵として大量殺戮された、悪い犬。それでも滅ぼされなかった野犬。

「それだ」と**ディンゴ**は言います。「俺の夢は絶対にディンゴだ。だから、俺が**ディンゴ**だ」

命名は完了しました。

［21］

それから十六歳までに何が起きたでしょうか。依然プログラミングを続けました。夢との共存を愉しみつつ、だからこそあまり眠らず、おかげで仕事がはかどると嘯《うそぶ》きながら、ソフトウェアを売りました。それは売れたのです。エージェントも確保できたのです。**ディンゴ**はいつしか大陸内のアマチュア・プログラマ間では著名な人物と化し、すでに用意されていた階梯をのぼるようにアマチュアからプロ（職業的プログラマ）に脱皮したのでした。これは経済的な自立でした。継父のトラッキーは他界しています。かつ、実母は**ディンゴ**の視界には存在しません。視界にあるのは夢、幻覚、妄想のほうであって、経済力《おかねのちから》は要ったのです。

十五歳で巨大企業からの投資も受けはじめます。

十六歳、その春に**ディンゴ**の母親が消えます。南半球の春の季節に。この失踪は**ディンゴ**を多少どころか大いにホッとさせます。うん、消えろ、消えろ……消え失せちまえ！

うん、ぶたないで。

〔22〕

二十歳までに何が起きたでしょうか。あらゆる幻覚上の生き物たち、いわば亡霊たちに親しみ、まるで取り巻きのように日々の暮らしに亡霊たちを配していた**ディンゴ**ですが、「現実の世界に夢が入り込むのはあたりまえだが、夢の世界に現実は闖入《ちんにゅう》しない」と経験から知っていました。しかし一九八七年十一月十九日、その経験則が揺らぎます。現実と夢の共有領域があるかもしれない、と認めるのです。**ディンゴ**は不思議な穴を感じるのです。そこでは現実が入るし、夢も入る。**ディンゴ**は、俺も入ってしまう、と思います。入ってしまう……穴？

「なんだ、これ？」と**ディンゴ**は言います。

「穴だよ」と何かが答えます。「お前が嵌まったクレーターだよ」

「クレーターって、月面の？」

「ここはオーストラリア大陸だろうが」と理性的な返事が聞こえてきて、**ディンゴ**は、ああ穴が回答しているのだと悟ります。返事は続きました。「地球にも無数のクレーターがあるぞ。いいか、事実を学べ」

「事実？」

「真実なら、なお善《よ》い」

「で、あんたはクレーターだな？」と**ディンゴ**は訊ねます。

「穴だよ」

「夢の側のか？」

「夢、現実、夢」と穴が言います。「お前は生身だろ？　だとしたら夢に入れるか？　俺はどちらでもない。俺は超越的な無、一九二五年の穴だ」

「え……？」

「一九二五年の穴だ」

「歴史の穴？」

　すると穴は**ディンゴ**を放り出しました。**ディンゴ**は現実に戻りました。一九八七年十一月十九日、同時刻、しかしコンピュータに内蔵した時計から判断すれば二秒が経過しています。現実から夢へ、夢から現実へ、否……その二つが共有するところ？　**ディンゴ**はこの推論にみずから驚き、それからオーストラリア現代史を紐解《ひもと》き、しかし一九二五年に大事件は見出せず、ただ「反動分子を国外強制退去する」と記した移民改正法が制定されたと学び、これは史実か、つまり事実か、それとも真実か……と悩み、この後もひと月に一、二度は穴に嵌まり込みます。その穴に、一九二五年の穴に。

超越的な、無《ナッシング》、かよ、と**ディンゴ**はつぶやかざるを得ません。この事態は、なんとも苦《にが》いな。

「いや、俺が生きてるってことが苦いんだな」

十七歳から十八歳、**ディンゴ**は暗号化ソフトの開発にいそしみます。一年かかり、終わりません。二年かかり、終わりません。そして三年めの半ばに**ディンゴ**は州立病院の管理病棟に収容されています。強制収容でした。六人の精神科医が常駐していて、**ディンゴ**は患者でした。

ティーンエイジの幕切れは、もう訪れていました。

［23］

それから数年間の消息があります。**ディンゴ**のです。州立病院ではさまざまな治療を施されました。しかしどれも効きません。当然です。夢を、**ディンゴ**はコントロールできるからです。それに**ディンゴ**は精神病ではありません。夢を、この現実に融かしてしまっているだけです。夢を見るのが病気だとしたら人類の大半は病んでいることになります。強制収容の一年め、**ディンゴ**は治療が効いているというふりをします。亡霊たちが助言したのです、「俺たちはいないってことにしなよ」と。亡霊たちとは言葉を換えるならば妄想であり、幻覚であり、すなわち夢です。収容の二年めからはグループ療法に参加するようになり、かなり症状は軽度になった、と診断されます。しかし退院は許可されません。どこかが怪しい、と担当の医師に見られているのです。ディンゴの亡霊たちはもっと、もっと助言します。「お前は病気だよ、でもね、お前は少しずつ快方にむかっているんだよ。それをね、演じるんだよ」と。ディンゴはこの教えを容れて、担当医に「いいえ、声は聞こえませんよ。そうですね、……前は聞こえていましたよ」と言います。そうやって治りはじめた患者たちの集団内での、娯楽療法、作業療法に励み、それでも収容の三年め、まだ退院許可が下りません。この年度、常駐する精神科医は経費削減のために三人に減らされていて、その一人が新担当医としてディンゴに言います。「君を社会に出すためには、経済的に自立する手段というのが、そうだね、ないとね」と。するとディンゴは、沈思黙考と吃音《きつおん》を演じながら「ココココ……ココココンピュータです」と応じます。

「ココンピュータ?」

「コンピュータ」

「何が?」

「自立の、手立てです」とディンゴは答えます。

精神科病棟に対する世間の視線《まなざし》は、二十世紀も終盤のこの頃、以前とは正反対の様相を示して、しかも同じ厳しさを具えていました。そこでは人権への配慮がなされているか、と人権団体がしばしば問いかけるようになっていたのです。しばしばキャンペーンを張るようになっていたのです。この警《いまし》めの視線《まなざし》。そこで経営側は、あたりまえですが患者の人権《それ》に気を配ろうと考えます。

「うちは州立病院だから、お金はないから、人員削減だってしている状況だから、システムのエンジニアリングを手伝ってもらおう」と結論づけます。ディンゴは社会復帰に備えた職業訓練として、病院内のさまざまな管理システムの開発、設計、運用に携わりはじめます。視点を変えれば無料奉仕のスタッフです。新担当医は、驚歎しました。「いや、君は凄いね。こんなにもコンピュータに習熟しているならさ、僕の勤務記録とか、それこそ給与計算のソフトも書き換えられるんじゃないの？」

「まままままさか」と**ディンゴ**は吃《ども》ります。

病院内のあちらこちらのソフトウェアの上書きは、もう終わっていました。病棟からLAN（ローカル・エリア・ネットワーク Local Area Network）に侵入して、いろいろと書き換えていました。そして強制収容の四年めのちょうど終わりに、**ディンゴ**は脱出します。扉はパスワードを要求しませんでしたし、監視カメラも死んでいて、州立病院のその正面玄関から脱《ぬ》けることが叶いました。**ディンゴ**は、すでに二十代半ばです。もちろんシングルトンには戻りません。シドニーも避けます。しかし大都市はめざしました。むかったのはビクトリア州のメルボルンでした。所持金はゼロ、そのために交通手段は限られて、もっぱらヒッチハイクに頼ります。そうしてメルボルンに到着するや**ディンゴ**はまっさきにIDを書き換えます。身分証明の類いを偽造します。さほど困難はありません。そもそも**ディンゴ**は戸籍上の名前だって廃棄ずみなのです。夢の名前こそが真の名前だ、との自負に生きているのです。「俺は俺のトーテムだ。俺は**ディンゴ**だ」と力強く**ディンゴ**はうなずきます。最終的に七種類の変名を用意します。部屋を借ります。それから短期雇いの仕事に就きます。数カ月を経たあたりでプログラミング技術の売り込みをはじめ、一年数カ月を経たあたりで順当に、セキュリティの専門家として業界に認められます。もちろん棄てた本名でも夢の名前でもない名前《それ》で。そして業界とはどの業界かといえば、IT（インフォメーション・テクノロジー Information Technology）業界です。ここに、セキュリティの高度な専門家ほど求められている研究所があります。積極的に、雇用されているのです。その研究所はとある多国籍企業の、技術革新のためのいわゆる「研究のための研究」を潤沢な資金をもとに行なう、南半球における開発基地でした。ここに理想視され、あるいはライバル視されている機関《もの》はゼロックスのパロアルト研究所で、そこはグラフィック・インターフェイスを用いたOS（オペレーティング・システム Operating System）やLAN、レーザー・プリンタといった革新的なコンピュータ文化の概念を多数、生んでいたのです。

［24］

奇抜な発想を、研究所は歓迎します。斬新さそのものの実現を、希求します。実現とは商品化で、それを渇望します。しかし、不可能ならばそれでもよい、と達観します。

歓迎、希求、渇望、達観。

そのために天才ばかりが集められます。メルボルン市内に建つその研究所に。

「ま、俺は天才じゃないけどな」と**ディンゴ**は言います。

聞いていたのは亡霊たちです。妄想で幻覚で、夢です。亡霊たちは順に返答します。

「いいから、コンピュータの側にいろよ」

「コンピュータの未来の側にいろよ」

「そこなら機械とつながれるぞ。接《せつ》、続《ぞく》、だ」

ディンゴは訊きます。「俺は天才じゃないのに?」

「開発の必要はない、だろ」と亡霊。

「開発された秘密を、守る要員が要る、わけだろ?」と亡霊。

「わけ、だろ?」と亡霊。

「その研究所でな」とディンゴ。この会話の様子は、はたから見たら独り言でした。だからディンゴは、見られないように気をつけて、そしてディンゴはソフト面でのセキュリティの専門家として研究所に雇われています。

［25］

一九九六年九月十八日。ディンゴはついに究極のツールに出会います。その邂逅の瞬間、生まれた時から俺が真に欲していたのはこれかもしれない、とディンゴは思います。ほとんど啓示じみた認識であって、ディンゴは慄《ふる》えます。もちろん、生まれた時にと感じる場面でディンゴのその脳裡にイメージされる子宮は、生物学的ではない子宮《それ》、すなわち20トン・トラックの運転台でした。その運転台が胎内で、ある年齢までのディンゴはそこにいた胎児で、そこからの放逐が出産。ディンゴが想う、誕生でした。少し前から研究所で、人間の脳波によってラジオを選局《チューニング》する装置の開発が行なわれていました。これはハードウェアでありソフトウェアです。すでにソフトウェア的には脳波の三次元映像化が可能なものが一九九〇年代前半には市場に出ていました。マッキントッシュOS用の商品です。それからモデルとなるハードウェアの筆頭として、ラジオ機能付きのヘッドフォン・ステレオがありました。著名なブランド商品としては、「ラジオも聞ける」ウォークマン、あるいはCDウォークマンが多種発売されていました。ようするに消費者《コンシューマー》に違和感を与えないハードウェアの、典型的な形態として滲透していたのです。だとしたら、これら二つを融合したらどうか？　融合させたら？　開発者の着想は、ここにありました。当時のウォークマンとは、カセットテープ専用の再生機器です。CDウォークマンは、コンパクト・ディスク再生用の機器《それ》です。リスナー自身が選んだカセットテープ、CD、はたまた自身がコンピュータから落としたデジタル・データを記憶装置《ハードディスク》に入れて持ち運ぶだけでは、「僕、わたし、俺、あたし、我が輩の現在《いま》の気分にあった、未知の音楽」を聞けるはずはありません。ウォークマン方式の楽しみには、限界があるのです。

ですが、脳波がリクエストする音楽欲求に同調《チューニング》して、いつ何時《なんどき》でもいちばんふさわしいラジオ局を選局《チューニング》するインターフェイスがあったら、どうでしょうか。

人間《マン》＝機械《マシン》のインターフェイスがあったら？

それは、軽量です。カセットテープもCDも要らず、デジタル・データを記憶装置《ハードディスク》に落とす手間も要らず、つまり何も要りません。真に身軽です。そう、真に……いわばヘッドフォンだけのヘッドフォン・ステレオ。

それが人間と機械をいっしょにして、聞きたい音楽をいつでも、しかも「現在《いま》」というものを更新しながら聞かせるのです。

ディンゴがそのツールに邂逅を果たした時点で、研究開発費は四十万オーストラリア・ドルでした。予算としてはそれほど厖大《ぼうだい》というわけでもありません。巨大プロジェクトは他に複数、研究所内で動いていたし、費用も投じられていたからです。そこで開発者はさまざまな個人に援助を求めました。神経生物学の第一人者や、脳波測定の医療機器を研究開発している医学電子工学《メディカル・エレクトロニクス》の若き権威や。ところで装置自体を完成させるのは、じつのところは容易でした。問題はそれを売り込むこと、より詳《つまび》らかに説けば「消費者《コンシューマー》というよりも、斜陽のラジオ放送業界に売り込む」ことでした。縦横無尽にして臨機応変な選局《チューニング》のためには、極端なまでの多チャンネル化、音楽専用の多チャンネル化が必須です。人工衛星を活用したデジタル放送も当然その視野に入れて、開発者、および研究所はプロジェクトを推し進めなければなりません。たとえば、試用実験です。ここで再度この物語のこの部分の背景に触れると、メルボルンのそこ、その研究所に集められたのは天才たちです。言い換えれば、マッドなほどの天才たちであって、世間的には「変人」でした。マーケティングよりも概念にこだわり、最高の研究を達成したいと考え、画期的な発明品を生み出したいとつねに燃え、つねにノーベル賞を狙っています。必然、おかしな展開《なりゆき》になりました。予算が限られていたため、この試用実験にむかって開発者が助けを求めたのは大学の研究機関でした。一種の産学協同じみた提携が行なわれるのですが、その研究機関が専門としているのは、哺乳類のフィールド調査だったのです。

ラジオ・トラッキング法というものがあります。棲息地で捕獲した動物に電波発信機を装着するのです。そして、その後にふたたび野に戻す。この手法を採れば、動物の行動と行動圏、さらにその行動圏内での資源の利用等が追跡可能です。巨大な海棲哺乳類の鯨たちも、また渡り鳥たちも人工衛星で位置が追えます。

さらに発展形のバイオテレメトリー法があります。動物に装着する発信機にセンサーを組み込むことで、体温、脈拍の変化等も随時モニターできます。

これだ、と開発者は洞察したのでした。この世界にこそノウハウが蓄積されている、とマッドな直感を働かせたのでした。ラジオ局の縦横無尽にして臨機応変、はたまた融通無碍《ゆうずうむげ》な発信のために、末端のリスナーが求める音楽《もの》をモニターし、すなわち遠隔地から脳波という生理的な情報をモニターし、その音楽《もの》に対する欲求をひそかに抱えているリスナーの位置を、ここだ、と特定できる技術。それが、あったのでした。哺乳類のフィールド調査の世界に、一九九〇年代の半ば、あったのでした。なるほど、あっぱれな見通しでした。この試用実験の帰するところは、マーケティング部門に大いに役立ちます。けれども、いわずもがなですが開発者が考えに考えつづけていたのは偏《ひとえ》に概念の側面でした。

そのことを**ディンゴ**が悟ります。ツールに邂逅して、戦慄しながら。

［26］

こいつ、と**ディンゴ**は思います、動物がラジオでどんな音楽を聞きたがるかって、そういうのを試そうとしてるんじゃねえの？

それって、と**ディンゴ**は思います、それだよ、ちょっと意味不明なんだけど、自分でもちょっと意味不明なんだけどさ、俺が欲望してたツールってそんなんなんだよ。

そんなんなんだよ、と**ディンゴ**は思います。

俺は旅に出るよ。

〔27〕

ディンゴは逃走するし、盗みます。逃走は、州立病院のあの管理病棟から、と数えれば二度めになります。そういえばマッドな天才たちしかいない研究所は、どこか精神科病棟と親《ちか》しいものがありました。**ディンゴ**はその研究所のセキュリティの専門家、部外者がどうにも近づけないデータや機器の試作品《モデルタイプ》にもっとも接触しやすい立場にいて、そして、接触しました。脳波によってラジオを選局《チューニング》するその装置の、試用実験ずみのハードウェアひと揃い、さらに予備の各ハードウェア、もろもろの資料、コンパイルずみの設計図《ソースコード》、コンパイル以前のそれ、全部盗み出しました。加えて提携している大学の研究機関から借り出された、受信用機材の数々も。**ディンゴ**は、ビクトリア州で指名手配を受けます。二十六歳になっていた**ディンゴ**は、俺も立派にタフになったなあ、とついつい笑います。「アウトローだよ」とつぶやきます。オーストラリア大陸で犯罪者たちが逃げ込むのは、荒野、と相場が決まっていて、もちろん**ディンゴ**もこれに倣《なら》うことになります。ほぼ無人に等しい赤い大地の領域がその、荒野、でした。しかしそこでもFM局の電波は受信できます。いかしたロックンロールがいろいろと聞けます。それから、いろいろと哺乳類がいます。**ディンゴ**は四輪駆動車を準備しました。三十代前半と思《おぼ》しい女が単身ハンドルを握っている車に目をつけて、ヒッチハイクをし、食事を共にし、優男《やさおとこ》を演じ、ベッドを共にし、翌朝その女をモーテルに置き去りにしました。俺の犯罪歴はどんどん重なるなあと微笑みました。奪った四輪駆動車に非常時用のタイヤを積んで、飲料水の携帯型濾過装置もしっかり支度し、そしてアンテナ、それをルーフに設置して、すると四輪駆動車の後部座席は移動する「受信基地」の様相を呈しました。機材に、あふれました。ディンゴは、もう、赤い大地にその四輪を噛ませていました。奥に、荒野の奥に進んでいました。アカカンガルーの捕獲は相当に困難でした。とある奥地、畜産業者が掘った井戸があったので、その周囲に罠を仕掛けて、十数頭の群れのなかの一頭をどうにか生け捕りにしました。ディンゴは、暴れるアカカンガルーに麻酔銃を放ちました。その銃と銃弾は事前にメルボルンで、偽造ライセンスで購入していました。ディンゴはそんなふうにして、その体長一メートル強の有袋類を眠らせてからツールを装着しました。電極のポジションが重要で、ディンゴは一、二度失敗しました。そこでディンゴは頭部用ハードウェアのそのサイズの調整をみずから職人と化して行ないました。強制的に感覚喪失させられているアカカンガルーの脳波は、まだ音楽は求めません。しかし十数分後に麻酔が切れます。しばらく寝惚《ねぼ》けていましたが、じきに跳ねだし、群れの仲間を捜します。じきに、脳波は覚醒時の通常モードに復して、やがて選局《チューニング》がはじまります。

ディンゴの無限の彷徨は、ここからです。

〔28〕

四輪駆動車でアカカンガルーを追跡します。
ラジオ・トラッキング法でその所在はわかります。
バイオテレメトリー法で、常時、その個体の脳波はモニターできます。

四輪駆動車のその後部座席に設けられた「受信基地」の機材は、リアルタイムで選局《チューニング》を再現します。

そのアカカンガルーと同じ音楽を**ディンゴ**は聞きつづけます。

その群れとともにディンゴは移動します。

〔29〕

一九九七年三月十五日。ツールを装着した一頭めが死にます。**ディンゴ**は四輪駆動車の内部《なか》にいて、沈黙を聞きます。モニタリングされる脳波がフラットになって、どの局にも同調《チューニング》されません。**ディンゴ**は、死体を確認に行きます。草原でした。その草原に、十数羽のエミューがいました。エミューは走鳥類《そうちょうるい》で、つまり翼があっても飛べない鳥の仲間で、体長は一メートル五十センチから八十センチ、大雑把に描写すれば駝鳥もどきです。**ディンゴ**はその群れにいた一羽、雄の一羽と視線をからませて、再度、あの麻酔銃を手にします。

〔30〕

アカカンガルー。

エミュー。

野生化した馬のブランビー。

野生化したラクダ、一五〇年前にアフガニスタンから移入されたヒトコブラクダ。

オオカンガルー。

それから、群れる野犬のディンゴ。

オーストラリア大陸に棲息している野犬の、そのディンゴに、麻酔銃を手にした**ディンゴ**が邂逅します。「やあ」と言います。「いっしょに流離《さすら》って、俺とロックンロールを聞こう。ていうか、お前たちに聞かせよう。いいか？　お前たちディンゴは嵌まったんだよ。俺のこの音楽の穴に。この音楽の、この歴史の穴に。お前たちディンゴたちよ、しっかりと認識しろ。俺は二〇〇〇年の穴だ」

それは二〇〇〇年十月三日のことでした。

第五の書

ロール・オーバー・ベートーベン三部経

コーマW

書物

短い考察を挿入する。

浄土宗の根本聖典とされている三つの経典がある。いわゆる「浄土三部経」――『無量寿経《むりょうじゅきょう》』と『観無量寿経《かんむりょうじゅきょう》』、『阿弥陀経』だ。さて成立年代は、と語ろうとすると、難しい。私は日本史においてXX年、と言えない。

たとえば法然の大原問答（ほとんど伝説化された宗論、これを機に法然が一躍著名になった）が文治《ぶんじ》二年、あえて西暦を添えるのならば一一八六年だろう、とは言えるのだが。

『無量寿経』と『阿弥陀経』には梵語の原典があり、つまり西北インドで成立していて、その漢訳が日本に入ったと考えられている。ここにはインド史と中国史がある。『観無量寿経』は、その成立が西北インドなのか中国なのか、わからない。漢訳（とウイグル語訳）があり、日本では当然漢訳が読まれた。ここでは中国史だけが日本史に影響している、実質的にそれだけがある。

すると時間のエンジンとしての暦には、中国の年号《それ》、を挙げるべきなのか？

それが誠実か？

——かもしれないな。私は唇を、またも唇を嚙む。

結局は西欧史も日本史も、中国史も、インド史も、全部がどこかで手を携えるのか。縺《もつ》れるのか。結局は六つの大陸と一つの亜大陸が、この日本列島のどこかには内蔵されるのか。あるいは日本列島も、六大陸と一亜大陸のそれぞれに……それぞれに内包されるのか。錯綜した時間として。

——ああ、かもしれないな。

私たちは孤立ができない、と私は結論づける。私たちは、そうして、ああ、鎖国すらできないのだ。もしも二十世紀に日本が鎖国したとしたら、ロックンロールは日本には入ってこなかっただろうか？

「わからない」としか私は言えない。「わからないな」

こうして「浄土三部経」に関しての考察はこのような思いに至る。私は、あえて言い足そう、書物なき宗教のことをイメージできない。書物、いわゆる聖典だ。結局はいま、ここを超えるためには、教えを布《し》く用の聖典が要る。そして、それが何かを縺れさせるのだ。あるいは、全てを縺れさせるのだ。

——文字がないと、人類はどうなったのだろうな。

私はそうも考える。人類は、迷える様《さま》にある衆生はどうなったのだろうなと私は考える。

ただし書物には弱点がある。それは、燃えるのだ。焼却されうる。

ああ、人がそのまま本であれば。

浄土前夜

いまや浄もなければ不浄もありません

あたしは記憶を燃やさない。

この決意を多少言い換えてみる。あたしは記憶を、焼却処分にはしない。うん、なかなかのパラフレーズだ。ついさっき、あたしは夢から目覚めた。でも、それはただの夢だった。あたしは覚醒するその瞬間に「生まれる、生まれる！」なんて思わなかった。あたしは例の呱々《ここ》の声、おぎゃあ、を発したい衝動には駆られなかった。あたしはたんにただの夢を見たのだし、その夢の内容は、うん、じきに語る。

問題はそれ以外にある。

あるの。

たしかにあたしはあたしの記憶は燃やさない。けれども、燃やされたものはたしかにあった。燃やされたもの、生き物が……。それは焼却処分に等しかった。じつをいえば、焼却処分は燃やされる彼の意志で行なわれていた。あたしは、また言い換えてみる。その雄の生き物は、みずからその身を焼いたの。火中に飛び込んで。彼がもしも人間《ひと》だったら、この行為は焼身自殺のひと言にまとめられる。でも、そうじゃなかった。彼は燃えさかる炎に……その身を投じて、高らかに啼いた。一羽の雄鶏《おんどり》として、そうした。でもコケともコッコーとも響かなかったのは事実。尋常ならざる鶏鳴《メロディ》だったのは事実。それからあたしが……あたしが、飢え死にをまぬがれるために彼を食べたのも事実。みずからを犠牲《いけにえ》にした鶏の、炙られた肉を。焼けて熱を持った骨を。骨のほうは、あたしは柔らかいところを齧ったけれども、ほかはその髄をしゃぶった。鶏冠《とさか》も……うん、あたしは噛んでみて、食べられることを知って、だから食べた。不思議なゼラチン。あたしはその雄鶏の、心臓《ハツ》だって口にした。どうしてか？　あたしが彼の念じていたところを尊重したから。そして彼の肉はロックンロールの味がして、骨からはビートを感じて、鶏冠には一〇〇パーセントのベース音、心臓にはもちろん叫び《シャウト》があった。あたしの脳裡には、ア・ワップ・バップ・ア・ルン・バップ、ア・ラップ・バン・ブーン、ア・ラップ・バン・ブーン、ア・ラップ・バン・ブーン……と聞こえた。えんえんとそう聞こえていた。ロックンロールの叫び《シャウト》だ。

　あたしはロックンロールを食べたのだ。

　焼け残ったものはあった。両肢《りょうあし》の鋭い爪もそうだったけれど、それ以上に、足輪がそうだった。その鶏の標識用の金属のリング。あたえたのはあたしなの。あたしがそのＩＤの足輪を付けたの。あたしがその鶏を、飼養している、という証しに。いま、その小さな金属のリングはあたしのポケットにある。焦げのような汚れはそのままにして、しまわれている。きっと明日には、あたしは携帯電話のストラップにそれを通す。吊るすの。けれども今日はどうだろう？　あたしはそろそろ、うん、夢を語る。あたしがそこから目覚めてきた、夢を。あの、たんなる、ただの夢を。

　あたしは見たのだ、まともに眠ることが不可能になっている兵士たちの夢を見たのだ。

兵士。

少し大雑把にいっている。あたしだって（そして夢中の情景であったって）少々分類できる。それは歩兵たちだった。歩兵、つまり陸軍歩兵で、しばしばＧＩと通称される存在だった。あたしは、そんなことが「わかって」いた。ＧＩたちだと「わかって」いたのだから、彼らがアメリカ軍に属していることも「わかって」いて、彼らが蹂《ふ》んでいるのがインドシナ半島の大地だとも「わかって」しまっている。いる、とあたしは現在形で言う。これは夢の再現なんだから、過去形よりも適切な気がする。その彼ら（歩兵たち、ＧＩたち）には白人もいて、黒人もいる。数では黒人たちのほうが多い。そして彼らは、これも「わかって」いるのだけれども、黄人と対峙している。いいえ、黄人という表現は日本語に属していない。一〇〇パーセントの幽霊語だから、あたしは黄色人種と言い換える。皮膚のその色彩が、白色《ホワイト》でも黒色《ブラック》でもない、広義の黄色《イエロー》の範疇にある人たち。そして、彼らに敵対するこの黄色人種がどこに属しているのかといえば、ＧＩがアメリカ軍やアメリカに属しているようには国軍にも国家にも属していない、その大地に帰属している。

インドシナ半島のその大地に。

その大地は、どんな大地？

あたしは、当然、その情景を見られるのだから見ている。三六〇度に見られてもいいのだけれど夢の視界は前方一二〇度ほどに限定されていて、それでも見ている。無惨なクレーターだらけだ。どれもこれも空爆の痕《あと》跡だ。そこを彼らが歩いている、あたしはしだいに彼らで、あたしが見ていたり体験したり認識したりするものは、彼らが見たり体験していたり、認識していたりするものだ。あるいは彼らが「わかって」いるものだ。対人地雷はそこいらじゅうに敷設されている。彼方では枯れ葉剤が撒布されている。でも彼方って、どこの彼方？　あたしは「もちろんここの」と理解して、すると視界はズームとカットインの奇妙な同調のような、つまり映画っぽいけれども映画の手法ではありえない手法《それ》で切り替わっていて、あたしはここを見ている。美しい水田地帯。あたしは、あたしの呼気を聞いている。ゼェゼェと出る。あたしが最前線を行軍しているのだ。そのあたしの目が捉えるのは、そして、水牛たちなのだ。農夫に先導されて、その偶《ぐう》蹄類《ているい》のウシ科の家畜は、水田地帯のあちこちを歩き、耕し、それからつらぬかれる。銃弾につらぬかれる。いきなりここが転調している。ズームもカットインもなしに最前線の色調は変じて、仲間が、あたしのアメリカ軍の白かったり黒かったりする仲間の戦闘員が斃《たお》れて、あたしの視界に二種類のライフルの銃弾が飛び交って、いっぽうが共産圏のどこかの国家に属した赤い弾丸のはずなのに赤色《レッド》はないとあたしには「わかって」いて、やっぱり白色《ホワイト》と黒色《ブラック》とそれから見えない黄色《イエロー》、でも農夫たちも巻き込まれはじめているし水田であまりにも悲しい哮《たけ》りをあげるとばっちりの水牛たちは黒色《ブラック》で、ふいに頭上には部隊の救援要請を受けたヘリコプターが、音で、その回転翼の生じさせる轟音だけで出現して、それから蒼穹《おおぞら》からの機銃音、あたしは「炸裂する、サウンドが炸裂する！」と感じて、けれども視界は？

　美しい水田地帯。

　拡大されたような（いいえ、たしかにズーミングしている、大写《ズームアップ》しの）情景。あざやかな緑が迫る。あたしは眺める、美しい。それからあたしは、離脱する。最前線の、その大地の露と消えつつあるのが確実な歩兵の視点を離れて、あたしは、一種の俯瞰に入る。ほとんど飛翔だ。あたしは、ナム、と思う。ベトナム、この戦場《ナム》。そこが潜在的な敵地だからまともに眠れず、まともに眠れないのだからたちまち夢を奪われて、夢を奪われたその状態でひたすら行軍するＧＩたちの視界に、あまたの視点にあふれた戦場《ナム》。つまり、あまたのここに。美しい水田地帯、美しい……。

美。

ベトナム、ナム。

なんて無惨な歴史の穴。

夢を（レム睡眠時に見る夢を）取りあげられてしまった人間たちがそのダミーとして現実に（この現《うつつ》の世界に、レム睡眠時でもノンレム睡眠時でもない、あたりまえの覚醒時に）見ている夢のような、ナム。そんなふうに考えているうちにあたしの飛翔は、終わる。多少のカットアウトで、あたしの俯瞰は終わって、あたしは夢を出て、あたしは夢を見るというよりも、見た、ときわめて適切に過去形になった。

これがあたしが「じきに語る」と約束した、うん、その夢。

あたしはそこから目覚めてきた。

ナム。

……どうして？

あたしにも直観力があって、それは即座に回答する。南無《なむ》。

……そうか。

日本語の語彙のシステムの内側で、慣用句のように、呪《まじな》いのように抽《ひ》き出せばいい。南無が唱えられれば、ひき続いてあれが唱えられる。南無、阿弥陀仏と唱えられる。ナムアミダブツと。たとえばナムアミダブツと。南無はもともと梵語からの音写で、GIたちのナムはもちろんアメリカ英語の俗語《スラング》で、国名としての「越南《ベトナム》」は当然ながらベトナム語、そして梵語から日本語になったナムアミダブツの南無の前には漢訳仏典がある。ここにインド亜大陸と北米大陸と、日本列島と、ユーラシア大陸のアジア側が三〇〇〇年か四〇〇〇年の時間とともに串刺しにされている。それからナムアミダブツの音の連なりには、あの三字が串《つらぬ》かれている。三字、阿弥陀。そうなの？　だからベトナムなの？　あの睡眠を大胆に奪われたGIたちの臨死《おしまい》の夢だったの？　それともベトナムがアメリカの戦争として、ベトナム戦争はそうだった」との知識がある。あたしにはたから？　あたしには「史実として、ベトナム戦争はそうだった」との知識がある。あたしには「それが、『ロックンロール七部作』に書かれていた」との自覚がある。自覚？

記憶が燃やされていない。

どこかから連続している。しかし断絶もある。あるいはほとんど……断絶？

かまわない。

あたしの口の内側《なか》にはロックンロールの味があるから。それがあるから、あたしにできることが、あたしに「わかって」いる。あたしは、現象だけに向き合う。さあ。

さあ、と少女は思う。あたしは、現象だけに向き合う、とその少女は毅然として意思表明する。その「さあ」という間投詞には、レッツ・ロックとの言い換えを待っている雰囲気があって、同時にレッツ・ロールとも可能性として置き換えられた。少女は、ロールとは転がること、流転《ロール》なのだと理解していた。しかしディス・イズ・イングリッシュとはこの瞬間に思うことはなかったし、声にも出さなかった。すなわち「ディス・イズ・イングリッシュ」とは。これは英語です。あたしはイギリス人です。嘘だ、間違いだ、そのことを少女はあたりまえに理解していて（なにしろ過剰に日灼けしていたが日本人だ。その皮膚は夏そのものの感触《てざわり》の色彩だったが）、おまけに流転《ロール》はこの間投詞に必然的に孕まれているのだとも感得していたのだ。さあ、やろう、流転《レッツ・ロール》しよう。こんなひと連なりの感情。だから「さあ」だった。そこから少女は決然として事にあたるのだが、手始めは些事のなかの些事だった。あたしは、とその少女は思う、あたし自身をたしかめる。そうなのだ、ありもしない産道はすでに通過されていて、少女はこのいつのまにかの現実を看過しない。あたしは、今朝、あたしですら現象だと見据えている。

「さあ」

あたしは誰？

あたしは十歳未満だ。

あたしはお下げ髪だ。

あたしは女の子だ。

自らを認識しました定義するフレーズの連打がその少女の輪郭を撲《う》ち、鍛えた。そして女の子とはどんな存在か？　女の子というのは微小な存在だ。しかしながら夏は奪《と》りもどされていた。その東京のその夏が、奪還されていた。少女は年をとらなかった。その少女が、あたしは年齢なんて重ねないの、と誓っている以上、つねにいっさいが手前にあった。年齢はふた桁になる手前で、すなわち十歳未満でありつづけて、ようするにあらゆる物事が前夜にあった。全ては手前の段階にあるんだわ、とも少女は言い換えた。またも適切なパラフレーズだと少女は思った。一度うしなわれた夏のあとに、いかなる季節が感じられたのか？　春か？　冬か？　少女にはかつて冬はあたしに内蔵されていたとの記憶があったし（いいや、実際にはただの感触《てざわり》だ。しかしそれは命令を発することができるほど確たるものだった。手で触れられた。いまもだ。仄かながら……冬！）、地球というスケールで考察するならばそもそも東京の夏は北半球の夏、南半球の冬にあたった。そして南半球にあたるのがアルゼンチンだしブラジルだしオーストラリアだった。そして、冬があったのでも春があったのでも、また秋でもたいした違いはなかった。この間に「保護区」は作られて、一部の難民たちの武装化は成し遂げられていたのだから。その果てに夏の奪還は叶ったのだ。その東京の、その夏の。あとは東京そのものの奪還だ。

　東京奪還、それがお前の試みだ。

　お前、と呼びかけよう。この少女こそが自身で流転《ロール》するのと同時にこの東京を流転《ロール》させるのだし、すなわち「転がせ、転がせ」なり「転がれ、転がれ」なり言うのだし、だとしたら黙示録をあらしめている主体ともみなしうるのだから。そのために少女よ、そろそろお前は、お前だ。この文体を歓んで受けとめろ。とはいえお前は反駁する、お前の視点を通して物事を見るならば、東京を（この夏の東京を、そして夏以外のあらゆる、ほとんど各様《とりどり》の東京を）破滅に瀕させている主体は、「あたしじゃない、こんな女の子のはずがないじゃない」と。その視点からすれば、もっともな反駁だ。

　もっともだ。だからこそお前は、難民たちに武装化をうながして、いまだ誰にも気づかれてはいないのだが武装サウンド闘争としか呼びようのない局面《フェーズ》に入って、あるいは入ろう……参戦しようとしていて、さらに攻め込みもしているのだ。女の子よ、お前は、地獄に攻め込む。そこが鬼たちの縄張りだから。しかしながらお前が武器として携えているのは雀殺しの可能なナイフ（ステーキ・ナイフだ、万能で「投げられる」調理器具だ）でもなければライフルや軽機関銃でもない。お前の飛び道具は燃やすことのなかった記憶と燃やされることのなかった記憶的遺伝、いわば各様《とりどり》の遺伝的能力だ。

それは、発現する。


今朝、お前は地下に降りた。

道路の割れ目から。そこでは車道はめったやたら陥没していた。そこは陥没地帯だったが、前線地帯でもあった。バリケードがあった。お前たちの側のバリケードだ。それはタクシー部隊の残骸をいちばんの基礎《いしずえ》にしていて、山積みの車体はどれも黄色かった。そのバリケードの内側から、お前は、そしてお前に率いられた「お前たち」は降りた。お前がいうところの「あたしたち」は。

「そうよ、あたしたちは地下鉄の軌道をつかうのよ。あのこすい連中の向こうをはるには、あたしたちにも同じ程度のこすさが要るから」

お前はワンピース姿だった。そのワンピースは向日葵《ひまわり》柄だった。まずは縄梯子を用いた。それから抜け道ははじまった。地中の道路網、交通網に関しての知識はお前のものだった。しかし十数名のお前たちを導いている知識はお前のものではなかった。それは焼却しなかった（し焼却されなかった）記憶に由来していた。この記憶のシンボルのような記憶《それ》がお前にはある。番号だ。

苦《く》ならぬ九《く》。

あたしは9号だった。

思った瞬間に、お前は即座に否定する。ううん、番号を所有していたのは馬頭《めず》。あたしじゃない。

あれは9号だった。馬頭9号。所属は「母上《ははうえ》」だった。

で、こっちね？

記憶から知識がするすると抽出されている。情報としての方角、位置がやすやすと割り出されている。お前がみずからの知識を用いるのは、それ以降だ。お前は東京都心の東西南北についてならば熟知しているから、これを活かす。しかも東京にはかつて地下鉄があったことを熟知し、そしてもう地下鉄は死んでしまったことを承知しているから、狡《ずる》をする。

「この先の軌道部分には気をつけてね。あちこち水没してるって報告があたしに上がってるから。そうしたら、泳ごうなんて暴挙や、イッパシの冒険心は慎んでね。棲息している魚たちがいて、サンプルが捕獲されたから」

その魚たちは心理的に変形している。鰓があり、この機能は過激で、あきらかに水中から酸素だけを摂っているのではない。また、二、三種の魚には人間の耳がある。水没地帯のいちばんの深みには地下鉄の車輛が転がるのだが（保護区にいる鉄道マニアはそれを「営団地下鉄」の旧車輛、2000形だと写真判定した）、ここには牡蠣《かき》が繁殖していて、ただし食用にはならない。

「懐中電灯も、いい？　絶対にふりまわさないのよ。じゃないと誘蛾灯になっちゃって、あの火の玉どもを誘っちゃうから。あれね、専門筋の分析によれば、『およそ八〇パーセントの成分はいわゆる怨念がいわゆる単細胞分裂したもの』ですって。こういう科学者特有の言いまわしってそうとう頭が悪そうね。いわゆるオバカ。それでも助言そのものは有益だから、いい？　聞き入れてね。なにしろ危険なことってとっても危険なのよ。きっちり一〇〇パーセントの純度で」

風音がしていた。ずっと。それは咆哮《ハウリン》だった。

お前のワンピースの向日葵の柄は、残念ながらこの地中の闇には映《は》えなかった。

しかし昼前にお前は地上に出た。

料金所があった。お前は見まわした。

「高速道路なのは間違いないわね……でも地獄にモータリゼーションは関与しないから、料金所は無人……ああ、やっぱり高架線ね、ほら、あれがコンテナ置き場で……あっちが超流動コンクリート工場、それからこう見下ろすと、あれって埋立て地の火力発電所ね？　これも地獄では役立たず。けれども出るべきところにあたしたち、出たようよ。おめあての方角なり位置なりにちゃんと抜けて、しっかりとこすさを発揮したようよ。ほら、あれなんて観念的にも物質的にも東京入国管理局で、するとあたしとこのあたしたち、もう東京港には入ったんだわ。この高速道路は、橋《ブリッジ》。さあ、進むわよ」

もちろん前進は阻止された。あるいは阻もうとする意思が顕《あら》われた。それも跋扈《ばっこ》した。

橋《ブリッジ》に。

すでに地獄の領土内である、その橋《ブリッジ》に。

火の環だった。しかも無数の環だった。

「心理的な炎よ」

お前は言った。お前のいまだ十歳に満たないつるつるとした面輪《おもわ》が紅蓮に照らされて、それから。ワンピースの柄模様は今度は鮮烈に映えた。黒い煤があがった。いきなり舞いあがった、四方から。お前のワンピースの、背中のファスナーが軋んだ。それからお前は、右腕をスローモーションのナイフ投げのように、すうぅぅぅぅぅぅ、と振るった。円弧を描いて。その動きに、お前のその右腕の動線に炎の一割ほどが順《したが》った。

火炎が。

地獄に帰属しているはずの、むしろ地獄の建材であるはずの、火が。

「超能力よ」

お前は言い放った。そして発現させていた。遺伝的能力、それも記憶的遺伝のその遺伝的なる能力《それ》を。では誰の記憶か？　お前は、やすやす答えられる。9号のよ。あたしは9号だったわけじゃないけど、あれは9号だったたから、その記憶よ。そして馬頭には馬頭の力があったんだから、その能力よ。

「馬頭のおにの能力なんて、もちろん超能力だわ。で、その超能力、あたしに振るえないと思う？」

お前は振るえた。ワンピースのそのファスナーをぴしぴしいわせながら。跋扈する火の環たちを二割、さらに三割とあやつって、東京港の海上に架けられていると思しい橋《ブリッジ》を進み出した。地獄の炎は、どんどん割れた。お前は煙を筆にも変えられた。そこに梵字もどきをdやMのように書きもした。前者は「ハン」との音を招《よ》び寄せて、後者は「ニ」との響きに反応した。ロケット弾が走った。これはお前が発揮している各様《とりどり》の超能力の一形態、お前のいうところの「あたしたち」は宙から89ミリ口径のバズーカ砲を授かっていた。宙から？

違うわ、もちろん炎のなかからよ。

ただの物体移動。でも地獄流。

わかる？

お前は周囲のあらゆる誤認を訂《ただ》した。

地獄の軍団はその橋《ブリッジ》で二度お前たちの勢力と対峙して、二度、敗走した。

夕方、お前たちはその邸宅に着いた。その邸宅を没収した。しかしながらお前は帰ったのだと思った。そこの主《あるじ》は馬頭人身で、地獄ではそれなりの階級、番号はひと桁だった。9号だった。

お前はひき連れたお前たちとともに足早に邸内を過《よ》ぎった。書斎はお前の記憶どおりにあって、ちらと覗くと記憶どおりに書き物机《ライティング・デスク》はあって、寄らなかった。いまは。お前たちは庭に出た。

お前たちはそれから、そこに行って、お前がもちろん最初にそこの扉を開いた。その畜舎の。

「山羊よ」

それはいた。

体高七メートルの偶蹄類。そして多少は地獄コンシャス。

山羊は畜舎に王として君臨している。王の証しはその鬚《ひげ》にある。ふさふさとゴワゴワとしていて、顎の下にわさりとのび、長さとしては二メートルはある。二メートルの鬚だ、それが垂れている。山羊がその頭をひょいとふれば、鬚はザワリと動いて、小さな風を畜舎のその内部《なか》に巻き起こす。しかも鬚さきは意図せずに地面を鋤《す》いてしまうこともある。ザザザッと櫛じみた痕跡を残すのだ。山羊は王だから（女王ではないのだから）雄だ。睾丸《ふぐり》があり、雄だ。そして茨《いばら》さながらに繁茂している異形の角《つの》、単純に二本だとも四本だとも六本だとも数えられない、雄だ。ムェェェと鳴いている。ムェェ……ムェェェェェ！　と鳴いている。多少、畜舎の壁が震える。その咆哮は「懐かしい」とも「お帰り」とも訳しうる。もしかしたらお帰り、ご主人様と咆《ほ》えているのか。その身は全体、白い。独特の体臭はいわずもがな硫黄混じりで、地獄臭だ。蹄があり（四つの肢《あし》のそれぞれの先端に）、ポメラニアンやマルチーズ等の小型犬ならやすやす踏み潰せる。あるいは海豹《あざらし》もか。鰭脚類《ききゃくるい》のさまざまな海獣たちも、海辺でやはりベヂャ……ッ……グヂャ……ッとか。しかしここは海辺ではない、この説明は適切ではない。餌の桶があり、そこには鉱泉から採れたカリウム塩が入っている。山羊はその塩をなめる。もしかしたら硫酸ナトリウムも含まれているかもしれない、成分が変わるたびに（とは舌さきに触れる成分《それ》が変化するたびに、との意だ）光彩の太さが変わる。しかし猫の瞳《め》とは違って、横に細まる、または太まる。時おり笑う。上唇をめくりあげてにや、にやにやと笑う。これは単なるフレーメン、雌の気を惹こうとする行動で、すなわち山羊が雄としてまっとうに発情しているだけだ。成熟した雄で、時おりは性的に興奮もする、畜舎の王。そんな巨獣の前に立てば人間の、それも十歳未満の平均的な日本人の子供は「小さすぎる存在《もの》」に等しい。そして実際にその巨獣としての山羊の前に立ちながら、一人の少女がサイズの差を痛感する。まるで一羽の鶏が人間とかを見上げているようなもんだわ、と思う。きっと、卵用種の白色レグホンなんかが地面から、人の子供とかを仰いでいるようなもんだわ。この想定にどうしてだか強《したた》かな既視感をおぼえざるを得ないでいる少女はもちろん、お前だ。そしてお前は言うのだった。

「あんた、たとえば手紙とかが届いたらね、食べちゃあだめよ」
そしてお前は歌うのだった。

あんた、
ああ、あんた、
ああああ、あんた！
非常識なその寸法はさておいて、
やっぱりあんたも山羊なんだから、
あの性《さが》からは逃れられないわ。
あら、
寸法ってもちろんサイズよ。
あらら、
あの性ってもちろん、
あれよ！
だってあんたは、
いわゆる白山羊さん。
もしも黒山羊さんから、
あららら、
——ちょっと訂正。

もしも、
もしももしも、
いわゆる黒山羊さんからお便り来たら、
たちまちあんた食《は》んじゃうわ！
「どうしてでしょう？」ってこれって質問。
その回答はと申しますれば、
「ですから！
それが！
性なのよ！」ね。
伝統的なお便りってね、
美味しいって解説してもよろしいでしょうが、
いわゆるうめえ紙なのよ！
――そう。
だから、お手紙！
ああ、あんた、
あの童謡をどう思う？
こんな逃れられないあんたたちの性癖、
そうね、
ちょっと恥ずかしい性癖を、

国民的にバラしちゃったあの童謡を、
正直、あんた、
どう思う？
山羊族として、
「あれはわっしらの予言歌ですね。
E《イー》を冠したmailなき時代、
お便りするのは危険でしたぜ。
危険すなわち、
英語に換えればdangerousでしたぜ。
わっしら、
お便りいただいちゃったら、
無限ループに入りやす」とか言うの？
ああ！
いわゆる白山羊さんが、
いわゆる黒山羊さんと、
そのdangerousな伝統的なお便りを、
「出したら、食み、
出したら、食み」の無限ループ。
ああ、

あああぁ！
わかるわね、
わかるわよね、よね。
限りが無いと書きまして、
是《これ》、
無限也《なり》。
あららら、
まあ、
——ちょっと諸行無常。
どうしましょう、
こんな不毛な宿命《しゅくめい》から、
たとえば、うーん、
こうしましょうか？
あたしの訓示を、
聞き入れちゃう？

このようにお前は歌って、驚け、それは歌だった。声量がやたらと豊かで、言葉には踏まれようとする韻もどきが孕まれていて（しかし韻とは到底いえない）、全編のやたらな適当さが惑《まど》いの、脱線のリズムとなっていた。が、だから歌なのではなかった。そこまでは、歌である、音楽との命名が成る、とは断じられない。肝心なのは伴奏だった。あるいは合の手といおうか。山羊だ。山羊が、しばしば鳴いたのだ。その畜舎の王はしばしば咆哮したのだ。掛け声として、拍子の類いとして――。具体的にはこうだった、お前が「あんた」と呼びかける、すると体長七メートルのその巨獣はムェェェェと応える。お前の声が強勢を帯びる時には、これはおのずとだろうが、ムェェェェェェエ！と強拍で応じるどころか、ムェッ、ムェッ、ム……ムェェェェェと惑乱的に咆えもする。「あんた」と言われれば「なんですか？」、「ああ、あんた」と言われれば「な、な、なんですか？」、さらには「あああ、あんた！」と歌いかけられれば「このわっしですか！」とあいなって、やたらと律動感にあふれ出す。するとお前の声には、驚け、いつしかメロディが付される。

　そうだ、歌が存《あ》る。

　とうとう出現した。音楽だ。

　ひそやかに、ひそやかに……お前と巨獣の協同作業で。その畜舎の内部《なか》で。もちろんそこは地獄の宿舎だ。そして、お前は「何が生じたのか」を把握しない。お前は無自覚だった、これは予兆に過ぎなかった、しかし世界は震えている。仮にお前がこれを歌だと認識した時、お前はどう名付けただろう？　お前はこの音楽にいかなる曲名を与えただろう？　まず絶対に、作意はない。すなわち曲名は『山羊とあたし』となった。企みなしの。おまけに、その（仮定された）『山羊とあたし』には主題もあるのだ。なにしろ歌詞は「あんた」こと山羊を訓《おし》えて導こうとする。これから、善導しようとする。ところで「あんた」と二人称で呼びかけ、歌いかけているお前はここでは「お前」という二人称の存在《もの》なのだが、すなわち二人称が二人称の存在《もの》を生んでいるのだが、それは措《お》こう。それに、文体はいずれ変わる。たちまち変化《へんげ》させてもいいのだ。さて肝心なのは、童謡だ。お前に国民的だとも歌われた、その童謡、もちろん日本国民的だと暗示されているいわゆる白山羊さんといわゆる黒山羊さんのその童謡には、郵便の無限ループが描かれていた。それをお前は、断て、と言う。お前はこれから、その地獄の山羊に、断ちなさい、と言う。

それが主題だ。

手紙は食べないように。お便り、お手紙は。

さらに主題は発展する。

これを食べるように、代替物として。

ムシャムシャ食むように。

お前は何を示したのか？　歌詞の上のことではあるといえ、何を？　お前が歌うこれとは、あれだった。なにしろお前は、じきにさし出す。実際に。お前はあれをさし出して……あたしはこれをさし出すのね、と自覚する。この場面には無自覚さはない。お前は日記帳をこそ、代わりの紙（とは「食用紙」といえばいいのか）としてさし出して、あたしは、地獄日記をさし出すの……代用として、と思う。そうよ、ここで思っているのはあたしなの。そして地獄日記とは、9号のそれなの。わかるでしょう？　あたしは馬頭9号だった。所属は「母上」だった。あたしは物を書いたりもする、そんな地獄《ここ》の獄卒だった。わかるでしょう？

その日記帳よ。

さあ、あらゆるノートは食用に足る。より正確には「食べさせる」ためにある。さあ、それじゃあ食べさせましょう。もしかしたら「食べさせる」ことは、あたしが、山羊を飼い馴らすことにも通じているから。このあたし、十歳にも満たないこの小さな人間の女の子が、ほとんど不条理に巨《おお》きな山羊を。けれども想い描けるでしょう？　それに無理だとも思わないでしょう？　無理だとか無謀だとか。事実、無理でも無謀でもないしあたしにはそう言いきれる根拠がある。あたしには馬頭9号の、記憶があるし、その記憶的遺伝があるし、その遺伝的能力がある。あたしは力の抽斗《ひきだし》を開けられる、こんなふうに声に出しながら、「ただの超能力よ」って。さあ。

ノートだ。

あらゆる記述された帳面は、不浄ないきものに処理させるに足る。多少は言い換えましょうか？　あらゆるいきものに、たとえば馬頭の手のうちにあった山羊にも処理させるに足る、そろそろ浄も不浄もないから。

この発言はパラフレーズを超えている。

それでいいの。あたしの馴致は、ほら、始まっている。ムェェェと鳴いている山羊が、食んでいる。このノートの咀嚼！　おまけにこの山羊は、もしかしたら誰が主人なのかを、もう……わかっている。

わかってた？

最初からなの？

再会の時から？

あんたは輪廻を判断できるの？

しかし霊的に断を下す必要はないのかもしれない。理知的な判断《それ》が可能なのかもしれない。あたし、というかあたしたち、邸《やしき》を没収したんだし。あの書斎、所有者といったらあたしなんだし。あの書き物机《ライティング・デスク》、あたしの所有《もの》なんだし。ねえ、そういうわけよ。つまり、そういうわけよ。あんたが食べている日記帳は、あたしが補完している日記帳なわけよ。それを消化するたびに、あんたは再生に走るわけよ。あんたの胃袋が消化《こな》すたびに……でも再生？　これ、ちょっと舌足らずな形容？　あたしには、わからない。けれどもいえるの、あんたの胃袋が消化《こな》すたびに、あんたは世界の様相をしっかりと体現するんだって。「体得する」って言い換えてもいいんだし、「血肉《けつにく》にする」もかなりオーケー。だからあたしは、書いている。

書いたんだし、いまも書いている。

十歳未満の小さな手で――。

小さな指で――。大きなペンで――。

ただし気に入らないこともあった。暦のこと。その年月日の表記のこと。地獄年地獄月の何日であるとか地獄紀元の第何日であるとか、そういう意味合いでの「地獄X日」って、いかがなものの？　だからあたしは地獄七日《なのか》で打ち止めにした。そして、そのページはもう破って与えずみだった。山羊に。

そして、ねえ。

大事なことがある。

日記帳にもページがある。

すると一ページめというものはあって、最終ページもある。つまり地獄日記も、終わるのだ。

絶対に終わるのだ。あたしはこのことを声に出して、言う、むしろ宣言する、「地獄の日々を綴ったこんな日記も、いつかは終わる」って。

ほら、予言だ。

そしてあたしは進んでいる。地道に突進している。気に入らないことはしないほうがいいから、暦には変更を加えている。さようなら、地獄暦。こんにちは、グレゴリオ暦。地獄八日《ようか》というものはあたしに書かれなかった。あたしは異なる日付を挿《い》れて、これは二〇〇〇年七月だった。七月某日、あたしはどうしてだか二十世紀のカウントダウンのための支度に入ったのだ。そして質問です、二十世紀が開幕した日付は、なんでしょう？

一九〇一年、一月、一日。

閉幕する日付は、なんでしょう？

二〇〇〇年、十二月、三十一日。

では、二十世紀は閉幕しましたか？

否——。


七月二十八日。


金属のリングは携帯電話のストラップに通された。

それはきのうのこと。

それは雄鶏のＩＤの足輪だった。

あたしはかつて保護した。いまは足輪に、携帯電七月二十九日。

話が護られる。この生存《サバイバル》のライセンス。この契り。

マシンが自然発火する。あたしたちは作戦を少々変更する。それを指示するリーダーは、あたしだ。あたしは「女の子大佐」でもある。

七月三十日。

あたしよ、書け。

七月三十一日。

山羊は順調に食べている。ところで山羊は反芻動物だろうか？　あたしは山羊に言った。「あんたは再生に走るわよ」と、またもや執拗に。繰り返すことは呪《まじな》いだ。言葉を繰り返すこと。声でも、文字でも。

あたしよ、書け、とあたしは書く。ほら、執拗だ。ビジョンは順調に鮮明度をあげつつある。そろそろ通信を傍受できそう。

そろそろあたしは支度させる。

馬頭9号の備品であるマシンたちは、燃えない。

八月一日。

あたしは通信する。あたしたちは傍受する。

地獄一六〇〇時に「兄君《あにぎみ》」会議を盗む。

会議は「母上《ははうえ》」の回線の盗聴について話していて

あたしたちはロシアの最新動向には食指を動かされない。というか、ロシア？

地獄一九三〇時、あたしたちは発信にも成功した。

保護区とのホットラインは成立。けれども音声のみの回線であってビジョンはない。ふじゅうぶん。

八月二日。

ビジョンに怨嗟《えんさ》。

いよいよ鮮明。

地獄〇八二〇時には眺望展《ひら》ける。

湖がある。湖？

政府のヘリコプターが落ちた。撃墜？

ヘリコプターは編隊ではなかった。一機だけ。

地獄一〇〇〇時、不時着と判明。

乗員たちは生きている。あたしは、
あたしは、
その乗員たちのことを一瞬、ヘリ男《お》たちと書いた。

どうしてだかあたりまえのように。旧知の者のように？　でも保護区とあの政府の関係は、微妙だ。

あたしたちは政府とかかわっていいの？

あたしは悩む。

地獄一五〇〇時、あたしは、
あたしは、
もう一度「ヘリ男」と書いてみる。ほら。

あたしは悩まない。

さらにビジョンの精査。事故は「兄君」のゾーンで起きている。ゾーンで。ゾー。ン。あたしたちは「母上」の回線に乗りながら事故に直接関与している「兄君」の牛頭《ごず》たちの発言まで盗んだ。ヘリ男たちが（そうよ、ヘリ男たち！）そのフルフェースの球状のヘルメットに、いま、きっと、牛頭たちのヨーロッパ牛《ウシ》の系統にあるオーソドックスな牛の顔を映しているのだろうなと見通せる。すると、ヘリ男たちは、その、黒い、遮光処理を施されている球体＝ヘルメットに、結局は牛の顔を宿らせている、わけだ。あまりに驚くべき情景だとあたしは感じたから、あたしたちは揃って驚いた。そしてヘリ男たちが言われている。脅されるように、牛頭たちに、こんなふうに。

「地獄にも住所がある。たとえば地獄の一丁目。ここが地獄の一丁目だ。血の池の、発展形だよ」

あたしたちはゾーンの正確な位置を割り出した。そのゾーンの。ゾー。ン。あたしたちは全員がそこに急いだ。

血の池。そんな言葉では捉えきれない。あたしたちは交戦した。あたしたちは、わかった。あたしたちは「一瞬の捕虜」も確保したから、情報も得た。これは決して池ではない。これは湖である。かつ、この湖には名前がついている。すでに地形として命名されているのだ。これはベートーベン湖と呼ばれている。おおよそ大田区と同じ面積だろうか？　これほどの血の湖をあたしは見たことがないし、あたしたちの一人としてないし、もしかしたら歴史上に存《あ》った日本人の誰も、ない。あまりにも尋常ではない嵩《かさ》の人血がたたえられてしまっている。これほどの、これほどの……。あたしは絶句した。そうして、あたしは絶句して、しかし交戦は已《や》まなかった。あたしは「女の子大佐」として指令を発しつづける。もちろん撃ちてしやまんなんて二重に誤解されるスローガンとは無縁に。

そして血の湖は。

地獄の番犬たちが。ハウンド・ドッグたちが。

犬たちが泳いでる。

泳げるのね。

でも、白い犬も

いまでは血まみれ。

牛頭たちはボートで来た。
燃え盛っている火のボート、
それから
筏《いかだ》。
あたしたちは奪った。
一艘。
三艘。
それから四艘。
水中には死児《しじ》たちがいた。
あまりにも稚《いと》けない
二歳や
五歳や
一歳や。
あたしは泣いた。
どうして死んでいるの？
どうして死んで漂っているの？
この水中を、
この人血ばかりの水中を！
それから

あたしは聞いた、

カプセルが見える、大きな

音楽、

水底《みなそこ》に

カプセル？

お前はヘリ男たちを救出する。実際にはお前たちが助ける。お前には人手があったからだ、「女の子大佐」たる司令官のお前には、部下が。しかもお前たちは単純な人命救助に走ったわけではない。お前たちは不時着している飛行機械も無視しない。ホバリング可能なマシンだ。低空飛行可能なマシンだ。そして地獄用にカスタマイズはされていない、飛行機械だ。一機のヘリコプター。計器類を確かめる。お前がヘリ男たちに確認させる、調整させる、エンジンの回転数も。その間にお前が生きた防壁となって振るうのは超能力だし、友軍と化した炎だ。心理的な火炎である、これは、とかつてお前はそう説明した。そして八月二日のうちに、移動の第一歩は完了する。お前はみずからが主《あるじ》であるところの邸宅に帰還して、それからヘリコプターは、山羊を吊るす。生きているあの巨獣を吊るす、夜を徹しての畜舎の屋根はがしの作業を終えてから、その宙《そら》に。八月三日。お前は言う、「あんた、気分はどう？」と。お前は体長七メートルの山羊が高度おおよそ十メートルほどに浮揚しているのを仰ぎながら、言う、「あんた、これから搬《はこ》ばれるわよ。この地獄から、地獄に陥《お》とされていない首都圏のまっただなかに、都心に。あたしたちの『保護区』に。ねえ、よかったら校庭で飼われない？」と。それから続ける、「それは小学校の校庭よ、その校庭は東京タワーに見下ろされているのよ、ねえ、その校庭に、あんた専用のいきもの小屋を作ろうか？」と。

移動の第二歩が完了する。

それは校庭までの、旅だ。

山羊は蒼空《おおぞら》（とはいえ低みだ）に、機影とともにあった。

お前たちは地表の上と下に、しかし安全とともにあった。

到達した。

これが八月三日のうちの出来事で、お前の日記帳にも認《したた》められている。この行程が。それから三つの、出来事の展《ひろ》がりがある。お前は、一、お前のいう「あたしたち」に事実いきもの小屋を作らせる。それからお前は、二、救出したヘリ男たちとの交渉に入って、これは現実的な側面では政府との交渉なのだが、巨大山羊用に特別にあつらえたヘッドフォン、を用意させる。日本《ジャパン》が誇る軽電機メーカーが協力して、そのヘッドフォンにはSONYのロゴが付いた。お前は誇らしげに言った、「つまりウォークマンね」と。もちろんお前は、三、チューニング機能を要求するのを忘れなかった。脳波に同調《チューニング》でき、さらに保護区じゅうに開設（というか乱立）させたミニFM局の選局《チューニング》が可能なものの組み入れを。そして日本《ジャパン》はナンバーワンだったから、要求は通った。開発は即時、成る。
ジャパン・アズ・ナンバーワン。
そして脳波とは、山羊の脳波《それ》のことだった。
チューニングの一日め。八月四日。
　チューニングの二日め。八月五日。
　　チューニングの三日め。八月六……。

八月六……。

日付が書けない。あたしは、じきに、あの山羊からサウンドをひき出せるはずだった。それはロックンロールであるはずだった。いいえ、こんな仮定めいた書き方は、不用。
あたしたちはロックンロールを聞いた。
あたしたちは山羊のあのSONY、
あのヘッドフォン・ステレオ、
あの特注のウォークマンの線《ライン》を通して、
すでにロックンロールを聞いた。それはチャック・ベリーの、一九五六年のヒット曲『ロール・オーバー・ベートーベン』だった。発表《リリース》の七年後にはビートルズもカバーした、あの『ロール・オーバー・ベートーベン』だった。そんなことがあるんじゃないかとあたしたちは思っていた。あたしは思っていた。なぜならばベートーベン湖は覆されたのだ。あるいはあたしたちは覆したいと欲していたのだ。

あの悲しみ。　　　あの罪。

ロックンロールの力で、それをどうにかしようと。

あたしたちは、

償おうって、

願ったのよ。

あたしたちは山羊のウォークマンに直結している線《ライン》から、アンプリファイアを通して、それを保護区いっぱいに流そうと計画していて。むしろ、

地獄にも。

地獄までも！　　でも、爆発がある。

見える。　あれは、

新型爆弾？

あたしは電話する。あたしは銀鼠《ぎんねず》色のメタリックなあたしの携帯電話をとりだして、さっとコールして、こう言う。「ねえ、たかだか七十七歳のあんた」と。するとストラップに吊るされている金属のリングが、揺れ、揺れていて、あたしは被爆している。あたしは死ぬ。

二十世紀

北米大陸の「鰐力《わにぢから》の探求」

［1］

これは**一セント**と呼ばれた人物の物語ですが、その人物は何人も、何十人もいて、その名前は何度も、何十度もアップデートされます。

［2］

この物語ではロックンロールの前世が問われます。ただし、その前にロックンロールの誕生劇にして「命名劇」をここでは復習《おさらい》する必要があります。それは一九五一年のことでしたし、言い換えるならば二十世紀のちょうど折り返し地点でのこと、そして、この出来事を起こしたのはラジオでした。人物としてはラジオDJのアラン・フリードでした。彼はWJWという放送局《ステーション》に番組を持っていました。そこでオンエアする楽曲はリズム＆ブルース（R＆B）の範疇にとりあえずは入れられるものが過半でした。すなわち黒人音楽です。けれども当時のアメリカには、「一般大衆向けのラジオでは黒人音楽は流してならない」との不文律がありました。ところで、そもそも黒人音楽という括りは何を意味するのでしょうか。じつは録音メディアの登場以来、アメリカのポップ・ミュージック界は二つに画然とわかれていたのです。黒さと白さに。音楽には色彩がともなわれていたのでした。あるいは「音楽は、人種の定義に従属していた」とも解説できます。その規定されているところを越境する楽曲は、考えられていませんでした。具体例を挙げます。黒人たちがプレイするのに白人の若者たちが愛聴するような楽曲は、考えられていませんでした。歌唱法がまるっきり黒人スタイルなのに実際には白人が演《や》っているような楽曲は、想定外でした。では、それらに類したりそれらを予感させたりする音楽《もの》は、はたして一九五一年以前にはなかったのでしょうか。

［3］

あったのです。レコード業界の地勢図はこの頃、いわゆる「黒人市場」のリズム＆ブルースといわゆる「白人市場」のカントリーやブルーグラスに截然《せつぜん》とわかれていたのは事実ですが、そのどちらに入れていいのか戸惑わせるような、すなわち市場戦略を無効にしてしまっている音楽《もの》は、すでに確実に現われ出していたのです。いわばポップ・ミュージック界の悩ましき怪物《キマイラ》たち。けれども名前は……名前はまだ持たず、授けられてもいませんでした。そして名付けられていないものは「非在」にも等しかったのです、市場においては。

ですが、アラン・フリードが出現して、WJWが空気《エア》でプレイして、ここに状況は一変します。

［4］

一般大衆向けのラジオでは黒人音楽は流してならない、との不文律。しかしながら定義するのは言葉です。定義用のツールはたんなる言葉で、そこを操ることは可能です。

伝統的なジャズ、ブルース、それから「人種音楽《レイス・ミュージック》」と蔑称されもするリズム&ブルースだったらオンエアは無理です。が、そうではないジャンル名の音楽《もの》だったら……。アラン・フリードの着眼点はまさにこれで、彼は造語を用いたのです。それら怪物《キマイラ》たちを紹介するのに、新しい名前を用意したのです。ロックンロール。これが、その、造語です。

白人のリスナーたちのあいだで新ジャンル「ロックンロール」の人気は爆発します。ちなみにアラン・フリード自身も白人でした。一九五一年の出来事でした。

［5］

もちろん一九五一年以前にロックンロールという言葉が発明されていなかった可能性はないとは言い切れません。傍証は以下のように挙げられます。それらポップ・ミュージック界の怪物《キマイラ》たちの、曲名、歌詞に、しばしばロック rock やロール roll という単語が現われていたこと。しかしながら、この二つをアンド and すなわち簡略表記のン 'n' でむすんで世間にひろめたのはアラン・フリードでした。白人のラジオDJのアラン・フリード、WJWに番組を持つ彼でした。そのWJWはクリーブランドにある放送局《ステーション》で、港湾都市のクリーブランドはオハイオ州にありました。五大湖の一つ、エリー湖の南岸に臨んでいました。北岸はもうカナダでした。エリー湖とはすなわち地理的次元でのアメリカとカナダの国境でした。この物語ではロックンロールの前世が問われますが、物語そのものはアメリカからカナダへと移りゆきます。北米大陸を流転《ロール》します。かつ肝となるのが前世なのですから、一九五一年のロックンロール誕生にして命名劇からは時期的に先んじた、二十世紀の前半のいずれかの時点から転がります。そののち、二十世紀のその後半のまるまる五十年ほどを転がり切るのです。登場する人物たちの口からは出されることのない台詞、「さあ、やろう。流転しよう《レッツ・ロール》」を合図として。

［6］

これは**一セント**と呼ばれた人物の物語ですが、その人物は何人も、何十人もいて、その名前もアップデートされます。けれども彼らの祖父（祖父としての登場人物）はただ一人です。じきに神話的な父祖として物語に君臨することになる祖父は、摂氏四十度の世界に生きています。この物語の終局に向けての伏線を張るならば、これは摂氏のプラス四十度、決して氷点下のそれではありません。**一セント**の祖父は沼地で生計を立てています。黒人です。ミシシッピ川の河口地帯に、男の子の孫、すなわち**一セント**と暮らしているのでした。河口にはデルタがあります。しかし、説明を足さなければなりませんが、ミシシッピ川には「デルタ」と呼ばれる地域が二つあります。このアメリカ最大の河川は、カナダ国境付近からメキシコ湾まで、国土としてのアメリカの中央部を貫いて流れ、二つの「デルタ」を有するのです。

この物語はどちらの「デルタ」も通過します。

発端、それから発展が、それぞれの「デルタ」にあります。

かつ**一セント**のこの物語の発端部分には、二つの出会いがあります。一つは**一セント**とロックンロールの前世との邂逅、いま一つは祖父と鰐の邂逅《それ》です。この鰐というのがまた、神話的な生《いき》物《もの》なのです。しかしながら種としての鰐そのものに珍奇さはありません。**一セント**とその祖父はミシシッピ川の河口のほうのデルタにあばら屋住まいをし、元来祖父は「鰐爺さん」と渾名《あだな》されていたのです。理由はごく単純、鰐ハンターだったからでした。

［7］

そこはルイジアナ州です。しかし土地にもまた帰属の前世というものはあります。その土地は、アメリカ領になる前はフランス領でした。ナポレオン・ボナパルト（フランス第一帝政の皇帝、「百日天下《レ・サン・ジュール》」でその政治生命を終える）がアメリカに売り払ってしまったのでした。フランスに所属する前はスペイン領で、さらに前はフランスの領有が宣言されていて、それ以前となるといわゆる国家の概念には収まらず、そこからは前世たちですら消失します。が、それでも土地の様相《ありさま》は変わりはしません。現ルイジアナ州のデルタには、あまたの沼地があるのでした。沼はしょっぱい臭いを放っていて、それぞれの沼地にはあまたの鰐が擁されているのでした。こうした様相《ありさま》が二十世紀前半にも継承されます。一セントの祖父はこの世紀の開幕と同時にここに暮らし、鰐の捕獲をその生業《なりわい》としています。鰐、正確には属名「ミシシッピ鰐《アリゲーター》」です。生け捕りにして、皮を売り、肉を売ります。前者はそれなりの稼ぎとなり、後者はささやかなおまけです。とはいえ鰐肉には臭みがないので地元料理《ソウル・フード》のまっとうな食材として扱われ、しばしば唐揚げにされて、あるいは挽肉のソーセージにされてパンに挟まれ、食されます。ルイジアナ州のこれ以外の名物にはザリガニ料理があって、そもそも淡水産の海老であるアメリカザリガニの原産地が、ここ、ルイジアナ州周辺だからで、そのために調理法もさまざまに洗練されて美味、二十世紀末のある統計ではじつに世界の食用にされたザリガニの九五パーセントがルイジアナ州で消費されています。しかし一セントの祖父はザリガニの捕獲業にはあずかりません。ふだん、一日におおよそ十時間はあまたの沼地のいずこかに小舟で浮かび、そっと漕ぎ、あるいはじっと漂っているのですが、退屈しのぎにザリガニ釣りをしたりはしません。そこでは食用にザリガニを獲ることがあるのは鰐、沼のその内側にいる鰐たちのほうであって、外側にいる祖父が獲ることがあるのはザリガニを胃袋に収めていることもある鰐たちに限られたのです。一セントの祖父はそのように、名にし負う「鰐爺さん」だったのです。

　雇われハンターとしても祖父は活躍していました。

　さてルイジアナ州には前世があり、その前世にも前世が、それにも前世がありますから、歳月は堆積しています。前世たちも消滅してしまう始原《はじまり》の時はさておき、デルタのその堆積は修繕を要求します。これをシンボリックに表わしたのが、堤防工事です。また堆《たい》をなしている歳月を寓意的に表わしたのが、肥大する生物《いきもの》です。ある夏に工事があります。前年にミシシッピ川の大洪水が発災して、切迫する需要から実施されている大事業です。ちなみにミシシッピ川は、二十世紀の前半に関して述べるならば一九〇三年と一九一二年と一九一三年と一九一六年、それから一九二七年、一九三七年に異常氾濫に見舞われました。計六度。その由々しき災害のいずれかの年の、翌《あく》る夏です。

神話の薄靄《うすもや》はもう、すでに発端劇から物語を包んでいます。暦（西暦、グレゴリオ暦）はかすんでいて、一九……何年だとは断じません。

しかしながら現実的な可能性として拾いあげられるのは、一九二八年と一九一七年をはじめとする一九一〇年代です。四つの年のいずれか。

二つの出会いはともに名指されないその年にあります。ある夏の、ルイジアナのそのデルタにあります。しかも同じ朝に起こってしまう邂逅です。まずは**一セント**の祖父の側の邂逅《それ》がここに刻まれます。堤防工事の現場に実体的な脅威をもたらしているものは、何でしょうか。沼地に本来的に擁されているあまたの鰐です。大半は作業員たちの手製の罠で捕らえられるか追い散らされるかしていましたが、夏季はそもそも鰐たちの活動期、きりがありません。しかも体長七メートルの人喰い鰐の目撃談も、そうとうな真実味を帯びながら作業の最前線には飛び交っています。これぞ巨大化した生物《いきもの》、実在するならばアマチュアの罠ごときでは対処不可能です。それではどうするか。最前線でリスクあふれる堤防作りに従事しているのは、現場監督を含めて、全員黒人でした。彼らは彼らの同士の「同胞」のネットワークから、その土地に名高き鰐ハンターに声をかけます。ルイジアナ州の沼地にこの人あり、すなわち**一セント**の祖父です。

［8］

あばら屋に現場監督の使者を迎えて、一セントの祖父は静かに問いました。「……人喰い鰐？」

「ええ。もう十三人が、むしゃりと殺《や》られて」

「白人の旦那衆がかい？」

「そりゃあ違いますって。俺たちですよ。いちばん下《した》ぁで骨仕事をさせられてる俺たち、黒いのですよ」

「立派な黒いのばっかりが、かい？」一セントの祖父は、黒人と白人、二つの人種を対比させて沈着に問い返しました。

「ええ。それが十三人も、もう」と現場監督の使者は身を乗りだし、歯軋りせんばかりに言いました。

「なら参じよう」と祖父は言いました。「しかし依頼する側にも覚悟が要るんだが、いいかね？」

「俺にですか？」

「現場の皆《みな》がみなに、だ。こうだよ。人喰い鰐はわしが捕まえよう。もちろん捕まえられる。そうしたらわしは、人喰い鰐を食用の肉として捌《さば》く。その皮は、まあ売れるだろう。しかし肉は、まあ売れんだろう。曰《いわ》く付《つ》きすぎる。そうしたらわしは、それをわしの腹に収めるし、あんたらにもつきあってもらう。あんたらだ。これは、なあ、獲ったもんへの弔いだよ」

「……人喰い鰐を？」

「人を喰らっている鰐のその肉を、わしが、わしらが、あんたらが調理して喰らう。晩餐会だ。

いいだろう？　悪魔も肝を冷やしそうだろう？　これぞフードゥー（綴りは hoodoo で、いわゆるブードゥー voodoo の口語的変形。呪術、黒い魔法のこと）の極みだろう？　どうだね、その覚悟は？」

「あります」と現場監督の使者は、いやだいやだと脂汗を流しながらも、言葉では肯《がえ》んじていました。

一セントの祖父はそんな相手の肩を、ぽん、と叩き、このフードゥーをこなしたら精がたんまり付くわい、至高の晩餐だわいと慰めました。そしてあばら屋を出て、二日後にその堤防工事の現場に到着し、さらに三人の作業員がその巨大鰐の犠牲になっていることを知りました。計十六人。

［9］

一週間後の朝です。**一セント**の祖父は粘っています。それは、その朝です。この物語を出発させる二つの邂逅がいっしょに起きる朝です。祖父はそこにいて、孫はといえばあばら屋に残っています。その孫が**一セント**です。二人のあいだには移動距離でちょうど二日の隔たりがあります。が、どちらもルイジアナ州のデルタ、ミシシッピ川の河口地帯です。

祖父によって刻まれる一つめの出会いは次のような情景から始まります。植物があります。根のところどころに呼吸根（杭状をした気根の一種）を直立させた沼杉《ぬますぎ》が生い茂っています。水面があります。そこはさながら水没した森のような沼地です。小舟が滑ります。網の目のように交いますその小舟に**一セント**の祖父は乗っています。沼杉からは苔が垂れています。苔は、沼地の湿気に養われていて、その湿気は、松蘿《さるおがせ》もどきが編み物のように垂れ下がっています。川獺《かわうそ》がいます。亀が三種類、いいえ、五種類もいます。**一セント**の祖父も包んでいます。猿がいます。水路から水路へ、また水路へと。もちろん**一セント**の祖父は人喰い鰐を探しているのです。その遭遇を心待ちにしているのです。小舟は静かに、気配を感じさせないように進んでいます。水路から水路へ、まいるのです。しかし見出されるのは標準的な、巨大すぎない鰐たちばかり。今朝も、一匹めを無視し、二匹めを無視します。三匹めに体長五メートルはありそうな鰐を発見しますが、日頃の捕獲本能の疼きも抑えて、これも無視します。と、そこからひと瞬《また》きかふた瞬き後です。小舟がドワッと傾きます。いきなり探し求める巨大鰐が浮上してきたのです、人間《ひと》を喰らいに。

発見された三匹めであった五メートルの鰐が、驚き、水中に逃れます。

一セントの祖父は、傾斜する小舟の底を踏みしめて立ち、構えます。

一セントの祖父は縄を投げ、漕ぎ、銛《もり》を打ちます。

入り組んだ水路をどんどん進みます。人喰い鰐との持久戦に入ります。三度、その後ろ肢《あし》と後ろ肢のあいだに銛を突き刺します。発達した水掻きがびらっと踊ります。引っぱったり引っぱられたり、引きずったり引きずられたり、けれども時間帯は朝、よって変温動物である鰐の動きは比較的鈍く、祖父は「わしには是《これ》さいわいの場面だのう！」と言いながら、二時間でこの巨大鰐を消耗させきります。**一セント**の祖父は、勝ったのです。陸《おか》に揚げられると鰐はただちに口を縛られて、それでおしまい。鰐の、その咬む力は凄まじいのですが、じつは口（口と、そこから伸びる吻《ふん》）を開ける力のほうは極端に弱く、上下の顎をきっちり縛《いまし》められてしまうと万事休すでした。どしりとした笑い声がその沼地に響きます。もちろん**一セント**の祖父の沈着きわまりない高笑いです。捕獲をまぬがれた一匹めの鰐と二匹めの鰐と、三匹め、それから多数の鰐たちが戦慄して、川獺も猿も慄《ふる》えます。それから土木技師たちと現場監督と何百人もの人種的同胞たちが待つその週の工事の最前線に戻り、衆人環視のなかで捕らえた人喰い鰐の目方を量ると、これが一〇五〇キロ超、そして体長を測ると、これが七メートルには少々足りないけれども六メートル半。人々は感歎して動《どよ》めきました。

それから**一セント**の祖父は、とどめを刺します。その皮を剥ぎ、その肉を食用にとるために。解体される人喰い鰐の腹中に、じき不思議なものが見出されます。スティールでした。一本の針金でした。内臓器官の二つ三つを串《つらぬ》いて、その針金は現われました。曲がりながらからまりながら、それでも凶悪にのびて。それは鰐の捕獲用に作られた罠の一部で、すなわち、アマチュアによる手製の罠の仕掛けの構成部品で、そのアマチュアとはもちろん堤防工事の作業員たちの、誰か、でした。

［10］

その鰐は一度アマチュアの罠にかかり、しかし逃れました。からまるスティールを咬みちぎり、吻の内側に呑み、胃袋まで嚥《の》み込んで逃れました。けれども自由の身には決してなりませんでした。体内に残る一本の針金の下僕と化して、つねに已《や》まない激痛から凶暴化し、かてて加えて怨みからも人間たちを襲っていたのです。強靭な力で。

〔11〕

そして二つめの出会い、その情景です。

名にし負う「鰐爺さん」の孫にして、いまだ**一セント**という名前を自らに与えてはいない**一セント**が、朝、あばら屋で目覚めます。不思議な歌が聞こえたのです。しかし唯一の肉親の祖父はもう十日ほども留守、かたわらにはいません。だから夢だと思いました。「こんな朝っぱらに歌なんて、あるはずないや」と思い、うつらうつらと半分眠り、夢路《ゆめじ》でそれを聞きつづけました。そう、聞きつづけ……つづけ……その歌はつづいています。**一セント**は「もしかして、払暁《よあけ》の前から?」と心づいて驚き、寝床をでて、その歌に導かれることに決めます。あばら屋は、堤防で囲まれている地域の内側《なか》にありました。高床式の構造で、脚が付いていました。夜はいよいよ明けきっていました。それでも沼地でもっとも害をなす生き物である蚊は、寝ていました。**一セント**はいまだ**一セント**という名前を持たず、年齢も十《とお》になったかならないかの男の子だったのですが、歌声《それ》に導かれ、導かれつづけて、水路に架けられた橋のひとつに向かいます。

そこには橋板から両足をだらりと垂らして腰かける、流れ者の黒人がいました。ギターを抱えています。歌っています。いわゆる破《わ》れ声で、ただ独りの演奏を続けています。

俺は貨物列車に飛び乗った　悪魔といっしょに飛び乗った
あとから犬がついてきた　でかい犬だ　すわ、デカ犬《イヌ》だ

金玉がぶらぶら揺れてるぜ　俺と悪魔は大笑い
俺は貨物列車に飛び乗った　悪魔といっしょに飛び乗った
あとから女がついてきた　でかい乳だ　すわ、デカ乳《チチ》だ
巨乳で俺をばしんばしん　叩いて叱る　叩いて叱る

「あんた、また他の女に手を出したのね！」
「あんた、またどこかの人妻に手を出したのね！」
「あんた、いい加減にしないと、あたしの乳もしなびます！」

俺と悪魔の逃避行　逃げろよ逃げろ　女《スケ》から逃げろ
俺と悪魔の逃避行　デカ犬《イヌ》おっちら　ついてくる
そいつは噂の地獄の番犬　ここらじゃ俺の忠犬なのさ

オゥホ、オゥホ、オゥオオオ……

得体のしれない凄みに満ちた歌でした。地獄の番犬《ヘルハウンド》（たとえばケルベロス。頭が三つで尻尾が蛇の魔犬）が忠犬？　――**セント**は「それってフードゥー？」と圧倒されました。なにより歌が大人

のもの、すなわち卑猥で、強烈で、はなはだしい強度に見合う荒々しさが演奏にはありました。なんたる弾き語りでしょう。なんたる歌詞でしょう。とうとう**一セント**は声をかけます。その、流しのブルースマンに。

「あの、どうしてそんなふうに歌えるの?」

「なんだ?」と酩酊しているブルースマンが答えました。玉蜀黍《とうもろこし》製のウイスキーでほぼ泥酔していたのですが、答えました。「興味があるのか、お坊ちゃん?」

「あります」

「俺の歌がわかるのか、お坊ちゃん?」

「とてもわかります」

「そりゃあ立派だ」と答えたブルースマンの言葉のはしばしに北の地方の訛りがあります。北の土地、北のデルタ。もう一つのデルタです。ブルースマンは、こっちのデルタでの演奏は儲かるわなとニタニタ笑い、ところで俺に寝床は紹介できねえかな、と突然目の前に話し相手として現われた男の子に訊き、**一セント**は、「うちに泊まればいい」と即答します。

「そこに酒はあるかな、お坊ちゃん?」とブルースマンは訊きます。

「あ……あります」と**一セント**は躊躇のあとに答えます。祖父の濁酒《どぶろく》を脳裡に想い浮かべて。これは**一セント**の生涯最初の賭けでした。ばれたら祖父から大目玉を喰らうのは覚悟して、さらに続けたのでした。「お酒をおごったら、歌の秘密を教えてくれる?」

　これこそがその年の夏のその朝の、**一セント**の側の運命的な出会いでした。**一セント**とそのブルースマンの、ではありません。**一セント**とブルースの出会いです。それも本物のブルースとの邂逅です。そして、そのブルースこそはロックンロールの前世でした。

［12］

朝から夕方までの間に教訓が与えられます。一、モジョ・ハンドが必要なこと。モジョmojoとは魔除け、肌身離さず持ち歩かなければならないブルースマンの必携品です。いかに天賦の才能があっても、フードゥーにちゃんと護られていなければ旅回りのギター弾きなんぞで暮らすのは不可能だ、と断じられます。そしてモジョ・ハンドには、たとえば植物の根《ルート》、たとえば黒猫の背骨、たとえば馬の尻尾の毛、蛇の牙、そうしたものが入っていると教えられ、「俺のには地獄の番犬の金玉も入ってらあ」とフランネルの袋を示されて自慢されます。

二、ほんの数ドルあるいは数セントの報酬で、連日連夜、ちゃんと稼いで演奏旅行を続けるためには心構えが要ること。その心構えの実際例。

三、技術は盗まなければならないこと。他人の演奏法、歌唱法は、ひたすら見て学び、盗まなければならないこと。

「盗め、盗め！　教えてもらえるだなんて、お坊ちゃん、夢を見るんじゃないよ！」と濁酒の盃に盃を重ねて酩酊の度を高めるブルースマンが言います。雄弁に「ブルース、これは……これが悪魔の音楽だわなあ！」と断言し、**一セント**を痺れさせます。それから教訓に次いで、実践的なものも。ギターを取り出してボトルネック（bottleneck すなわち瓶の首。金属棒なども代用される）を用いた打奏的な弾き方を実演しますが、しかし、ちゃんと教えているような、教えていないような感じでもあります。

そして教訓の、四、ギターを持たない貧乏人は、身のまわりのもので手作りギター「ディドリー・ボウ diddley bow」を作ること。値打ちゼロの弦楽器、しかし本物のギターの構造を真似れば、しっかり鳴る。

「それで稽古しなさいよ」とブルースマンは教えました。

［13］

夕方、乱酔の極みのブルースマンがついに発ちます。つぎに演奏すべき酒場をめざします。**一セント**は近道を案内します。町に通じている抜け道、との説明ですが嘘です。そこは**一セント**の祖父が設定した一時的な禁猟区で、鰐たちにあふれていて、しかも、鰐たちには生き餌が獲りやすいように「小動物がそこを通ると、地面が沈む」仕掛けを施してあります。季節的には鰐を繁殖させることが、生業そのものが鰐猟である祖父の智慧《ちえ》だったのです。ブルースマンは、三匹の鰐にいっぺんに襲われます。水中に引きずり込まれます。**一セント**はどこにいるのかといえば、沼杉の森のその上部、すなわち樹上にいます。ひそんでいました。手製の釣り道具を手にしていて、初めはブルースマンのそのギターを弦のあたりで引っかけようとし、しかし果たせず、鰐たちの口吻に咬まれてちぎれはじめている生き餌のブルースマンの胴体から、今度は衣服を釣ります。その懐にモジョ・ハンドを秘めた上着を。

脳裡で声がしています。盗め……盗め！

そうしてモジョ・ハンドは獲得されました。**一セント**の、生涯で二度めとなる賭けがもう成功したのでした。**一セント**は思います、僕はこれでフードゥーに護られた。

［14］

さらに**一セント**の教訓の遵守は続きます。その晩から早々にです。例の「ディドリー・ボウ」、さまざまな手作りギターを**一セント**は模索します。弦には梱包用の針金を使いました。試作品の第一号はじつに不格好、第二号もほぼ同等で、しかしながら第三号はそれなりの構造を具えました。ボトルネック奏法にも挑めそうです。ですがこの時点で、弦が不足してしまいます。そしてこの時点で、数日が経過しています。二つの出会いがあったあの朝、祖父が人喰い鰐と邂逅して、孫の**一セント**がロックンロールの前世としてのブルースと邂逅した朝からです。すると祖父が帰還します。そうです、それは必然のあばら屋への帰宅です。**一セント**は、濁酒がしこたま減ってしまっていることを当座は悟られまいと祖父の機嫌をとり、祖父は祖父で、機嫌をとられる前から上機嫌です。「ついに『大きなこと』を成し遂げたわ」と言います。デルタ史上最大といえる人喰い鰐について語り、それを仕留めたことを語り、孫の**一セント**に、勝利の証しを渡します。さし出されたのは一本のスティールです。

〔15〕

巨大鰐の腹中から出現したスティール。それが**一セント**の手作りギターの弦になります。フードゥー楽器の誕生です。祖父は語ったのです、十数人の人間を喰らいつづけて、死神のように暴れていた鰐、最後にはわしに仕留められた体長六メートル半の巨大鰐、いや八メートルはあったな、いや十一メートルだったかな、いいや十三メートルじゃわい、と祖父のその捕物帖は日ごと誇張されて、鰐は神話的な生物《いきもの》となりました。いずれにしても摂氏四十度の、プラス四十度の沼地の世界の、いわば泥の底から顕《あら》われたスティールが、二つめの呪物として**一セント**の掌中に収まりました。**一セント**は思います、僕はまたもやフードゥーに護られた！

呪物の弦を張ったフードゥー楽器を、**一セント**はギター guitar ならぬゲーター gatar, gator と名付けます。あるいはジ・ゲーター THE gatar と呼びます。ただのギター a guitar ではない、ミシシッピ鰐《アリゲーター》 alligator 由来のギターです。そしてジ・ゲーターを改良します。試作品は第十七号まで数えて、これ以降は試作品の域を超えて完成品と**一セント**自身にみなされ、例のスティールはその全ての段階で使いまわされました、弦の一本として。こうして準備は調《ととの》いました。

一セントが、ブルースマンとなるための準備が、です。

そして教訓は続きます。盗みます。**一セント**は盗みます。酒場の裏にひそんで、大人たちの演奏を見て、たまには阿呆な子供のふりをして無料《ただ》で教えを乞いもして、歌とギターのほんの初歩から一歩半、二歩めまで、どんどん技術を盗みます。示された手本は決して無駄にしないで消化し、吸収し、あとは見様見真似で、「和音はこう作るの?」「和音はこう進行させるの?」「歌の節まわしはこうなの?」と、どんどん奮闘します。稽古します。ルイジアナ州の沼地で何時間も、それこそ一日に八時間か十時間か十二時間はジ・ゲーターを爪弾《つまび》いて、しかも懐にはモジョ・ハンド。僕は、フードゥーたちに護られている、本物で大物のブルースマンになれる! その念《おも》いから奮闘を続け、投げださず、じきに自作曲の第一号を誕生させて、それを『鰐殺しブルース』と名付け、そして、この時です。同時に**一セント**は自らに**一セント**というブルースマンらしい洒落た名前を授けたのです。

[16]

それから**一セント**は青年となり、ただちに生まれ育った土地を離れます。北上します。**一セント**は北上します。

めざしたのは二つめのデルタです。

ミシシッピ川には「デルタ」が二つ、あるのでした。この物語はどちらの「デルタ」も通過するのでした。最初はルイジアナ州のデルタで、つぎは……。

ブルースの本場として知られるミシシッピ州のデルタでした。**一セント**たち河口の住人から見れば、北のデルタです。そこは湿地です。ヤズー川やタラハッチー川やビッグ・サンフラワー川といった複数の支流がミシシッピ川に注ぎ込んで、たびたび氾濫した結果、広漠たる湿原が形成されています。その南北の直線距離がじつに三二五キロに及ぶ平坦地が。ここは昔からの農業地帯で、大半は綿花畑で、その綿花畑からブルースは生まれたといわれているのです。厳しい労働作業から産み落とされた、と。

一セントは本物のブルースのさらに深い探求をはじめているのでした。

だから北上します。**一セント**は北上します。ミシシッピ州のその第二のデルタに到達する前に、ニューオーリンズ、バトンルージュ、アンゴラにそれぞれ長めに足を止めて、酒場でブルースを弾いて、歌い、日銭すなわち旅費を稼ぎました。評判は上々、なにしろ不可思議な音色を発するハンドメイド・ギターを携えています。もちろんジ・ゲーターです。共鳴箱《ボディ》が進化し、棹《ネック》が大いに発展し、しかしある一点の素材……呪物のスティールだけは交換されていない二十一代めの完成品のジ・ゲーターです。それは買い換え不可、だから**一セント**のギターが市販品で代用されることはありえず、むしろ**一セント**は楽器職人か自動車整備工なみに手製技能を磨きました。

ジ・ゲーターは唸りました。

実際に作用するのはハンドメイドならではの一種の欠陥構造と、その短所を長所に変える**一セント**の調整の腕前と、欠陥構造ならびに調整に合わせた独自の奏法です。ジ・ゲーターは、七代めから喘ぎ、ささやき、すなわち新鮮に響き出し、十二代めを過ぎてから咆《ほ》え、そして、とうとう唸りました。

さあ、もっと北上です。その間にも**一セント**は、ニューオーリンズとバトンルージュ、それからアンゴラの酒場で共演者たちの技術を盗み、それぞれの手練《てだ》れの早業を盗み、ファルセットの歌唱法すらも見事に使いこなせるように修練に励み、それをジ・ゲーターの唸りに適合させます。

驚異のブルースを、ものにし出すのです。

［17］

さあ、二つめのデルタ。

ミシシッピ州のデルタのその南端で、ついに**一セント**は腕試しに臨みます。なにしろ本場です。小さな港町でした。ミシシッピ川沿いの小さな貿易港でした。**一セント**はステージを探しました。酒場での演奏の機会が与えられました。**一セント**の演奏の一曲めで、客席は騒《ざわ》つきました。二曲めで、喝采があがりました。三曲めでは信じられない喝采があがりました。「そのギターの響きは、いやぁ、どうなってる?」「あんたの歌は、本当に、本当にブルースだ!」等の反響、大反響。**一セント**にはあまりにも意外、予想外でした。いきなり北のデルタ入りの出発点で認められてしまったのです。待ち望んでいたと同時に畏れてもいた本場で、演《や》った途端に本場の側を畏れ入らせてしまったのです。**一セント**は、啞然とします。「本物のブルースを探求に来たら……」と**一セント**は現状を反芻します。「……僕のほうが本物のブルースだって、こう請け負われたのか?」

評判はたちまち評判を呼び、土曜日の**一セント**のステージはつねに満杯、数週間後にはひと晩に数軒の酒場をかけ持ちします。**一セント**は、その小さな港町で名士になります。稼ぎが増します。ついつい酒と博奕《ばくち》にもはまります。もちろん女には不自由しません。それから熱心なファンにも追われます。こちらは男たちです。彼らは「天才だ、あんたは天才だ!」と褒めそやし、この町での**一セント**の取り巻きになります。**一セント**の気分も悪いはずがありません。そして、自分とほぼ同年齢の、もっとも**一セント**に心酔している若者とは連《つる》むようにもなります。

ある時からは、ついつい秘密も漏らしてしまいます。

「僕がこれほどのブルースをものにできているのはね、フードゥーが効いているからだよ」

「えっ……」

「二つのフードゥーがね、僕をねえ、天才のブルースマンにしているんだよ。一つはね、地獄の番犬の金玉が入ったモジョ・ハンドでねえ」

「ええっ……！」

残りの一つはジ・ゲーターだよ、と説きます。そして魔力の由来、弦に用いているスティールの来歴を物語ります。それは真実なのに、誇張されていて、だから人喰い鰐は神話的な生物《いきもの》で、しかも**一セント**はジ・ゲーターの奏法まで、その若者のまぢかで、目の前で、披露します。教えを垂れるのです。実演してみせるのです。

そんな日々が三週間ほども続いて、連れの若者は霊験あらたかな二つのフードゥーの虜《とりこ》となり、それらを**一セント**から奪う計画を立てます。しっかりと練ります。

［18］

計画は実行に移されます。泥酔させられた**一セント**が、ミシシッピ川で溺死します。モジョ・ハンドとジ・ゲーターは**一セント**の連れであり一番の取り巻きであった若者が獲ます。もちろん若者は、**一セント**から伝授されたジ・ゲーターの独自奏法を練習します。殺人に手を染めることと引き換えにしたのですから、なにしろ凄まじい執念です。技法を、磨きに磨き、そしてデルタ南端のその港町は出ています。逃亡のために旅立っています。人殺しだとばれたら大変だからです。この逃避行のさなかにも日々、一日十数時間は修練が続いて、半年後、若者はもっと北東のデルタの田舎町に現われます。違う名前となって、現われます。もう一人のブルースマンとなって。その名も**ニセント**です。

［19］

ニセントはその町を騒然とさせます。不思議な手作りギターを抱えていて、それが摩訶不思議な音色をぎゅんぎゅん発するものですから、聴衆は度肝を抜かれます。最初の酒場のその一回めの演奏から、そうでした。たちまち**ニセント**は町の名士となります。ほんの数度のステージでそうなります。背景には「**一セント**という天才ブルースマンがどこぞの港町にいた」との認識も働いています。そうなのです、噂が、ブルース愛好家のあいだに滲透していたのでした。実際、**一セント**を目にした者もいましたが、そうした人間が、

「あんた、改名したのか？」

とニセントに訊ねると、

「僕は出世したんだよ。だからね、もう**一セント**じゃないんだなあ。**ニセント**さ」

との自信たっぷりの回答が返り、疑われもしないのでした。その動揺なき口調のみならず、別人のはずはないと思わせる凄すぎる演奏がそうさせるのでした。名士となった**ニセント**のまわりには取り巻きができ、**ニセント**はそうして熱心なファンにちやほやされて、あまり年齢の違わな

い若者を第一番の連れとして、それから、ついつい秘密を語ってしまいます。二つのフードゥーに関しての、してはならない告白、長い物語。そこには「鰐爺さん」と呼ばれる祖父がいて、興に乗った**二セント**のジ・ゲーターの実演もひき続きます。その奏法の解説付きの、まるっきりの個人レッスンが。もちろん連れの若者は、二つのフードゥーを「ほしい、ほしい！」と熱望します。が、ひそかに。

〔20〕

また殺人者が生まれます。そして半年後に、デルタのもっと北西の田舎町に**三セント**と名乗るブルースマンが現われます。

これは因果応報です。これが因果応報なのです。そして、繰り返されます。ヤズー市《シティ》では**五セント**でした。グリーンビルでは**六セント**でした。リーランドでは**八セント**で、インディアノラでは**十セント**。グリーンウッドでは**十九セント**でした。それからメリーゴールド、シェルビー、ダンカン、クラークスデール、コーホーマに、**二十五セント**やら**三十四セント**やら**五十七セント**やらが現われました。数年どころか十数年かけてアップデートされる名前の人物は北上するのです。デルタ地帯をふらふら、ふらふらと西に東にさまよいながら。しかし大局的には一貫して北上しているのです。やがては名前も出世魚（成長するにつれて和名を変える魚。たとえばスバシリからイナ、ボラ、トドとなる鯔《ぼら》の類い）のように変えれば顔も変える集合的人物として、ミシシッピ州のデルタのブルース界に知られるようになります。一種の神話です。これもまた神話なので、す。だからこそ突拍子のなさや法螺《ほら》っぽい展開が受け入れられ、そして二つのフードゥーがあり……ジ・ゲーターの起源の物語はいっそう肥大化を続け……いっそうの蠱惑を発して……何人もの、何十人もの若者がこれらのフードゥーの虜になり、人殺しに手を染めます。

そして、さあ、もっと北上です。

一九四一年までは北上しました。

［21］

断じられる年が挿入されました。一九……何年と。

歴史は決定的に動いたのです。日本が真珠湾を奇襲し、アメリカが全枢軸国（日本、ドイツ、イタリアを中心とした諸国）に宣戦布告したのが一九四一年でした。流しの黒人ミュージシャンたちに従来どおりの自由はありませんでした。みな、兵役に服さざるをえず、するとジ・ゲーターを抱えて名前をつぎつぎアップデートさせる天才ブルースマンはどこかで、デルタの北側のどこかで消えてしまいます。しかも半年後に現われたりはせず、何年間も。そうして再び姿を見せたのは一九四五年で、そのブルースマンは**一ドル一セント**と名乗っていました。

彼は白人でした。

〔22〕

一九四五年から一九四八年まで。

一ドル一セントはテネシー州のメンフィスに出現します。そこはこの物語の二つめの「デルタ」の北端、州境にあり、すなわちミシシッピ州のデルタが終焉する土地に建てられた大都市でした。モジョ・ハンドを懐にしまい、腕にはしっかりとジ・ゲーターを抱いた軍隊あがりの**一ドル一セント**は、一九四五年の十一月十日にメンフィスの場末の酒場で初めての演奏を行ないます。兵役中、彼が国内勤務地のシアトルで黒人ブルースマンと親交を深めていたことは明かされず……。そして、大喝采でした。白い《ホワイト》ブルースマンとして注目を集めました。一九四六年から一九四七年、しかしながらブルースの本場であるはずのメンフィスでも「ブルースが時代遅れになっている」ことを敏感に察知した**一ドル一セント**は、流行《はや》りのリズム&ブルース、がつんとビートが強化されてコンボ（小編成のジャズ楽団）演奏される人気の大衆音楽に転向します。そこには苦渋の決断もありましたが、R&Bもとりあえずはブルースです。名前にまだ、ブルース、があります。一九四八年、**一ドル一セント**にはレコーディングの機会が訪れ、SP盤を四枚連続して吹き込みます。そのジャケットには写真を用いて、すなわち、**一ドル一セント**は顔を固定します。もはや**一ドル二セント**や**一ドル三セント**にはならないのです。名前も顔も、変わらないのです。もう変わらない、変えられない、集合的人物ではない……。おまけに一九四八年の十二月三十一日、**一ドル一セント**はニューイヤー・イブの演奏会で熱狂したファンに揉みくちゃにされて、舞台衣裳のネクタイ、片方のシューズ等の私物を奪われました。そしてモジョ・ハンドも奪われました。

一九四九年から一九六〇年まで。

何かが終わってしまったところから始まりました。フードゥーは一つっきりです。**一ドル一セント**は丸二年間というもの意気消沈しています。一九五一年、しかし転機が訪れます。第一に、残された愛情を全部ジ・ゲーターに注げばいいのだと**一ドル一セント**は達観しました。そのハンドメイド・ギターはあまりに年季が入りすぎていて、言葉を換えればガタがきています。そこで**一ドル一セント**は手入れをします。軍隊時代、みずからライフル銃を分解して掃除し、組み立て直していたのと同様に、丁寧に状態を確認します。ほとんどジ・ゲーターを癒してやるのです。それから第二、これは一九五一年の秋、十月六日の夜でしたが、部屋で流していたラジオから数曲の黒人音楽が流れて、その合間合間にＤＪが「ロックンロールを楽しんでるかい？」と連呼しました。その新しい言葉、そのジャンル名。そこにはブルースのブの字もないのに、けれどもオンエアされているのはあきらかにＲ＆Ｂです。**一ドル一セント**は天啓に打たれます。これだ！　黒人音楽から黒人用のレッテルを剥がすために……便宜的にロックンロールと名付ける……これだ！　そうです、**一ドル一セント**は理解したのです、「白人が黒人の音楽を演《や》る、それがロックンロールなのだ」——と。そして愛しげに愛しげに胸先《むなさき》にかかげたジ・ゲーターに向かって、「つまりさ、話を端折《はしょ》っちゃうとさ、お前がロックンロールなんだぜ、ベイビー」と囁きます。

一九五二年、**一ドル一セント**はシカゴで再起を図ります。テネシー州のメンフィスからイリノイ州のシカゴまでは、イリノイ・セントラル鉄道でたった一本でした。ひたすら北上するだけ。一九五三年から一九五五年にかけては、**一ドル一セント**は『ロック・ジ・アリゲーター』と『ドライブ・ディス・アリゲーター・ハイウェイ』と『ゲーター・ゲーター・ゲーター』という超《メガ》ヒットを出します。どれもロックンロールでした。唸りをあげるジ・ゲーターの音色がそもそもロックンロールでした。色即是空ならぬ音即是ロックンロール、空即是色ならぬロックンロール即是音。そして一九五五年にはハリウッド映画（上映禁止運動まで起きた『暴力教室 Blackboard Jungle』。主題歌はビル・ヘイリーと彼の彗星たち《アンド・ヒズ・コメッツ》の『ロック・アラウンド・ザ・クロック』）が火付け役となったロックンロールの社会現象化があり、その波に**一ドル一セント**は完璧に乗りかけて、けれども一九五六年にレコード会社の幹部連と衝突。これは、プロモーションの写真撮影に「爺《じじ》むさいギターを持たないで」と命じられたからで、ジ・ゲーターと一心同体の**一ドル一セント**は当然反撥、新曲のリリースが滞り、そうこうするうちにロックンロールの人気そのものが下火となります。一九五七年、一九五八年、一九五九年……。**一ドル一セント**はレコード会社との契約を切られています。ところでシカゴという街は、ミシガン湖の南西岸に臨んでいます。そしてヒューロン湖を抜けた向こう岸は、カナダでした。一九六〇年に**一ドル一セント**はカナダで再起をめざすことに決めます。そうです、さらなる北上です。

一九六一年、物語はアメリカからカナダまで流転《ロール》します。北米大陸をごろごろと。

［23］

一ドル一セントからみればロックンロール後進国であるカナダで、彼はひと旗あげようと企み、挫折します。あるいはジ・ゲーターの量産コピーを製造し、それらのライセンス料で生計を立てようとも実際的に目論みますが、協賛社も協賛者も得られません。当時、十の州と二つの準州から形成されていた連邦国家のカナダで、**一ドル一セント**はオンタリオ州のトロントにいたのですが、この都市でわずか一年も凌げません。そして一九六一年十二月、彼はここ最近の日雇い仕事の上役であるポーランド系移民のカナダ人に、ほとんど二束三文でジ・ゲーターを売ります。法螺話にしか聞こえないジ・ゲーターの由来を語って、どうにかこうにかお情けで買ってもらうのです。

こうして、**一ドル一セント**はそのフードゥー楽器を手放して、フードゥーには護られない身となり、当然のように**一セント**からアップデートされてきた名前も失います。

この物語から主人公が消えます。

〔24〕

トロントはおよそ七、八十の民族が同居する移民都市でした。そもそもカナダが世界的にも稀にみる移民大国でした。ジ・ゲーターの買い手は、しかしポーランド系移民のその家では初代でした。ジ・ゲーターは骨董品《アンティーク》にもならない「爺むさい」ものですから、ただ物置に押し込みました。一九九一年、この買い手の孫にあたる若者が、同年のエストニアとラトビアとリトアニアの独立宣言に刺激されて、二十世紀の歴史、それから父祖の地に思いを馳せます。そうだ僕はポーランドに行こう、と決意します。いまは亡き祖父は大西洋を渡ってきたのだから、やはり船での旅を敢行しよう、ともロマンティックに決めます。「とすると、おじいちゃんの遺品も数点、携えたいものだな」と輪をかけたロマンティックさで思いついて、物置を漁り、いかにも古びた楽器を発見します。

「これはポーランドの民族楽器だね、うん」とジ・ゲーターに向かって言います。

ケベック州のその州都ケベックが、大西洋航路も持つ港湾都市でした。客船の待合室で、そのポーランド系移民三世の若者はトイレに立った魔の数分間で置き引きに遭い、チケットと現金を奪われます。ほぼ無一文になります。しかし、祖父の遺品は盗られずに残ります。他には衣類その他を入れたスーツケースも。「これは天啓なのだろうか？」と若者はロマンティックに懊悩します。さらに意を決して、ここケベックで、港湾労働の日雇い仕事を見つけてでも旅費を捻出し、かならずいつか父祖の地ポーランドに渡ろう、あのポーランドの民族楽器とともに、と考えます。

一年後、移民三世の若者は紆余曲折を経てニューファンドランド州にいます。聖《セント》ローレンス湾口のニューファンドランド島、そこは北米大陸の東端です。大西洋に面していて、ヨーロッパにはいちばん近いのです。それから港で「氷山を獲る仕事」というのを得ます。氷河から生まれる氷山には一万年以上前の水が詰まっていて、それは火酒《ウォッカ》の原料であり、ブランド物のミネラルウォーターにも化け、ようするに非常に価値あるものなのです。ただし、氷山は州政府の管理下に置かれていて、獲るにはライセンスが要ります。若者は、闇の商売《あきない》の作業船に乗り込みます。クレーン付きの作業船はラブラドル半島の海をめざします。

北です。もっと、もっとと北上しました。

氷山には海豹《あざらし》が乗っています。水温は摂氏プラス一度あるかないかです。そして船は、荒れた海で事故に遭いました。無数の氷山群に、真夜中、レーダー装置の不備から衝突してしまったのです。転覆しました。移民三世の若者は全財産をそこに積んでいましたから、彼の荷物も。バッグの類いは海中に投げ出された衝撃で、開きました。

［25］

一九九九年四月一日、カナダに第三の準州が生まれます。この極北の自治州はヌナブットと命名され、イヌイット語で「我らの大地」という意味です。住民の八〇パーセント以上が先住民族のイヌイットです。かつてEナンバー（エスキモー番号）をカナダ政府につけられ、同化政策を強いられていた人々でした。その人々が、事実上の独立を果たしたのです。イヌイットは、黒人でも白人でもありません。モンゴロイドに属していますから、人種的な定義では皮膚の色が広義の黄色《イエロー》、すなわち黄人、黄色人種です。

スノーモービルに乗って狩猟の旅に出た少年が、摂氏マイナス四十度の氷原に、孔《あな》を……海豹の呼吸孔を発見します。

二時間、その白い大地にイヌイットの少年は粘って、大きな老いた海豹をライフルで仕留めます。一発で。伝統の流儀どおりにその場で腹部を割《さ》き、獲物の解体に入って、すると少年は摩訶不思議なものを見出します。一本の針金です。スティールがその海豹の内臓器官を串《つらぬ》いて現われたのです。曲がりながらからまりながら、錆びて、それでも存在を主張して。少年はその瞬間、おかしな閃きに襲われます。「さあ、僕がロックンローラーになろう」と。

こう思ったのです、僕がこれを継ごう、と。

第六の書

秘経　ジャパン・アズ・ナンバーワン三部経

コーマW

面会

人種の定義とは何なのか。

大雑把には皮膚だと私は考える。モンゴロイドのそれの広義の黄色《イエロー》、コーカソイドのそれの広義の白色《ホワイト》、そしてニグロイド……。この地上の三大人種として黄人と白人と黒人がいるのだ。それらが衆生なのだ。

もちろん衆生とは、仏教用語にいわれるところの迷える人間、あの六十万人の全人類だ。もちろんこの分類は大雑把すぎて、私を呆れさせるところがないとはいえない。だが皮膚の色以外にどのような分類の手段が「より有効」だというのか？　たとえばコーカソイドはその大半が二重《ふたえ》の目蓋《まぶた》を有しているのだという。が、私もそれは二重だよ。そして私は、モンゴロイドだ。

――それは「日本人だから」か？

定義するその根拠が国籍に移りそうになって、私は自らを押しとどめる。

ここでの問いは、無国籍だ。

人種の定義を皮膚の色彩（すなわち体表における色素の沈着度）とした時に、ある懸念を私は持つのだ。それを私は大雑把だと断罪したのだ。なにしろ私は、ここにいるのだから。この病室のこの病床に横たわる彼女を、こうして訪問しているのだから。そして、多少のイマジネーションを駆使してほしい。たしかに彼女の全身の皮膚《そこ》で血色は維持されている。循環機能は活きている。そのために彼女は「広義の黄色《イエロー》」の皮膚を保っている……。

そうなのだ。いわゆる日本人以外のモンゴロイドのことは私はわからない、すなわち東アジアの住人たちのことしか例に挙げられないのだけれども、私も含めたこうした人類が、たとえば体温を落とし、たとえば心臓の働きを弱らせる等して血行を不活性の状態にすると、どうなるか。

蒼褪《あおざ》める。蒼白の様相を示す。

――蒼白、まさにこの日本語表現に孕まれている、蒼さと白さ。

たとえば〝死〟に瀕している日本人の顔面は、しばしば白いよ。

私たちはコーカソイド＝白人でもないのに、その〝死〟の前後、広義の白色《ホワイト》をこの皮膚に獲るよ。ねえ、あの皮膚の色彩での人種判断は大雑把すぎないか？

そして……そして私は。

彼女がその白さをまとわないようにと、懸命に祈り、物語る。それが私の面会でもある。「面会」というこの行為でもある。語ること、ロックンロールの物語をすること。ここにひたすら眠る女性が、より反応するように、反応するようにと求めること。生《せい》に接近するようにとひたむきに望むこと。すなわち〝死〟の肌色よりも――生気を！　そのための六つの大陸と一つの亜大陸、ロックンロールとして投与される六足す一、七。あの六道《ろくどう》に何かを足されたような……七。七部作だ。

大陸の（大陸と亜大陸の）七部作だ。

そして……そして二十世紀の。

私はさきほど黄人がロックンロールを獲得する物語を、急いで紡いだ。ある疾走感をもって。流転《ロール》を体現するような形で。この、生命維持の装置に囲まれる病室《ここ》の彼女を前にして、そうした。私はさっきから〝黄人〟と言いきっている。それが日本語の体系内では是認されていない幽霊語であることを私は自覚しきっている。私は全然かまわない。この私が幽霊、すなわち「面会」するゴーストなのだから！

大声で繰り返そう。こうだ。

――私は黄人だ！　私は黄人だ！

そして私は、彼女を、ここにひたすら眠る彼女を黄人のままに維持したいと思う、語り手《ナレーター》だ。物語る者だ。私はしかし私自身を描写はしない。そうした自意識は私にはないし、私は外側から私を眺める視点《め》も持たないのだ。俯瞰も浮揚も（幽体離脱的な浮揚《それ》も）できない。しかし彼女に対してはもちろん違う。私は彼女の顔色を観察して、いつもいつも血行すなわち皮膚の色彩を確認して、それから呼吸《いき》も見る。胸部の動き――上下すること、し続けていること――を見る。そして、これは性的な視線《まなざし》では全くないが、乳房のフォルムを見る。病床に置かれつづけることで、ふくよかさを欠いただろうか？　痩せて、そのことが聖痕《せいこん》を刻んだだろうか？　いいや、影響はあったが最低限のフォルムをうしなわせるまでではない。しかし円《まる》みはむしろ鋭さに、ぎりぎりの形状に取って代わっている。たぶんアルファベットのUを二つ連ねるよりも、凝縮されたWだろう。空間的にも肉の豊饒さを削がれたWだろう。

——それから私はおかしな問いに囚われる。「W? それは何の頭文字《イニシャル》だ?」と。

ウーマンWomanだ、と思う。いや、何者かWhoと訊いているのか?

それとも……それとも。

ウォーWarと私は思う。すなわち戦争、と。すなわち二十世紀……とも? 私はそれから、
こんなふうにも連想的に思うのだ。「コーマW、戦争の眠り」と。

浄土前夜

とうとう塾生たちも出陣します

少女の来世――。

その東京が被爆して、黒い雨が降る。それから、どれだけの人間が死んだのか。推定死者数は五万人、感知されたのは熱線と衝撃波、爆風だった。五万人の死者のうち、「即日死亡」はほぼ九割に及んだ。新型爆弾は炸裂したのだった。説明は不要だろうが、放射線は感知されなかった。人間の五感には捉えられないから。しかし雨は目に見えた。黒い雨は降ったのだ。

　傘をさす者はなかった。

その東京はパラソルを知らなかった。いかなるコンビニエンス・ストアにもキヨスクにも売られていなかった。

　たぶん何人かは転生しただろう。もしかしたら何千人かが、か？　しかしながら誰がそれを確かめられる？　何千人もの転生を確認しうるような複眼を人間は持たない。人間は持たない、ということは神は持つのかもしれないが、複眼の神の図像は（たとえば広義のヨーロッパの）一神教圏では普遍ではない。けれども神でないものならば、どうか。仏ならばどうか。そもそも多頭の仏像は三つ以上の眼《まなこ》を持つのではないか。たとえば十一面観音は、その脈絡において複眼ではないのか。

この問いは、ここで途絶する。中断する。その東京の被爆と、その後の転生に関して、ただ一人の視点でしか描写はなされないからだ。すなわち語り手《ナレーター》は神でもなければ仏でもないからだ。あらゆる書物は人間の手で書かれた。そして、人間の手で書かれた書物《もの》が人間たちに読まれている。これが事実であって、ここにしか事実はない。ここにしか真相はないのだ。断じよう、あらゆる宗教の聖なる書物が、結局は人間の手で書かれた、と。歴史はこの「秘められた真実」を無視しない時にのみ、幾つかの扉を開く。

だが、まずは、一人の男の目覚めだ。

その男は目覚める瞬間に生まれるみたいだと感じた。そんな感触《てざわり》をおぼえるのは初めてだったので戸惑った。……生まれる？　……俺が？　本当は驚いていたのだが、その男には驚きを自覚する余地がなかった。ただ、その男はこうは思考を閃かせた。目覚めるたびに「生まれた、生まれた」と思う人間には憩いというものはないだろう、あまりに大仰だから、そうだろう、と。そして、こうも考えを足し添えた。そのような輩《やから》は修行不足だ、睡眠がそうした胎児の様態のメタファーとなってしまっては、毎晩おちおち寝てもいられない、だいいち、叩き起こされたらどうなるのだ？　妊娠三十七週未満での出生に擬《なぞら》えるか、やはり？　すなわち揺り起こされるたびに早産の危機に見舞われるのか？　ああ、修行不足だわい！　その男はそして、憩いを持て、と断言した。そうだ、その男は事物を断じながら目覚めたのだ。声に出して——。

「どうして然《さ》ばかり中途半端をする？　毎度毎度、おぎゃあと生まれるつもりか？」

否、と男は思った。

男は念じた。

双眸をカッと見開いた。

「我、ここに再び生まれけり。しかるに我は嬰児《みどりご》にあらず。呱々《ここ》の声は発さず。ならばいざ、この現身《うつせみ》に六つの生《せい》をば受けよ。その果てに我、七人《ななたり》め也《なり》」とお前は言った。

お前、とその男に呼びかけよう。なぜならば文体は黙示録的な響きをおのずと帯びるし、それは、その男に、お前にふさわしいからだ。お前には黙示録がぴたりと映《は》える。おまけにその東京は、ついに被爆して黒い雨を降らせたのだ。これを黙示録といわずして、何を「それだ」という？

あらゆる死者がこの文章を否定しないだろう。お前は目覚めた。

「ふぅ」とお前は言った。「俺は記憶を失わなかったか」

すると俺は肥っているはずだ、でっぷり肉《しし》が付いているはずだ、樽のように下腹が出ているはずだ、とお前は思う。両手に視線を落として、事実を確かめる。太い腕、厚みのある左右の手のひら。ほほぉ、使い込まれた軍手《グローブ》だな、とお前は感心する。お前はお前自身の肉体に（その身のことをお前はさっき「現身《うつせみ》」と形容した）、しっかりとした年季を感じる。年古《ふ》りていると感じる。それはそうだろう、とお前は思う。俺は、七十七歳のはずだからな、頭もすっかり白髪のはずだからな。

さて、ここはどこだ？

「この老人の声を、耳にしている者はいるか？　ここはやけに暗いが」とお前は問う。

ただちに若い応《いら》えがつぎつぎ挙がる。

「おります、塾長」

「墨を流したような暗さは、鉛板のためであります」

「鉛板が遮光《それ》をしているのです、塾長」

「窓際で」

「壁際で」

「そうか」とお前は言う。「この教室はそれなりに爆心地に近かったか」

「はい、塾長」

「そうです、塾長」

「押忍《おす》、塾長」

お前は、そうして連呼される肩書きから、抱えられたあらゆる記憶の連続性というものを確信する。塾は存在する、その長《おさ》として俺がある、俺がいる、この俺は七十七という齢《よわい》を一歳分だろうと二歳分だろうと越えていないし、むろん〇歳児《ゼロ》にも戻らなかった。言い換えるならば〇歳児をやり直さなかった、パラフレーズするならば……。だとしたら、とお前は思い、「だとしたら」と声に出す。

「だとしたら、何なのでありましょうか、塾長？」

「いっさいは続けられなければならない」とお前は断じる。

応答していた若い声たちが、黙る。

「続行だ」とお前。

若い声たちが、塾生たちが、さらに謹聴のモードに入る。

それからお前は、言うのだ。みずからに対する戒めも込めて。「授業を再開すると、するか」と。


いっせいに敬礼する音がした。塾生たちは数百人はいる。きっと丸刈りで、きっと戦闘服に身を包んでいて、きっと塾長のお前に口答えする者などいない。殴られれば押忍と言い、蹴られても押忍と答える。そして、お前はその信頼を裏切ってはならない。もはやその東京の希望は、お前なのだ。さあ、もっと目覚めろ。さあ、もっとカッと双眸を見開いて、もっと。

お前は見据えろ。そこに闇しか見えないとしても。これはお前のための授業でもある、老人よ。


「少し……少し整理しよう。俺のこの記憶を少しばかり、交通整理しよう。危ういところでこの爺が、おぎゃあと喚《わめ》きながら生まれるところだったからな。誕生のパラフレーズとしての起床を実際に為すところだったからな。いや、それを回避したところで、今度は俺は、女のように語りかねなかった……。しかも幼い女の、十歳にも満たない女《め》の童《わらべ》の。まあ、それでも八歳は超えていただろうが。

ふん。これは要らん解説だったか。

見た目の齢《とし》のことなど。

しかし言っておこう。俺は『女の子大佐』ではない。

俺はそのように記憶に惑いを持つことはない。

その『女の子大佐』がいて、ほかに俺には、遡る五つの生《せい》が感じられるとしても。

さて……さて。言っておこう、子供たちよ。

塾生たちよ、子供たちよ、言っておこう。

俺は、俺だ。

すなわち俺はたかだか七十七歳だ。

ぞろ目の年齢だ。わかるか？　七に重ねて七、そして、ぞろ目で停まった。これを少し……少し整理しよう。貴様たちは一名として転生しとらんだろうから、理解がやすいように説こう。この俺が、だ。いま、まさに輪廻の証人とあいなった俺がだ。貴様たちよ、塾生たちよ、ああ、子供たちよ。多少の記憶の混乱は俺にもある。やや錯綜していて、そうだ、俺の記憶はアナーキーだ。たとえば銀鼠《ぎんねず》色の携帯電話をとりだして、あの瞬間に、俺に電話をかけたのは俺ではなかったか？　あの瞬間、……あの爆発の瞬間。俺はたしかに俺にコールしたのだった。そのコールの応答《レスポンス》として、俺は、俺は……。

この感情は奇妙だな。

より丁寧に言い表わそうか？　この感情は、珍妙だな。

俺の内側で、ふいに鶏的恐怖が湧きだしそうにもなるよ。しかも白色レグホンと特定される鶏の、恐怖《それ》だ。

俺たちには出口がない。

この世界は停滞している。

聞け、貴様たちよ、俺の塾生たちよ、子供たちよ。しかしながら死んだものはこの世界にしか生まれ変わらない。死んだもの、あらゆる生命体が。ただ一種類の鎖《とざ》されたここにしか。つまり、そうだ、この停滞した世界が……檻なのだ。

わかるか？　檻なのだ。不可視の金網に囲われたケージだ。

牢獄なのだ。

しかも獄卒たちがいる。いるぞ。

そうだ、贖罪がない。否、救済または解脱《げだつ》と言い換えようか？　なにしろ閉じたこの世界にしか再度の生を獲得しえず、かつ、領土はその獄卒たちに初めから包囲されていて、縮小を強いられつづけている……。その果てにあるのは、消滅だ。

そうだ、わかったな、子供たち？

すなわちここは、その閉鎖した世界の内側に、地獄をも内蔵した東京なのだ」

お前は続ける。が、その前に多少の余韻にひたる。お前は、お前自身の整理に驚いている。記憶とその世界観の交通整理に。別世界の地獄を用意せずとも、すなわち六道のうちの一つである地獄道に堕ちずとも、すでに地獄を内包した大都市《メトロポリス》？

「さて、それで……」とお前は言う。「もう少し……もう少し、ちゃんと思い出そう。たしかにここが東京であることが重要だからな。これが空間的な座標を示した。が、時間的にはどうだ？

子供たちよ、時間的な座標は？

しかしながら子供たちよ、塾生たちよ、俺の優秀な教え子たちよ、わかっているだろう。時間的な座標《それ》は、二十世紀だ。しかも二十世紀末だ。永続するミレニアム……。

この東京では二十世紀は終わらないのだ。

しかも、日本という『国家』の二十世紀を引き受けて、終わらないのだ。この東京こそが二十世紀の日本の万事を引き受けているのだ。万事を、全部を。

言葉を換えようか？　子供たちよ、パラフレーズしようか？　この東京こそが二十世紀の日本の万事を引き受けているのだ。万事を、全部を。

さあ、これで俺の年齢がぞろ目の七十七から一歳分であろうと加算されない理由も、明かされた。時間もまた閉鎖状態にあるのに、どうして俺が加齢する？

だが、なぁ。

「ふふ、ふ」とお前は嗤《わら》う。

自嘲して、言う。

「だからといって人間が不老不死になるわけではない、わけだ。まず第一に、不死はない。それから、第二、不老を謳歌できるのは、たとえば貴様たちだよ。たとえば、あの『女の子大佐』だよ。俺はしょっぱなから七十七歳だった。そうした老人のさらなる加齢の停滞を、不老といえるか？

そうして俺は、もう幾年《いくとせ》……この七十七歳をやっていることか。

あるいはあの『女の子大佐』のほうが、俺より年嵩だったか？」

お前は続ける。

お前は続ける、これは授業だ。授業に戻れ。

「東京。

この都市は変態した。

明治維新とともに形態《フォルム》を変えた。それまでは東京の形態《フォルム》とは江戸だったのだ。わかるな、子供たち？　あの江戸時代の、江戸だった。それが昆虫さながらに変態することで、慶応四年に東京となったのだ。

そして慶応四年とは明治元年だ。

子供たちよ、もしかしたら西暦で聞きたいか？

グレゴリオ暦でこれが何年かを教わりたいか？

一八六八年だ。たとえば一九六八年のちょうど百年前と計算できる、一八六八年だ。

ただし東京の歴史を西暦で語ることの妥当性は、いかがか。もしかしたら何年か分だけ先走っているのではないか？　子供たちよ、その謂《い》いはこうだ。日本という『国家』が太陽暦を採用したのは、明治六年、あるいは明治六年にしてグレゴリオ暦の一八七三年だから、だ。それまでの東京の歴史には年号だけが指標として掲げられていたのだぞ。慶応、それから明治が。

しかしながら西欧の指標《それ》は持ち込まれる……。

太陽暦だ。太陽暦のグレゴリオ暦だ。西暦、という時間のエンジンだ。

このことは日本の意思を示す。もちろん『国家』としての日本だ。かつ、あらゆる日本性はこの東京に率直に反映されるものなのだから、それが首都の不可避の定めなのだから、西暦の採用はこの東京の意思だった、ともいえる。

繰り返そう、子供たちよ、この闇中《やみなか》に謹聴している塾生たちよ、東京の意思だったともいいきれるのだ。新しい時間のエンジンを搭載したことは。

では、そのエンジンで、何を謀《たばか》る？

そのエンジンでいかなる事物を走らせようとしたのだ？

明治政府に謳われたのは富国強兵だ。この四字……四字熟語のスローガン。これこそが当時の政府の国家目標だ。そして西欧の時間、そのグレゴリオ暦を持ち込むことで願望されたのは、西欧風の豊かさだ。すなわち礎《いしずえ》となるのは資本主義体制だと冷徹に見極められた、明治政府の欲するところは資本主義による経済力であって、すなわち、殖産興業の政策が導き出される。

回答として、だ。

これらが富国、四字のそのスローガンの前二字である、日本史にいう富国。が、日本史とはまた東京の歴史に反映して集約されるものだから、そして『国家』の意思はすなわち東京の意思と化けるのだから、子供たちよ、この大都市はそのためにだけ疾走し出す。

走る。

走る。走らされる……。

エンジンはすでに搭載されていたからな。

そうはいえども年号は廃されないでいる。まず慶応があって、それから一世一元制を採った明治。すると時間のエンジンは西暦と年号との二種類になる。子供たちよ、貴様《これ》たちよ、時間のエンジンが二枚舌だな。それを感じないか？

しかし、忘れないようにしよう、西暦は意識して欲されたエンジンだったと。だから十全に機能した。ひたすら経済力に貢献した、ひたぶるに殖産興業だった、この東京がひたぶるに富国だった。合い言葉のその二字。

さて、いっきに要約しよう。ここからを東京の歴史《それ》の概説ともしよう。明治維新の時点からジャパン・アズ・ナンバーワンへの道程は刻まれていて、これぞ富国の最終目標だったわけだが、ひと度《たび》刻まれたものは二十世紀の半ばの手酷《てひど》い敗戦でも消されなかった。そうだ、一九四五年……西暦の一九四五年にも抹消されず、そののちにも一直線に続いて、事実『観念としてのナンバーワン』となった。国際社会において、日本は一、二を争う経済大国であり、その脅威の度合いでは自他ともに認める一位となったのだ。ジャパン・アズ・ナンバーワン。

いいか、子供たち、いいか?

東京は、江戸から形態《フォルム》を変えたほぼ直後から、ずっと一位《そこ》をめざしたのだ。二枚舌の時間のエンジンを内蔵して、産業資本の形成ばかりを考えて、走った、走った、走らされた……。

産業だ。

いいか、俺の育て甲斐に充ち満ちた教え子たちよ、子供たちよ、産業だ。ひたすら、それだけだ。ひたぶるに資本主義の産業界。ジャパン、ああジャパン、この維新後の近代国家!

そして、首都は東京だ。あらゆる日本の特質がおのずと反映して、あらゆる意思がシンボリックに研磨されるのは。そうだ、シンボリックであったりシンボライズされるのは重要だった。たとえば追求される理念がジャパン・アズ・ナンバーワンであれば、これもシンボルを欲したし、事実、この希求は形態《フォルム》を獲た。そのために戦後の、第二次世界大戦後の、あの西暦の一九四五年からまたもや同じ道程の再出発に入った東京にタワーは建ったのだ。タワーが建ったのだぞ、子供たち。

東京タワーだ。

これほど詩情に満ちた名付け《ネーミング》を俺は知らん。すなわち東京が建てた、この都市そのものの念《おも》いが断じられている。かつ、それは聳《そび》えようとして聳えたのだし、それは竣工の一九五八年このかた自律的だったのだ。竣工……いや、建立といおうか？　その建立の数年前から高度経済成長期に入った日本が、米国視点でのジャパンがだな、階梯《ステップ》を一つひとつ登り、そしてナンバーワンのポジションに登り切るまで、ずっと、ずぅっとだ、まともに雲を衝《つ》いていた。

これが東京史だ。

その歴史の、要約だ。

しかし結尾《コーダ》がある。

転落したら、どうなるのか。

ナンバーワンのその座からだ。ジャパン・アズ……。地位から転落したら、どうなるのだ？　シンボルとしての東京タワーはどうなり、あるいはむしろ、東京は聳えさせたそのタワーをどうしたらいいのだ？

なあ、子供たち」とお前は言って、ひと息置いた。

お前は教師として、考えさせた。

それから回答を示した。

「『折らなければならなかった』、だろう？　これは東京を主体とした発想だ。かりに東京にもう主体を貫きうる余力がないとするならば、この答えは多少アレンジを強いられるだろう。すなわち、『折れなければならなかった』、だ。

東京タワーは、折れなければならなかった。

すなわち、破壊だ。

破壊が求められた。これを望むものはいた。あるいは勢力がいた。そうだ、そのことを、俺は……」

今度はお前の意識的な行為ではない一拍が置かれる。ひと息、挿《はさ》まれる。

じきに再開するお前の語りは、その声音において多少慄《ふる》えている。

こうだ。「産業・のみ・の・東京・など・壊され・なけ……れ……ば」

口にしたことをお前は咀嚼し直す。

すると回想のための糸が通る、記憶に。

だがお前の記憶《それ》は多層化しすぎている。その錯綜はあまりに過度だ、交通整理されない。お前の（回想するための、その）糸は、虎をも通らねばならないのだ。たとえば一頭のアムール虎をも。それは極寒のアムール州を通過するに等しい。七つもの生《せい》はやはり過剰か。とはいえ七重人格ではない、これは人格の七部作ではない、ゆえにお前は腑分けした。お前は記憶《それ》を腑分けした、ほら。「再びここに告げよう、子供たちよ、俺は記憶を失わなかった。俺は、俺だ。齢《よわい》たかだか七十七の貴様たちの師だ。然《しか》るに……然るにこの現身《うつせみ》、すでに六つの生をば得たり。我、七人《ななたり》め也《なり》。

だとしたら。

感知しうることもあろう。

もちろんだ。もちろん遡れるとも。もちろん憶えておるとも。すると俺は、俺はとある勢力の理念を理解している。産業のみの大都市は、そうしたメトロポリスは、否、煩悩のメトロポリスは壊滅させられなければならない。資本主義のそのシンボルは破壊されなければならないし、そうだ、すなわち東京タワーは折れることで富国ならぬもののシンボライズを果たすのだ。

それが倒壊させられることで、あるいは、その倒壊が企図されて東京タワーに聖痕《スティグマ》が与えられることで、東京は、この日本は、初めて、あのジャパン・アズ・ナンバーワンの一直線の道程から転轍《てんてつ》をなす。軌道を変えるのだ、やっと、それが可能になる。

だからだ……。

だからだよ、子供たちよ……。

東京。江戸という前近代の都市から変態した東京。そして、その東京みずからが欲したシンボルとしてのタワー。この……この破壊は、ジャパンが例のナンバーワンから転落した二十世紀のうちに為されなければならない。為されなければ、ならなかったのだ。すなわち二十世紀末に。世紀末に……。

そして、それはもちろん、子供たちよ、テロリズムだ。

日本語の本来の語彙の体系内にはない概念だし行為だから、外来語を用いるしかない。テロリズムだ。

しかも理念は、教義、とも解されるところから発した。

派生した。

東京が、結局のところ江戸をやめたのに穢土《えど》であったことを、その勢力は否定したのだ。

拒絶したのだ。

その勢力は、宗教的な勢力だ。

その勢力は、拒絶のための破壊を認めた。

その拒絶が結局のところ、救済だから。

そうだ、救いだ。これが結局のところ、二十世紀末の東京で起きたことだ。東京のその歴史の結尾《コーダ》だ。もちろんシンボルの東京タワーが折られるだけではすまなかった。甚大な被害が広域にもたらされた。流血が、阿鼻叫喚が、惨劇があった。

……地獄があった」


お前の授業が一瞬、凍結する。

まるで氷雪の類いに閉ざされるように、フリーズする。

お前は何かを考える。

否、考えていたことを思い出す。

お前は、「そうだ、否だ」と思っている。

あの、最後《おしまい》の問いを……「俺には最後《おしまい》の自問があったのだ」と思い出している。

お前は、救済、と考えたことを思い出している。

そして、救うために戮《ころ》すことの、何かおかしな感触《てざわり》について考えている。

償い、というものは一瞬考慮される。

贖《あがな》いがもちろん考察される。それから一瞬、お前は停まった。

その生前において。

俺は、とお前は思い出している、一介の物語作者だったから、想像力でその彼に貢献するしかなかった。俺は、その彼に言われるがままに教化《きょうけ》を担当する機関の長《ヘッド》のポストに就任するしかなかった。以前と同様に書物を編んで。いや、そもそも入信のその最初期から一貫して書物を著わして。いいや、とうとう七書の出版にこぎつけて――。

そして理念のために生きたのだ。東京の広い範囲に、あるいはシンボリックな要所にほぼ同時多発的に桁外れの暴力をもたらす一派となったのだ。その罪は無類に大きい。

結局のところ、俺には贖罪はないだろう。ありえない。

しかし、そこまで考えてからお前は、「これは俺が思い出しているだけだ」と断じて、こう決意する。……けれども消滅を運命づけられている世界にあっても、贖罪を心底から希《こいねが》うことは咎《とが》にはならない……おまけに鎖《とざ》されつづけるこの世界にしても、なにしろ一度は誕生したのだ、産み落とされたのだ、たぶん「おぎゃあ」と大音声《だいおんじょう》を発したはずだ、だとしたら……その世界を消さないためのいじましい努力は、まあ、大目に見られることだろう……。そしてお前は、「さあ」と思う。「俺は戦略を立てるのだ。俺の優秀きわまりない塾生たちを駒とする、戦略《それ》を。それに先んじて、では、まずは授業を再々開しよう」

そうしてフリーズが解ける。

続きは接《つ》がれる。いっさいが続けられるために。

「四字に立ち返るぞ。

明治政府のスローガンだ。あの国家目標だ。富国強兵。

その前二字は、解説した。東京史の結尾《コーダ》まで俺は説いたはずだ。憶えているな？　だとしたら子供たちよ、貴様たちよ、ここに居並んだ屈強の若者たちよ、四字熟語は速やかに解体されねばならん。

前二字があったのだから、後ろの二字だ。

強兵だ。

何が謳われたのか？　日本という『国家』が何を欲したのか？　もちろん軍事力、その軍事力の拡充だ。そのために徴兵制が布《し》かれた。その徴兵制の理念とは『国民皆兵』だった。日本人であれば全員が戦争に駆り出される。

これはいつまで続いたのか？

言い換えるならば、この二字はいつまで目途とされつづけたのか？　二十世紀の半ばまでだった。そうだ、一九四五年の、あの敗《ま》け戦《いく》さの西暦一九四五年の夏までだった。そして解体されたスローガンの後ろの二字は、前二字とは違った。消されたのだ。抹消されたのだ。この極めて日本性に充ち満ちた取捨選択……、。

子供たちよ。

教室にいる子供たちよ、棄てられた二字を、俺たちは拾おう。

それぞれの口に、二字《きょうへい》を唱えよ！」

「強兵……」と闇に唱えられる。

「強兵……」

「強兵」

「強兵」

「……強兵！」

「……強兵！」

「……強兵！」と連呼される。

ただちに軍人としての自覚を塾生たちはつちかう。ただちに自覚《それ》を彼らは具える。塾はこうして戦闘員を養成した。

養成した、とお前は続けもする。

「養成したのだ、地獄を浄化するためにこそ、貴様たちを。子供たちよ、不浄はそろそろ消されるべきだ。そうは思わんか？

北地区からの報告を俺は聞いた。かんばしいとはいえん。

南西からは悪い報せをもらった。あの『保護区』ですら焼尽のフェーズに入っている。指揮官の不在はやはり手痛い。

しかし東と南東の前哨地点は健在だ。そこには営団地下鉄の車庫もある。地下鉄だ……地中だ。

さて、最終行動に入るか」

「作戦一。地獄の包囲網はここ東京に惨《むご》いほどの籠城戦を強いているように見えるが、子供たちよ、それは見えるだけだ。地中の網はこちらの手中《たなうち》にある。地下鉄網だ。すなわち、牛頭馬頭《ごずめず》どもの完全包囲は地平レベルに過ぎんといえる。

　その地下鉄網を、水路とする。

　駅構内からの水量をいっきに増やす。これは作戦三に連なるが、本日二三〇〇《にせんさんびゃく》時にはこれらの水路は地上に出る。パラフレーズしよう、すなわち地上にあふれ出すのだ。その一部は運河となるが、残りはならない。ならない水はどうなるのか？　地獄を鎮火するだろう」

「泳がねばならん。子供たちよ、泳がねばならんぞ。泳げ！　いよいよ千代田《ちよだ》流の泳法の実践だ。貴様たちはその腰に短刀《ドス》を呑んでもスイスイといける。白木の鞘は濡れて、あるいは夜明けの薄明色となるだろう。しかし自動小銃は頭だ、手拭いで括りつけて、濡らすな！　水に浸かる前には運河や運河以前のその水中の魚《うお》たちを観察するがいいだろう。多少は地下水道からのミュータントが雑《ま》じっておるだろう。地獄の変異体だ。カ・カ・カ！」とお前は笑った。塾生たちの武者震いを煽った。「鰓があり、その鰓は自滅と自虐の感情を摂取するだろう。貴様たちは心理的に、そこに自殺の『概念』を見るだろう。怯懦《きょうだ》に堕ちるな。ある魚には人間の耳があり、ある魚には釘と針が生える。それが鱗だ、触れるな！　そして、俺か？　塾長のこの俺か？　俺は泳げるだろう。このたかだか七十七歳は、いかなる水にもプカプカ浮くぞ。俺には俺で肥った理由《わけ》というのがあるのだ。人類の肥満と浮力の相対性理論を、貴様たちよ、この教室にて謹聴しつづける数百名の子供たちよ、了解するだろう。ただちに納得するはずだ、さあ『押忍』と言え、『押忍』と」

「押忍！」と数百もの声音が唱和する。

「そして作戦二から計画四。学習塾コネクションをついに活用する。居並んで勇み立つ貴様たちよ、子供たちよ、あらゆる参考書がいまや閲覧可能となった。すなわち、あらゆる秘密参考書も。また、子供たちよ、事典も閲見せよ。分厚い書物を紐解《ひもと》いてみよ。世田谷の学習塾にはロシア語のクラスがある。それは超高度の受験対策だったが、本日一二三〇《せんにひゃくさんじゅう》時からは『三十分でペラペラになれる究極ロシア語会話』に随時編入が成る。ありがとうはスパシーバ、すばらしいはハラショー、それから万歳はウラー、この歓喜の叫びまでは確実に身につけよ。地獄の行政機関は、対立する『兄君《あにぎみ》』や『母上《ははうえ》』等の六親等血族の多種生物混淆スキームのいずれであっても、すでにロシアを敵視した。ロシアまたはロシアの地図を。警戒せよ。そして、いいか？　いいか、子供たち、いいか？　非正規軍には非正規軍なりの戦いがある。すでに東京の当局はヘリ部隊すら持たん。然《さ》ればこその貴様たちだし、俺だろう？　さあ教室を出るぞ、子供たち。ウラー！」

散った音楽が東京に溶けている。それは飛び散らされてしまった音楽だ。闘争のための武装サウンドだった。それを散らしたのは爆風だし、衝撃波だし、炸裂する新型爆弾がもたらす放射線でもあっただろう。しかしながら飛散させられたものは抹消させられたのではない。消されてはいない。消滅させられては――。そうだ、まだ消滅していない。

何かの歌詞がその東京に溶けている。その歌詞は人々の……庶民のあいだに滲透する直前に被爆し、吹き飛ばされてしまい、爆発的に蔓延《はびこ》る機を逸したのだが、すなわち六十万人に歌われる機会を逃したのだが、そして、六十万という具体的な数字はその東京の総人口として、語られる文章《ここ》におのずと顕現したのだが、抹消はされなかったのだった。その音楽がなにしろ抹消されていなかったから。飛び散らされただけだったから。

チャック・ベリーに歌われた音楽だった、それは。

一九五六年に、ロックンロールの神様ことチャック・ベリーに。

すなわち神でもなければ仏でもない語り手《ナレーター》にも語りうる（この瞬間にも言及することが許される）、人でありながら神でもある歌い手《シンガー》に。

曲名は『ロール・オーバー・ベートーベン』だった。だから、その東京に溶けている歌詞とは、『ロール・オーバー・ベートーベン』の歌詞だった。その武装化のシンボルとしての音楽には、いや歌詞には、もちろん楽聖ベートーベンの名前があり、チャイコフスキーの名前もあり、しかし敬意は払われていなかった。チャイコフスキーはいわゆるスラブ人らしさを作品に全面的に反映させたロシアの作曲家だったが、そこは意に介されなかった。

煽動があるばかりだった、その歌詞には。

形態《フォルム》を変えろと煽っているのだった、その『ロール・オーバー・ベートーベン』の歌詞は。

すなわちベートーベンが否定される。すなわちチャイコフスキーが揶揄される。そこでは変態することが促されている、音楽の形態《フォルム》に関して、そうすることが。そのために、歌詞には病が鏤《ちりば》められている。これはウイルスだ。

たとえばロッキン肺炎のウイルス。その肺炎はロックさせる……rockin'な力を持つ。

それからローリン関節炎。これも感染する。なにしろロールを両膝に強制する……rollin'な症状をひきだす。

その治療法も、歌詞には書かれている。その『ロール・オーバー・ベートーベン』の歌詞には刻まれて内蔵されている。リズム&ブルース注射を打て、と。

打て、打て、そこからはじまる……。

変態がそこからはじまる、打て……。


七十七歳の老人が、じつに一千人を指揮しはじめる。以前の難民たちも含め、学習塾コネクションのいわば横の連帯者と、旧政府軍のいわば縦の逸脱者が、老人の指令を待っている。老人の指令に順《したが》っている。七十七歳のその老人に対して、「塾長！」と応える。最前線と最重要作戦を任される若者たちは出陣している。もちろんその懐中に短刀《ドス》を呑んでいる。鉛板で内張りされていたあの教室から、出ている。いよいよ本拠地の塾から歩み出ている。坊主頭たちが居並び、行進し、しかし音を立てる軍靴はない、履かれているのはゲリラ戦のためのシューズで決してザッザッザッなどいわない。塾生たちの丸刈りの頭が、ある種の決意をギラリと表明して、行進には凜たる威厳がともない、じきに若者たちは四方八方に散る。散開して、そこからはじまる。やはり散らされて、飛び散らされて、ロックンロールの譬喩《ひゆ》とも機能して。しかも指揮する老人は、「撃て」と言うのだ。「ロシア製の銃火器ならば通用する。牛頭《ぎゅうとう》にも馬頭《ばとう》にも。あるいは地獄《ハウンド》の番犬《ドッグ》にもな。ゆえに機を見て、撃て、撃て、勃発《はじまり》をはじめろ！」と。塾長はあらゆる指揮系統を通して地獄の番犬《ハウンド・ドッグ》に言及するのだが、生物種としての犬はしかし、地獄側にだけいるのではない。爆心地から距離にして南南西に七キロ、千頭の羆《ひぐま》が湧いた。シベリアの森林地帯に棲息するものたちだった。本来は。これが予兆だ、それから犬たちが湧いた、七万頭になんなんとするシベリアン・ハスキーがそのシベリア原産時のもともとの形態《フォルム》のままに疾駆し、しかも七百余の大群にわかれて疾走して、かつ全頭が犬族のロシア語で吠えて、炎をめざした。炎の領土を。すなわち地獄の縄張りを。狂瀾はすでに来《きた》されていた。随所で馬頭人身や牛頭人身たちの、肉体が斬られる。物質化が解かれる。番犬たちがシベリアン・ハスキーたちの群れに逐《お》われて、主人の牛頭馬頭《ごずめず》も逐われて、これら獄卒たちはロシア側に呑まれる。ロシア側の地図に。

シベリアン・ハスキーたちがウラー、ウラーと吠える。

黒い雨の溜まり水をぴちゃぴちゃ舐めている鼠たちのかたわらを装甲車が走っている。迫撃砲が地上に鳴る、あちらこちらの地区で発射されている。ドブネズミたちは、溝《どぶ》を逐われた。その溝とは地下鉄網の謂《い》いだった。やや小柄なのに歯だけは犬歯化した心理的変形種のドブネズミたちが作戦の進捗を告げる、ヨキ進行！　ヨキ進行！　今度はその鼠たちの頭上をロケット弾が飛ぶ。地中では塾生たちが泳いでいて、六人に一人はその坊主頭にライフルならぬ軽機関銃を括りつけている。携行される銃器《もの》はロシア製だった。一割ほどはロシア製ではないのだがロシアを経由して入手されていた。概念としての日本海を渡って。永続する二十世紀の、概念としての一九九〇年代のどこかの時点で。しかしながら短刀《ドス》は日本製だった。さらにメイド・イン・ジャパンの日本刀もあって、これらはその東京のあらゆる銃刀店と博物館から渉猟されていたが、斬れ味は有無を言わさなかった。事実、斬られる鬼たちは「有《う》……」とも「無《む》……」とも言えなかった。瞬時に殺《や》られすぎた、塾生たちに。真剣を佩《は》いた塾生たちは最初から地上を進んだ。これは七十七歳の老人の作戦その三だった。ビル街には縄《ロープ》が渡されていた。高層であればあるほど塾生たちに利した。そして高度六十メートルや八、九十メートルで博物館収蔵の妖刀が、業物《わざもの》が揺れた。揺れて飛んだ。しかし落下傘の部隊はない。繰り返しになるがその東京はパラソルを知らなかったから、パラシュートを訳した「落下傘」という日本語の、傘、の一文字がその存在を否定した。作戦三には計画その二なる戦術がともなわれていて、これは牛頭《ごず》への擬装となる。塾生たちは食料商たちのルートから本物の牛の頭を得た。肉用種の黒毛和牛の。それから脳味噌を抜き、義眼を双《ふた》つ嵌め、これをフルフェースの仮面とした。すなわち牛頭人身の鬼のカムフラージュ、しかも獅子王丸や村正《むらまさ》等のじつに歴史的な日本刀が片手に、抜き身で握られていて、それだからこそ最上等に地獄的な威厳がついた。そして、疑われずに火炎の内側にある領土に入り、そして、地獄のあらゆる眷属をめった斬りにした。七十七歳の老人が指令を発していた、「同族、相食《は》まず」と。めった斬りはその手柄の数に準じて、さまざまな日本刀をつぎつぎ鬼切丸《おにきりまる》との名に換えた。作戦三はさらに作戦四と計画その二を誘導する「蜘蛛の子作戦」を派生させた。

七十七歳の老人は言った、散れ。散れ。散れ、散れ、散れ！　塾長はさらに戦況に照らしての即断即決を再三再四おこなって、波状攻撃の手を休めなかった。

波状、は垂直の攻撃《それ》も形容した。地中から噴き出す水があって、これが地獄のその縄張りを襲った。垂直に噴出して、そのまま縦方向に落下した。ほとばしるための地点《ポイント》は、日本刀の、カムフラージュした贋《にせ》牛頭の部隊に確保されているのだった。そして、炎上は燃えてはならない地域で続いて、火中《ほなか》から生まれるという原理の地獄は局所的な鎮火がはじまっていた。鎮火の業《ごう》にさらされていた。他にもあった。どうしてだか踊る牛頭がいた。贋物ではない「本物頭」の牛頭だ。その証しに黒毛和牛の頭《かしら》ではない牛頭だ。膝が……膝が……ローリン関節炎に感染したのだった。

そのために両膝ともかくかくかくして、続いて腰がぐいぐいぐい揺れるのだった。グラインドするのだった。地獄の美的観点からするとあまりに馬鹿げた動きであって、それこそはロックンロールの所作だった。たとえばロックンロールの神様がギターを抱えて家鴨歩き《ダック・ウォーク》をしたように、チャック・ベリーがそうだったように、ロックンロールの所作だった。いつしか『ロール・オーバー・ベートーベン』の歌詞は、その持ち前のウイルス性を鎮火の地でふるい出した。もちろんロック肺炎もあった。その咳は咆哮《ハウリン》に列せられるものだった。「うぉう！　うぉう！　うぉう！」といかほど多数の鬼たちが咆《ほ》えたのか。それは念仏に聞こえたか、この二十世紀の念仏に？　しかしながら、これは人類の処罰者たちに投げられた問いではない。鬼たち、いまや部分的にはrockin'でrollin'になりつつある牛頭馬頭たちへの質問ではない。とはいえ、仮に二十世紀にはその念仏しかないのだとしたら？　するとその東京で、（この仮定に応じるかのように）寺々の本尊たちが動いた。北地区から西地区からさらには方位喪失した名なしの地区まで、その東京の諸方の寺々の本尊たちが動いた。これが予兆だった。ロシアの通称「赤い魂」地図に圧《お》されて漂流する芝公《シバコウ》園《エン》の寺に、一個の鶏の卵が生じた。しかし、それが単なる卵ではないことは内側から光っていることで明らかだった。むしろ鶏の卵であるのにカプセルなのだと言い表わしてよかった。光のカプセルとの形容がふさわしかった。かつ、光のカプセルにして可能性のカプセル。なにしろ卵は、成長した。その鶏卵の形態《フォルム》を維持しながら膨張した、異様な速度で。七十七歳の老人はその報告を受けて、怒鳴った。でっぷりと肥えた老人は怒鳴った、一千人を指揮する塾長は、お前は怒鳴ったのだ。事態がまたもや急変してしまったことを知ったから。お前は、「俺が指揮したというのに、したというのに！」と唸り、歯噛みする。お前は、「こうも贖罪の可能性まで断つのか？」

と唸って、奥歯を一本ギリッと折る。お前は、それから女の子大佐を思う。あの銀鼠《ぎんねず》の携帯電話で、あの最後《おしまい》の電話をかけてきた少女を。ああ、同じ轍《てつ》だ……。それからお前は、子供たちよ、と思う。

三〇〇〇秒で直径十メートルに脹れたカプセルが、その芝公園《シバコウエン》の鶏卵が、爆発する。


お前は生きのびていることが不思議でならない。

しかしお前の子供たちは死んだ。

もしかしたら全滅した。それがお前には、わかる。

お前の両目から血の涙が出ている。七十七歳のお前の老いた双眸から。

何者かがお前を護っている。

庇護のフェンスをひろげている。翼のように。両腕？

そうではない。お前は見る。鮮血の赤色《レッド》に染まった視界のなかにお前は確かめる。炎だった、ひろげられているのは火炎のフェンスだ。それがお前を護ったのだ、衝撃波から、その爆裂から。多少の炎をまとう存在がいるのだ。いわば装飾として、もとより靡《なび》かせているものが。その生命体が火炎のフェンスでお前を庇護したのだ。

そして導いている。

お前を。導かれて歩いている。お前は。よたよたと歩いている。被爆地を。

案内されて、歩いている。

お前は庇護者を確かめようとする。もっと。その、まとわれた炎以外のいわば本体を。

顔をあげて確かめようと努める。力をふりしぼる。腰に、その庇護者の腰のあたりに、奇妙な物体《もの》が下がっている。乾《ほ》されてからからになった馬の頭。そうだ、それは吊るされた馬頭《ばとう》だ。しかも一、二……三級ある。

お前はもっと顔を持ちあげる。つまり視線だ、お前は薄い薄い赤色《レッド》に覆われている悲しい視界に、庇護者の相貌をもとめた。その生命体の眉間に、馬の血で、何かが描かれていないか、と。いた。やはり文様が描かれていた。

いた。描かれていた。Rに似ていて梵字風でもある。

お前は「ああ……、ブックマン」と言った。

「もう少々、こらえろ」とブックマンは言った。

「何を？ ……どう？」

「死ぬな、ということだ」

「どこに案内している？」

しー、とブックマンは言った。

黙って体力を温存しろ、と暗黙の要求をしていた。

歩いた。お前は、もっと歩いた。呼吸《いき》がリズムを具え出すと、どこか歩行も楽になる気がした。だからお前は、問われないでも語った。戒めを無視して、ブックマンに説明した。

たとえば、ロシアは俺の切り札だったんだよと。いずれロシアの地図が運河を結氷させる展開《シナリオ》だったんだよと。そうしたら、地獄は十全に鎮火されるだろう？ この東京に残されるのは死火《しか》だろう？

塾長の俺は、そこまで考えたんだよ。

「そら」とブックマンはお前に言う。「この樹下に休め。ここは燃えていない」

樹下が？　とお前は不思議に思う。木蔭《こかげ》が、……どうして？

「それで」とブックマンはほとんど物静かに訊いている。「塾長のお前は、何がどうなると考えたんだ？」

「それで、俺は……」とお前は答えている。「……切り札を用いれば、この監獄は監獄をやめると考えたんだ。俺は推察したよ。否、俺はあらゆる数式を利用して計算もした。俺はあの肥満体形による相対性理論すら駆使したんだ。人類のための肥満の原理……」

「まだ死ぬな」とブックマンは言う。

「どう、どう……して……？」とお前は言う。息も絶《た》え絶《だ》えになろうとしている。

「餌だからだよ」

「えさ」

「お前が生き餌だからだよ。そら、集まり出している」とブックマンはお前に言う。けれどもお前には、もはや機能する視力がない。それゆえにお前は耳をそばだてた。するとブックマンが、穏やかに、穏やかに、ほとんど優しげにささやいている。もう少しちゃんと思い出したほうがいいな、と言っている。その記憶を交通整理したほうがいいな、と言っている。ブックマンは言っている。いちばん初めに遡れるか？

お前の心臓が、うぉう、うぉう、うぉう、というパルスを刻む。

お前の心臓が咆哮《ハウリン》で答える。

お前はお前自身にリズム&ブルース注射を打つ。

だからお前は「初め」と言えた。

「初めだ」

「……初めの生《せい》、……」

「どんな地位にいた？　その前世で」とブックマンは訊いた。

「その省の、トップに……」

「省？」

「その機関、その『書物省』の」

「ならばお前は大臣か？」

そうだ、とお前は言う。声にはならない。お前は、トップだからこそ僕には責任がある、教団に列座する高弟の一人だったからこそと言う。声にはならない。

「それで？」とブックマンは訊いた。

「七書には」とお前は答えた。声になった。「暗号を込めた。聖……聖なる書物として、読解できるように」

「つまり、それがお前の罪なんだな？」

「あのな」とお前は言った。ふいにお前は嗤った。お前はもう遡っていない。然《しか》るがゆえにお前は塾長として、その東京の七十七歳の老人として、多層の記憶を紐解きながら言った。「ブックマンよ、貴様こそが蔵書かもしれんぞ。かつ又《また》あらゆる書物は人間の手で著わされるのだから、貴様はこの俺に、全部、書かれているのかも。全部、すなわち万事万端がだ。そうは思わんか？」

「そうなのか？」

しかし老人は、すでに息絶えていた。

およそ七百七十四の鬼が、樹下にあるブックマンを取り囲んでいた。生き餌に誘われて、包囲していた。塾生たちの死に絶えた東京で。生き餌もまた斃《たお》れてしまったその東京で。

うぉう、うぉう！　と咆えてしまう衝動と必死に闘いながら、ブックマンを十重《とえ》二十重《はたえ》に囲んでいた。瞋恚《しんに》に燃える形相で、皆。

二十世紀

アフリカ大陸の「鬼面のテープ」

［1］

これは**牛の女**と呼ばれた人物のフィールドワークを折り返し地点とする物語です。

［2］

ところでフィールドワークをする人間とは、いかなるタイプの専門家でしょうか。実地《フィールド》の必要な社会学者や地質学者、生物学者が挙げられますが、代表的なのは人類学者です。そして**牛の女**も人類学者でした。より正確には文化人類学者でした。その研究対象の実地《フィールド》がどこだったかといえば、ニジェール川の大湾曲部です。アフリカ大陸第三の長流、それがニジェール川でした。その全長はじつに四一八〇キロにも及びます。多様な文明、そして多種の交易都市群がニジェール川の沿岸に興亡を繰り返しました。人がそこにいた痕跡はじつに三万年以上前に遡れます。ほかに特徴的なことを挙げれば、この河川の水には塩分が含まれています。舐めればはっきり鹹《しお》けが感じられるほどです。**牛の女**のその実地《フィールド》のみに説明を限るならば、ニジェール川の大湾曲部には魚食文化があり、稲作農業もあります。稲の品種はグラベリマ（アフリカ起源の栽培種。稲の栽培種はこれとサチバ種の二つしかない。後者は東南アジア起源で、ここにジャポニカ米やインディカ米が亜種として含まれる）です。西アフリカの内陸部にこの実地《フィールド》は展開していました。
そこは大陸でも最大級の内陸デルタ地帯だったのです。

［3］

牛の女はイギリス人です。名前がそのまま示すように女性です。しかしながら名前はいわゆる本名とは違っていて、**牛の女**というこれは現地での通り名でした。ただし母国語の苗字に雄牛bullという単語が入っていたことも事実です。そこからこの通り名が生じたのです。大陸部のヨーロッパは経由せずに故国イギリスからじかにこの実地《フィールド》にやってきた**牛の女**は、一つの交易都市に拠点を置き、すなわち調査《ワーク》の足場にして活動します。現地の人間たちと同じものを食べ、樹枝で歯を磨き、その口から同じ言語を吐き出そうとつとめ、泥造りのイスラム礼拝所を写真に収めます。ぱしゃぱしゃと撮影します。動かない写真です。規模の大小を問わない多様な祝祭や、あるいは祭事とはいえないけれども各種の、日常的な娯楽としての舞踊に立ち会うチャンスを得ればそれらをフィルムに収めます。じーじーと撮影します。動くフィルムです。決め手となるツールは映像記録用のものだけではありません。人類学者の七つ道具には、音声記録用のものがありました。カセットテープやリールテープを媒体《メディア》とした録音機材。なかでも**牛の女**が重宝したのはカセットテープを用いるレコーダーです。小型で携行にも便利なレコーダーをかたかた、かたかたかた……と回して、**牛の女**はあちらこちらを飛びまわりながら種々の音声をカセットテープに録音するのでした。もっぱら歌を録音するのでした。なにしろ**牛の女**は人類学者にして、より正確には文化人類学者だったからです。歌とは、まさに追究されて然《しか》るべき「文化」でした。ちなみに物語の現在地点は一九六七年です。ここ数年間でカセットテープは世界的な普及をはじめていました。

［4］

これは**牛の女**と呼ばれた人物のフィールドワークを折り返し地点とする物語です。そして二十世紀の物語です。はたして人類学がロックンロールに接触するといったい何が起きるのでしょうか。視点を変えるならば、ある一曲のロックンロールのありえないような時空間的な流転《ロール》は人類学的にいかに分析、研究されるのでしょうか。

人類の学問ですから、登場人物はどんどん入れ替わるでしょう。

神話も採集されるでしょう。

ロックンロールは精霊にもなって、また、ロックンロールは始原《はじまり》のための子種になるやもしれません。そのような展開が期待されます。

けれどもロックンロールはたんなる楽曲であり、韻律的なコミュニケーションの「文化」を担うのだと、冷静に結論づけられる可能性も大です。**牛の女**も一人の学者として、ひとまずその観点に立ちます。結論にはるかに先立った出発点として。これは学問なのです。

［5］

その調査《ワーク》のための交易都市で、**牛の女**は多民族の同居を見ます。必然、音楽的にはマンデ圏とボルタ圏、サハラ圏の三つに大別される文化圏のものが同時に採集されました。ただし一九六七年当時、どのような民族間においても西洋文化の影響は強いのでした。この現実に目をつぶるのは不可能なのでした。いわゆる「伝統的な音楽」や「部族独自の歌」といったイメージはむしろ実地《フィールド》の現況からかけ離れているのだと**牛の女**も承知しています。

「ファンタジーに溺れてはならないわ」とこの人類学者は自戒しました。

その戒めのはてに、**牛の女**はもっとも西洋性を流入させていると思われる歌を、ある日、拾います。

［6］

強烈な歌でした。

それは北部のサハラ圏に所属している民族の小集団から採集されました。それは**牛の女**の鼓膜に届き、彼女が手にするテープレコーダーに録られる端《はし》から、「事例研究《ケース・スタディ》の対象となりうるわね、これ」と**牛の女**に予感させました。びりびりと予感させていたので、確信させた、と言い換えてもかまいません。その強烈な歌の被調査者《インフォーマント》（informant すなわち土地固有の「文化」情報の提供者）は長距離交易に就《つ》いているキャラバンでした。岩塩、その他を駱駝たちに積んで、井戸から井戸にジャンプするように砂漠地帯を縦断しているキャラバンでした。井戸は、ほぼ七十キロ間隔でサハラ砂漠に点在し、もちろん幾何学的な配置とは無縁ですからルートは直線は描きえず、しかし隊商路のその実態というものは他所者《よそもの》には決してあかされません。秘中の秘なのです。だからこそキャラバンという商売《あきない》は成り立ったのです。それも数千年間というスパンで、その砂漠地帯に成り立っていたのです。被調査者《インフォーマント》としての彼らがわずかに**牛の女**に語るのは、「北からだ。我らは北から下って来るのだ」との大雑把な方向性のみ。他には調査に応じません。しかし、歌いはしたのでした。集団全員で歌唱はしたし、その録音にも応じたのでした。

秘密は語らずに、強烈に歌ったのでした。

それは節まわしにおいて、サハラ圏の音楽《それ》を逸脱しません。それのメロディには小節《こぶし》が多用され、それの伴奏楽器はもっぱら単弦のリュート、そして、太鼓の打奏は入りませんが複雑なリズムが手拍子か瓢《ふくべ》でともなわれます。こうした側面はイスラム文化の影響です。にもかかわらず、それは**牛の女**にポップ・ミュージックだと感じさせました。一瞬にして悟らせてしまいました。すなわち西洋性です。それも西洋の、商業性です。じつにイギリス人のこの人類学者があたりまえに感じとるところの、ポップ・ミュージック、が芯に響いたのです。「これってまるで、サハラ砂漠の人や風景に調和するようにアレンジされたロックンロールじゃないの」と**牛の女**は多少の驚きを込めて思いました。「それこそ近頃のビートルズの、『砂漠のキャラバン』向けアレンジだわね。あの四人のメンバーのうちの誰かが編曲したみたいな……。ジョージ・ハリスンとかが？」

しかしロックンロールにしては荒々しすぎました。ポップ・ミュージックとするにも所属がなさすぎました。天使のような軽さとも悪魔のような重さとも、幽霊のような無用さともかけ離れた実体を持っていました。つまり、無所属でした。だからこそキャラバンの所有《もの》と訴えかけるのです。その強烈な歌。**牛の女**は、もちろん、それを「西洋化された、部族固有の歌」と捉えます。事例研究《ケース・スタディ》の対象として慎重に扱います。

と同時に、**牛の女**は、それを詩情豊かに「砂のロックンロール」とも定義します。それほど強い印象をもたらしたのです。

［7］

調査作業を進めるにつれて**牛の女**の驚きは増します。この被調査者《インフォーマント》たちは、やはり、交易都市を定期的に訪問するとしても「在住者」とは違う、なのに西洋文化の影響をその歌に反映させた。もしかしたら強度においては第一位となるほどに。**牛の女**としては、もしかしたら、の限定は要らないだろうとも直観しているのですが、学問的には軽率に断定するのは憚《はばか》られます。「長距離交易は、この人たちの文化に何をもたらしているのかしら？」と**牛の女**はこれぞ文化人類学的には根源の問い、といったものに頭を悩ませます。しだいに、採集した歌を収めているカセットテープが、息衝《いきづ》いているようにも感じられます。しかし、どのような存在でしょうか。カセットテープが異形の生命だと感受されるとして、それは天使的なものでしょうか。はたまた悪魔的なものでしょうか。どちらでもありませんでした。歌が、天使のポップ・ミュージックにも悪魔のポップ・ミュージックにも、あるいは幽霊の分類にも入りかねているのと同様、これを収録したテープにも感触《てざわり》に通ずるところがあるのです。されど異形ではある。「天使でも悪魔でも、幽霊でもない超自然のそういうのって」と**牛の女**は考えます。それから人類学に隣接した学問、民間伝承による自民族の文化遺産（昔話、歌謡、叙事詩など）を研究する学問《もの》として知られる民俗学に思いを致して、「きっとイギリスの民俗学者ならば妖精っていうわね」と答えを出します。

「しかも禍々しさも具えたタイプの……」

つまりゴブリン goblin やホブゴブリン hobgoblin だわね、というのが**牛の女**の結論でした。前者は日本語では悪鬼または鬼と、後者は子鬼としばしば訳されます。すなわち、どちらも鬼でした。呼吸《いき》をしているとも感じさせるカセットテープは、こうしてゴブリン的と認識されるに至ったのです。すると、たちまち、カセットテープのその見た目にもゴブリン的な要素が捉えられ出します。すなわち、鬼面ぶりが生じたのです。

「ああ、長距離交易は、この人たちの文化にいったい何をもたらしてしまっているのかしら？」と**牛の女**は文化人類学的な根源の問いというものにさらに悩み、鬼面に魅入られて、しかしその懊悩は長続きしません。彼女は死にます。

［8］

牛の女は殺されます。

ここで問題となったのは国家でした。表面的には、彼女を危地に追い込んだのはその調査《ワーク》のあり方、つまり他所者の観察者でありながら、実地《フィールド》の、階層と序列を持った社会にずかずかと土足で踏み込んでしまいがちなスタイルでしたが、深層にあるのは国家でした。概念としての国家であり、国境線を有した実体としての国家＝土地です。

一九六〇年は俗に「アフリカの年」と呼ばれています。じつに十七カ国もが独立を果たしたからです。これは二十世紀の画期でした。少なくとも二十世紀のその大陸の画期でした。これ以前にアフリカ大陸にあったのは植民地時代です。ヨーロッパ列強（イギリス、フランス、ポルトガル、ベルギー、イタリア、スペイン、ドイツ）がここを全大陸規模で分割していたのです。

そして、話は複雑です。

植民地政策は、もともとの王制を温存させる方策を採りもしたからです。黒人王国の、です。たとえば**牛の女**の選んだ実地《フィールド》、そこは以前フランスに領有されていましたが、徴税と徴発といったものを効率的におこなうためにフランスは王制《それ》を残したのです。意図的に。けれども独立国家となった途端にその「国家」と旧王制の縄張り意識がずれました。それにもかかわらず**牛の女**は、かつては敵対していたり、隷属させたり、隷属させられたりと、はなはだ多様な力関係にあった一群の小王国の縄張りに平等の心持ちで接してしまい、それらを穢《けが》した、との厳粛な事実があったのです。

文化的に穢したのでした。汚染したのでした。

その結果として**牛の女**は殺されたのです。

牛の女は市《いち》の外れにテントを張って寝泊まりしていたのですが、そこを襲撃されました。七人から強姦されて、頭を割られました。斧のめった打ちです。死体は川に流されました。いわずもがな、ニジェール川にです。奪うに値しない品々はいっしょに舟に載せられました。人類学的資料の未現像のフィルムや、手帳や、ケースに収納されているカセットテープ等がです。まとめてニジェール川を下ります。その舟が、禁忌《きんき》の死者舟であることは、ほとんどの人間たちが理解しました。交易都市に群居している「ほとんどの人間たち」、すなわち複数にして多彩な民族がです。ふだんから交わりを結びますから、了解される共通の標《しる》しというものがあったのです。それが、舟に、付けられていたのです。

死体は触れられませんでした。なかば畏れられて、すなわち禁忌に由来する敬意すら払われて、死体というよりも遺体とみなされて。

牛の女のその遺体は、無視されて、埋葬されずに漂いました。するとと鬼面のテープもいっしょに漂うのでした。そこに収録されている、かつて**牛の女**が定義したところの「砂のロックンロール」も川を流れるのでした。いわば「河川の『砂のロックンロール』」なるものとなって、流転《ロール》に入るのでした。禁忌の通用する領域が終わるまで。

［9］

雨季でした。増水していました。**牛の女**の遺体には猛禽たちが手をつけて、実際には嘴をつけて、その禁忌の死者舟は鳥類だけを船頭にしてニジェール川の大湾曲部の、東の……、東の端に存在しました。いまではニジェール川は南東へと流れています。そして、禁忌のその標しを理解する人間たちが暮らす領域もとうとう通過しています。

舟は中洲に打ち上げられます。**牛の女**はたんなる骨とわずかばかりの皮になっています。もはや、遺体、と丁寧にも呼びようがない様相《ありさま》。かつ、それは中洲の人々に棄てられました。もはや禁忌はありませんから、ぞんざいに触れられて、ポイッと処分されました。しかしながら漂着した舟艇と、**牛の女**のその遺物は違いました。これらは奪われました。中洲の人々の視点からすれば、正当に拾われました。かつ、その中洲の王に献上されたのでした。

［10］

さて、このようにして**牛の女**のフィールドワークは途絶しました。しかしながら物語には、それの前と、後ろがあります。冒頭から断じているように**牛の女**のそのフィールドワークは物語の折り返し地点に過ぎないのです。しかし、それにしても、**牛の女**をこうも簡単に惨死に追いやってしまった「国家」とは何でしょうか。「国家」と民族がそのままでは紐帯を持たないのだとして、では不自然きわまりない国境線に封じ込められている民族、諸民族とは何でしょうか。**牛の女**が採集した鬼面のテープ内の歌は、とある民族のキャラバン、すなわち移動することを生業《なりわい》としている集団からもたらされました。この集団には国家の概念はありません。国境線はつねに「またがれるもの」です。モーリタニア、マリ、アルジェリア、それらの土地＝概念の「国家」

が彼らにまたがれます。それでは民族としての彼らは何者でしょうか。白色人種のベルベル人であって、その民族的な条件はベルベル語を話すことです。白色人種であることもまた肝要です。そうだとしたら、では人種とは何でしょうか。大雑把には皮膚、その色彩、となります。ベルベル人はコーカソイドなのですから、それは白色《ホワイト》です。

この人種が、**牛の女**の途絶したフィールドワークの、前に。

そして後ろには、ニグロイドが。

［11］

中洲には王がいて、すなわち王国があったのでした。それは黒人王国なのでした。人々を統《す》べている王の名は、咬む男、といいました。これは発達した犬歯に由来しています。しかし咬む男の身体的な特徴はこれだけではありません。**牛の女**の遺物を献じられたこの王、この咬む男は、生来の盲《めしい》でした。この先天的な障害は、けれども咬む男に苦難ばかりをもたらしたわけではありません。むしろ逆でした。むしろ、妖しい魅力の源泉でした。さまざまな人類誌（記述的人類学、アンスロポグラフィ anthropography）が記すところですが、「人間の世界が見えない者は、超自然界と交われるのだ」との観念がニジェール川の大湾曲部から東に出外れた土地の彼らにもあったのです。実際に咬む男は幼少の砌《みぎり》から精霊たちと交わっていました。咬む男は、生まれは王族やそれに類する身分《もの》には非《あら》ず、しかし超自然の者どもとの交信から「いつか権力を持つよ、お前は、いつか権力を握るよ」と知らされていたのです。

「ああ、お前は、暗澹たる悲劇からはずうっと遠い運命にあるよ！」と囁かれていたのです。

囁かれている、という実感が咬む男にはありました。他者が客観的に分析・検証できることではありませんが、しかし咬む男が三、四歳の頃から凶事も吉事も口にして、予言する子、として有名を馳せたのは事実です。精霊たちの種々の囁きを、超自然界からの情報、知見として咬む男は伝えていたのです。長じて占い師になりました。長じて、咬む男は、王侯からの信頼をふんだんに得ました。ふだんの咬む男は、いわゆる「下々《しもじも》の者」の一員として曠野《こうや》に暮らしています。が、盲目であるからこそ王宮の深奥にも立ち入りを許されました。見てはならないことを咬む男は絶対に見ないからです。長じるに長じて咬む男は王宮《そこ》の実権の掌握に入りました。そうです、それが運命だったからです。咬む男、このとき初老。

そして「アフリカの年」です。あの二十世紀のアフリカ大陸の、画期です。

独立国家誕生の内紛で王家は倒れそうになります。具体的には、咬む男が仕えていた王が斃《たお》されそうになります。すると咬む男は、王国そのものを曠野に移します。王宮から何から、その黒人王国の芯を移動させたのです。人々を率いていました。結局、実権を握っているものですから新王にもなりました。その王座の奪取は告発されません。「王国を維持したい」というのがなにより王国の人々の本能的な感情であって、それに咬む男が応えたのです。まるで精霊の囁きに命じられたかのように、時宜ばっちりに応えたのです。とはいえ咬む男は、じつはもう超自然界とは交われていません。権力は超自然的なほうの力を殺したのです。これが力と力の均衡というものです。「人間の世界の力を得るものは、超自然界の力をうしなうのだ」の原理です。これまた人類学的にまっとうな解釈です。

にもかかわらず咬む男は精霊の王と呼ばれます。そして、咬む男は超自然界の遊牧民さながらに移動します。王国の人々を率いて、移動します。これは彷徨《さまよ》える王国なのです。現時点では中洲にいて、だからこそ中洲の人々は咬む男に統べられる人々なのでした。この人々が、あの**牛の女**の遺物を咬む男に献上するのです。

　咬む男、すなわち精霊の王に。カセットテープは精霊の王に所持されるものとなります。ですがこの精霊の王は、そこに収録されている歌を一度も聞きません。あの「河川の『砂のロックンロール』」をその鼓膜に響かせません。

［12］

　呪物はあたりまえの物体《もの》ではないのに越したことはありません。そこに、その社会にはありふれていないからこそ超自然的な説得力を持つのです。異人の所有物《もちもの》にして見慣れないハイテックな形態と触感をしたカセットテープは、咬む男のその身のまわりに置かれる呪物に選ばれます。すなわち、ここでも、このカセットテープは異形性を帯びた鬼面のテープだと認識されたのです。

　それから雨季が終わります。乾季に入って、たちまちニジェール川が乾上《ひあ》がりそうな様相を呈します。人々は移動をはじめます。中洲の王に率いられて、咬む男のその託宣に命じられて、東に移ります。「動きつづける王国は滅びない王国だ」と中洲の人々は考えていました。もはや中洲にはいない元中洲の人々は、元中洲の王である精霊の王に、その、彷徨える王国の超自然的な駆動力の観念を叩き込まれていたのです。頭脳の内側に流し込まれていたのです。

東へ。そして、東とはどこでしょうか。ニジェール川は南東へと流れています。マリからニジェール共和国、ナイジェリア、それらの「国家」群を順につらぬいて流れています。そして咬む男の、国境線には永遠に封じられることのない黒人たちの王国は、その流離《さすら》いの原理からナイジェリアに接近しています。刻一刻。

一九六七年のナイジェリアは大荒れでした。ビアフラ戦争が起きていたからです。これは内戦です。一九七〇年まで続きました。そして、この内戦に乗じて、ただの掠奪《りゃくだつ》集団となった三十二人兄弟が西部の国境地帯で暴れまわります。この大兄弟の下から数えて四番めに、新しい登場人物、空腹ヤシがいました。椰子酒《やしざけ》も産めない腹ぺこのココヤシ（もっとも一般的な熱帯のヤシ。このヤシの樹液から酒が造られる）、がこの名前の由来でした。父親がイスラム法に則った離婚と再婚をえんえん繰り返していたため、これまでに十一人の母親が空腹ヤシの前には現われていて、姉は二十四人いました。サバンナと森林地帯の間からこの空腹ヤシとその他の三十一人の兄弟はやってきました。ソ連製の武器を携行していました。

［13］

ですが、登場人物はそれだけではありません。

物語にはその折り返し地点の後ろとともに、前があります。途絶した**牛の女**のフィールドワークの、後ろに現われたのが黒色人種の咬む男でしたし、同様に黒色人種の空腹ヤシでした。しかし、前があるのです。そこには広義の白色《ホワイト》の皮膚をした人種が現われるのです。すでに解説したベルベル人たちのキャラバンが、そして、そのキャラバン中でも最年少の男の子が。十一歳でした。西暦で説けば一九五五年の五月に生まれていました。だから、その、登場した場面では十一歳でした。

ここでの出来事は**牛の女**のフィールドワークとその中断の、ほぼ一年前に当たります。物語は過去にも流転《ロール》するのです。

十一歳の男の子の名前は末っ子といいます（普通名詞が固有名詞化している。日本語の人名でいえば留《とめ》や末吉《すえきち》）。

［14］

キャラバンは南から北に戻るところでした。この時期の彼らは南のほうに交易に出ていたのです。あの長距離交易です。アフリカ大陸の砂の大海（サハラ砂漠）に散らばる井戸の場所《ポイント》を憶えていて、決して見失わない彼らは、スペイン領サハラのとある場所《ポイント》を訪れたのでした。スペイン領サハラは一九七六年に領有権が放棄されて、ただの「西サハラ」になりますが、それ以前はスペインの保護領だし一九五八年からはスペインの海外県です。末っ子をその一員とするキャラバンは、その場所《ポイント》に到達する前に砂嵐の襲来を予見し、身を隠し、巧みにやり過ごし、それから目当ての井戸をめざしました。すると予見などしようがないものに出喰わします。墜落した飛行機です。

これはベルベル人がその隊商路で墜ちた飛行機と遭遇した場合、何が起きるのか、の事例研究《ケース・スタディ》です。まず、サハラ砂漠縦断の途上にあった駱駝たちを休ませるでしょう。最優先に。それから現場に足を向けるでしょう。事故の。いまも飛行機が烈々と炎を噴きあげていることから、これは墜落事故が起きてからせいぜい二時間程度しか経っていないなと判断するでしょう。機体を漁るでしょう。それは「収穫を漁る」ということです。燃えずに残っている荷物《カーゴ》の中身は、紙幣です。馴染みのないデザインですから価値は正確には推し量ることができませんが、もちろん拾得します。また、それらの大量の紙幣を収めている木箱そのものが彼らには貴重な木材として歓迎されて、もちろん収穫されます。また、そもそも飛行機の金属部品というのは解体《バラ》されればおおかた貴重な鍛冶の材料になりますから、これも大歓迎の収穫物です。コクピットからは操縦士の遺体が発見されて、それがあきらかに異教徒のものだったので死体は捨て置かれて、けれども衣類は剝がされます。さらに判断があります。彼らは、火が終熄すれば収穫はもっと望める、と考えて井戸とその事故現場の近辺での露営を決めるのです。山羊皮のテントを張るでしょう。岩塩で味付けした黍《きび》のスープを啜り、稗《ひえ》粥を食べるでしょう。濃いお茶を何杯も飲むでしょう。荷を積み過ぎた駱駝たちの面倒を見て、脇腹にできた水疱を火に入れた鉄棒で焼き潰したりするでしょう。

　末っ子はどうしたでしょうか。大人たちのように荷物《カーゴ》の紙幣や木材や、鍛え直すことの可能な金属部品にときめいたりはしません。しかし収穫は漁っています。飛行機のコクピットのほうに歩み寄ると聞こえる音声があって、それに心奪われています。じつは操縦席にはラジオが搭載されているのでした。そのラジオが死んでいないのでした。そこから歌が流れているのでした。

　歌でした。

〔15〕

末っ子が歌を収穫します。その露営の就寝の時刻、末っ子は渡された毛布を手に、まるで暖をとるように燻《くすぶ》る機体のかたわらに、それも操縦席にいちばん近い砂地に転がって、ラジオに耳をすましますます。頻繁にオンエアされる曲があります。とあるロックンロールです。西洋のポップ・ミュージックは、初め、野蛮に聞こえました。ほとんど「歌」とは認識不可です。サハラ圏の音楽文化にいう「歌」とは別物すぎたからです。しかし末っ子は、その夜、そのヘビー・ローテーションで流れる曲の内側にメロディを発見します。すると、たちまち、それは「歌」となります。じきに識別がはじまります。そのメロディは、そのヘビー・ローテーションの一曲にしか含まれていないこと。その曲が、ロックンロールが、特別であること。末っ子は認識します。鼻唄のように喉を鳴らしながら、奏でられ歌唱されているメロディに合わせて反応しながら、認識します。結局、末っ子のいるキャラバンは二日二晩をその墜落した飛行機と井戸のまわりに休憩します。休みながら「収穫を漁り」つづけます。末っ子も、そして、収穫したのです。あるいは歌を拾得したのです。ラジオでこの間、七十回超もその特別なロックンロールを聴取しつづけることで。歌えるようにもなりました。歌詞は英語だったのですが、そのボーカル・パートの上面《うわつら》だけをベルベル語の空似《そらに》のフレーズに置き換えて、いわばベルベル人として消化してしまったのです。

これが事例研究《ケース・スタディ》です。スペイン領サハラに墜ちた飛行機がその操縦席のラジオからロックンロールを流して、十一歳の利発な少年がそれをみずからの所有物《もちもの》にして、やがて北北東にまで持ち帰られるのです。隊商路の北北東、アフリカ大陸の、国家としてのアルジェリアです。そこには専門的な音楽家集団もいます。ベルベル人の「部族音楽」のプロフェッショナルたちが。

〔16〕

これが**牛の女**のあの折り返し地点の、一つ前の挿話です。末っ子の登場はここまでです。いっぽうで物語は後ろにも流転《ロール》しています。そこにも登場人物はいました。あの空腹ヤシです。

国家としてのナイジェリアにいます。その西部に。

三十二人兄弟の下から四番めであって、決して末っ子（普通名詞の「末子《ばっし》」）ではない空腹ヤシは、他の三十一人の同胞《はらから》とともにソ連製の武器を手にしていました。この挿話の現在時は一九六七年、前の年には軍事クーデターとその対抗軍事クーデターが勃発し、それから年が改まって五月、ナイジェリア東部州がとうとう「ビアフラ共和国」との国名で分離独立を宣言したのでした。内戦、ビアフラ戦争のはじまりでした。政府軍を援助したのはイギリスとエジプトとソ連、東部州側に付いたのはポルトガルと南アフリカ共和国とフランスですが、こちらは微力でした。三十二人兄弟は前年の二つのクーデターのはざまに銃火器を供与された民兵となり、それから漁夫の利をめざす掠奪行為に走りました。

「正義は力にあるんじゃないかなあ？」と空腹ヤシが思ったように、他の三十一人も思ったからです。

［17］

さて、物語はここからも前後しますから、記述は極力シンプルに変えます。人類誌における一次情報のセクションのように。また、あらゆる学問が結局は「その学者の、その主要な関心」に絞られて考察、展開、または対象の観察が為されているように。

　空腹ヤシがナイジェリアの西部国境地帯にいたのです。とある市《いち》で、空腹ヤシを含めた三十二人兄弟が「彷徨える王国」のことを噂に聞いたのです。出所は流しの髪剃り師だとも突きとめたのです。国境地帯の貿易圏の、その市で。しかし、精霊の王と「彷徨える王国」には誰も手出しはしていないとのこと、その理由《わけ》はといえば西の連中が精霊の超自然力を畏れているためでした。ナイジェリア国境の西の、サバンナ暮らしの連中が。精霊の王、すなわち老境にして盲目の咬む男はある種の、曠野の神、とみなされていたのです。

　が、その畏怖を三十二人兄弟は持ちません。サバンナ由来の「精霊の超自然力」への畏れを。禁忌に捕らえられた感情を。なにしろサバンナの彼方、いわばサバンナの彼岸から同胞《はらから》たちは来たのです。しかも彼らの生地には神々は数多《あまた》いたのです。それこそ弱い神もいれば強い神も、人間の神だってざらに。

　だから、この神を殺すのに躊躇はありませんでした。そして、この神、とは咬む男でした。三十二人兄弟の、その重武装、その経験と戦術、それらの前に王としての咬む男はやすやす斃されて、王国もまた。それから咬む男のその力の源（と目される呪物、宗教学にいうフェティッシュ fetish）も奪われます。戦利品としてです。たとえば精霊の王に所持されていたハイテックな形態のカセットテープが、です。

「いい勲章だなあ、王殺しの」と空腹ヤシとその兄弟たちは言い交わしました。戦利品の鬼面のテープを掲げて。

［18］

勲章をまとえば無敵でした。その「彷徨える王国」が実際あちらこちらと彷徨うばかりで富らしい富は持たない現実を知った三十二人兄弟は、荒ぶる掠奪集団として南下します。ニジェール川の大デルタ地帯（ナイジェリアの南部、ギニア湾に注いでいる巨大なデルタ）に出ます。それから森林地帯に入って、東で漁夫の利、西で漁夫の利、まるで殺《あや》めたサバンナの神の力に護られているかのような快進撃を続けます。

その評判に目をつけたのが、ビアフラ共和国です。「君たちを我が国のプロフェッショナルな軍事顧問として雇いたい」と依頼してきます。それも、ニジェール川の数十の支流と数百の森を越えて、あらゆる伝手《つて》を駆使して。

空腹ヤシたち三十二人の同胞《はらから》は、三十二人セットで雇われます。

空腹ヤシたち三十二人は、ビアフラ共和国の首都（エヌグ。ただし首都はその後つぎつぎ移転を強いられ、デルタ東縁の都市オウェリが一九六九年からの臨時首都となる）の、死守作戦を展開します。

空腹ヤシたち三十二人は、この作戦に先立ってポルトガル人の少佐と面会します。自称少佐です。このポルトガル人はテープレコーダーを所有し、司令室にそれを置いています。そして、三十二人兄弟との対面時に「で、そのカセットテープには何が録音されているんだ?」と訊ねます。

彼らの勲章を指して。

長兄が、精霊の声さ、と言い、次兄が、俺っちらに殺された精霊の王の祝詞《のりと》だぜ、と答え、三兄が、つまり力ってわけなんだなあ、と解説します。ポルトガル人の少佐は、「では再生してみよう」と応じます。

するとロックンロールが流れます。

あの「河川の『砂のロックンロール』」が。王殺しの勲章は、音楽でした。

［19］

これは三十二人の絆の歌になります。空腹ヤシたち三十二人兄弟の、いわば軍歌となり、士気昂揚のために歌われます。しかし、ニジェール川の大デルタ地帯を往き来する間にテープはすっかり傷んでいました。だからポルトガル人の少佐の司令室で再生された音は、あるいはその後に幾十度と再生される音も歪《ひず》んでいました。いわば録音された音声そのものが異形になったのです。鬼面を宿したのです。おまけに兄弟は全員が音痴、そこで三十二人の絆の歌は「三十二人が歌えそうな歌」におのずとアレンジされてしまいます。これは、すなわち、叢林《ブッシュ》と呼ばれる彼らの生地のロックンロールでした。

歌は「森の『河川の「砂のロックンロール」』」に変容したのです。また流転《ロール》したのです。

〔20〕

また物語の折り返し地点の前へ。**牛の女**の途絶したフィールドワークの、二つ前の挿話へ。

飛行機は、まだ墜ちていません。

そして飛行機のその操縦士は、イギリス人です。イベリア半島から北アフリカ各地に飛ぶ航路を、その一九六六年、墜落死の年、航空会社には属さないフリーの立場で往き来しています。国民兵役のある時代に生まれ、十八歳で英国空軍（ロイヤル・エア・フォース、略称RAF）に徴集され、操縦を覚えました。トータルで七年間空軍に勤務しますが、その二年め、ヨーロッパに配属になり、運命的に米軍放送（アメリカン・フォーセズ・ネットワーク、略称AFN）を耳にします。ここでは始終、アメリカ発のポップ・ミュージックが流されていました。これぞ新世代の音楽、でした。もともと操縦士はその類いの音楽に夢中になっていました。軍務の初期、ヨーロッパに渡る前には英軍放送（ブリティッシュ・フォーセズ・ネットワーク、略称BFN）とラジオ・ルクセンブルクに代表される民放局を愛聴していて、誕生して十年と経っていないロックンロールを追いかけていました。しかしながらヨーロッパでの駐留軍勤務は格別でした。米軍放送は、USA《あちら》で発売直後のロックンロールや、発売に先駆けたプロモーション盤までオンエアして操縦士の鼓膜に届けたのです。たっぷり、たっぷり。操縦士はラジオの熱烈な信者になりました。

それから操縦士は士官になり、除隊し、民間の航空会社のパイロットに採用されて、稼ぎ、独立しました。ルーティンになっていた路線飛行から離れることを欲したのです。自由に天翔《あまがけ》ることを欲したのです。そして、コクピットにラジオを搭載することも欲求したのです。それはとてい、路線飛行では叶いませんでした。しかし目下はフリーです。愛機があります。そして、フリーの操縦士の需要もあります。一九六〇年代の初頭は、国際情勢においては東西問題より も南北問題がいっそうホットで、紛争地帯《ホット・スポット》もあちこちにあって、北のヨーロッパから南のアフリカ大陸に内密に何かを空輸する仕事は、一度コネクションさえ構築すれば欠かさず入りました。すなわち時代背景が操縦士の渇望を満たしたのです。

操縦士は、イベリア半島の飛行場にその拠点を置き、飛びました。

ラスト・フライトは一九六六年の六月でした。

［21］

大事なことは二つ。

搭載されていたラジオが受信能力に非常に優れていたことです。北アフリカに飛行しても、イギリスの海賊ラジオの電波を捕捉できました。海賊ラジオというのは、法の盲点を衝《つ》くために海上に置かれたポップ・ミュージックの放送局《ステーション》のことで、ラジオ・キャロライン、ラジオ・ロンドン、等がありました。

それからこの年のこの月、アメリカとヨーロッパ諸国の双方のヒット・チャートを席捲している曲があったことです。イギリス出身のグループのシングル曲でした。その曲のオンエア率は、異様に高まっていました。ロックンロールでした。

そして大事なことの三つめ。操縦士はスペイン領サハラの領空《そら》に入ってからエンジン・トラブルに見舞われて、それは砂嵐が原因なのですが、「航続不能だ」とみずから判断し、それでも飛びつづけながら、「まあ、悪い人生じゃなかったな」と考えました。ラジオは、操縦用のコンソールと同じ系統から電気を供給されて、いまもロックンロールを響かせています。もちろん猛烈な風音とエンジン音はラジオの放送《それ》をかき消してしまっているのですが、鳴り響いているのは事実だし、操縦士には幻聴もありました。

聞きながら、飛行機とその操縦士は砂漠に墜ちたのです。「ああ、いかしてる」——その満たされた幸福感。

［22］

それでは物語の折り返し地点の、後ろへ。

空腹ヤシたちの三人兄弟は、ビアフラ戦争の終結の時点、一九七〇年の一月までに五人兄弟に減っていました。生き残ったのは空腹ヤシと他四人で、ビアフラ軍は無条件降伏しました。ビアフラ共和国側の死者は、餓死、そして戦死を入れて二〇〇万人でした。それは二十世紀史に深々と刻まれる悲惨な内戦でした。生きのびた空腹ヤシは、他の四人の同胞《はらから》が「戦争はこりごりだよぉ」と言っているのに、「いいや、俺はライフルは手放せないね」と宣言して、その後も戦争に生きることにしました。アフリカ大陸のあちこちに、いまだ紛争地帯《ホット・スポット》はありました。大国たちの代理戦争も多数。雇われて最前線に赴く時、空腹ヤシは三十二人兄弟の絆の歌を忘れませんでした。あの「森の『河川の「砂のロックンロール」』」を。

一九七〇年代、空腹ヤシはアンゴラにいて、歌は赤道を越えていました。歌は、赤道を越えて流転《ロール》していました。

［23］

物語の折り返し地点の、もっともっと後ろへ。

一九八八年十二月、アンゴラは南アフリカ共和国と和平協定を結んで、その結果、南アフリカが植民地化していたナミビアが一九九〇年三月に独立します。その少し前です。

空腹ヤシが深傷《ふかで》を負い、逃走しています。

傭兵として、南アフリカで、「アンゴラ侵入部隊」の中隊を指揮したのでした。数千ものアンゴラ人を殺したのでした。村も焼きました。しかし和平協定が締結されました。引き揚げる土地が見出せません、空腹ヤシには。しかも内戦下の残虐行為の報復《しかえし》のために追われているのです。まだ国境とは認定されていない国境線を越えて、空腹ヤシはナミビアに逃れます。まだ「国家」にはなっていない、地域としてのナミビアの海岸砂漠に。

ナミブ砂漠です。そこにゴースト・タウンを発見します。死を待つために、空腹ヤシはその町《タウン》に転がり込みます。

〔24〕

物語の折り返し地点の、もっと、もっともっと前へ。

一人のロック・スターがいて、彼はイギリス人です。音楽的冒険を求める情熱と、確かな才能があって、それなりにグループを人気者にします。四人メンバーです。しかし「もっと、もっと！」と思います。「国際的な成功を！」と渇望します。ついに究極の驚異的な曲《キラー・チューン》を完成させますが、その作曲のあれやこれやを終えた時点で、バンド内の決定的な亀裂があらわになります。じつは、禍《わざわ》いの種はマネージャーです。メンバーのうち二人だけと結託して不当な稼ぎを得、それどころか契約の落とし穴も利用して大金も正当に得ていたのです。

驚異的な曲《キラー・チューン》がプレスされた一週間後、アメリカでの先行発売が好評を博すさなか、ロック・スターはそのマネージャーとの口論の果てに刺されて、失血死します。スキャンダラスな事件でした。ラジオは彼の驚異的な曲《キラー・チューン》を、ニュースの報道とともに次々とオンエアします。曲は、そのロックンロールはアメリカかヨーロッパ諸国かを問わずにヒット・チャートを駆け昇りますが、死を迎える直前にロック・スターが思ったのは「ああ、虚しいや。ロックンロールなんて、命を消すだけの所業だ」、でした。

〔25〕

物語のいちばん後ろへ。

白人農場から三人の黒人姉妹が逃れます。一九八九年のことです。三人はナミビア独立の噂を聞いたのです。それまでのそこ、「国家」としてのナミビア以前のナミビアでは、ミニ・アパルトヘイト（アパルトヘイトapartheidは「分離」を意味するアフリカーンス語。徹底した人種隔離・差別政策のこと）が行なわれていたのです。そのため、先走って三人の姉妹は奴隷環境そのもののような農場から脱出したのでした。めざすのは、父祖の地。そこには同じ仲間がいるはずだと信じました。同じ民族の、同じ部族が。

ナミブ砂漠には世界有数のダイアモンド鉱脈があります。鉱脈《それ》があるからこそ、部族の人間たちはかつて土地を逐《お》われ、それどころか農場に連れ去られたのです。

しかし一帯のダイアモンド鉱脈がすでに涸れていたために、そこは見限られていました。採掘のための町《タウン》は、ゴースト・タウンと化していました。むろん仲間もいません。

伝説のような父祖の地に、仲間は一人もいません。

しかし、幽霊《ゴースト》が一人、いました。

正確には死者になりかけている黒人が。それは重篤の、深傷を癒す術《すべ》も持たずに横臥している状態の、空腹ヤシでした。ロックンロールを歌っていました。兄弟の絆の歌としての「森の『河川の「砂のロックンロール」』」を、夢見るように。

三人の姉妹はこの男を看病し、それから、自分たちだけで部族の血を残そうと、ある決心をします。瀕死の男のうえに乗って、強引に男のペニスを機能させて、勃《た》たせて、「あたしたちは絶えてはならないのよ」と言い交わしながら、かわるがわる寝ます。この数日後に空腹ヤシは事切れますが、その臨終《おしまい》の瞬間まで歌を口ずさんでいます。

やがてこの世に生を享《う》ける子供たちの、異母兄弟にして従兄弟《いとこ》たちの、共通した父親からの遺産が、子守歌にも用いられるそのロックンロールになります。

第七の書

汝《なんじ》ブックマン三部経

コーマW
音楽

一九六X年に私は生まれた。一九六X年の七月だと私は語ったか。それはひそやかに織り込まれた告白だったけれども。私はその時、自分が「二十世紀に生まれたのだ」と宣《せん》していたのだし、それはただちに「二十一世紀にいまも生きつづけている」と続きもしたのだ。

ところでさっきのロックンロールの物語は、その流転《ロール》の鍵となる墜落の年が、一九六六年の……六月だった。そこに私はある種の意味なり、あるいは暗示なりを込めたのだろうか？

――わかるものか、と私は自答した。いまさら記憶をたどれないよ。なにしろ元来、それらは二十世紀に語られているのだから。二十世紀のうちに。その世紀が終わってしまう前に。

終わってしまう前に、閉じたのだ。

そうなのだ、七つの物語は（あの『七部作』といったほうがいいのだろう。または七書と）二〇〇〇年十二月三十一日以前に西暦二〇〇〇年を描き込み、封じた。すなわち封印させてから頒布、流布に入った。そこにはもちろん黙示的なコンテクストはある。暗示を超えて黙示している。

――二十世紀は封印されるよ、二十世紀は封印されるよ、と。

そうなのか？　私は唇を、唇を噛みすぎて、もう下側の口唇《それ》は裂いてしまった。

この病室に眠りつづけているこの人のなかでは、たしかに封じられたものがある。被害に遭ったのが二十世紀のうちだったのだから。だとしたらひたすら眠るこの女性を、二十世紀が封印した、そうも言い換えられるだろう。そのようにもパラフレーズできるのだ。しかし、私はこの点には目を向けなかった。むしろ私は目を背けた。だからこそ、うだうだと言ったのだ。

主観的に流れる時間のことを……。

また、客観的な時間のエンジンのことも……。

どちらからも歴史が説けた。どちらからも歴史（と歴史に向かう考察）は端を発した。しかしながら、そして、いまさらながらに私は思う、歴史とは何だ？

これに関して、自答は可能だ。因果関係を連ねることが歴史だ。その実例はアフリカ大陸の、まさにさっきのロックンロールの物語となる。鬼面のテープの、発想《コンセプト》としての人類学的な追跡。ある事実（または事物）があり、それが次の事実（または事物、または事象）に連なり、惹き起こし、これは時系列を鳥瞰するならば「前にも後ろにも」連なっている。そこには非情なエピソードもその逆の慈悲に富むエピソードも顕《あら》われはするが、そうした側面の評価はともなわれない。第一義的には、ともなわれない。

それが歴史だ。因果関係を連ねること。

――では、因果応報を連ねることは。

いきなり私は、おのれに問う。〝因果〟と言えば日本語のその体系の内側ではただちに、応報、と続けるのも至極自然だから。四字熟語の世界ではそうだから。私は即座に回答もできた。またもや自答できたのだ。

それは宗教だ、と。

〝因果〟の二字の後には二つの選択肢があって、いっぽうは歴史とイコールで結ばれて、他方は宗教とイコールで結ばれる。

私の口は、からからに渇いた。いつかと同じだ。私は点滴とチューブだけに依《よ》っている病床の人に、私の昏睡《コーマ》するWにふたたび「もうしわけない」と思って、水への渇望を断《た》ち、視線をしっかりと病床に向ける。それから、驚愕する。

奇蹟があったからだ、そこに。

そこに奇蹟を見てしまったからだ。

しかし……しかし、ひとまず奇蹟という語を定義しよう。すなわち奇蹟とは何だ？　内容を「これこれである」と断じられる現象ではない。その現われにかかわらず、受け取るほうの側がいかに驚愕したか、のみが問われる。ようするに驚愕の度合いに係《かか》っている。そして、その度合いの「（日常性を）超越する」側に宗教があるのだ。また、おおかたの奇蹟は視覚に関わる現象《もの》として存在する。ある死者がいたとして、その死者が生き返ったのだとしたら、復活は見られたたから奇蹟になったのだ。

そうではない復活を想い描けば、納得は容易だ。たとえば死者が、あらゆる地域の人知れぬ森でしばしば甦るとする。地球上で、一年に一人二人は復活を遂げているとする。しかし、そこが完全に無人の森（森の内奥）だったとしたら、それらは奇蹟にならない。誰にも見られないからだ。

――同じ話が、音声、〝音〟についてもあるわけだけれどもな。

私はふいに、古典的な問いを思い返した。〝音〟に関する問題だ。ある音声が、無人の森に鳴りわたったとする。あるいは、ある音楽が、同じ条件で奏でられたり、歌われたりしたとする。すると、それらの〝音〟はあったのか、なかったのか？　もしかしたら人間《ひと》の耳に届けられない音楽は、「音楽にはならない」のではないか？

そしてまた、私は考える。聴覚に関わる現象《もの》としての奇蹟は、どの程度あっただろうか、と。すなわち――「見られる」奇蹟には分類されない、「聞かれる」奇蹟は。

さあ、語ろう。

現在進行形の奇蹟だ。

求めていた出来事を私は得たのだった。ロックンロールの物語をすることで果たされるならばと切願しつづけた活性化を、この人の、その生《せい》への接近を、いまこそ確認したのだった。左の手のひらが動いた。微動ではあっても動いた、すなわち反応した。それは（以前にもあったという意味での）心電図モニターの反応《それ》とは全然違った。たしかにモニター上に映し出されたその「動き」も奇蹟ではあった。が、私を驚かせはしなかった。私の直観《みとおし》を後押しするだけで、「さもありなん」と思わせるだけで、それを超えるものではなかった。超越性がなかった。この目が、私の肉眼が、この人の肉体に（まさに〝肉〟の身に、可視の出来事として）認めたものではなかったからだ。

手のひら。

いま、その手のひら。

左の手のひら。

たぶん握ろうとしている。

左腕の、その先端のパーツがだ。この人の。

左腕だった。私はむろん人体に物語を宛《あて》がったのだった。改めての説明も要らないが、人体に六つの大陸と一つの亜大陸を当てはめて、むろん「左腕にはアフリカ大陸を」と割りふったのだった。それは……ならばそれは、届いたのか？　アフリカ大陸での流転《ロール》の物語は、文字どおり聞き届けられたのか？　そのロックンロールは？　すなわち、これは聞かれた奇蹟なのか？　耳のための聖典がもたらした奇蹟。

が、それ以上のことを確かめられない。

私にはできない。

私には可能ではない、私が観察者だから。

私はただの、ゴーストだから。

この部屋を訪問している、「ここにはいない」ゴーストだから。

そして私が罪人だから。

罪人――だが、この人は？　この昏睡《コーマ》するWは？　彼女ですら被害者にして加害者ではないか。

私は刑期満了した人間だが、彼女は実行犯にして被害者で、まだ未決なのだ。

だからこの病室の外には当局の人間がいる。監視者たちがいる。あのドアの、曇りガラスの向こう側にいる。

ほら。

私は、その手をああ、ただちに握り返したいと思い、触れることで奇蹟の現われなるものを確認したいと思い、しかしそれはできない。罪人同士が慰《いさ》め合うことは許されないし、そしてこの人よりも私の罪のほうが深い。私はあの時に逡巡し、その躊躇《ためら》いがこの人に実行させたのだから。

私には穢《けが》れがある。ある。

それゆえに私は、手も握れないのだ。

――W！　W！　同じものに帰依したW！

私は泣いた。

浄土前夜

ここにはインド亜大陸があります

輪廻のデッド・エンド——。

「さて、わたしは言葉でこの窮地から脱出することができるか？」とブックマンは言った。

その声音にはいかなる温度もなかった。ふつふつと滾《たぎ》ってもいなければ過剰に冷ややかでもなかった。

しかしながら煮え滾る感情に駆られるものたちもいて、それこそが瞋恚《しんに》の炎《ほむら》を燃やしたおよそ七百七十四の鬼だった。ブックマンを囲んでいた。この牛頭《ごず》たち馬頭《めず》たちが燃やすのはなにも修辞的な炎ばかりではなかった。

「この窮地から言葉で、あるいは文字で脱出することは可能か？」とブックマンは続けた。「人でありながら書物そのものでもある存在がわたしだと仮定して、さて、お前らのような火をひき連れている連中にわたしは太刀打ちできるのか？」

自ら十重二十重《とえはたえ》に囲んだ牛頭馬頭たちにそう語るブックマンは、しかしながら自身もまた少々の炎はまとっていた。が、それはガードする火だった。護る火炎だった。ブックマンを包囲している鬼たちの頭上、また背後に旺《さか》んに燃える火炎《それ》とはまるで意味合いが違っていた。あちらは焼き亡ぼすための火なのだった。言い換えれば「ありとあらゆる書物を焼却可能な、その火」なのだった。

このパラフレーズを踏まえて（もちろん踏まえていた、十全すぎるほどに理解していた）ブックマンは言った。

「さて、焚書はなるのか？」と言った。「このわたしの焚書は？」

答える鬼はいなかった。

これを異様な情景だと断じてもいいだろう。およそ七百七十四匹の獄卒たちがそこに集まり、まさに地獄ならではの大軍勢として樹下のブックマンを囲繞《いにょう》しているというのに、口を開いたり、開きかけたりする輩《やから》がいない。一匹の鬼たりとも。ほとんど総員が「開いてはならない」と耐えている。辛抱しているのだ、それぞれの口から、うぉう！と咆哮《ハウリン》を漏らさぬようにと。誤っても、うぉう！　うぉう！　うぉう！　と8《エイト》ビートで咆《ほ》えてしまわぬようにと。なにしろその、うぉう！　こそはロッキン肺炎のいちばんの症状として知られる咳《しわぶき》だったから。一度これを許せば、あれも現われる。ローリン関節炎に特徴的なあの症候も抑えきれずに現われる。両膝がかくかくして、腰がぐねぐねして、やがてぐいぐい揺れ出す。一匹がそうなれば左隣りや右隣りの一匹、二匹もたまったものではない。たちまち爆発的に瀰漫《びまん》する、ロックンロール用語にいう、あの「グラインド」の所作がいっきに滲透し、蔓延《はびこ》るのだ。あのアクションが。その憂いを共有しているからこそ、およそ七百七十四は揃って自らを戒めていた。こぞって耐えていた。ところで、この鬼たちの総数に冠された「およそ」との副詞は何か？　これこそ正確さの芯だった。核心だった。たとえば、この場面のこの刹那、ブックマンのたまたま向けた視線のさきに何者がいるか？　双頭の馬頭《めず》だった。馬頭、とは言い換えれば馬頭人身なのだから、かつ、それが双頭の持ち主なのだから、これはさらに二頭一身とも換言しうる。しかしながらこの二頭一身のかたわらに、頭こそは双《ふた》つならぬ一つ、ただ一つの牛頭《ごず》ではあるのだが腕が四本、たぶん心臓が二つ、それから、たぶん膀胱が三つでたぶん陰茎が三つ、なにしろ六本の足で大地を踏んでいる牛頭人身がいる。これは、言い換えれば一頭二身であって一頭三身だ。すると、さきの馬頭とこの牛頭を算術的に処理《プロセス》しようと試みた場合、その解＝頭数はどうなるのか？

そのために「およそ」があった。正確にこのブックマンを包囲する鬼たちの総数を数え立てるならば、ここには「およそ」の副詞が冠《かぶ》せられるのだ。このようにしてブックマンを窮地に陥れている牛頭たち馬頭たちの総数、およそ七百七十四。そして全員がウイルスの保菌者、感染者だった。ロッキン肺炎やローリン関節炎の――。だからこらえるのだが、だからブックマンが問うところに一匹たりとも答えないのだが（そしてその一匹は「およそ」一匹だが）、情景の異様さを彩るのはこれだけではない。いまだ描出されざるディテールがある。まずは総数が「およそ」となる鬼たちがいて、対するブックマンは一人。樹下に思惟《しゆい》でもするかのように、たった一人。が、その足下に遺骸ならばある。横たえられた亡骸《しかばね》ならば見出されて、この死者は一人……なのに死して後、なお肥えすぎている。一人分としてはたっぷり、でっぷり肉《しし》を付けすぎている。命絶えても痩せないのだった。死は痩身術とはならないのだった。それからまた、両目から汪然《おうぜん》とあふれて流れ落ちていった涙の痕跡もいっさい消えないのだった。赤い跡だ。すなわち修辞的ではないものとしての血涙《けつるい》だ。血液の涙は、事実流れた。それは黒い雨に続いた、赤い涙だった……。そのように認めていいのはその東京だけだろう。これらを比較される二つの色彩、黒色《ブラック》それから赤色《レッド》と認識していいのは、そうだろう。かつ、その東京ならば死して後、なおも消し去ることのできない赤色《レッド》の刻印を顔じゅうに遺した遺体を「齢《よわい》は七十七だ」と認めるだろう。「塾長だ」と識別するだろう。それからまた、これが最重要の認識（にして識別、弁別）となるだろうが、その東京は「この遺体は転生を果たさなかった」と認めるだろう。つぎの生《せい》への、輪廻は。すなわち老人は、塾長は、もはやどこにも目覚めない。次のいかなる存在《もの》としても目覚めない。死はただの、揺るぎない死であって、毎度毎度のあのおぎゃあの産声の恐怖も、ない。


死は、死だった。

だが火はただの火ではなかった。これらは地上的な炎《ほむら》とはなりえなかった。鬼たちにひき連れられてきたのだから。その鬼たちは地獄の住人、地獄道の獄卒であって、この地獄道なる世界というのが火中《ほなか》から生まれているのだから、此岸《しがん》で見るには深すぎた。深淵を感じさせすぎた。

紅蓮の火柱を、ある一匹の鬼が所管《もの》にした。

その一本が、即、こちらの世界の大火だった。

しかもそんな大火が百千万とあった。

しかも歪力《わいりょく》に満ちていた。

しかも時に躁状態を示した。噴霧状にバァッと散った。宙返りした。それから驚異的な密度をひけらかし、また、前後の火柱同士で干渉しあい、むしろ饕《むさぼ》りあい咬みあい、交尾《つがい》あって厚みを成した。重複する一瞬、一瞬に紅蓮色はパァッと白熱した。

そこにブックマンはいるのだった。

修辞的なものとしての瞋恚の炎にも囲まれて、ブックマンは、この窮地に(炎熱の危地に)封じられているのだった。

「いわば、この状況は」とブックマンは言った。声音にはいかなる温度もない、沸騰もしなければ冷めもしないのだった。「監獄だな」

応じる鬼はいない。

「まるで火の檻《ケージ》だ。だが、当然か？　それも極めて順当か？　お前らが元来獄卒であるのだから」

ブックマンは言い、およそ七百七十四匹は答えない。

「さて、挑むとするか。これほど多勢の獄卒たちに囲繞されて、この樹下のこの狭きところに投獄を強いられて、この、ここだけは燃えていない樹下がわたしの独居房となって、では挑むとしようか。監獄には監獄の物語を。そこから発生する言葉を、あるいは文字を。いったい誰が監獄の主題歌を歌った？」

またブックマンが問い、また回答の姿勢をほのかにも見せる鬼はいない。

「エルビスだ」とブックマンは答えた。

ブックマンは自らの問いに、自らで答えた。

「苗字と名前を連ねていうならば、エルビス・プレスリーだ。この男が『監獄ロック』を歌った」

一九五七年に歌ったとはブックマンは語らない。同名映画の主題歌であり、主演したのがエルビスであり、その映画はエルビスの三作めの主演作品である、とは解説しない。まだ語らないのだ。映画については、まだなのだ。しかもエルビス・プレスリーを、ロックンロールの王様だ、とも紹介しない。しかしその『監獄ロック』が歌詞に囚人たちを登場させていることは思い出されている。スパイダー・マーフィーやリトル・ジョー、サッド・サックやシフティ・ヘンリーがいたこと、そればかりか囚人たちの番号、あの47号やあの3号もいっしょに連ねられていたのだということは思い出されている。そんなふうに記憶を喚《よ》び起こしているのは、この穢土《えど》だ。

穢土にして、同じ響きのエド、あの江戸から変態した大都市《メトロポリス》の東京。ブックマンはそれから、『監獄ロック』にもそれを歌ったエルビスにもそれ以上の解説は施さず（その場では、だ。もちろんエルビスはじきに再帰する。そこに物語がある）唐突に話題を変えるのだが、この刹那、さまざまな距離感も変えられる。ここという場所がここに限定されず、炎熱のケージである監獄にもあそこが現われ、そうした事実があらゆる情景を描写する距離感をも、ただちに変えてしまう、滑らかに落ちるように、または飛翔するように、すなわち滑空という単語が具える質感のように。天空をめざすのだ、宙《そら》をめざすのだ。描写はさらにその東京を俯瞰するモードに入り、そして俯瞰する生き物こそは鳥だから、そのためにこそ俯瞰という言葉は日本語の語彙のシステムの内側ではしばしば、鳥瞰、と言い換えられるのだから、まさにブックマンはそのことを話題にする。

「ところで鳥たちはどこだ?」と。

「ここにはいない」とブックマンは言った。

たんに実際のありさまを述べた。

「ここには鳩がいない。鴉がいない。四十雀《しじゅうから》も雀もいない。椋鳥《むくどり》もいなければ、鶏、雌ならば年間にやすやす二〇〇個以上もの鶏卵を産むかもしれないレグホンもいない。だがどこかにはいる」と言って、視線を上げた。何かを透《す》かし視《み》ていた、その目は。「たしかにレグホンには衰えた飛翔能力しかないだろう。それが家禽化のプロセスを経たという証しだ。しかし鶏は飛べないというのは誤った認識だし、げんに翼というものがある。だから、飛びもするし、それに駆ける。鱗のついた肢《あし》で地上を駆ける、雄鶏《おんどり》ならば蹴爪がある。しっかりと強靭さを示しているのだ。さて、だとしたらこれらの鳥たちは、どこに?」

眼差しを上げることでブックマンの額ぎわもおのずと宙《そら》に向けられていた。眉間に描かれたR、またはRに似通った梵字風の文様もまた角度をつけて天を仰いだ。すると、その血の層の厚みがあらわにされた。文様は馬の血で描かれていたから。たっぷりの馬血《それ》で刻印されていたから。その意味でブックマンは、足下の七十七歳の老人の遺体と同類だった。

その遺体の顔じゅうにも、同じ赤色《レッド》の刻印がある。遺されている。

だが人の血液の色合いよりも馬のそれのほうが赤味は濃かった。

ブックマンの腰から吊るされた乾《ほ》し馬頭群が、からんからんと風に鳴った。

熱風が吹いていた。いかにも、ここ、には炎熱が巻き起こって、あちらからこちら、こちらからそちらと吹き荒れていた、炎《ほむら》たちと同様に時には躁状態で。これこそがブックマンを囚人としてここに封じる地獄の猛火《ヘルファイア》だった。そして、そのヘルファイア hellfire との名詞はもとより英語のその語彙のシステム内に用意されていた。英語圏はほとんど仏教圏には重ならないというのに——。ところで風が吹き荒れている理由が自明であるように、鳥たちが「ここにはいない」わけも自明だった。不用心に近づけるはずもない。いたら、焼かれた。ただちに炙り焼きとなるのが落ちだった。せいぜい焼き鳥に変化《へんげ》するのが関の山だった。これがブックマンであれば、炙り焼きはただの焼死には終わらない、「焚書」というメタフォリカルな次元を具える。そのようにブックマンその人が匂わせもした。しかし鳥たちには譬喩《ひゆ》は授けられないのだ。炙られた食料にメタフォリカルな変身は許されない。げてもの好きかジビエ好きの鬼たちに頬ばられるだろう。畢《ひっ》竟《きょう》、三六〇度の窮地がここだ。鳥たちにも窮地なのだ。

　しかし本当に無防備なのか。ブックマンの備えとは、言葉、あるいは文字だった。本人の言《げん》を借りればそうだった。それが窮地を脱する手立てとなるかどうかを試す、と。いっぽうで鳥たちには、三六〇度の窮地に対してはあれがあった。前にも後ろにも横にも、斜めにも逃れられないとするならば、まさに宙《そら》があり、そこに翔《か》けあがるための翼があった。非常口はまさに上方にあるのだ。そして翼という飛行器官があるというのもブックマンが断じたとおりだった。生物種として「飛翔のある暮らしに適応し、特化しようと望んだ」一派こそが鳥だからだ。すなわち翼は、ある条件下では「それこそが鳥である」とも言い換えられる。パラフレーズされるだろう。このことは時にブックマンが「お前が、貴様こそが蔵書である」と言い換えられようとするのにも似るだろう。そのブックマンが、数秒の沈黙を挟んでから言う。「鳥たちはそこにいる」とさらりと断じて、するとあそこが立ちあがる。およそ七百七十四の鬼たちが産み落とす、その、火の監獄内にも。

描写を続けた。

「そこだ」とブックマンは言った。

「眼差しを宙《そら》に置き、見下ろすように、鳥という生き物同様に鳥瞰するように探れば、わかる。本能の警《いまし》めからここには決して近寄らない鳥たちは、しかしここ以外にはつどったし、舞い降りて、群れた。あるいは地上を駆けていって群れたのだ。この東京の内部《なか》でだ。そして、東京は、どうなった？　あらゆるものが倒壊した。建物がだ、爆発にやられた、『東京』という名前を冠したシンボルすらも。この都市のシンボルだ、シンボルとして建てられた塔、聳《そび》えていたが、すでに二重《ふたえ》に折れていた塔」

すでに、との副詞をブックマンは強調した。

否、語勢は強められないのに文脈がおのずとこの事実を強調した。

「そこに舞い降りたいと願うのは、それが東京の鳥ならば、むしろ本能だ。さて、東京タワーの跡地は、どうなったか？　わたしは視《み》よう。これは跡地でありながら跡地ではない。取り壊されているとは言いがたいからだ。むしろ陥没した、更地と捉えられて然るべき線《ライン》を超えて、地中に陥《お》ちた。つまり下方に――地中に――聳えたのだ。大地に穴は開いて、そこにタワーの塔脚《あし》であった鉄柱が落ち、梁が落ちて、展望室のパーツが落ち、エレベーターが落ちて、鉄骨製のアーチが落ち、コンクリート製の円柱が落ちて、リベットがばらばらと解《ほど》けて落ち、すなわち建材は何ひとつ撤去されていない。地中の凹みに建つ、いわば『逆《さか》さ建築』となって、柱の構造もそこかしこに残している、格子模様も作っている、ただし一日に八万四千回は軋む、その逆立ちの東京タワーは悶える――」

あらゆる鋼材と鋼材の接《つ》ぎ目が、崩壊の寸前にある証しの音が、顕《た》つ。

あそこでは発しているのだと描写が語る。

そして語るのに先立ってブックマンのその、いっさいを見抜いている視線がある。瞳孔はみるみる開いた。

「だが塒《ねぐら》の地とするには格好だ。そここそが幾何学とモダニズムの樹林だからだ。梁に留まった。散らばって飛んだ。ほら、笛のように鳴いた。鴉は叱るようにカアカア騒いでいる。光は美しいほどに氾濫するが、また、風切り羽と風切り羽のあわいを粒子として通過しつづけるが、むろん蔭《かげ》もある。木蔭と同じように遮光の役割を担った鉄骨のアラベスクはざらにあふれる。どのような事のしだいか、陽光が青っぽいふうにしか翳《かげ》らないところもある。プリズムを通したような分光現象が生じるのだ。そこでは青い鳩たちに胸もとだけが青い雀たち、作りあげた巣のほうが青い何十羽もの鴉のペアたちが出現する。鶏たちが、それも生粋の白色レグホンたちがそこを通りかかることができれば鮮烈な青みを帯びることができるだろうが、残念ながら飛翔能力で劣る鶏はそこまでは降りられない。倒立した東京タワーの、その基部、地平の線《ライン》やせいぜい地下一層、二層めにいるのが鶏たちだ。バタバタとぶざまに羽搏《はばた》いて一メートル降下したり、二メートル、三メートル舞い降りたりと遊びはするが」

ブックマンの語りは、ほとんど飛翔音を沸きあがらせた。

「そこから説くならば、群がる幾種類もの鳥たちのあいだには立体的な棲み分けがあるが。さて、これが東京のシンボルを陥没させて誕生した東京の臍《へそ》だ。それでは問おう、どうしてこんなにも鳥たちがいるのだ？」

これに答えたのはブックマンだった。しかも、即座に。

その回答はこうだった。

「鳥たちは、いるからだ」

六道《ろくどう》についてブックマンは語らない。仏教の輪廻する世界には六種類あり、それらは地獄道と餓鬼道と畜生道、阿修羅道と人道《にんどう》と天道であり、たとえば地獄道のシステムを支える労働力がまさに牛頭人身だったり馬頭人身だったりする獄卒たち、さまざまな鬼たちなのだとは解説しない。具体例をひかない。かつまた畜生道に関しても詳述しない。この境涯においては（いかなる理由に因ってか）禽獣、そして虫魚はその世界にとどまらないのだ。本来、畜生道にある生命は、どうしてだか他の五道に滲《し》み出している。地獄道にも湧けば、人道にも棲む。こうしたことをブックマンは、たとえば仏教の百科全書である『倶舎論《くしゃろん》』を引用するところからはじめて説きはしない。

その『倶舎論』の著者は世親《せしん》、梵語名はバスバンドゥ。鳥たちがどこにでもいる理由は、こうして畜生道の知識などに照らせば自明だったが、すなわち輪廻転生というものをする衆生のかたわらには、つねに付きしたがう存在として鳥獣と虫、魚類がいるのだ、これらの生命はもともとの獣《けだもの》の世界には閉ざされずに、あらゆる世界に食《は》みだしているのだ、だからその東京にも、と箇単に解説できたのだが、しなかった。ブックマンは語らなかった。どうしてブックマンは、たとえば『倶舎論』を引用しないのか？　他に引用するものがあるからだった。異なるタイプの書物からひかねばならないからだった。しかもほとんど全編をひかなければならないから。そして、それは知識ではなかった。知識、または蘊蓄の類いではなしに、物語だった。すでにブックマンは宣言していたのだ、「監獄には監獄の物語を」と。「そこから発生する言葉を、文字を」と。そう、そしてエルビス・プレスリーが登場する。なぜならば『監獄ロック』という全米ナンバーワンにして全英ナンバーワンをも記録したロックンロールがエルビスに歌われたから。

「ここに臍があり」とブックマンは言った。「東京の臍があり、そこに鳥たちがいる」

　ブックマンはゆるゆると言葉を滲透させた。

「東京は日本という『国家』の首都だった。その『国家』の傾向というものを不可避に反映させるのが首都の定めだ、と授業で教えた人間もいたかもしれないな。わたしも同様に思う。だとしたら、この臍に違う『国家』を置いてみたらどうだ？　たとえばインド亜大陸の物語から採って、この臍にインドをはめてしまったらどうだ？」

　思惟のそのさきでブックマンは言った。

「何かは完結するだろう。そして、わたしが鳥たちをそこに目撃して、東京の臍であるそこの、その情景をここに届けられるように、ここでする物語はそこに届けられるだろう。わたしがお前らにするのだ。この東京をインドの首都にすら変えるために——」その形態《フォルム》を変えるために、とブックマンが言外に告げた。「七書から、奪う。その六つの大陸と一つの亜大陸の七部作から。

いいや、奪うとは穏当を欠いた物言いだな。それを紐解《ひもと》いてみるという、たんにそれだけだ。なにしろ物語はつねに書物に封じられている。そのインド亜大陸の物語はその七書のうちの一書に封じられている。さて」

そしてお前ら獄卒たちはリズム&ブルース注射を欲している、その注射に飢えている、とはブックマンは言わない。いわずもがなだから言わない。およそ七百七十四の牛頭たち馬頭たちに向かって、お前たちの疼きを鎮めるためにはその注射を打ち、もっとロックンロールしてしまうしかないのだ、そこまで変態するしかないのだ、とは解説しない。このことをブックマンは最後まで説かない。とこしえに語らないのだ。もちろんチャック・ベリーの名前を（その苗字と名前とを連ねて）口にすることもなければ、感染のウイルスの源がこのチャック・ベリーの歌った一九五六年のヒット曲『ロール・オーバー・ベートーベン』の歌詞であって、そこでは「リズム&ブルース注射とは、ロックンロールの注射《それ》である」と説かれているとも説かない。チャック・ベリーがロックンロールの神様とみなされていたとも説かない。ロックンロールの王様は、そして、エルビス・プレスリーだったとも説かないが、エルビスの名前は口にしている。

インド亜大陸の物語を、とブックマンは言った。七書のうちのその一書を、と。ところでインドは歴史的には何を産んだのか？　引用されなかった『倶舎論』の著者たる世親が、梵語、すなわち古代インドの雅語による名を有して、そちらこそが本来の名前であったことからもわかるように、また、『無量寿経《むりょうじゅきょう》』と『阿弥陀経』という浄土宗の根本聖典のうちの二つは梵語の原典を持ち、西北インドに成立していたことからもわかるように、インドは歴史的に仏教を産んだ。時間を一千年と数百年、さらに数百年、さらに数百年と順に遡るとき、そうだった。それはいわゆる原始仏教で、ここから仏教のいろいろな信仰が芽生えてゆき、展開する。たとえば「浄土という世界《もの》がひとつの思想として発見され」て、経典類に結実するように――。展開するいろいろな信仰は、やがては仏教の宇宙を（じつに窮《きわ》まりない宇宙と宇宙観を）産む、産み落とす、そこにはあの六道が孕まれる。衆生はそこを輪廻する。迷える人間たちは、死後、そこをひたすら輪廻転生する。これは生のどん詰まり《デッド・エンド》としての死を超越した流転だ。

　これが流転で、つまりロール roll だ。あの『ロール・オーバー・ベートーベン』の歌詞にも頻出する（どころか、曲名にすでに現われている）ロールだ。それは楽聖のベートーベンをごろごろ転がして失墜させるのだし、二十世紀をそのロックンロール力で流転させる。だとしたら輪廻転生という仏教語には、ある西欧語を意訳として宛《あ》てることもできるだろう。すなわち rock 'n' roll を。そして日本人の物書きならば、その日本語の体系の表記法を駆使して、ふりがなを振るだろう。すなわち――「輪廻転生《ロックンロール》」と。ところで、同一の出来事が反復されないのが歴史で、実際にそうなわけだが、これに対して輪廻とは反復の概念そのものでもある。かつ、ある出来事が反復はされないように語られ、書かれているにもかかわらず、繰り返し紐解かれることでやすやす反復されてしまうのが書物である。この、本というもの。歴史と輪廻のはざまに存《あ》るもの。そしてブックマンがおよそ七百七十四の鬼たちに、インド亜大陸の物語を、七書のうちのその一書を、と言い、しかしリズム&ブルース注射には言い及ばず、それでも鎮める行為に入る。あの rockin' と rollin' の疼きの鎮静化に入る。そのために樹下のブックマンを四面楚歌の様相《ありさま》に追い込んでいるおよそ七百七十四の、その、頭数に冠《かぶ》せられた「およそ」の副詞に目を向けなおす。

双頭の鬼がいる。

双《ふた》つ頭の馬頭で、二頭一身の鬼がブックマンのその眼差しのさきにいる。

「さて」とブックマンは言ったのだった。これに続けたのだった。「エルビスは双子だった。エルビス・プレスリーだ。しかしながら完璧な双子として、十全に双子の人生を生きたわけではない。それどころか『二人である』との自覚もなかった。このことを語ろうか？　これを端緒としようか？」

物語はゆるゆると紡がれ出す。

それからブックマンは足下に横たわる遺体を、もはや転生はしないとその東京に認められた老人の遺体を見下ろして、言う。

「一人が『おぎゃあ』と生まれて、一人は呱々《ここ》の声はいっさい発しなかった。いや、実際はその順序が逆だった。エルビスには兄がいて、この兄は母親の胎《はら》から出てきた時にはもう死んでいたのだ。死産、死んで生まれたということだ。名前は用意されていてジェシーだった。苗字から連ねるならばジェシー・プレスリー。これが一九三五年一月八日の出来事だ。そして出来事のわずか半時間後、家族と医師たちの誰一人その存在に気づいていなかった弟が産み落とされる。こちらは『おぎゃあ』と鳴いた。『おぎゃあ、おぎゃあ』と産声をあげた」

一九三五年には超音波検査での胎児の診断はない。

エコーで状態を診《み》、あらかじめ性別を知り、等はできない。

一卵性双生児が宿っていることすら、場合によっては悟られない。

「用意されていた名前は兄に、その死産の兄に授けられてしまっていたから、この弟には名前もなかったのだ。当初はそうだったのだ。が、じきに準備されるしちゃんと付けられる。それがエルビス、この二十二年後には『監獄ロック』の主題歌を歌うことになるエルビス・プレスリーであって、ほら、十全に双子の人生を生きられるわけがない。この世に姿を現わした時には、片割れは永久《とわ》に失われていたのだから。しかし母親の胎《はら》の内側にあっては、いわば譬喩としての生前には、二人だった。それと、死後、エルビスは無数のエルビスたちを生むことになるのだが、それらはエルビスの物真似芸人たちであって、一卵性双生児と同様にまさに『瓜二つ《うりふた》』を売り物とする現象としての双子なのだが、それは死後の展開となる。挿話として紡いでしまうには時期尚早だ。だがエルビスの、その名前に対して、こうした『瓜二つ』たちはひとまとめにエルバイと呼ばれたのだとはいっておこう。総称のための複数形だ。するとエルビスとは単数、その存在が唯一無二だからこその単数形だということになる」

ブックマンは単数形エルビスElvisに対して複数形エルバイElviと説明していた。

「そして」と続けた。

双頭の鬼のかたわらには、一頭二身なのと同時に一頭三身、あの六本の足で大地を踏む牛頭が依然見られた。それをブックマンは、見た。

「物語にはこれ以外にも双子がいて、こちらも不十分な『二人ではない』双子だ。それは、インドだ。じつをいえばインドという国家は双子だった。一九四七年八月十五日にインドはまずイギリス連邦の自治領として誕生し、これより前はイギリスの植民地でしかなかったわけだが、その植民地という胎《はら》から同年の前日、一九四七年の八月十四日に兄たるパキスタンが出産されていた。

イスラム教徒の居住地域がパキスタン、ヒンドゥー教徒のそれがインド、と分裂しつつ独立への道を歩み出したのだ。その母親の胎《はら》より姿を現わす直前に。が——」と続けた。一頭二身であって一頭三身でもある牛頭にひたとその視線を据えながら。「パキスタンはたんなる『双子の兄』にはとどまらなかった。インドもパキスタンも一九五〇年代には独立国家となったが、今度は一九七一年、パキスタンが東西に分裂した。東パキスタンがバングラデシュとして独立を宣言したのだ。つまり『双子の兄』がさらなる双子と化した」

二十世紀のインド亜大陸史は、そのようにブックマンに披《ひら》かれ出す。

エルビスとインド共和国の、その類似から。

「さて」とブックマンは繰り返した。「いちばん終幕《おしまい》にわたしは訊ねるだろう。この物語を聞き通したお前らにきっと、こう訊ねるだろう。いいや、実際には問いはしないかもしれないな。お前らに考えさせるだけかもしれないな。その問いかけとは、こうだ」

呼吸にして二つ、三つの間《ま》が置かれる。それからブックマンが、言う。

「これを宗教文学だと思うか？　このインド亜大陸の、すでに紡がれ出しているロックンロールの物語が？」

フリガナガ振ラレル。輪廻転生ニ、ろっくんろーるト。日本語ノ文章ニソノ西欧語ノ意訳ガ宛テラレル異様サニ、文章ハ反転スル。ソレデモ振ラレタ言葉ハ刻印トシテ残ル。輪廻転生《ろっくんろーる》。人デアリナガラソノママ一冊ノ本デモアルぶっくまんガ、イヤ無限無数ノ蔵書デモアルぶっくまんガ、七部作ノウチノ一ツノ内容ヲホトンド強奪スルヨウニシテ、語ル、物語ッテイル、鬼タチノ鼓膜ニ届ケテイル。ソシテ馬頭ヤ牛頭ノ鼓膜ノサキニ内容バカリガ刻マレル。ソレラガ疾駆スル。

反転。

エルビスが一九三五年一月八日に生まれた。

エルビスは幼少時から音楽に惹かれた。強い関心を持っていた。

十歳のエルビスがミシシッピ・アラバマ・フェアのタレント・コンテストで歌い、準優勝を果たし、五ドルの賞金と遊園地の乗り物の無料券を獲得した。

十一歳で本物のギターを手に入れた。ただしディドリー・ボウ diddley bow ともいえる擬《まが》い物（の手作りギター）は五歳のエルビスがすでに弄《いじ》っていた。

十八歳、初めてのレコードを録音した。ただしアマチュアとして、費用は自分持ちで。四ドルをメンフィス・レコーディング・サービスに支払ったのだった。

十九歳、そのメンフィス・レコーディング・サービス内のプロ向けのレコード・レーベルが、エルビスを歌手として起用した。

エルビスは歌った。エルビスはロックンロールを歌った。エルビスはロックンローラーだった。地元でいっきにスターダムにのしあがり、一九五五年の十一月二十一日、二十歳《はたち》で大手レーベルのRCAに移籍して、五〇〇〇ドルのボーナスを得た。翌年一月十日、『ハートブレイク・ホテル』ほか四曲を録音して全米デビューを果たし、たちまち一〇〇万枚を売った。二十一歳で「白人のロックンローラー」エルビスは同年のあいだにさらに四枚の全米ナンバーワン・ヒットを叩き出し、西部劇『やさしく愛して Love Me Tender』にも出演してハリウッド・デビューもまた成し遂げた。

二十一歳、これが初めての映画出演だった。

当時のエルビスには大佐《カーネル》との偽りの肩書きを持った豪腕マネージャーが付いていて、RCA移籍以降は生涯の伴侶となるこの大佐《カーネル》が「映画で稼ごう」と考えたのだった。そして、実際に稼いだ。国家規模のヒーローとなったエルビスは、その主演映画で驚異的な興行成績を連発した。ただしマネージャーの大佐《カーネル》は、同時にエルビスを「ハリウッドに売り渡し」ていた。撮影に時間をとられれば、ライブ演奏のステージは相対的に減る。が、マネージャーはもはやエルビスを「人前では歌わない」存在に変えることで、戦略的に高みにのぼらせていた。エルビスにお目通りするには映画館に足を運ぶ以外にないのだし、そこでフィルムから投影されている複製エルビスにひれ伏すしかない。また、サウンドトラックのレコードを購入して、すり切れるほど再生するしかない。複製エルビスの歌声を。

二十一歳でエルビスと映画音楽との関わりがはじまり、以後、その関係はしばらく切れない。一生のうちに計三十一本の劇映画にエルビスは主演する。エルビスのヒット曲がある時期からは残らず映画の主題歌となる。一九六一年三月のハワイでのチャリティ・コンサートを最後に、七年間、エルビスは生《なま》の観客の前には出なかった。

映画とともにあった。

映画とともにインドがあった。

インドは一九五〇年にいわゆる「国家」として独立した。おおよそ半世紀後、この「国家」に抱えられる人口は十億に達した。言語は、公用語がヒンディー語、補助公用語が英語で、その他じつに十八もの言語が憲法に認められていた。各州ごとに公用語があった。かつ、ヒンドゥー教徒の国という定義も実情にはあわなかった。イスラム教徒もシク教徒も、ジャイナ教徒もゾロアスター教徒も、キリスト教徒もいた。少なからず二十世紀的な「国家」の概念を越える超《スーパー》国家だった。

その超《スーパー》国家のあまりに多様で多元的すぎる文化に、覇を唱えられるようなポップ・カルチャーの王様はあるのかといえば、あった。その超《スーパー》ポップ・カルチャーこそは映画で、また映画産業なのであって、たとえばインドの音楽もこの産業の副産物でしかなかった。ヒット・チャートがこれを証した。そこには映画の主題歌ばかりが揃った。レコード、ラジオ、カセットテープを時代ごとの媒体《メディア》に、サウンドトラックはつねに音楽チャートの上位を独占した。流行歌はそのまま映画音楽とイコールで結ばれて、これがインドのポップ・ミュージック界の「すでに証明された」公式だった。

インドは映画とともにあったから、さまざまな記録がインド史に具体的な数として刻まれた。実例を挙げるならば、一九七一年の431。この年にインドは国内で合計四三一本の映画を製作して、世界一の映画生産国となった。それから一九九〇年の948。いったん「世界一の映画生産国」となってからは王座に君臨しつづけるインドが、今度はインド史上最多にして当然ながら世界史上(二十世紀の地球史上)最多の九四八本の映画を製作するという大記録を樹立した。ほかにも確定しきれない数字があり、二十世紀のその最終《おしまい》の段階にインドはおよそ一万二〇〇〇軒の映画館を抱えた。およそ12000。映画産業にはおよそ一〇〇万人を従事させた。およそ100000。いっぽうでインド映画の由緒正しさというものは揺るがぬ数字をともなって刻まれ、この亜大陸に初めて映画が上陸したのは一八九六年の七月七日、が、この時点では独立国家のインド共和国は誕生していない。イギリスの植民地でしかないし、二十世紀の出発《たびだち》をも数年待たなければならない、まだ前の世紀だ。ただし映画そのものは「世紀の発明」の映画機械＝シネマトグラフとして、その十九世紀、フランスに誕生した。これが一八九五年。

インド初の国産映画は、あるいは独立以前なのだから地産映画は一九一二年に製作された。題名は『ハリシュチャンドラ王』、一般公開は翌一九一三年五月三日に、ボンベイにて。これは、しばしば「（世界の映画史上の）長編劇映画の創始者《オリジネーター》」とみなされるアメリカの映画監督、D・W・グリフィスの『国民の創生 The Birth of a Nation』に二年も先駆けている。

このように映画とともにインドはあって、インド映画はそのヒット・チャートを席捲する音楽のみならず、ある特色とともにあった。ひと言で解説するならば歌と踊りだった。どのような傾向の作品にもほぼ確実にミュージカル・シーンが挿入された。これはインドの娯楽映画の、ほぼ聖なる規律だった。登場する人物たちの心情を表現するのに「歌と踊りは挿《はさ》まれなければ」ならないのだった。映画がトーキー化したのは一九三〇年代で、これ以降、インドでも無音《サイレント》から脱した映画はほぼ絶対に音楽を必要とし、登場する人物たちは劇中で歌い、ミュージカル・シーンも常識化した。

独立以後の超《スーパー》国家のインドで、超《スーパー》ポップ・カルチャーの副産物である映画音楽にポップ・ミュージック界がやすやす支配されている背景はここにある。主題歌は、他国《よそ》での「たんなる主題歌」というのではなかった。そんな域は飛び越して、歌こそが作品のいちばんのスパイス《マサラ》、そしてまた、華麗で情熱的な踊りのシーンが娯楽の太鼓判を捺《お》すものだった。

映画とともにあるインドは、だから、主題歌を他国《よそ》とは桁違いに重視した。そもそも歌うのは俳優本人でもなかった、吹き替え専門の美声の持ち主、プレイバック・シンガー playback singer たちだった。俳優と歌手の分業化というのが徹底して行なわれているのがインドの映画界だった。踊りが不得手では主演スターの座など望みようもないが、しかし歌えるか、歌えないかは問題とされなかった。

この状況は、続いた。一九六〇年代にも、一九七〇年代にも。一九九〇年代にも。

エルビスは続けなかった。

エルビスが映画、いわゆる劇映画とともにあるのは一九六九年までだった。来《きた》る一九七〇年代を待たなかった。ラスベガスのインターナショナル・ホテルで、三十四歳のエルビスがファンとの直接交流を再開した。この時は、ひと晩で二回のショーを行ない、それが二週間の契約、報酬は一〇〇万ドルだった。これが「人前で歌わない」存在からの、完全な再転換、再帰だった。ライブ・ステージへの復帰《カムバック》だった。

これ以後、エルビスは一九七七年までに一一〇〇回を超えるライブを行なった。四十二歳で急逝するまでに。その死の直前まで、生の観客たちの前に立つのをやめなかった。エルビスは続けた。

そのエルビスをインド人が見た。

一九七〇年の八月に、三十五歳のエルビスをそのインド人が見た。インド人のほうは二十六歳だった。場所はやはりラスベガスのインターナショナル・ホテル、その大ホール、インド人の若者はほとんど偶然のように職業的な人脈からチケットにありついていた。エルビスに関しての予備知識はないに等しかった。若者は、母国インドでは大雑把にいって中流階級の出、父親は法律事務所に勤務し、母親は学校教師、本人は大学を卒業後にマドラスの広告会社に入社し、その仕事の関係で渡米していた。会場内が超満員であることにむしろ驚いていた。ファンの女性たちの黄色い歓声というか絶叫《スクリーム》に不意を打たれていた。そして、この頃キャリアの二番めの絶頂期を迎えていたエルビスの、あのロックンロールの王様であるエルビス・プレスリーの、実際のパフォーマンスに電撃的に撃たれた。

そこからはじまる。

言うことを俟《ま》たないが若者には名前がある。

だがインド亜大陸の物語は、それを必要としない。

国家としてのインドにはその憲法に認められる十八もの言語があって、方言を勘定に入れるならば八〇〇以上もの言葉が使われていて、統計によっては「一〇〇〇を超える」とも断じられていて、ある人間の名付け《ネーミング》が音の響きよりも意味を優先していた場合、ただ一種類の言語の内側《なか》に閉ざされた名前を採ってはなにごとかが失われる（か、損われてしまう）。

インド亜大陸のその広汎さ、すなわち汎印性《はんいんせい》 Pan-Indianess をなおざりにしてしまう。

すると国家としてのインドを意識した解決策は、公用語の、しかも話者数がおよそ四億人ともいわれる超《スーパー》国家ならではの連邦公用語のヒンディー語に頼ることだが、この物語はしかしエルビスで幕を開けている。

エルビスのこの名前は絶対不可侵で、響きであっても音であっても、他の何語にも換えられない。

すると出番となるのは、インドの補助公用語、英語となる。

これ以外の選択肢はない。

物語をここから駆動する若者も、英語名を授けられる。

二十六歳のそのインド人の若者は、登場人物としての役割は「映画製作」となるから（そのように今後このロックンロールの物語は展開する）、いちばん普遍化された命名はザ・プロデューサー the Producer となる。

物語内で唯一のその製作者と名指されて、これ以外の登場人物たち、たとえば監督のザ・ディレクターや脚本家のザ・シナリオ・ライター、縮めてザ・ライターや映画用の衣裳デザインを担当するザ・セルロイド・ファッション・デザイナーといった面々を続々と呼び込む。

以上が名前を換えられたインド人（インド国籍の主要人物）たちで、しかしながら全ての発端には地上に二人といないロックンロールの王様、あのジ・エルビス・プレスリー the Elvis Presley がいる。

ジ・エルビスが若者をザ・プロデューサーに変える、変身させる、一九七〇年八月にラスベガスのインターナショナル・ホテルでの生《ライブ》のステージで電撃を発することで。

ライブを、若者は live とアルファベット四文字で正確に認識して、続けざま、ある英文のフレーズ――「エルビス・リブズ《エルビスは生きている。》 Elvis lives.」を脳裡に閃かせる。

卒業したマドラス大学は（また、インド共和国内のあらゆる大学が）そもそも授業を英語で行なっているから、エルビス ELVIS という名を構成するアルファベット五文字を入れ替え、綴りを変えるならば、たちまちそれが、生きている LIVES との三人称単数現在形の動詞に変ずることはわかっている、瞬時に洞察できている。

「洞察なのだ」ともわかっている、そのために毛を逆立てている、全身をぶるっ、ぶるぶるっと何度も何度も揺すっている。

ジ・エルビスはいわば多彩な眷属をひき連れていて、それらはゴスペルのコーラス隊であり大編成のオーケストラであり、同様に大編成のホーン・セクションであり、核《コア》に据えた実力派揃いのロックンロール・バンドであり、単純な（すなわち紋切型の）ロックンロール・ショーと比較すれば絢爛豪華としか言いようがない。

もとよりジ・エルビスその人が絢爛豪華であって、予定調和のロックンロール・ファッションはどこにもないどころか、その身にまとっているのは純白のジャンプ・スーツ（上下ひと続きのスーツ、又の名をオール・イン・ワン）、しかも巨大な襟が立ち、何十個ものライン石《ストーン》（いわゆる模造ダイアモンド）がちりばめられ、カラフルすぎる紐のようなものがじゃらじゃら下がる鮮烈なしろもので、さらに奇抜きわまりない形だからこそ流行最先端のサングラスをかけて、もみあげを極端に伸ばしていた。

もみあげは両頬に描かれた極太の矢印だった。

そのジ・エルビスが生《ライブ》のステージを掌《つかさど》っていた。

歌いながら踊り、あらゆるステージ・アクションを見せ、もちろんグラインドもし、愛をそのホール一杯に充満させ、女性ファンたちを失神に追い込み、恍惚が前後左右とあふれ過ぎるなかで、若者は、再度「エルビス・リブズ《エルビスは生きている。》 Elvis lives.」とアナグラムで感得し、みずからも燐《りん》の火をその全身に燃やしはじめながら、ある結論とともに終演を迎えた。

――これは何かの化身だ。

――ジャンプ・スーツ姿のこの人は、何かの化身だ。

――ヒーローだ。

若者はそのままカジノに行った。

ホテルのカジノに足を踏み入れて、謁見したばかりの偉大なるヒーローに捧げ物をする心持ちで、「ビバ、ラスベガス！」と唱えながらスロット・マシンに小銭を投入した。

熱には浮かされていたし、燐の火は燃えつづけていた。

絵柄が揃い、二枚賭けし、また絵柄が揃い、マシンを替えて、五枚賭けという挑戦に入り、二十分後に思ってもみなかった配当が来て、テーブルに移り、ルーレットで遊ぶさなかにも燐光は燃えて、じき、クラップス（二個のダイスを用いたギャンブル・ゲーム）で大当たりをとり、やがてブラックジャック（二人から八人で遊ぶカード・ゲーム、又の名をトゥエンティワン）のテーブルに着き、燐光が洞察させるままに賭けつづけ、同じテーブルにいたのはアラブ首長国連邦の王族で、そうした事実も気にかけずにオイル・マネーと勝負し、とうに日付も変わった午前四時、今度は露骨に、しかし欲よりも霊感に煌めいている双眸をもって一攫千金《ハイリターン》を狙う一戦に挑み、二十万ドル勝った。

二カ月後の一九七〇年十月に若者は帰国した。

インドはタミルナードゥ州のマドラスに戻り、ベンガル湾に面したその海辺で、「これからどうするのか」を瞑想した。

若者は大富豪になってしまっていて、周囲からは貧しい子供たちの声が、きゃっきゃっと遊び戯れる声が聞こえてきていて、波濤には貧困の匂いがただよい、足りないものは何なのか、この国に足りないものは発展とそれから何なのかを考えて、夢だ、と答えを出した。

超《スーパー》国家のためのスーパーな夢だ、そこに投資する。

どこに？

若者が回答にほとんど迷わなかったのは、それが一九七〇年だったからで、この翌年にインドは「世界一の映画生産国」と認定されるための数を叩き出すのだから（あの431、年間の映画製作本数がインド国内で合計四三一本）、投資できる夢とは映画産業に関わらないはずがなかったのだし、そもそも超《スーパー》ポップ・カルチャーの映画でないはずもなかった。

瞑想の末に若者が視《み》たビジョンは、ひとつの場所、歓声とポップコーンが飛び交う映画館で、そこに充満する愛と恍惚で、この瞬間からザ・プロデューサーという名前をこの物語に授けられた若者はみずからの意思で「映画製作」に乗り出し、いよいよザ・プロデューサーへの（名実のうちの実の）変身を果たす。

一九七〇年の十一月初旬には二人の映画人と契約を交わす。

この二人がザ・ディレクターとザ・ライターだが、出身はマドラスでもその近郊でも、これ以外の南インドのどこかでもない。

監督と脚本家としてコンビを組み、一九六〇年代の後半からザ・ディレクターとザ・ライターはずっとカルカッタで活躍してきた。

――タミル映画界にデビューを狙っていたのです。

――野心があるのです。

――もっと巨《おお》きな市場に出たいのです。

――低迷するベンガル映画界はあとにして！

二人は若者に、ザ・プロデューサーにかわるがわる熱弁をふるうのだが、インドには州ごとの公用語があるほどだから映画もそれぞれの地域ごとに異なる言語を用いて製作されていて、その数は十から二十超、これがインド亜大陸を割拠する地域語映画界となっている、という（他国《よそ》では考えられない異様な）多言語状況がその話の前提にあった。

なかでも威勢をふるうのは三つ、それがヒンディー映画界とベンガル映画界とタミル映画界だった。

第一のものの拠点はハリウッドをもじってボリウッド Bollywood と称されるマハーラーシュトラ州のボンベイで、第二のものの拠点が西ベンガル州の州都カルカッタ、第三のはザ・プロデューサーの生地でもあるここマドラスにほかならず、そしてこの時期に製作本数で覇を競いあっているのはボンベイとマドラスのみ、カルカッタはといえば両者に水をあけられている。

ベンガル映画界は低迷している。

――つまり一発、当てたいんだね？　ここで？

ザ・プロデューサーはずばり訊き、すると返事は、右から左からとかわるがわる注ぎ込まれた。

――いえいえ、一発どころか。

――二発、三発と。

――どうです、三年間の契約を結びませんか？　わたしたちと？

――五作は書き上げますよ。ベンガル映画界で実績を積んだあの脚本家として！

――いやいや、お前、七作はいけるだろう。

――ああ、いけるかもねぇ。

――俺も立派なキャリアの監督だから、撮れるから。七作。

――ボンベイのボリウッドならぬ、この南インドの地マドラスの、マ……モ……モリウッドで、大躍進ですよ！

そのモリウッドをMollywoodと脳裡に綴りながら、若者、ザ・プロデューサーはひとつの（しかし最大の）懸念を口にした。

――カルカッタは、毛色が違うでしょう？　ここは娯楽映画の本場、けれどもベンガル映画界っていうのは作品はどれも文芸調で深刻で、南インドからみたら地味でしょう？　共産党が強い土地柄だっていうのがあるんだろうけれど、政治問題も真面目にあつかうし、そうだね、エリート的な芸術映画になり過ぎていて夢がないっていうか。そうは思わない？

反論されるかと思ったが、その予想は裏切られる。

ザ・ディレクターもザ・ライターも、どちらも同意して、つぎのように畳みかける。

――そうなんです。深刻です。

――ええ、真面目に過ぎます。

――だから嫌いなんです。

――わたしたち、いやだったんです。その、夢がないことが！

――わたしたちがやりたいのは、超《スーパー》エンターテインメント！

――でも、あそこ、カルカッタだったから……。

――カルカッタ風にしか脚本、書けないし……。

――つい自制しちゃって、カルカッタ風にしか撮れないし……。

――反省してます。

その、反省してます、との言葉はザ・ディレクターとザ・ライターの二人に揃って唱えられ、ある種の呪文のように力を放ち、これに対してザ・プロデューサーである若者は、それでは立派なメロドラマがあなたたちには作れるのか、夢をあふれさせられるのか、とずばり質《ただ》し、すると、大入り満員のが作れます、とはっきりと胸を張って宣言された。

二人のベンガル映画界でのその実績については調査ずみだったから、ここに契約は成立した。直後から（具体的には一九七〇年十一月の中旬から）製作ははじまった。

ザ・プロデューサーは若き「アメリカ帰りの富豪」として、どんどん資金を注入した、その一作めの企画に。

さあ、タミル映画界の制覇が目標だぞ、とザ・ディレクターとザ・ライターに発破《はっぱ》をかけた。

すると二人からは発破をかけ返された。

――いえいえ、最終目標はそんなものでは。

——その程度では。

——わたしたち二人のいう巨大な市場とは、もっと。

——もっともっと、夢にあふれた規模の。

——すなわち全インドの制覇です！

汎印《はんいん》ヒットです！

まさにインド亜大陸のその広汎さを念頭に、汎印 Pan-India と口にされ、ザ・プロデューサーが煽られた。

さまざまな地域語映画界が乱立するインドにおいて「国家」スケールの大《メガ》ヒットがいかにしたら可能なのかと解説すれば（あるいは夢想すれば）、吹き替えという手段の利用であって、異言語バージョンを作成してマルチリンガル公開することで地域語の間にやすやすブリッジは架けられ、また、作品の主題歌をどうするかという問題もそれぞれの地域語でプレイバックシンガーに歌い直させ、吹き込み直させることで容易に解決した。

汎印ヒットのメロドラマ、というのは実現可能性としては「あり」なのだった。

そして仕上がってきた脚本も（ザ・ライターが奮闘した）、ザ・プロデューサーを驚かせるほど真剣に娯楽路線を追求していて、絵コンテ付きで示される撮影プランも（ザ・ディレクターが素人にもわかるように描いた）、同様にザ・プロデューサーを唸らせた。

しかし足りない要素というのはあって、ザ・プロデューサーはそれに気づいた。

まるで熟達の映画製作者さながら、この弱みや死角をびしっと見抜き、ベンガル映画界の出の二人に指摘もアドバイスもできた。

――ねえ、歌と踊りに執着がなさすぎだよ。

――君たちは二人とも感性が芸術映画に傾いてるよ、もっとミュージカル・シーンのことを考えないと！

――というか、最優先に考慮しないと！　じゃないと大衆の心《ハート》は摑めないし、全インドの制覇はどうしたって無理だよ。どうしたって！

――それに、ほら、スター・システムってやつを無視しちゃうのもどうなんだろう。新人を起用したっていいけれど、それにしたって主演の役者はびりびりするようなカリスマ性を発揮しないと！

――ねえ、興行的な成功には、歌、踊り、スターだよ。この三つが牽引力。そもそもここ、娯楽映画の本場のマドラス……マ……モ……モリウッドなんだから！

　こうした指摘とアドバイスは、意外や意外、ザ・ディレクターとザ・ライターに「いかにも」「ほほぅ、いかにもいかにも」とのぅなずきとともに迎えられ、前向きに受け入れられて、たちまちザ・プロデューサーのほうが逆に方策というものを問われていた。

――どのようにしますか？　いかなるアイディアが考えられますでしょうか？

――生粋のマドラスっ子のあなたならば、わたしたち二人に欠けているものを補えるかと。

――わたしは脚本は書けますが、しかし歌と踊りは、ちょ、ちょっと……。

――わたしは演出はできますが、しかし、スター・システムやそれに替わる大戦略は、ちょっと……。

――しかも、あなたこそが製作者ですから！

——娯楽を徹底的に極めるような「大衆の心《ハート》をがっちり摑む」式のアイディアを出せるのは、あなたしかいないですから！

——なにとぞ、わたしたち二人にご助言を！

——ご指導を！

そう言われて、ふいにザ・プロデューサーの全身が燐の火に燃えた。

ほのかにだが燃えた。

考えればわかるのだと思った。

とことん考えれば、大戦略は見出されるのだ、それも深層意識から、と思った。

ヒーローを創造すればいいのだ、と結論が出た。

以後、契約期間の三年のあいだにこのザ・ディレクターとザ・ライター、そして指揮官《ボス》であるザ・プロデューサーというトリオは（もともとのカルカッタ出身のコンビ、足すマドラス出の一名は）、合計六本の映画を製作し、そのうちの三本がじつに一〇〇日間のロングランを記録する。

トリオによる一作めから無名の新人俳優が主演に起用されたが、売り出しは成功する。

戦略が当たり、その新人は「大注目のスター」としてカリスマ性を発揮する、それもミュージカル・シーンになると。

ミュージカル・シーンになるとつねに、この役者はあるトレードマークで異彩を放ち、存分に、また強烈にカリスマを印象づける。

踊る場面やら口パクで歌う場面で、この「大注目のスター」は、つねに絢爛豪華な服装《いでたち》をしていて、それは映画用の衣裳であって、種類で説明するならばジャンプ・スーツ、しかも純白で、巨大な襟と多数のライン石《ストーン》に彩られていて、何かの化身のように見える。何かの化身のようにしか見えない。

そして、あらゆる大衆に、あらゆる観客に訴えかけるヒーローにしか見えない。

細部には（そのジャンプ・スーツの細部には）、もちろん、インド的なアレンジがある。

映画衣裳のデザインを専門的にあつかう一人の女性スタッフが、それらのアレンジに才能をふるった。

この女性は業界用語にいうところのセルロイド・ファッション・デザイナーで、だから、この物語のそのデザイナー、とうとう登場したザ・セルロイド・ファッション・デザイナーだった。

ザ・セルロイド・ファッション・デザイナーは、インド南西部でアラビア海のほうに面しているマイソール州の出身、映画用の衣裳《それ》を手がけるさいには市場調査をきっちり果たし、すなわち映画館につどう人間に「受ける」ファッションに焦点を絞り、そのため、たとえば種類がジャンプ・スーツだとわかるジャンプ・スーツであっても斬新で、しかも欧米文化にはこびすぎない。

こうして絢爛豪華な王様の服装《いでたち》が、ザ・プロデューサーたちのトリオの映画専用の戦略として誕生する。

こうしてインド亜大陸の映画界に、清新な、画期的なヒーローが誕生する。

一作めには無名の新人だった主演俳優は「大注目の『超《スーパー》スター』」の座について、ザ・プロデューサーとザ・ディレクターとザ・ライターという三人が連打するヒット作の全部に主演し、彼がその王様のジャンプ・スーツを着用してミュージカル・シーンに登場するたびに、マドラスじゅうの映画館が沸く。

かならず沸く。
それが真実のヒーローだから。
インドの、われわれの。
この庶民の。

しかしジ・エルビス・プレスリーはそのヒーローではなかった。その庶民たちのための何かの化身ではなかった。アメリカにいてライブ・ステージを続けていた。あの生《ライブ》の。それは一九六九年にスタートして、じつに一一〇〇回超を数えて、一九七七年に終わった。エルビスが急逝したからだった。

ここから物語は、ジ・エルビスの死を語り、インドの仮死を語り、ジ・エルビスの死後を語る。

そのロックンロールの王様のラスト・ステージは一九七七年の六月二十六日、インディアナポリスのマーケット・スクエア・アリーナにて行なわれた。エルビスが夏のラスベガスに舞い戻ることはなかった。ショーはいつもどおりに契約されていたのだが、戻れなかった。八月十六日の午後、ゴシック風の屋敷として知られるメンフィスの自宅で、その二階で、二階の洗面所で仆《たお》れた。運び込まれた病院で蘇生術が試みられはするも、助からなかった。そしてメンフィスのフォレスト・ヒル墓地の白い大理石の廟に葬られた。葬儀の列はメンフィスを行進した。集まった会葬者の数は不明で、それは多すぎるからだった。「何十万人かだ」とはいわれた。五十万人なのか、六……六十万人なのか。大混乱が生じて、この群衆からは二人の死者も出た。これは結果としての、殉死だった。

エルビスには殉死者もいたのだ。

いっぽうで同時期のインドは、「国家」としては一九七五年から一九七七年までは仮死状態にある。のちに息を吹き返すのであって、完全な死にまでは至らなかったが。そしてここに二種の映画が関わる。また、状況を説明するのに二つの言葉、名文句も紹介できる。俗にインドは、世界よりも広い、と讃えられる。インド史（二十世紀インドの「国家」史）に登場する政治家のインディラ・ガンディーは、世界一強い女性、と評される。その世界一強い女性が、一九七五年の六月二十六日、インド全土に非常事態を宣言して独裁を布《し》いた。与党の国民会議派を率いるのがインディラだったけれども、そして国民会議派は一九七一年の総選挙で圧勝していたのだけれども、高等裁判所が「その総選挙には不正があった」と判断を下し、ちょうど一九七五年、インディラに当選無効を言い渡す。

その判決をインディラは認めず、強権政治に移行する。

インドの民主国家としての原則を殺して、二年間の暴政、その恐怖政治に突入する。インドの仮死。さいわい、この仮死状態は一九七七年に解ける。この年の三月に総選挙が行なわれて、民主主義は蘇生して（この蘇生術はぶじ成功して）、しかも国民会議派は惨敗、とうとう野党に転落する。そしてこの「国家」の仮死の前後、また渦中の時期、二つの映画がともに暗中飛躍する。それらの映画は政治的に白と黒、光と闇として対立し合い、その出自から表と裏として補完もしあう。インド史により早い段階で登場する映画の題名は『インドびより』といい、後れた映画は『ダンスびより』という。

『インドびより』はインディラの独裁期に、すなわち官僚たちが日々粛清されて、野党の指導者が不当逮捕されて、基本的人権をあっさりと無視する「国内治安維持法」や「インド防衛規制」が暴威をふるっていた時期に、インド亜大陸のすみずみで上映された。その上映はゲリラ的で、どこか旅回りに似ていた。もちろん内容においては政治色は濃かった。もちろん『インドびより』は社会の（現代インド社会の）さまざまな抑圧を題材にしていた。もちろん改革を訴えていた。左翼的で、テーマはいつしか国民会議派の批判に収斂するという、かなりの巧妙さだった。これはイコール、インディラ批判だった。が、そうした政治的闘争の武器であるにもかかわらず、ジャンル分けするならば『インドびより』は恋愛物だった。しかも「大向こう受け」する類いだった。シリアスに走りすぎず、少々は芸術映画のスパイス《マサラ》もあり、このあたりのさじ加減が抜群だった。そのうえ非常事態宣言が発令される前年、この『インドびより』はニューヨークとベネチア、そしてトロントで公開されて国際的な評価を得ていた。欧米社会にも認められた名作！との触れ込みで、いわばインドに凱旋していた。

『インドびより』を作りあげたのは二人の映画人だった。二人とも西ベンガル州の出身だった。二人とも極左集団の活動に関与していた。全インド解放戦線という、右派のインド共産党（CPI）から一九六〇年代に除名されたメンバーたちを中心とした政治組織の、その文化部の一員だった。二人でコンビを形成して、数本の佳作を世に送り出し、うち二本はカルカッタでの十週間を超えるロング・ヒットを記録した。一人が脚本を執筆し、もう一人が詳細な撮影プランを練って、演出を担当していた。二人は学生時代からの親友で、反政府運動に身を投じたのもその学生時代からだった。ひそかに（世間的にはひそかに）資金援助する全インド解放戦線の指導部からは、進歩的な映画人、と厚い信頼を寄せられていた。

『インドびより』の発端、その長期的プロジェクトまたは大戦略の発端は一九七〇年にあった。この年、インディラは多少ならず衰えていた国民会議派の党勢挽回を図り、大衆のカリスマを派手に自演し出して、翌《あく》る年の総選挙大勝にがっちりとレールを敷いていた。いっぽうの全インド解放戦線側も当然ながら道をつけようとしていた。そのために目を、亜大陸の南部に向けた。タミルナードゥ州のマドラスがその「南」だった。市内には映画スタジオが集中していて、強引に授けられた美称はモリウッド Mollywood ――。このタミル映画界の潤沢な資本に狙いをつけた。ベンガル映画界の資本《それ》を大きく上回る豊かさだった。もちろんボンベイのヒンディー映画界、すなわち人口に膾炙するボリウッド Bollywood を狙う手もあったが、そこは若干、全体に洗練されすぎていた。この工作の最終的な仕上げには不適当だ、と、長期の視座から判断された。それゆえにマドラスだった。その「進歩的な映画人」の二人は秘めた野心を持ち、南インドの地に潜入した。

野心は、一つのセンテンスに換えられる。感嘆符つきの文章で、こうだった。

映画でインディラ政権を打倒するのだ！

解説するまでもないがその監督とその脚本家こそ、この物語によって普遍化された名前を授けられているザ・ディレクター the Director とザ・ライター the Writer に他ならない。

そしてコンビが籠絡するマドラスの駆け出し《ひよっこ》映画製作者は、アメリカ帰りの、当時二十六歳の若者、ザ・プロデューサーに他ならない。

二人は「超《スーパー》エンターテインメントをじゃんじゃん作りたい！」と言ってザ・プロデューサー

を丸め込んだが、このかわるがわるの口説きの台詞には真意があって、「極左集団から提供される資金ではおよそ望めない額の」「反『低予算映画』を創造することで、全インドのあらゆる地域のあらゆる階層の人間たちに」「観客たちに受けたい」との目論見に他ならないのであって、また、じゃんじゃん、のひと言には長期戦の企みに臨むのだとの意思も表われていた。

巨編志向でありつつ長期戦覚悟だよ、と勝手に宣言されていて、そのためにタミル映画界ならではの最先端の設備と豊富な人材、抽《ぬき》んでた撮影技術を搾取的なまでに大活用し、「数年がかりでかまわないから、汎印 Pan-India の政治界における飛び道具となるだろう巨《おお》きな一編を産み落とす」とアウトラインを語られたに等しかった。

そこまでは露骨には口にされなかったし、されるはずもなかったが、ザ・ディレクターとザ・ライターの二人は、最初から『インドびより』のその全体像というものを計算して、この一編のために突き進んでいた。

いっさいは巧妙に仕組まれていた。

たとえば、契約書に基づいてザ・プロデューサーとザ・ディレクターとザ・ライターというトリオが一九七三年の暮れまでに完成させた六本の映画の、主演スターはただ一人で、脇役陣もほぼ同じ顔ぶれ、ヒロインは一度も変わらず、これら六作品のいかなるシーンを適当に選んでつなげてもそれほど違和感のない連続場面《シークエンス》ができあがる。

たとえば、汎印ヒットをめざすとの意気込み、その旗印のもとにザ・プロデューサーは実際に十以上の言語（インド国内の「地域語」）による吹き替え版を準備して、実際にそのマルチリンガル公開をさせていて、たとえば広域の南インド地方でならばカンナダ映画界でもマラヤーラム映画界でもテルグ映画界でも「まだ三十《みそじ》にもならない凄腕の映画製作者」とその名声を轟かせていて、こうした展開により六作品はいずれも多様な異言語バージョンのサウンドトラックを有している。

ザ・ディレクターとザ・ライターは、一九七三年の暮れ、「素材はほぼ出揃ったぞ」と北叟笑《ほくそえ》んでいる。

——これら六本の映画を。

——それぞれが上映されれば三時間には及ぶ、これら六本を。

——ただの材料として、俺たちの思惑どおりに解剖すると……。

——六本を剖《さ》いて、そこから必要な場面ばかりを取り出して、移植すると……。

——あの作品のそこが、この作品のあそこに接《つ》がれ、その作品のあそこがあの作品のそこに接がれ、そうやって筋を改造するように編集されると……。

——この再構成で、さぁて、どうなる?

——思惑どおりに再構成すると、さぁて、さあさぁ、どうなる?

——ほぼ出揃った材料を、つないで……。

——もちろん大量に、棄てることもして……。

——本当の設計図に照らしながら、一本にすると?

巨編が生まれる。

とはいえ上演時間は三時間程度の、選《え》りに選った素材からの、だが投入される製作費《コスト》がじつに巨きな一編が誕生する。

もちろんそれが『インドびより』である。

社会派大作であり、複数の地域語の音声が初めから用意されていて、俳優たちは美男美女揃い、あるいは名優ばかりが脇を固めて、たっぷりラブ・ストーリーの味付けがあり、華麗なライティングと壮麗なセットがあらゆる場面を連《つる》べ打ちに彩り、そのプロダクションの規模を誇示する。

美しい歌もあり、耳を歓ばせる。

ただし踊りは削除されている。

ミュージカル・シーンには欠かせないのだとの助言で挿まれたダンスは、あまりにも「大衆の心《ハート》をがっちり摑む」式の娯楽に徹しすぎ（ようするに単に「派手」で、「下品」だったから）、カットというか、採用されていない。

しかし一九七三年の暮れの時点で、ただちに「一本にされた」のではなかった。

それは不可能だった。

だからこそザ・ディレクターもザ・ライターも、してやったりと笑いこそすれ、素材はほぼ出揃ったとしか確認し合わなかった。

——糊付けがないんだよな。

——というか、満点の仕上がりをめざすには、糊付けが甘いんだよな。

——ストーリーがところどころ、ほつれる。

——母親役の女優が回想シーンで「まぁ、叔母さん！」と呼ばれていけずな叔母あつかいされつづけるとか……。

——ささやかな矛盾は、それらがささやかであればあるほど枚挙にいとまがないな……。

——編集もまた多少ならず「粗い」と誹《そし》られるだろうな。

——が、それは許されない。

——それじゃあ七作めに入ろう。

——ああ、このトリオの七本めに入ろう。

——あらゆる矛盾を排撃する、つなぎのカットを手に入れるために！

——『インドびより』の無矛盾性をめざして、周到に！

そうして一九七四年も早々、二人とザ・プロデューサーとのあいだで契約が更《あらた》められ、このお馴染みの「タミル映画界の無敵艦隊」的なトリオによる七本めの映画《それ》は製作され、しかもザ・ディレクターはいよいよ勝負作だと煽り、ザ・ライターはこれに輪をかけて、いまこそ全インド制覇の、大艦巨砲主義そのままの、桁外れの予算を組んだ怪物《ばけもの》を世に出すときです、と名台詞のなかの名台詞でザ・プロデューサーを説得し、しかも二人揃って「超短期決戦で」と主張し、この、かわるがわるの焚きつけにザ・プロデューサーも嗚呼《ああ》、あわれ満点の気合いで応じてしまい、過去三年間の合計六本の映画《それ》での儲け分を含んだありったけの持ち金を投下する。

言うことを俟たないが映画はこける。

その興行はタミル映画史上に残る大失敗となる。

そもそもこけない理由というのがなかった。

たとえば、この七作めには「『インドびより』の無矛盾性」をめざすとの目標しかなかったために単体では矛盾ばかりが横溢して、筋はぼろぼろだった。

たとえば、名台詞がそこいらじゅうにあふれているが、それは「『インドびより』に糊付け用のカットをさし出す」ための仕掛けにすぎず、観客たちの耳を歓ばせるどころか、頭痛を惹き起こす遠因、または直接の要因となった。

しかも全編にモンスター級の製作費は実際投じられていたために、その無内容さはより強調されて、もはや暴力だった。

公開初日、マドラス郊外の映画館では暴動も起きた。

ザ・プロデューサーの人生も暴力的に破壊された。

三十《みそじ》をまたずに「凄腕なやつ」との名声を轟かせていた人物が、しかし三十歳に到達するや、この興行的大失態で名声と金をうしない、後者についていえば投入した資本を一ルピーも（または一ドルも）回収できなかったばかりか、莫大な借金を負った。

あの二十万ドルはないのだった。

超《スーパー》国家のためのスーパーな夢に投資する、と決めていたラスベガス起源の巨万の富が、ないのだった。

ザ・プロデューサーはタミル映画界を逐《お》われ、それどころかスラムに身を落とし、しかも南インドのどこにいても犯罪組織の集金人たちに目をつけられるのは必至の事態《ありさま》だったので、インド北部、デリー旧市街の貧民窟に身を隠した。

――俺の夢は、絶えた。

――俺の夢はこのインドの貧困層のための夢、そして庶民たちのための夢だったのに、絶えた。

――俺の夢の、あの真実のヒーローも……。

当然ながら一九七〇年以降に製作した映画のあらゆる権利をザ・プロデューサーは手放してい

た。

が、これに関して詳《つまび》らかに説けば、ザ・プロデューサーは権利というものを計画的に奪われていたのであって、そのことは更新用の契約書の「追加条項」の部分に、そのような不測のなりゆきが出来《しゅったい》したばあいは、との但し書きつきで明記されていた。

一九七四年の初頭のその更新時に、――著作権ならびに著作権に類する各種権利は、プロダクション側が仮に破産やこれに類する事ども等をした局面では、それぞれの作品はそれぞれの作品の監督ならびに脚本家の表現物であるとの見解のもと一々の作品ごとに監督ならびに脚本家の手に移される――、と明記されていて、すなわち大いにこけることはザ・ディレクターとザ・ライターに意図されていたのだし、計算されていた。

そして作品ごとに権利がザ・ディレクターとザ・ライターに所有されるものとなった七本の映画は、純粋な素材として活かされ、ミュージカル・シーンはおおむね削除され（ダンスの要素はまるまる省かれ）、一本の傑作に変容した。

とうとう『インドびより』が完成形に至った。

一九七四年の晩秋、この煌びやかな社会派大作はニューヨーク、ベネチア、トロントの三都市で公開されて、いずれも大絶讃で迎えられ、「これぞ現代インドのあらゆる側面を活写している」とも評され、いわば逆輸入されるマジカルな名画となって翌年にインド亜大陸に凱旋を果たした。

ただし一九七五年は「国家」のインド全土に非常事態宣言がなされていて、それはひそかな凱旋でもあった。

ひそかで戦闘的な。

ところで『インドびより』には双子がいないわけではなかった。双子の、それも弟が遅れて生まれてこないわけではなかった。多少遅れて産声をあげないわけではなかった。インドという「国家」が仮死状態にあった二年間には、またこの二年間の前後の時期には、たしかに二種の映画が歴史に関わった。『インドびより』と対になるのは『ダンスびより』だった。

しかしながらその母親は誰なのか。

独裁者でないとは言えなかった。あるいは一九七七年までは独裁者だったと語れないわけではなかった。その政治家は、世界一強い女性、と評されていた。すなわちインディラ・ガンディーだった。一九七七年の三月に行なわれた総選挙でインディラの率いる国民会議派は大敗し、下野。それどころかインディラ自身も落選した。この現実にインディラは黙っていなかった。あるいは「黙っていられる女性など、世界一強い女性ではありえない」と考えていた。この鋼《はがね》の意志をもって国民会議派は一九八〇年一月にふたたび政権を奪還し、インディラも首相に返り咲く。その約三年間に、インド史に関わる二種の映画のうちの弟、『ダンスびより』が産み落とされて暗中飛躍した。

インディラは情報を摑んだ。総選挙での敗北後、その「大こけ」の原因究明を徹底し、また、徹底するために手足となる人間たちを奔走させ、もちろん主因はインディラの恐怖政治（のスタイル）が国民の大反発を買ったからなのだが、かつ、敵対する政党や政治組織がその仮死期ばかりはと大同団結し、いわゆる左翼が連繋したためでもあるのだが、一つの報告をインディラは受けた。左翼連繫のハブとなったのは、極左集団、全インド解放戦線である。その全インド解放戦線は、ある映画を武器に用いた。いわば武装ムービー闘争を繰り広げた。その映画の名前は『インドびより』である。旅回りも同然のゲリラ的な巡業を行ない、この亜大陸じゅうの（しかしインド国内の）あらゆる地方のあらゆる年齢であらゆる性別、あらゆる職業にあらゆる身分の人々を、観客とした。『インドびより』の謳い文句はもちろん、欧米社会にも認められた名作！　であり、しかもその内容というのが、極端にあからさまではないにしても反インディラ的で、結局、あらゆる地方のあらゆる年齢、性別、職業、身分の人々がほとんど喝采した。この『インドびより』に心を揺さぶられた。最後の「心を揺さぶられた」の件《くだ》りは報告されなかったが、インディラは、独裁の二年間にテレビとラジオ、当然ながら映画もと検閲していたのに、ああそれなのに、と臍《ほぞ》を噛んで、さらに推測した。

総選挙でこけた要因は、そこにあるのではないか。

その映画のせいではないか。

ならば。

数名の芸術ジャーナリストがいた。インディラは彼らに活動資金を与えた。ジャーナリストたちは情報をもたらしていた、たとえば「あの映画は盗作です」と、また「過去の数作からいろいろなシーンが切り貼りされています」と、また「オリジナルではないのに国外で絶讃されたのです、その評価を地に墜とすことは可能です」とも。どれも虚報《がせ》との匂いはしなかった。インディラはさらに真相究明を命じて、動かぬ証拠を求めた。どのような動かないかといえば、反インディラ、反国民会議派に傾いてしまったインドの全国民につきつけられる程度のそれだった。

証拠はあり、編集された。

憎き『インドびより』の素材となった七本の映画からは切り捨てられ、省かれていたミュージカル・シーンばかりが俎《まないた》にのせられ、再構成の作業がおこなわれた。このために用いられたフィルムはもっぱらタミル映画界の、あちこちの映画館に配られていたポジ焼き（の上映用の）プリントだった。削除の対象となった最重要部分にスポットが当たるように批評的編集がなされたことで、派手にして痛快にして、じつに蠱惑的な踊り、すなわちダンス、ダンス、ダンスが連続する「作品」ができあがった。

これが一時間四十分の映画であって、『インドびより』と対になるものだった。

これが動かぬ証拠であって、『ダンスびより』だった。

母親はインディラ・ガンディーだった。

芸術ジャーナリストたちの集団は一九七七年の十二月一日から全国行脚をはじめた。さながら旅回りの一座だった。先立つ二年間に左翼の手で『インドびより』がゲリラ上映されたはずの土地をしらみ潰しにしていった。そして『ダンスびより』を鑑賞させて、これこそが左の連中の「不正な行為《とってもいけないこと》」の証しだ！　と訴えた。行脚する彼らはインディラの秘密工作員であって、かつ、その活動は奏功した。なにしろ『ダンスびより』は熱烈な支持を得た。いかなる地方でも（いわゆる僻地であっても）熱狂的に迎えられた。そこには歌って踊れる、豪華絢爛な王様の服装をしたヒーローが映っていたからだった。純白のジャンプ・スーツにその身を包んだカリスマが。巨大な襟と多数のライン石《ストーン》に彩られて、まさに「大衆の心《ハート》をがっちり摑む」ほかないだろう何かの化身が。この画期的なヒーローの、その驚くべき威容というものを記憶している人間は、もちろんマドラス周辺にはいただろう。しかし、たとえばパキスタンとの国境を有するラジャスターン州にはいなかった。同じように、たとえばブータン王国とチベット、ミャンマー、バングラデシュに接しているアッサム州にはいなかった。パンジャブ州にもいなかったしマッディヤプラデーシュ州にもいなかった。インド亜大陸のあらゆる奥地に、そう、いなかった。

そしてこの亜大陸は、ある名文句でもってしばしば語られた。

インドは世界よりも広い、と讃えられた。

父性の文化の代表にキリスト教圏を挙げるとするならば、インドが代表するのは母性だった。それは豊饒さという意味で、そうだった。「ヒンドゥー教徒の国」とは定義できないのが実情であっても、この国の多数派の文化こそは目もくらむような多神教だった。しかも、そこには排他的な教義はないし、排他的な神もいなかった。世界よりも広いインドに、いったい総数にしてどれほどの神々が犇《ひし》めいているのか？　土着信仰的な地方神はあまた、しかも神々は変身した。つまり、化身した。無数の「小さな神」たちはしばしばヒンドゥー教の有力神（ブラフマー、ビシュヌ、シバ等）の権化《ごんげ》と解釈された。されない時もあった。インドは、神々のその数、氾濫ぶりにおいてもその解釈の自在さにおいても超《スーパー》だった。

斬新な、清新な、王様の服装《いでたち》をしたヒーローを受け入れる素地は、そう、そこに万全にあった。

だが、実際にはそれは何の化身だったのか。

たとえばジャンプ・スーツは何に由来したのか。

あえて説明するまでもない、ジ・エルビス・プレスリーだった。エルビスは、王様の譬《たと》えを用いるならばロックンロールの王様、ゆえにこの人は（この人ならば）ロックンロールの化身だと断じられた。この物語は、そのように断じることが可能だった。そしてこのインド亜大陸の物語で、すでにジ・エルビスの死は一九七七年の八月十六日の午後にあったと語られ、インドの仮死もまた語られたのだから、続いてはジ・エルビスの死後が語られなければならない。

エルビスの葬儀には、二人の殉死者も出た。

エルビスは急逝ののち、神格化された。

その神格化のはじまりは怪談だった。アメリカ各地で、タブロイド新聞や暴露本が「エルビス・リブズ《エルビスは生きている。》 Elvis lives.」という生存説を流した。わたしは死んだはずのエルビスを見かけた、と遭遇体験を語る人間が続々と現われた。じきに、そうやって目撃されているのは生きているエルビスではない、霊的なエルビスである、御霊《みたま》である、との見解が出た。一九八二年にエルビスの自宅であったゴシック風の屋敷が一般公開されると、人々はこぞってここに詣でた。それは、あきらかに聖地の誕生だった。エルビス・ファンにとってはそこを詣でることは巡礼だった。一九九〇年代になると、年間六十万から八十万人がこの巡礼に加わることになった。六十万人……。

何冊かのエルビス研究本が出版された。そこでは父としてのイエス、すなわちキリスト教の贖《あがな》い主であるイエス・キリストと、エルビス、唯一無二のジ・エルビス・プレスリーとがほぼ等しい存在として語られた。

唯一無二だから単数形、との理解もおのずと顕《あら》われた。

いつしかエルバイが誕生していた。単数形のエルビス Elvis に対して、複数形のエルバイ Elvi が。エルビスもどきの、いわば「瓜二つ」たちだった。物真似芸人たちだった。そっくりな格好をして、形態模写をした。どうしてだか揃いも揃って演じるのは、一九六九年のラスベガス・ショー以降、晩年のエルビス（のカリカチュア）だった。生《なま》の観客に癒しを施すような、あの、ひりひりとした救済《ヒーリング》の光線を照射するような、あのエルビス。

物真似芸人と馬鹿にされながらも、彼らは増殖した。

けばけばしい衣裳を身につけて、純白のジャンプ・スーツをまとって、彼らはみな互いに酷似する「現象としての双子」だった。しかし原理的には相互に似るのではなかった、ただ一人に似るのだった。唯一無二の単数形に。一九九四年、ステージで形態模写のショーをする彼らの総数は、ついにアメリカ全土で一万人に達する。

父なるエルビスがいて、無数のエルバイがいた。

しかし、これはアメリカでの挿話だ。無数のエルバイがいるのは、インドではない。

物語はふたたび在インドのザ・プロデューサーを招《よ》び、それから、あの真実の、庶民のヒーローを創造したザ・セルロイド・ファッション・デザイナーも召し出し、他にもファッション関係者だといえばいえるザ・テイラー、又の名をザ・ドレスメーカーといった面々を呼び込む。


まずは一九八一年に、三人がいた。

このインド亜大陸の物語に、ザ・プロデューサー、ザ・テイラーあるいはザ・ドレスメーカー、ザ・セルロイド・ファッション・デザイナーと英語名を授けられた三人がいた。

かつて若者であったザ・プロデューサーは、この年、齢《よわい》三十六から三十七、マドラス遁走から七年が経過してデリーの旧市街に落ちぶれていた。

貧民窟に身をひそめつづけて、無数の悪を目撃しつづけた。

南インドの犯罪組織の刺客たち（集金人と、その「集金する」という役割を超えるであろう懲罰人たち）が、ここ、北インドにも現われるのではないかと戦々兢々としつづける歳月を過ごしたザ・プロデューサーは、異様に悪の匂いに敏感になって、あらゆる悪を嗅ぎ、むしろ嗅ぎつけ、結果として悪の現場をつねづね直視しつづけ、凝集される感情を育んだ。

かつ脳裡には、懐かしい火が点《とも》り、それは青白い燐でできていた。

しだいに燐火は燃え盛った。

感情のその凝《こご》りは、はっきりと「あらゆる悪とその悪徳の世界まるごとに対する、怨憎《おんぞう》」と呼びうるレベルに育った。

ザ・プロデューサーには莫大な借金を負いながらも、財産が何もないわけではなかった、一つだけならばあって、それは撮影所からどうにか一着だけ掠《かす》めてきた衣裳のジャンプ・スーツだった。

それはザ・プロデューサーの成功の記念品、そうであった過去の唯一の証明品だった。

ザ・プロデューサーはそれを永遠に蔵《しま》うのだと思っていたが、そうはならなかった。

燐の火がザ・プロデューサーに、「……着ろ」と命じた。

脳内でごうごうと音を発して燃えながら、「さあ、お前が着ろ、その純白のジャンプ・スーツを。豪華絢爛な王様のスーツをお前がまとえ。それで申し分がない《オールライト》」と命じた。

そして着用した瞬間にザ・プロデューサーは大きな力に満たされるのを感じて、ああ、インドじゅうの貧しい子供たちよ、悲しいばかりの貧困よ、そして夢という夢を断とうとする悪よ！と叫んだ。

——いま、ヒーローが征伐する！

——真実のヒーローが、あらゆる悪に立ち向かう！

——このジャンプ・スーツをまとえば、俺は化身だ！

一九八一年、デリーには善き英傑の伝説がひそかに吹き荒れ、これは人知れず活躍し、にもかかわらず庶民たちの大多数がその存在を知るという「ある人」に関する噂で、ただの人間というよりも霊的な超越者のように語られ、その目撃譚が描写するところでは、「ある人」は蓬髪《ほうはつ》、だからもみあげは極端に伸びて、変装用になのかサングラスをかけ、そして謎めいたスーツを着ていて、これは数多《あまた》ある全ての遭遇体験が語るところだが、スーツは上下ひと続きの、斬新な、王様の服装《いでたち》だった。

その「ある人」は、高利貸しを処罰し、強姦魔を斃《たお》し、弱いもの苛《いじ》めの泥棒たちを討った。

その「ある人」はあらゆる悪徳を成敗に乗り出していた。

その「ある人」は、格闘する時にその全身から燐光じみた輝きを発して、その光でジャンプ・スーツをところどころ青色に煌めかせて、より霊的な感触《てざわり》を強調し、遭遇した庶民たちに「ああ、神霊だ」と感得させた。

すなわちその目撃は、怪談でもあった。

その「ある人」はちなみに討ち倒した悪人たちが金銭、および金目の物品《もの》を持っていたら、それらは奪って懐に入れているようだったが、このことの是非はぜんぜん人々には問われず、「やあ、そのあたりは地上的って感じで、いいねえ。英傑さんにも好感が持てますねえ」と逆に評価され、了解されていた。

そして、こんな伝説になるような活躍は、いわずもがな無謀だった、ザ・プロデューサーには。

ザ・プロデューサーであり「ある人」である善き英傑は、結局、一九八一年のその一年間をまっとうできずに往生する。

その死の立会人となったのが、ザ・テイラーだった。

それも偶然の立会人となったのがこのザ・テイラー、又の名をザ・ドレスメーカーだった。

洋服屋であって、男性用のも、女性用のも手がけるからその又の名を持ち、しかしインド亜大陸のこの物語の内側では男子服にのみ関係するので、登場人物名としてはこれ以降、ザ・テイラーに一本化される。

齢《とし》は四十八だった。

インド西部のグジャラート州の出身で、その州がインドを代表する織物の産地だという背景もあり、二十歳《はたち》でデリーに上《のぼ》ってから身ひとつで稼ぎ、三十一歳で洋裁工場の主《あるじ》となったが、それから十七年を経て工場経営は不振をきわめ、ザ・テイラーは懊悩する日々を送っていた。

——もう廃業するしか、ないのか。わしは……。

——わしの、かねてからの夢が、洋裁工場の経営《それ》だったのに……。

——わしも、ああ、とうとう人生というものの道に迷ったのか……。

そして実際に道に迷った。

一九八一年の九月の最初の水曜日、その午後、ザ・テイラーは旧市街をいかにも孤独に彷徨し、街角の映画スターのぱたぱたとひるがえるポスターをつぎつぎぼうっと眺めては自動三輪車に二度も轢《ひ》かれかけ、牛糞に至っては四度も踏み、必然、標《しるべ》を見失い、早《は》や夜になり、気づけば数人の荒くれ者に囲まれていた。

まわりでは人けが完全に絶えていた。

ザ・テイラーは死を予感した。

——ああ、無惨にして、悲惨……。

——どこにも逃げ場は、ないわいな……。

——ここで終わるのかよ、わしの人生……。

が、終わらなかった。

非業の最期を予感し（て観念し）たのだが、窮地を救おうとする人物が現われた。

それが伝説の「ある人」であるのはザ・テイラーにも一目《いちもく》にして瞭然で、なにしろ王様の服装《いでたち》をしていた、ジャンプ・スーツを着ていた、しかし着用するそのスーツは薄汚れていて生壁色《なまかべ》と化していて、初期の噂に聞いていた純白とはほど遠かった、しかし燐の炎は燃えていて、ああ、あきらかにヒーローだとザ・テイラーは直観した。

——おお、御身《おんみ》こそは！

そう叫ぼうとしたザ・テイラーの眼前で、いきなり最後の荒くれ者と「ある人」が、相討ちになった。

四人を立てつづけに成敗し、五人めも討ち、と快調だったのに、おしまいの一人に刺し返されていた。

そしてザ・テイラーのまわりには、六人の悪漢の亡骸《しかばね》と、「ある人」のそれとが残った。

——そ、そんな。

——わしが感じた、さきほどの死の予感は……。

――このヒーローの、その死だったのか？

そのとおりだった。

「ある人」ことザ・プロデューサーにはこの悪人征伐の天命《ミッション》は重すぎて、初めから苛酷で、かつ無謀、この横死《おうし》めいた結末はむしろ当然だった。

ここでザ・プロデューサーはこの物語から退場する。

あっさりと退場する。

しかしザ・プロデューサーの「ある人」としての意志までが消えるわけではないし、遺体もまた忽《たちま》ち消えるわけではない。

遺体は、誰かが葬らなければそう簡単には消失しない、路上から片付かない。

この場面で、そして、自責の念を持っているのがザ・ティラーだった。

かつ、感謝の心も知るのがザ・ティラーだった。

わしのために死んだ、身代わり同然に死んだのだ……、と理解して、今度こそザ・ティラーは声に出して呼ばわった。

――ああ、御身よ！

――ああ、わが恩人よ！

――真実のこの死せるヒーローよ！

ザ・ティラーはどうにか人手をかり集め、自分の洋裁工場の裏手に「ある人」の遺体を担架で搬《はこ》んで、ただしそれから葬儀を出す費用がない現実に直面して、ああ、貧乏はやはりきついものよ、一生の恩人も弔えない……と歎息し、しかしなきがらを清めることはできるわいな、と決断し、あとは適当に荼毘《だび》に付そう、と考えた。

大いなる奇蹟が、つぎの場面で生じた。

伝説の「ある人」のトレードマークである奇抜な服装《いでたち》をあらためると、裏地に何かが縫い込まれていることがわかって、それは「ある人」というよりもその正体＝ザ・プロデューサーの非常用の財貨であって、すなわち成敗した悪人たちから巻きあげ続けてきた金銭《かね》だった。

――こ、こんなものが！　ルピー紙幣の、これほどの束が！

と大声を出してから、いかん、あたり近所に聞かれてしまうわいとザ・テイラーはその口をぴたっと閉じ、少々の後、「それに、わし、感謝のために脱がしてるんだから。椿事《ちんじ》には注意せんとね……」と小声で言い、丁寧にジャンプ・スーツの裏地から糸を抜いて金銭《かね》を取り出し、それから丁寧にそのジャンプ・スーツを洗った。

ごしごしと洗った。

がしがしと洗った、プロの効率をもって。

洋服屋の誇りをもって。

遺体はいまのところ頭を南向きにして寝かせるというか休ませてあって（南、というのがインド文化における一般的な「死の方角」だった）、ザ・テイラーの腹づもりでは、これから汚れを落としたジャンプ・スーツを遺体《それ》に着せ直して、さらに聖水と油とで清める予定だった。

大いなる奇蹟の後半の部分が、ここで顕《た》った。

ジャンプ・スーツをあらかた洗濯し了《お》えてみると、それはザ・テイラーの見込みをはるかに、はるかに超えて白かった。

これぞ純白、と叫びたいような色彩だった。

気品にあふれ、感動的に燦《きら》めき、そして、着古されて少々崩れてはいたのだが、本来の姿が見通されるその襟のデザイン、それから、そのライン石《ストーン》の飾り、あちこちにじゃらじゃらぶら下がるカラフルな紐状のもの、そうした一切が圧倒的だった。

ザ・テイラーは魅入られていた。

ザ・テイラーは「う、うぅ……」と唸っていた。

ザ・テイラーは恍惚としていた。

この刹那に、ザ・テイラーは啓示を受けていて、つまり神の（何らかの超越的存在の）意思を感じた。

一九八一年の九月の最後の水曜日に、ザ・テイラーはぶじ恩人である「ある人」の葬儀を出すことができ、その費用はまかなえ、そうして為すべき義務を果たし終え、ここから工場の立て直しにかかり、しかも元手というものは、あった。

おまけに再建のための具体的プランも、ザ・テイラーにはあった。

洋裁工場の設備と雇用する職人たちの技術を活かし、ザ・テイラーは、あの聖なるジャンプ・スーツの複製作りに取りかかった。

コピー商品の量産に着手した。

ただし豪華な出来だから（王様の服装《いでたち》の印象を消さないで「完全コピー」するから）、量産とはいえ、月に十数着が限界だった。

サイズは三種類用意した。

すなわち紳士用のS、M、Lを用意した。

ザ・テイラーは「こうした聖なる服装《いでたち》の需要が、どこにあるのか。いったい市場がありうるのか？」とは問わず、むしろ問う前にさっさと「神のみぞ知る」と自答していた。

ザ・テイラーは達観していた。

なにしろインドは世界よりも広いのだ、だから神のみぞ知る、と達観していた。

ザ・テイラーはためらわずに全国紙に広告を出していた。

通信販売の広告を出していた。

そこには次のようなコピーが踊った、「あなたも超《スーパー》ヒーローになりましょう！」との。

そして一九八一年には、もう一人、語り落としてはならない重要人物がこの物語には存在していて、それがマイソール州出身の女、ザ・セルロイド・ファッション・デザイナーだった。

ただしマイソール州は一九七三年十一月をもってカルナータカ州と改称したから、いまではザ・セルロイド・ファッション・デザイナーは「カルナータカ州の出身」と名乗らなければならなかった。

　同じようにボンベイはやがて一九九五年にムンバイに等、さまざまな地名の類いが二十世紀じゅうに変わり、移ろいつづけるのがインド国内の（またはインドの歴史の）現実なのだが、そうした煩瑣なありさまこそがインドの時間的空間的広汎さを示していて、物語のその本筋にそろそろ立ち返るならば、そうした広汎きわまりないインドの辺境ばかりを、一九八一年、その三人めの主要人物であるザ・セルロイド・ファッション・デザイナーは移動していた。

　ザ・プロデューサーとザ・ディレクター、ザ・ライターから成るトリオの映画製作に、じつは第四のメンバーとして欠かせない人材が彼女だった。

ヒットのためには、そうだった。

このザ・セルロイド・ファッション・デザイナーがみずからの類いまれな才能を注いでデザインし、縫製する「王様の服装《いでたち》」こそが、ジャンプ・スーツにひとかたならぬ力を付与しているのだから、そうだった。

一作めの成功を受けて、彼女はスタッフ契約の更新ごとに優遇されて、それから業界ずれし、マドラスすなわちタミル映画界で多少ならず傲岸にふるまい出した。

——庶民があぁした映画のナニを観にきているのか、わかります？　おほほ。

——たとえばミュージカル・シーンのあの凄みとか、それから主役のあのカリスマとか、いったいナニに由来するのか、わかります？　おほほ。

——あたしがデザインしている豪華絢爛なジャンプ・スーツに決まってるじゃありませんか！　おほほほほほ。

これらの発言には真理が含まれていたので、だからこそザ・セルロイド・ファッション・デザイナーは煙たがられる女になった。

しかし一九七四年に、ザ・ディレクターとザ・ライターが『インドびより』の無矛盾性」のために仕組んだ七作めの怪物《ばけもの》、そのものずばりモンスター級の失敗作が公開されたことで、ザ・セルロイド・ファッション・デザイナーの人生は暗転した。

「世紀の駄作の関係者」の烙印を捺されて、いきなり干された。

しかも遁走したザ・プロデューサーを捜し、その借金の返済をいかなる方法をもってしても迫ろうとする犯罪組織の関係者たちの手は、魔手は、ザ・プロデューサーと懇意だったとみなされる（し、「あいつが懇意だったよ。あの女が！」との証言も多数ある）ザ・セルロイド・ファッション・デザイナーにものびてきた。

結局ザ・セルロイド・ファッション・デザイナーはマドラスを逃げ出した。

モリウッド Mollywood を、タミルナードゥ州をあとにした。

が、映画業界そのものとは訣別せず、マハーラーシュトラ州のボリウッド Bollywood での出直しを図った。

期せずしてザ・セルロイド・ファッション・デザイナーはこの段階であのザ・プロデューサーと同じ決断、行動を二つとっていて、一つはすでに説いたマドラスからの逃走、もう一つは、これは七作めの大こけの直後だが、撮影所から衣裳のジャンプ・スーツを掠めることだった。

——ああ、あたしのキャリア！

——この王様の服装《いでたち》一着を仕上げるのに、どれほどの費用が投じられたことか！

——ええい、盗《と》れるだけ盗るわ！

そうして二十三着のジャンプ・スーツをまとめて失敬していた、かつては輝いていたキャリアを唯一証し立てる品として、証拠品として。

ちなみに一本の映画にはミュージカル・シーンが最低三つは挿《はさ》まれていて、その一つの場面ごとに主演スターは最低三度は着替えたから、デザインの微妙に異なるジャンプ・スーツは一作ごとに最低でも十着は用意されていて、一九七四年の大こけまでに延《の》べ八十着を超えていたから、二十三着を盗み出すのはさほど困難でも不可能でもなかった。

ザ・セルロイド・ファッション・デザイナーはその二十三着のジャンプ・スーツを携えて、ボリウッド入りした。

ザ・セルロイド・ファッション・デザイナーはその二十三着のジャンプ・スーツをつねに愛でて、モリウッド時代の栄華を（ひそかに、人知れず）偲んだ。
二十三着を、きっと一着たりとも手放さないだろうと信じて疑わなかったが、一九七八年の三月、ある事態が起きた。

それから三年あまりで状況は変わり、すなわち一九八一年のあいだには変わりきった。

ボリウッドでのザ・セルロイド・ファッション・デザイナーは、なかばは下積み稼業で、きついロケにも同行せねばならず、というのもボリウッドでの撮影はたとえばモリウッドに比較したとしても相当に派手で、主演する男女が歌い踊るシーンになるとそこに背景として採用されるのは、白い雪の舞い散る大自然、はたまた、いわゆる「エキゾティック」な建築物の内側や外側で、ようするに景勝地をどんどん投入するのがボリウッド流の洗練、それゆえに競ってどの作品もロケ撮影をインド亜大陸のそこここで実施していたからだった。

ザ・セルロイド・ファッション・デザイナーはこうした撮影《もの》について回って、月に一、二回は辺境を歩いた。

もちろんロケ用の鞄にはかならず一着はあのジャンプ・スーツを詰めて、撮影地で取り出し、懐かしんだ。

——昔むかぁし、あるところに……。

——流行の最先端にいる映画業界人がおりまして……。

——それがあたしだったのよ。とほほ……。

一九七八年三月、彼女がスタッフ契約した作品のロケ隊は、ラジャスターン州のジャイサルメール、その著名どころか世に知られずにあるといっていい壮麗な城塞都市の内部《なか》で撮影を行なっていて、周囲には地元の野次馬たちがわんさと集まり、ザ・セルロイド・ファッション・デザイナーは「こんな鄙《ひな》な土地でも映画は人気なんだなあ、やっぱりインドって、インドね」とシンプルな感慨にふけり、しかし、そうしたシンプルさを打ち破るような強烈な視線《まなざし》に出会った。年頃は十四、五の少年が、撮られているダンス・シーンを真摯に、ほとんど狂熱の表情《いろ》を浮かべて凝視していて、そのことに気づいたザ・セルロイド・ファッション・デザイナーを驚歎させた。

——ここまで真剣になれるなんて。

その日の夕方に撮影が終了するまで、結局、ずっと少年は野次馬の輪のその最前線にいて、視線《まなざし》の強度をゆるめなかった。

何かがどうしてだか運命的だ、と感じた。

漠然とそう感受して、しかしその運命がみずからに関係する運命だとはザ・セルロイド・ファッション・デザイナーは予感しなかった。

予感しないのに、翌朝、ザ・セルロイド・ファッション・デザイナーは他ならぬその、少年に再会した。

——あら、君？

——あ、おはようございます……。俺……、じいちゃんの手伝い。

――じいちゃんって、馬の、お世話係の？

――あ、はい……。馬……、映画で出すんでしょう？

――ええ、主人公が乗って歌うのよ。あたし、そのスタイリングの下準備で、この廏舎に来たんだけど。

――つまり……、すたいりんぐの人？

――そうよ。服飾全般の担当で、もちろん一からデザインもするけど。ところで、君、昨日いたわね？

ザ・セルロイド・ファッション・デザイナーは訊き、前日の撮影で目にしていたと説明し、そうやって挨拶を終えるや少年のほうがむしろ質問を畳みかける勢いで、それも「映画の世界って、どうなのか」との愚直な問いのバリエーションに尽きた。

――どうって言われても。

――だから、どう？　どうですか？

――しつこいわね……。まあ、君は熱烈に映画ってものに惹かれてるってわけね。それとも撮影に？

――いや、うん、いや、俺は……。

――もどかしいわね。何？

――映画って、凄いから。このあいだ、凄いの観ちゃったから。

――どんなの観ちゃったの？

――うん、ダンス。あのね、ダンスにダンス、またダンス……。

――ダンス、ダンス、ダンス？

――あ、そうです……。そんなダンス・シーンばっかりの映画で、筋とかは全然ないんです。村の外れで、つまり野外《そと》で上映されて……。俺……、唖然としました。

――筋がないから？　だとしたら駄作ね。

――いや、ヒーローがいて、ずっと踊るんです！

――あら、そう？

――そのヒーローがまるで王様の服装《いでたち》をしてるんです！

――へぇ、そう？

――俺、その、魔物に魅入られたってふうに……、感動して。それが、凄《すげ》ぇの！

――凄いんだろうねえ。

――あの、王様って言ったからって、伝統衣裳を着てたんじゃないよ。

――じゃあ、どんな？

――こんな。

そして少年は説明をし出して、ひと言ごとにザ・セルロイド・ファッション・デザイナーは驚き、まさかと目を瞠《みは》り、愕然とし、唖然とした。

そして「ちょっと待って」と少年に告げて、ロケ鞄から辺境旅行には必携の一着、あの、ひそかに愛でるための栄華の記憶の縁《よすが》であるジャンプ・スーツをひっぱり出して、示した。

――まさか……、これ？

――それ。

――これ？

――それ。

少年は羨望の眼《まなこ》で、そのジャンプ・スーツを見た。

ザ・セルロイド・ファッション・デザイナーはその目付きに恍惚とした感情を、真実の欲望を、なによりも真実の畏敬の念《おも》いを見た。

ザ・セルロイド・ファッション・デザイナーのその生身の内側で、たとえば二つばかりの臓器にぷつぷつ鳥肌が立つのが感じられ、それは感動ゆえだった。

ザ・セルロイド・ファッション・デザイナーは「あたしが創造したジャンプ・スーツが、驚くべき強度で敬われ、欲されている。あたしが産み落とした衣裳《もの》が」とたしかに了解し、だから訊いた。

――ほしい？

すると少年は、二秒、三秒と絶句してから、「ほしい！」と口にした。

あげよう、とザ・セルロイド・ファッション・デザイナーは決意して、もろもろ採寸して、手持ちのそのジャンプ・スーツを仕立て直して、二日後、それはロケ地を去る直前だったのだけれども、少年に渡した。

そうやって贈る時に、一つだけ訊ねた。

――それを着て、どうするの？

――ヒーローになるんだ。

――君が、ヒーローに……。

——うん。正義を行なう！

これが一九七八年の三月の出来事だった。

これ以降、ロケのあるごとに辺境を移動するザ・セルロイド・ファッション・デザイナーの前に、続々とこの手の少年が、青年が、はたまた中年までが現われた。

共通する強い視線《まなざし》をビーム状に放出して、ザ・セルロイド・ファッション・デザイナーと奇蹟的にして運命的な邂逅を果たした。

彼らはみな、あの『ダンスびより』を観て、劇烈な感動に衝《う》たれていた。

インド各地にいる彼らに、もちろんザ・セルロイド・ファッション・デザイナーは一人一着ずつ、もろもろ丁寧に採寸して仕立て直したジャンプ・スーツをわけ与えて、「これがあたしの天命なんだわ」とうなずいた。

三年あまりで全てのジャンプ・スーツが捌《は》けて、すなわち二十三着が捌け、それが六月七日、もちろん一九八一年の六月七日だった。

一九八二年から一九九二年。インド亜大陸のこの物語は多数のヒーローたちに彩られる。しかもインド亜大陸じゅうが、そうなる。むしろヒーローたちはインドの「国土」いっぱいに鏤《ちりば》められたのだと描写するのが的を射る。そうやって顕現したヒーローたちは全員がジャンプ・スーツを着用している。すなわち端的にいってジャンプ・スーツ・ヒーローである。みな、悪人には破滅を、善人には救済をもたらす。ゆえに何かの化身と思われた。当然、神の化身と思われた。地域によってはジャンプ・スーツ神とも超《スーパー》ジャンプ・スーツ神と呼ばれた。

しかしヒーローたちは二種に画然と分かれた。かりにザ・セルロイド・ファッション・デザイナーその人がこの分類に関与したならば、いっぽうをオートクチュール派と命名し、他方をプレタポルテ派としたに違いなかった。そうしたファッション用語を貼るべきラベルとしたに違いなかった。一九八二年、ジャンプ・スーツ・ヒーローたちは総勢一〇〇人と三十二人。このうちの二十三人がザ・セルロイド・ファッション・デザイナーのいわば仕立て服を着ていた。実態は仕立て直し服だが、「相対的にオートクチュールなのだ」と強弁すれば強弁できた。そしてこの二十三人のオートクチュール派を引き算した残り（のジャンプ・スーツ・ヒーローたち、計一〇九人）が、ザ・テイラーの新聞広告に反応して、通信販売を申し込んだインド人たちだった。全員男性で、全員が一九七七年十二月一日以降の二年余のあいだに『インドびより』の評判を貶めるためのあの作品、ダンス、ダンス、ダンスが連続する『ダンスびより』を鑑賞していて、全員が過度にというか劇烈にジャンプ・スーツに憑かれていた。全国紙の、ザ・テイラーによる、その、「完全コピー」された王様の服装《いでたち》の広告写真を目にして狂喜した少年たちと青年たち、中年たちだった。彼らはみずからの体つきに合わせて、Sサイズ、あるいはMサイズ、あるいはLサイズのジャンプ・スーツを注文した。入手したのはようするに既製服であって、だからプレタポルテ派なのだった。

いずれにしてもインド全土に、こうやって、ほぼ同じ服装《いでたち》をした正義の使者たちがいっきに湧いたのだった。悪の成敗者たちが挙《こぞ》って出現したのだった。顕現したのだった。二種に分類されてはいても、オートクチュール派もプレタポルテ派もその口癖は共通した。「ヒーローになるんだ。そう、超《スーパー》ヒーローに！」がそれだった。

ザ・テイラーの洋裁工場にはインド全国から注文が殺到しつづけて、一九八三年にはこのジャンプ・スーツ・ヒーローの総数、二〇〇人と九十六人。一九八四年には四〇〇人に達した。さらに翌《あく》る一九八五年には六〇〇人超を記録した。彼らの真の素姓にはおよそ通ずるところがなかった。国土の南西端の州、ケララ州には家鴨《あひる》の放牧をしている者がいた。かと思えばインド北西部のタール砂漠には駱駝の遊牧を行なっている者がいた。中東部のオリッサ州では市場のスパイス《マサラ》売りの少年が、一九八二年当時、最年少の九歳のヒーローとして活躍していた。激辛の（すなわち熱い《ガラム》）スパイス《マサラ》を投げつけて、悪漢たちの目をひょうひょうと潰していた。旧ポルトガル植民地だったゴア州ではカトリック教会の四十代の司祭が、十字架を模したインド版の手裏剣を、すぱっ、すぱっと投げ飛ばしていた。ほとんどチベット文化圏に属するラダック地方にもヒーローは出現して、ダライ・ラマへの敬愛の念を語り、いっぽう、ターバンを巻いたシク教徒のヒーローもいた。また、断食月《ラマダーン》にだけ顕われるイスラム都市のヒーローもいた。まだいた、まだ……もっと多彩に、多様に……。が、このヒーローの増殖は一九八五年がピークで、それ以後、下降線をたどった。

　なにしろ悪との闘いというのは苛酷だった。月に十人単位でヒーローはばたばた斃れた。インド亜大陸のあちらこちら、ヒーローたちの行動は無謀だったのだ。それから質がばらばらにすぎたのも「下降線」の要因だった。正義を実行するには、いわずもがな、ゆるがぬ確信が要ったが二、三度痛い目にあうとジャンプ・スーツを脱いでしまう意志薄弱者もじつは続出した。むしろ多数を占めていた。そんななか、もっとも信念というものに生き、いわばヒーロー道をつらぬき通したのがオートクチュール派、あの二十三人の、ザ・セルロイド・ファッション・デザイナーと直接対面した経験を持つオートクチュール派だった。彼らは平均してプレタポルテ派の三人分の働きをした。

しかし、それは激務をとことん極めたと同意で、ゆえにオートクチュール派も生命《いのち》を落としつづけ、一九八八年、オートクチュール派の生き残りはわずか七人となり、この年にはもっと決定的な事態が生起し、なんと享年五十五でザ・テイラーが死んだ。胃癌だった。ザ・テイラーのその工場は閉鎖され、既製服の生産はもちろん中断された。

一九九一年、ジャンプ・スーツ・ヒーローは総勢わずか三人、そして翌一九九二年の五月の第二水曜日に、最後の一人がひそやかにガンジス河畔の魚市場で殺される。

この物語にはおしまいに二人の登場人物が呼び込まれる。

ザ・プロデューサーもザ・テイラーもザ・セルロイド・ファッション・デザイナーも退場してしまった一九八八年以降に、英語名の二人が新たに物語を駆動するエンジン的存在として、呼ばれる。

一九九一年のボンベイ、そこにザ・ガールとザ・ボーイがいる。

この物語のための、その少女とその少年がいる。

それもボンベイの花街、パパバンプールと呼ばれる地域にいる。

ザ・ガールは踊り子で、十八歳、生まれはそこではないが、タブラ奏者である十七歳のザ・ボーイは、もともとパパバンプール生まれ、身分制度《カースト》からその花街に（ありていにいえば「売春窟」に）囚われていた。

ザ・ボーイは幼少の頃から音楽的な才能を発揮して、現在はその技倆《うで》で稼ぎ、老母とそれから四人の兄弟も養っていた。

この二年間、ザ・ガールが踊り手として上げられる部屋にザ・ボーイも呼ばれ、つまり雇われて、演奏を付けていた。

夜《よ》な夜な、客たちの前でタブラを奏でていた。

ザ・ガールを見ながら、演奏していた。

ザ・ボーイはザ・ガールに恋していた。

ザ・ガールは毎晩、ひと回りもふた回りも、それどころか三、四回りも年嵩の男たちから、「あれを踊りたまえ、これを舞いたまえ」と要求され、もちろん時には春を鬻《ひさ》いでいた。

十八歳になって、ザ・ガールはひそかにザ・ボーイに恋していた。

いつしか恋していた。

十八歳になって、ザ・ガールは慣例に従い、周囲から「パトロンを付ける時期だろう」とみなされて、ザ・ガールを見初《みそ》めた五十六歳の弁護士がその候補として夜ごと通いだし、この弁護士には社会的地位というものがあったから、周囲から「これ以上はないパトロンになるだろう」とみなされた。

一九九一年五月の半ば、この弁護士が朝まで部屋で過ごす。

夜明け、ザ・ガールはパトロン候補のその顔をまぢかに観察して、意外なほどの老醜ぶりに戦慄する。

ザ・ガールは反射的に、ほとんど恐怖を引き金にして、その熟睡するパトロン候補を刺し殺す。

ザ・ガールは、ザ・ボーイに助けを求める。

ザ・ボーイは、もちろんこの求めに応じる。

家族を、ザ・ボーイは捨てる。

二人は駆け落ちし、ザ・ボーイはひと組のタブラだけを抱えて、まずはボンベイ市内の雑踏と喧噪の地域へ逃れ、紛れ、それから日銭を稼げる口を捜して、工場地域へ行き、しかし誰も雇わないし、誰もザ・ボーイたちを相手にしない、そうやって相手にされることのないザ・ボーイは、その、二歳からタブラを叩きつづけてきた両手で人を殺《あや》める。

外国人旅行者向けの宿の主人を、絞殺する。

フロントの金庫から、現金《かね》を奪う。

ザ・ボーイは、大金だ、と確認して、逃走し、しかも幸いだったというべきか、いちばん問題となる瞬間は他人《ひと》には見咎められていない。

ボンベイの裏町での彷徨のさなかに、ザ・ガールがザ・ボーイにふいに眼《まなこ》を大きく見開いて言う。

――あたし、思い出したわ。

――何を？

――あたし、十二歳とかで伯母さんを頼ってこの都市《まち》に来た時に、パバンプールの暮らしがあんまりつらいんで、ある晩、逃げ出したの。

――それで、どうなったんだ？

――どこかの狭い路地でね、悪い連中に襲われそうになったの……人買いかもしれない連中に。

そうしたら、どこからかヒーローが現われてあたしを救出して。

——ヒーローって……ヒーローが？

——本当よ。

ザ・ガールは本物のヒーローだったのだと熱を込めて言う。

いきなり噴き出した自らの記憶に感動しながら、ザ・ガールは、その救い主の服装《いでたち》をどこまでもどこまでも詳《つまび》らかに、かつ問わず語りにザ・ボーイに語る。

熱心に、描写する。

——ふうん。

——ねえ、あんた想像できた？

——たぶんな。で、それが十二だったお前の王子様なんだな？

——違うわよ。

——違うのか？

——あたしの王子様は、もう過去《あと》も未来《さき》もまるまる塗り替えて、あんたよ。

二人は抱擁しあい接吻する。

二人は長距離バスに乗る。

切符を購入する資金は、たんまりとある。

ボンベイから姿を晦《くら》ます前に、ザ・ボーイはザ・ガールに花で編んだ首輪を、マリーゴールドの首輪《それ》を買ってやり、かけてやる。

三カ月後、ザ・ボーイとザ・ガールの二人はその亜大陸のいわば背骨にいる。

ちょうど背骨に当たるデカン高原の、その入り口というか麓《ふもと》にいて、そこは「アディバシー」と呼ばれる少数民族の土地に隣接していて、すでに秘境そのもので、二人はそこで愛だけを糧《かて》に暮らす。

ほとんど人が立ち入らない辺地には、遺蹟がある。

岩盤を刳《く》り貫《ぬ》いて、いちばん初めは仏教のために作られた石窟群、それが続いた世紀のどこかの間でヒンドゥー教の寺院に転用されて、その後にはジャイナ教徒たちも利用して、それから見事に、すっかり「外」の文明から忘れ去られた。

そこに二人は暮らす。

遺蹟にはたまに山岳地帯の部族民が訪れ、幾つかの石像を生花や織物で飾ったりする。

二人は、これってまだ信仰の対象なんだな、と知る。

駆け落ち四カ月めのある日、その部族民たちにさえ半世紀前には見棄てられてしまった雰囲気の、しかし巨大で立派な、ぼろぼろの巻衣《サリー》に全身を覆われた神像を二人は発見する。

高さはほぼ五メートルある。

ザ・ガールもザ・ボーイも同時に息をのむ。

ザ・ガールもザ・ボーイもどのような神の似姿《にすがた》なのか想像だにできず、それもあたりまえの話で、宗教間の一千年、二千年にわたる転用の歴史が、その神の身元を完璧に抹消していた。

――凄いわ。

――凄いな。

――いったい、何の神様？

——わかんないのか？

——あんたはわかるの？

——わかるさ。

——何？

——俺たちの神様さ。俺たち二人を護る、俺たち二人のための神様なんだ。

ザ・ガールは掌《て》を合わせる。

ザ・ガールとザ・ボーイはこの偶像に感謝する。

その謝意を表するために（すなわち、この生まれたての信仰のために）ザ・ガールはその神像の衣を繕う。

全体を覆っている巻衣《サリー》をいわば仕立て直す。

けれどもザ・ガールは、これはあたしたちのための神様だ、と中途で気づいて、修繕の作業を進めながらアレンジを施す。

ザ・ボーイが仕立て直しのための材料を集めるのだが、当然、まっとうな工面とはならず、ザ・ボーイは愛のために山賊と化して、この遺蹟の地の周囲数十キロ圏内を荒らす。

もろもろの手段で布地、糸、針、を調達して、そうして集められたものをザ・ガールはひと欠片《かけら》も無駄にせず、神像の衣裳《それ》の修繕用に投じ、いまだ完成にはほど遠い時期から「ほら、これがね、正しい神様の服装《いでたち》なのよ」とザ・ボーイにその仕上がりの図《え》を説明する。

五メートルの巨像のための、世に二つとないジャンプ・スーツを、とつとつと描出する。

それから駆け落ちの、六カ月めが過ぎて、八カ月めも過ぎて、十二カ月めもまた過ぎる。

ザ・ガールがその神に対する奉仕作業に励み、ザ・ボーイがその経過に見惚《みと》れるか、または追い剝ぎに出るか、またはザ・ガールが布地を繕っているかたわらでタブラを演奏するか、という単調さのうちに過ぎる。

一度だけ闖入者が現われる。

それは「闖入者たち」で、二名のアメリカ人、一名のアンドラプラデーシュ州出身のインド人から成っていて、アメリカ人のほうは写真家と記者、インド人のほうはそのガイドの合計三人で、彼らはサンフランシスコに本社が置かれた有名なグラフィック雑誌に雇われている。

記者が、ガイドのインド人を通して、こう話す。

——俺たち、現代インドの桃源郷っていうのを探してるんだ。

——編集部が設定したテーマは、森の部族を発見する、とかってやつだけどね。

——だからアディバシーに来たんだ。秘境、だろ?

——俺たち、あっちこっちにある「虎に注意」って標識も無視したぜ!

写真家は何百回もシャッターを押して、しかし「闖入者たち」は半日で去る。

するとまた単調な日々がある。

ザ・ボーイとザ・ガールだけの、平穏な、祈りと愛の日々がある。

ジャンプ・スーツは仕上がっていて、神像はそれを着ていて、ザ・ボーイとザ・ガールの二人は、そのジャンプ・スーツ神を祀っている。

あるいは一千年か二千年の歳月《とき》にまたがって存在している超《スーパー》ジャンプ・スーツ神を祀っている。

それから愛が結晶する。

一九九四年、二人の愛が結晶して、ザ・ガールが「あたし、あたし……」と言い、ザ・ボーイが「なんだい、なんだい……？」と訊き、ザ・ボーイは並べたタブラを、タ・ティ・タ・タン・タンと叩きもする。

――あたし……。

――なんだい……？

――身籠ったみたい。

――なんだって？

そして、その時に奇蹟が起きる。

大いなる、弥終《おしまい》の奇蹟がこのタイミングで起きる。


ザ・ボーイとザ・ガールの二人とも知る由《よし》もなかったが、たった一度の闖入者、あの「闖入者たち」の一員である写真家に撮影された写真はアメリカで大きな反響を呼んでいた。すなわち「インドの奥地に、エルビスの巨大な神像が発見された」と。あのジ・エルビス・プレスリーの――。またまた三流タブロイド新聞の提供するネタかと大勢《たいせい》は嘲笑しかけたが、証拠があった。たしかな証拠で、合成ではないことも検証されていた（写真はフィルム撮影で、時代背景的にもデジタル技術は用いられていない。誌面の編集と印刷時にも）。しかも撮影者は業界的に信頼されている人物、プロとしての名声を具えた写真家だった。全米のエルビス・ファンが、そして色めき立った。一九九四年早々、インパーソネーター impersonator と呼ばれるエルビス形態模写ショーの芸人たちが競い、コンテストで各州ごとの代表者を選出した。その優勝の賞品はインド旅行、ほぼ無料で渡印《とい ん》できるが、その「エルビス神の巨像」の真相やいかに、との調査が使命《ミッション》として課された。

了解して、飛行機に乗り込んだのは十二人だった。

十二人のエルバイ Elvi だった。

もちろんジャンプ・スーツを着ていて、すなわち全員が同じ格好をしていて、「瓜二つ」だった。

単数形の Elvis に対しての、これぞ複数形だった。

彼らがこの瞬間に、ザ・ガールが「あたし……」と言い、ザ・ボーイが「なんだい……？」と言って、そこから二人でふた言つづけた瞬間に、来たのだった。茂みをガサガサいわせて現われたのだった。むしろザ・ガールとザ・ボーイが遺蹟の地にまで踏み込んだ……足を踏み入れたのだった。秘境アディバシーに分け入り、この二人の聖域を踏みにじったのだった。しかし、ふり返ってザ・ガールとザ・ボーイがともに見たものは、蹂躙者では決してなかった。それは、十二人のそれらは、実在するヒーローだった。

十二人の使徒だった。

ザ・ボーイはまだタブラを叩いていて、その律動を8《エイト》ビートに変えた、あまりの驚きから。が、それは幸福な驚きだった。ザ・ガールもまた、あたしは……あたしたちは祝福されている、このお腹《なか》のなかの子供も、と確信した。

そして言った。「お帰りなさい、ヒーローたち」と。

オ帰リナサイ、ひーろータチ。オ帰リナサイ。
輪廻転生ニハ、ろっくんろーるト、フリガナガ振ラレタノヨ。ホラ、輪廻転生《ろっくんろーる》。

反転する。

そこに牛頭《ごず》たちと馬頭《めず》たちがいる。およそ七百七十四の鬼たちがいる。鬼たちは考えている、およそ七百七十四の鬼たちが否応なしに考えて、これは宗教文学だと答えを出す。このロックンロールの物語が、そうなのだ、と回答を出す。それぞれが同様の結論に至るのだが、それぞれを一匹ずつだとしても７７０なる数字では割り切れず、「およそ」の副詞は揺るがない。その算術的な軋みには可能性がある。何らかの力の凝集がはじまる。

そして鬼たちは気づいているし、ブックマンも気づいている。ここまで物語りつづけてきた(ロックンロールの物語をする者だった)ブックマンは当然気づいている。ブックマンこそは仕掛ける側に立ったのだから。かつて「東京」という名前を冠した都市のシンボルは、いまは地中に深く陥没し、逆立ちしながら悶える存在となり、大地に臍《へそ》を生んでいる。東京タワーの跡地こそはこの大都市《メトロポリス》の臍と化している。そして、そこはいかなる様相《ありさま》か。東京の臍には、違う「国家」が置かれた。その臍には、インドがはめられた。

そうだ、東京はインドの首都になったのだ。

このことを鬼たちは理解する。鬼たちは理解するし、覚醒する。地獄道での覚醒とはすなわち解脱《げだつ》である。あるいは解脱まで至らずとも、救済である。鬼たちは救われてしまう。およそ七百七十四の牛頭たち馬頭たちはインドに帰らざるをえない。その亜大陸に、そこが歴史的に仏教を生んだのだから。あらゆる質量が大きさを増して、凝集される力が歪みに転ずる。すると、世界の時空間的なありようが曲がる。すると、旺《さか》んに燃えていた火炎という火炎が一点に突入しだす。するとも、あらゆる獄卒たちが呑まれる穴が生まれて、しかしそれは破壊ではない。二十世紀が終わる。

二十世紀

日本列島の「誤解の愛」

［1］

これは**昇る太陽**と呼ばれた人物の物語です。

［2］

けれども物語は**昇る太陽**がこの世に生を享《う》ける前から紡がれます。誕生以前、いずこに**昇る太陽**はいたのでしょうか。前世ではありませんでした。いわゆる前世、前生《ぜんしょう》といったものの記憶は持たず、ただし**昇る太陽**はあわいは憶えていました。あわいとは前生と今生《こんじょう》の間にあるという世界です。とはいえ世界として確《しか》と認識される類いではありません。それらはいわば、ただ「展《ひろ》がる空間」であり、その流れをしばしば「前後させる時間」でした。

あわいは、風景という形で**昇る太陽**の心に残っています。そんな世界があるのか、と問われれば、口を濁すしかなかったでしょう。客観的にその実在を証せる世界《もの》ではないのですから。実際、**昇る太陽**のその幼少期から青年期にかけて実在を証明する人間はいませんでした。世間的な常識も「そんなものはない」と告げています。しかし**昇る太陽**には、そこにいた、との感覚はあまりに鮮明でした。むしろ五感が憶えていたのです。そのため、**昇る太陽**は幼少期、特に乳幼児期にあわいの記憶にひたりました。

［3］

こんな記憶でした。

あわいにいると、そこにいる意味がわかります。いるだけで洞察されます。「これから地上に生まれるから、ここ、あわいに控えているのだ」と。おまけにこの洞察における地上との言葉は譬喩《ひゆ》なのです。なぜかといえば、**昇る太陽**たちにはそこが天上だと捉えられていないのですから、どうしたって譬喩なのです。

風景のその内側で**昇る太陽**は一人ではありませんでした。控えるものたちは無数にいました。けれども、あわいにいると、そうして「控えている」以前の生《せい》があったことも理解されます。詳《つまび》らかに想い起こすことは叶わないのですが、何かはあったのだ、とは誰でも実感できます。**昇る太陽**のばあい、自らに関した事柄はいっさい不明瞭ですが、その前世に父親がいたことだけは憶えていました。

「あれがお父さんだった。あれが前のお父さんだった」が、あわいにいる**昇る太陽**の口癖でした。

あわいでの**昇る太陽**は霊犬とも遊びました。一見したところ、この犬はややミイラ化した風情でしたが、しかし喜怒哀楽の感情のようなものが昂《たか》まると全身の毛を、ぎゅう、とか、わさわさ、とか伸ばしたり、逆立てたりしました。その様《さま》はひじょうに愛らしいのです。おまけに毛先をぴかっ、ぴかっと玉虫色に染めたりもするのです。いかにも、これはあわいの犬でした。その吠え声は、犬ですから日本語の体系に照らせば「わんわん」となりますが、**昇る太陽**の耳にはもっと強《したた》かに響きました。可能なかぎり忠実に書き取るならば、わん、よりも、うぉん、と。

うぉん、うぉん！　と。

昇る太陽はしょっちゅうこの霊犬を呼び出して、また霊犬の側から呼ばれたりして、じゃれあいました。駆けっこでは負けました。あわいならではの遊びである子魂《こだま》探しでは、五分五分か、多少は勝ちを多めにつけました。その勝利に歓喜する時、**昇る太陽**も、うぉん、と吠えました。霊犬のその咆哮をわざと真似るのです。擬《なぞら》えられた吠え声に反応して、あわいの草原はびゅうびゅうと風を吹かせて、それは愛がそのまんま吹いているのでした。

霊犬は、不思議な門から出入りしています。その門をどう説明したらいいでしょう。＋《プラス》の記号をじじつ幾つか足して、その後に分解し、そこからパーツを抜き取ったりした形状なのだと**昇る太陽**には感じられました。すなわち地上的にいえば、これに似た門とは神社にある鳥居です。それがただ一つの＋《プラス》の形状、および、その形状の変異でないことは「妥当だ」と**昇る太陽**には捉えられました。単体の＋《プラス》を地上的にシンボル化すれば十字架になりますが、ここには虚《うつ》ろが孕まれていないのです。ただたんに「刺す」か、空気に「刻まれる」形象《もの》としかなりません。何かを出し入れする穴を持ちえないから、どうしても門にはならないのです。

［4］

シンボルには余白が要る、というのは**昇る太陽**があわいで学んだ教訓だったようです。言い換えるならば、余白を持たなければシンボルは「刺す」か「刻む」だけで終わってしまい、それそのものがゲートウェイに通ずるような展開はしない。こうして霊犬としばしば戯れながら、うぉん、うぉん！　と吠えながら、あわいにいた**昇る太陽**は霊犬が出入りするその門を観察し、しばしば門のそばに立ち、結局、ある日そうした門の一つに吸い込まれました。ある日とはいっても、それを「どの日」と特定できる時間（地上的時間、すなわち過去から未来へと連なる不可逆の時間）も流れていないのですが、同時に「こうなるための時は満ちていた」のです。じゅうぶんな時が、条件が。これは**昇る太陽**の、あわいからの出発《たびだち》でした。

門の一つに吸収されて、その門の内部《なか》であって非在でもある場所へ。それがどのような体験であるかを認知する五感を**昇る太陽**は具えませんが、しかし状況のほうが変わります。門が、いつしか地上的な穴に接続されていたのです。

それは産道だったのです。胎児が通るための道。もう分娩がはじまっていたのです。母親の猛烈なまでの痛みが充ち満ちた分娩、出産が。その母親とは、すなわち母親でした。この世における**昇る太陽**の母親でした。じきに**昇る太陽**は新たなる世界としての地上への誕生を果たしますが、その時に「おぎゃあ」と言いました。思いっきり大音声《だいおんじょう》に産声をあげて、あげつづけました。

母親の痛みは、新生児たる**昇る太陽**に移ったのです。

［5］

とうとう**昇る太陽**がこの世に生まれ落ちたので、物語はここから現世の範囲内で紡がれます。医師に取りあげられましたが、その病院があったのは日本列島です。地理的には日本列島、歴史的には二十世紀の後半です。すると、この時期の日本（日本国、ニホンまたは対外的な呼称としても用いられるニッポン）では出生届が義務づけられています。言い換えるならば戸籍に記載するための名前が必要とされます。

昇る太陽が、その昇る太陽 rising sun との命名を受けるのは、この時です。いま、新生児は**昇る太陽**になったのです。これは漢字の連なりで表記されます。じつは名前を形成する文字の連なりには、性別を明示する一字「男」が足されていて、rising sun とは同時につぎの世代を担う息子《サン》の意味を含めた rising son でもありました。太陽《サン》は息子《サン》に通じたのです。とはいえ、あらゆる言語に換えられる可能性を持った「ユニバーサルな意味の名前」においては、この赤ん坊は**昇る太陽**でした。

が、本当にユニバーサルにはなりません。そこには抹消不可能なローカルさが、国家性が潜在していたのです。なぜならば、日本は古来、みずからの美称として日出《ひい》づる国 the Rising Sun の称号を用いていて、**昇る太陽**のその名前は当然のように国号《これ》に反響してしまったのです。

しかも日出づる国との美称には「ここから太陽が昇るのだから、ここから一日が、この世界がはじまるのだ」との含意もあって、パラフレーズするならば「この国こそはあらゆる国家に冠絶する。地上の国家のうちの最上の貴種に位置づけられる」という宣言にもなるのです。

日の出の時刻に生まれたから、とのアニミズム的な感性に支えられて命名された男児は、こうして名前の、潜在する国家性に不可避に照らされてしまいます。**昇る太陽**は日本という国家の、その気位とその自慢《うぬぼれ》とをほぼ生まれながらに負ってしまったのです。

［6］

産道を記憶している子供は、母親が誰なのかは過《あやま》たずに知ります。しかし父親に関してはどうでしょうか。いかなる手立てで知りうるでしょうか。父には、たかだかDNAしかありません。父には、産道がないのです。まして**昇る太陽**にはあわいの時代からひき継がれる「前のお父さん」の記憶がありますから、その記憶にひたっているかぎり実父はどうしても父とは思えません。とてもとても、実の父とは。かつまた、父とは思っていないのだということも周りに見透かされます。それは他の誰よりも**昇る太陽**の父親その人を苛立たせますが、問題の息子がまだ乳児か、やっと乳離れを果たした年頃かといったところですから、整理された言葉で叱りとばすことも、それからもちろん叩《はた》いて教育することもできません。

一歳から二歳、三歳。**昇る太陽**は順調に生い育ちます。あわいの風景をひたすらに咀嚼する乳幼児でしたが、とはいえ出生後のさまざまな体験を「新たに吸収されるもの」として記憶の層に積み重ねないではいられません。上塗りです。あらゆる地上的な刺激が、あわいの記憶を底へ底へと沈めます。その記憶は否応なしに「深いところにあるもの」に変わりますが、しかし消えません。
そして、このことが**昇る太陽**の不幸でした。

［7］

一九六〇年代の日本には霊を視《み》る子供たちが大勢いました。そうした子供たちとも**昇る太陽**は毛色を違《たが》えていました。就学して、一九七〇年代に日本じゅうを席捲する超能力ブーム（自称「超能力者」のイスラエル人、ユリ・ゲラーの紹介とその来日、テレビ出演が火をつけたオカルト・ブーム。全国にスプーンを念力で曲げられる子供たちが簇出《そうしゅつ》した）が起きても、同級生のようにスプーン片手の「超能力実験」に興じることもありませんでした。小学生の**昇る太陽**にあるのは、ある一定の頻度で湧きあがる、吠えたい、との衝動でした。うぉんと吠えたい、との。……うぉん、うぉん！　この衝迫をむりにこらえると、表情はこわばりました。こんな児童は、おかしな児童でした。学校で群れられず、父親との溝は依然埋まらず、十《とお》をすぎると「生まれてきたことに謝罪したい」との不可解な感情に駆られました。ただしこの感情を適切に言い表わす語彙も、表現能力も持ち合わせませんでした。まだまだ幼すぎました。

昇る太陽に把握できていたのは、びゅうびゅうと吹いている愛は、ない、あわいの世界から放り出されたから、もう、ないんだ、との厳然たる事実でした。授業の最中であっても年に何度かは無言で暴れてしまいました。教師も、また父親も、年に何十度かは**昇る太陽**を殴りました。いっぽうで**昇る太陽**は一度も謝罪しませんでした。謝るべき相手は彼ら（教師、父）ではない、と認識していたのです。これもまた最大級の不幸でした。
じきに**昇る太陽**は、校内で、そして家庭内で、「そこにはいない子供」として無視され出しました。

［8］

ベッドに横たわり、深夜、薄闇を透《す》かすようにして天井の板目を見据えながら、つぶやきます。
「お父さん。前のお父さん。あの……。でも、どんな顔？」
甦るのは、あわいにいた頃の口癖だけです。

［9］

ところで**昇る太陽**がほぼ誕生と同時に背負わされてしまった、その反響と共鳴の対象、「国家」としての日本の一九七〇年代はいかなる様相を呈していたでしょうか。じつはこの一九七〇年代こそ、経済的に一大飛躍が成された時期でした。第一次石油ショック（一九七三年十月にアラブ石油輸出国機構が原油公示価格の大幅値上げに踏み切ったことに端を発する、日本国内の急激なインフレーション、いわゆる「狂乱物価」）を乗り切るために合理化と技術革新を推進した日本産業界は、その結果、続々と国際競争力にあふれる製品を生み出し、輸出に励み、特に自動車や家電、半導体などの分野では「日本製品こそが最高のクオリティ」との評価を得ました。それどころか、日本の経済システムそれ自体が讃えられ出しました。すなわち、ジャパン・アズ・ナンバーワンの可能性が語られはじめたのです。

世界はいわゆる超大国のアメリカとソ連の力のもとに置かれ、冷戦状態でしたが、日本はこの一九七〇年代に軍事力とは異なる次元での大国に、経済大国になったのです。そして自ら、ジャパン・アズ・ナンバーワンであると信じはじめたのです。

〔10〕

では**昇る太陽**は、何を信じたのでしょうか。第二次石油ショック（一九七八年末から翌年のイラン革命に端を発する原油価格の高騰。しかし悪性のインフレーションなどは起きず、日本はこの危機を乗り切った）に見舞われた時期、**昇る太陽**は中学校に進学しました。すると授業に英語が加わります。第二次世界大戦後の日本の義務教育のカリキュラムが、そのように組まれているからです。これは衝撃でした。ペンを pen と習うのはなんら問題がありませんでしたが、学校は school となり犬は dog となりました。だとしたら物の名前とは何なのか。言語が変わるごとにシフトしてしまう程度のものなのか。普通名詞と固有名詞の差違のような事柄には思い至らせずとも、命名という行為に関して、自身の名前に関して**昇る太陽**が考察しはじめるのは、ほとんど必然でした。そして英語の授業はそのまま「英語」であるのに、日本語の授業はどうしてなのか「国語」であること。**昇る太陽**は、ここに国家がある、と気づきました。僕の名前にも、それから日本語 Japanese とは明かされない「国語」という教科、その教科名にも……！

しかし英語の普通名詞との出会いで、その学習の初期、もっとも**昇る太陽**にインパクトを与えたのは本 book でした。本というものの存在を、じつは**昇る太陽**は意識していませんでした。十二歳になるまで、そうでした。教科書が本であることは理解していましたが、だからこそ無縁であって、しかも「国語」のそれに引用される文章のほとんどが本であるらしいことから、もっと意図的に拒んでいました。学校生活には不適応である児童の自分、というものを**昇る太陽**はつねづね認めていたからです。ですが、本に book とのまるで異なる名前が付いた時に、なにごとかが蠢《うごめ》き出しました。

それは国家を超えているのではないか、と、その洞察に与えうるフレームを組むための素地もいかなる基礎教養もないままに、けれども**昇る太陽**は理解したのです。だとしたら、手に取ればいい。だとしたら、本を、読めばいい。これは一種の宣戦（対国家の宣戦布告）とみなし得ましたが、**昇る太陽**はそのように意識したわけでもありません。しかし学校教育への反抗、反逆として「読書」がある、とは認識していました。

昇る太陽が何を信じたのかといえば、これらのことを信じたのです。これらの、肚《はら》でつかみとられた洞察を。

［11］

まだ中学生ですから、物事は初歩からしか学べません。いかなる物事でも、そうです。とはいえ、自主的に学ばれるのはほぼ実践的な知見ばかりとなります。

たとえば、一、世界には飢餓地帯に生まれる子たちがいる。
一、世界には紛争地帯に生まれる子たちがいる。
一、かつて日本でも七歳や五歳や三歳を迎えずに大勢の子たちが死んだ。だからこそ七五三《しちごさん》は幼児たちの葬式に通じるような臭いを放つ。あそこでは生きのびられなかった大勢の乳児たち、幼児たちが引き算されているのだ。
「そのために七から五、五から三、と逆算するんだ」と**昇る太陽**は推し量って断じました。「この地球で、そんなにも大勢の子供たちがあわいに戻る。早々に、あの世界にひきあげる。しかし僕はここに生まれたんだ。ここ、飢餓地帯でもないし紛争地帯でもない、それから死亡率も低ければ間引きの習俗《ならわし》も消された現代の日本に。だとしたら、僕はどう進む?」
より反逆の度合いを深めよう、と**昇る太陽**は決めました。ただの情報源としての本、あるいは推奨される読書行為から、より無意味で無価値で、より戦闘的なほうへ。十三歳から十四歳、十五歳。**昇る太陽**はフィクションを読み出しています。受験対策として国語力を高めているわけでは全然ありません。他人と体験を共有しないために、**昇る太陽**は、文学という何か、なにごとかに触れはじめています。

［12］

昇る太陽は「僕は本の人になればいい。そうか、僕はブックマンだ」と英語で、bookman と造語します。これは自らをブックマンと定義し直した日本人の物語です。その日本人の名前には国家がエコーしています。

［13］

ところで十五歳です。公立高校を受験して、**昇る太陽**はその義務教育の期間を終えても依然通学します。当時、中卒で労働、という選択肢が日本にはないに等しかったからでした。一九八〇年代でした。一九八〇年代の、その前半でした。具体的には中曽根政権のその初期に**昇る太陽**は高校進学を果たしました。中曽根康弘は一九八二年十一月に自民党総裁に就任、内閣総理大臣となり、そこから五年間の長期政権を維持します。じきにアメリカ大統領のロナルド・レーガン（映画俳優として三十年のキャリアを持つ政治家で、大統領の一期めには「強いアメリカ」再生を唱える）と親しい関係を築きますが、まずは就任後ただちに訪米し、そこで「日米は運命共同体」と表明、それどころか「日本列島は不沈空母」とまで発言しました。これは日本という国家の領土まるごとが、万が一の有事のばあいはアメリカ側の軍事戦略に益するように供される譬喩的な空母なのだ、との謂《い》いでした。この有事とは、もちろん二つの超大国であるアメリカとソ連の衝突をイメージしていて、東西冷戦がそのような「熱い戦争」に変容した時に、出来《しゅったい》するのは第三次世界大戦だとの強固な連想につながっています。

そのような不安が事実、あふれている時代でした。核戦争の恐怖が実際、まだ拭いようのない時代でした。終末論を煽る『ノストラダムスの大予言』（一九七三年刊のオカルト本で、発売からわずか三カ月でミリオン・セラーを記録。二十世紀末となる一九九九年に人類はほぼ滅亡すると説く内容）の登場から十年弱しか経ていない、そういう時期でした。けれども**昇る太陽**が注目したのは「不沈空母である」とのコメントよりも、経済大国の日本は超大国のアメリカの「運命共同体だ」との発言《それ》でした。**昇る太陽**は、戦後の日本がその義務教育のカリキュラムで英語を学ばせていたのは、結局、こういうことだったんだ、と理解しました。こうやって「運命共同体だ」とあきらかにするまでの間、伏流として日本にアメリカの血を注入するためだったんだ、と。すると運命《それ》が共にされる。

でもそれだけじゃないだろう、とも**昇る太陽**は思いました。学校に「教科」として入れる以上のことが、きっとフェーズを変えたどこかで行なわれている。きっと、何十年も前からずっと。だとしたら、それはどこだろう。

［14］

高校時代、いつしか**昇る太陽**は小説を書きはじめます。作家を志しているわけではありません。読書というインプットのあるところ、おのずと執筆というアウトプットが生じる、との流れに身をゆだねたのです。**昇る太陽**はもう、おかしな児童、おかしな生徒、等のレッテルからは離れました。ただたんに普通よりは寡黙で、そして「よく本を読む子」となったのです。二、三人の友達とならば群れることもできました。父親との溝はむしろ決定的に広げることで不可視にしました。数センチの溝は、目につきすぎますが、これが数十メートルから数百メートルにも拡張されれば、等身大の人間の立つ場所においては平ら《フラット》かとしか認識されません。これもまた本から獲得した智慧《ちえ》でした。

人と群れられる理由に、読書行為は「没入する」がゆえに深すぎるので、本から離れている時間ならば、相対的な浅さに自分を任せられる、ゆえに他者とそれほど衝突しない、との現実があり、また**昇る太陽**があわいのあの記憶から相当遠のいていているとの事情もありました。記憶は朧ろです。とはいえ、この地上とは「異なっていて、空間がただ展《ひろ》がり、時間がその流れを前後させる」ような場所、あるいは世界のことは、ある、と確信していました。どのようなフィクションを読むか、の選択にもこれは反映しました。**昇る太陽**にとって、誰からも推奨されない読書行為、たとえば国語教師からも薦められない本、とは日本文学ではない小説だったのですが、知らない人名と知らない地名にあふれた海外の小説を読む時、**昇る太陽**のその読者としてのイマジネーションは、あわいの風景に等しい感触《てざわり》にたしかに触《そ》れようとしていました。その風景のオリジナルに関する記憶はどんどんと霞んでいたのですが。一種のアンダーグラウンドな文学にも**昇る太陽**は惹かれました。みずからの五感または本能に順《したが》って**昇る太陽**はつぎつぎと「手に取る本」を選びました。十六歳の夏ですが、アフリカ大陸のナイジェリアにさえ小説があって、それが本来は英語で書かれていたという事実に、また強《したた》かな衝撃を受けました。ここでも本が book です。エイモス・チュツオーラという名の作家でしたが、そしてその名前もまた酩酊させる感覚に満ちていましたが、読んでみると小説内にはあわいか、擬似あわいばかりが描出されているようで眩暈《めまい》をおぼえます。

そうしたフィクションの類いを**昇る太陽**は友人たちには薦めません。なにしろ十二歳からずっと「薦められない本」を選んできたのですから。それから自分で書いた何編かの小説も、ちらとも見せません。これらは自発的だからこそ極度にパーソナルな表現、すなわちアウトプットだったのです。ただし二、三人とはいえ群れることで、意図しないインプットもおりおり生じました。それらは体験であって教養でした。チュツオーラの文学に邂逅したのと同じ十六歳の、今度は秋、**昇る太陽**はロックンロールの真理のような事柄と見《まみ》えました。ビートルズがカバーしていた、チャック・ベリーの一九五七年のヒット曲『ロックンロール・ミュージック』を聞いたからです。

［15］

放課後の教室でした。友人たちしかいません。一人がSONYのロゴ板のついたラジオ・カセットレコーダー、いわゆるラジカセを鳴らしていました。みずから編集したカセットテープを装塡して、低音量で鳴らしていました。そのうちの何曲かは**昇る太陽**も知っているビートルズの名曲です。たとえばポール・マッカートニーの歌う『イエスタデイ』です。リンゴ・スターの歌う『イエロー・サブマリン』です。聞き憶えのある『ヘイ・ジュード』もあれば、愉快さに満ちてポップな、だから同じように聞き憶えのある『オブ・ラ・ディ、オブ・ラ・ダ』もあります。しかし、そうした「ビートルズの曲」の合間に、まるで知らない、にもかかわらず轟きにともなわれたような楽曲が連続します。

「このハードロックみたいなの、誰の、何？」

「ビートルズの、『ヘルター・スケルター』だよ」

「このクラシックみたいに悲しい曲、誰の、何？」

「ビートルズの、『エリナー・リグビー』だよ。弦楽八重奏と共演してる」

「この凄い……凄いもわもわって鳴ってる、わけのわかんない曲、誰の、何？」

「ビートルズの、ジョン・レノンが曲を書いて歌っている、『トゥモロー・ネバー・ノウズ』だよ」

「ジョン・レノンって、死んだ人だよね」

「アメリカで死んだ」と友達は言いました。

それから**昇る太陽**は教えられます。ビートルズはイギリスのロック・バンドで、最初はアイドルで、それも地球規模のアイドルで、その後にアイドルをやめて徹底的にロックした。うん、ロックしたんだよ。一九七〇年に解散した。ジョン・レノンは、俺たちが中学生だったこのあいだ（一九八〇年十二月八日）、ニューヨークで殺された。うん、アメリカで死んだんだよ。このテープは、俺が巧みなセンスで編集したベスト盤。二本組にまとめてあるんだ。貸してやろうか？

「『バック・イン・ザ・USSR』とか、聞けよ」友達は言いました。

［16］

しかし**昇る太陽**が聞いて驚いたのは、USSR、すなわちソビエト社会主義共和国連邦、ソ連のその略称が曲名に付いた楽曲ではありませんでした。その『バック・イン・ザ・USSR』も気に入りましたが、また、どうしてソ連に帰れと言ったんだろうと不思議に思いましたが、基本的には名曲の連打に衝《う》たれて、バリエーションの豊富さに唖然として、もしかしたら二十世紀のポピュラー・ミュージックの原型は全部、ここにあるんじゃないかと想像し、だとしたらビートルズは創造主だということになると思い、しかし創造主って、何の、と考え、だから二十世紀のポピュラー・ミュージックの、と暫定的に答え、それから『ロックンロール・ミュージック』を聞いたのです。

ビートルズの演奏する『ロックンロール・ミュージック』を聞いたのです。

粗野でした。ただ単純に粗野なロックンロールでした。洗練さがいっさい孕まれておらず、それゆえにむきだしの感情があって、ほかのビートルズの名曲たちに比較して「これをどう考えたらいいのか、わからない」というのが**昇る太陽**の率直な印象でした。少なからず驚かされました。そして、聞きながら**昇る太陽**は思ったのです。さびで「ロックンロール・ミュージック」と歌いつづけるこの楽曲には、どこか賤《いや》しい力がある。その賤しさって、と**昇る太陽**は文学の言葉で解釈していました、庶民とか、庶民性とか、そういうことなんじゃないのか。

これがチャック・ベリーの有名な曲のカバー演奏であることは、後日、友人からの教えとみずからも調べた情報から知りました。そのチャック・ベリーという黒人ミュージシャンが、ロックンロールの神様とたたえられていることも知りました。もっと調査すると、元の『ロックンロール・ミュージック』は一九五七年のリリースです。ビートルズのことを二十世紀のポピュラー・ミュージックの創造主うんぬんと考えた僕は、と**昇る太陽**は思います、二重の意味で間違っている。二十世紀後半の、それこそ一九六〇年代以降のって限定を付けなかったら謬《あやま》りだ。そして、創造主にも創造主がいるんだから、チャック・ベリーがとうに神様をやっているんだから、ビートルズは創造主うんぬんにはならない。

「チャック・ベリーはアメリカ人だ、国籍でいえば」と**昇る太陽**は思考を進めます。「ようするに、このビートルズにすら、アメリカの血が注入されたんだ。そしてロックンロール、ロックンロール……」

［17］

当然、それは日本にも入ってきている、と**昇る太陽**は結論づけます。

ロックンロールが、入ってきている。もう注入された。おまけにそこには、源流まで向かえば賤しさがある。

吠える歌を僕は見つけたんだ、と**昇る太陽**は思います。ビートルズにだって、生まれる前のあわいがある。

うぉん、……うぉん！

［18］

十七歳から十八歳。いまや二種のインプットが**昇る太陽**にはあります。文学と音楽です。体験としては「読む」ことと「聞く」ことであり、そこから種々の知識も得られ、時には知識よりも強烈な価値観が得られます。それはどこか奇妙な展開《なりゆき》であって、**昇る太陽**は学校教育が推奨しない無価値さをめざして進んできたのに、続々と価値を、価値観を得ていたのです。こうしてインプットは二種類、けれどもアウトプットは以前と変わらず一種類でした。執筆です。友達にも見せない小説を書きつづけています。短いものが、二編、三編と完成します。そこには大きな変化が刻印されていて、作り出した当人である**昇る太陽**を戸惑わせます。

文章が変わったのです。文章に、どこか賤しさが混じり、速度が増したのです。

「速度？」と**昇る太陽**は自問しました。「こんなものに、スピードの基準があるのか？　あるいはこれって、リズムか？」

小説のリズムに関して考察した例《ため》しのない**昇る太陽**は、僕は何をしているんだろう、と考え込みます。僕は小説を、ロックンロールに漬けているんだ、漬け物みたいに、と判断するまで少々時間がかかります。そして答えが出されてから、このことが他の人間にも気づかれるものかどうか、テストしたほうがいいだろう、と思います。**昇る太陽**は完成した原稿用紙で一二〇枚ほどの長さの小説を、目についた文芸誌の「原稿募集」の賞に出します。新人賞です。こうした応募作品を選考する側は小説のプロなのだから、もっと示唆や複眼的ディテールに富んだ答えをさし出してくれるだろう、と期待して。もちろん、そのためには最終選考には残らなければなりませんが、これらあたりまえの前提は**昇る太陽**に留意されることがありませんでした。

［19］

四〇〇字詰めの原稿用紙で、計一二一枚あります。題名は『機械の夢』と付され、コンピュータ・ルームで誕生前の三週間を過ごすことになった「胎児と定義されない胎児」のことが書かれています。設定の細部は、極端にあいまいです。書き出しには「ある科学雑誌にこんな論文が載っていた。それは。胎児は母親と同じ夢を見る。夢を見る。夢を見ている。それが超音波診断で。わかったのだという。／だとしたら。／母親以外の胎《はら》の内側で発育する胎児はきっとまわりにある環境と同じ夢を見る。動物学者のコンラート・ローレンツが言った『刷り込み』行動の生前バージョンだ。これは生前の動物行動学だ。／そのことを信じろ。／彼は信じた。彼は、この彼とは父親だったが、だから彼女の、この彼女とは母親だったが、予定日の三週間前に帝王切開をおこなって、コンピュータ・ルームにこの胎児を置いた。／でも。／考えてみろよ。／もう胎《はら》のなかにいない胎児は『胎児』じゃないぞ。／そしてコンピュータ・ルームという子宮の内側で、いったい非『胎児』は何を見たのか？」とあります。

　この主人公は、機械と同じ夢を見ます。

　この主人公は、母親をコンピュータだと認識して、父親が非コンピュータの生体（生命体）であることに嫌悪を抱き、そのまま成長します。もう地上に誕生していたのです。市役所に出生届も出されていたのです。「ＤＮＡは要らない、ＤＮＡは要らない！」と口癖にしながら、月に一度は機械の夢を共有する小学生になり、じきに「コンピュータたちの夢を盗み見るのは、満月だけに。決めた」と宣言して、ある夜の満月が原稿用紙二十枚にわたって、モザイク状の詩的文章の断片で、一種ホログラフィックに描写されます。最終章が三十枚ほどで、小学校のうさぎの飼育小屋に夜半に入り込んだ主人公が、そのうさぎたちのＤＮＡを全部データに置換する試みで終わります。ひたすら数字だけが乱打されて、最終行には「数。数。その数字こそがデータだ。きれいだね！」とあります。

稚拙な小説です。いわゆる小説として考えるならば。かつ悪文です。いわゆる小説として判定するならば。

［20］

最終選考に残ったと編集者から電話があります。新人賞そのものは射止めません。けれども雑誌に選考結果が発表される少し前に、ちょっと会いませんか、と編集者から伝えられます。

「SFが書きたかったの？」

「いえ……」と**昇る太陽**は答えます。

「だよね。だったらSFの専門誌に応募するよね。でも、書いていて『SFだ』と思わなかった？」

「思わなかったです」

「それ、面白いな。あのね、読んでいても感じたんだよね、サブカルチャーでどっぷり育ちましたって感じでもないな、どうも違うなって。たださ、年齢はちょっと信じられなかった。ほら、応募原稿に付けたプロフィールの、齢《とし》。だって若すぎる。これ、本当だったら売り出せるもの」

「そうですか」

「そうだよ。『十代の才能です。新世代です』ってコピーはでかいよ。でも、そういう欲はない、って顔してるね」

「文章、どうでした？」

「僕の感想？　それとも選考会での意見？」

「はい」

「どっち？」

「プロの人たちって、どうジャッジしました？」

「じき発売される雑誌に載るから、そこの選評を読んだほうが正確でいいんだけど、まあ、うん、否定的だね。四人のうちの三人は『もっと小説を読んだほうがいい』って。でも、君、じつは本は読んでるでしょう？」

「読んでいます」

「だよね。それは感じる。それはしっかり匂う。たださ——」

「リズムはどうでした？」相手の言葉を遮って**昇る太陽**が訊きます。

「何？」

「あの、文体の、それのこと。リズムです。そういうの、調律っていうんですか？　教えてもらえるかと思って」

「韻文の話はしてないでしょう」

「いゝん文？」

「小説なんだから。ああ、そうか、そんなことを意識して君は書いたんだ？　あの句読点、あの滅茶滅茶にアマチュアな改行、そうかあ、ちょっと理解できた。だとしたらね、選考委員の作家の先生でも、一人、気づいてる人がいたよ。『これは騒音の文学なんじゃないか』って。『しかし最後まで読ませる。すなわちメロディはあるのだろう。それは物語と等価ではないが』とかって続いてたかな。あの先生の選評」

「メロディ……物語……」

「それ、感じるところがある？」

「わかりません」

「ふぅん」と言って、編集者は**昇る太陽**のあまり表情の読めない顔を凝視します。「他にも役に立ちそうなコメントはある」

「どんな、ですか？」

「『この作品にもう少し余白があったら、私も積極的に推せただろう。ここに足りていないものは、文体、または小説それ自体としての余白であると思われる』と書かれていたね。けっこう若い先生だけどね」

「余白……」

「ああ、これには確実に感じるところがある？　ま、来週、掲載誌を読みなよ。見本を持ってこれたらよかったんだけど、まだ編集部にも届く前でね。ところで、いま、高三？」

「三年生です」と**昇る太陽**は答えます。

「じゃあ受験勉強もそろそろ白熱してきてるでしょう」

「そんなことはないです」

「そんなことが、ない？」

「進学するか、まだ決めていないので」

「ちょっと、ちょっと、本当に？　いまどきの日本で、大学に行かないかもって？　あのさ、学歴が高卒止まりで就職したら、損だよ、絶対に損だよ。その、それって家庭の事情？　経済的に不都合だとか？」

「違います」

「文才はこれだけあるんだし、作品をみても教養はあるし、全般的に成績だって良さげだ。あのさ、受験しな。そうして書きな、小説。読んでやるからさ。賞の応募とは関係ない。俺、今日はスカウトに来たんだよ」

〔21〕

昇る太陽は私大の文学部に入学します。大学じたいは難関校とみなされていましたが、簡単に合格しました。受験科目が英語、国語、小論文に限られていて、いってみれば**昇る太陽**には準備不要だったのです。その一校しか受けず、十八歳で現役合格の大学生になりました。
昇る太陽は十八歳ですが、いっぽうで日本はどうなっていたでしょうか。一九八〇年代の、その後半がはじまったところで、経済大国のこの「国家」を左右する出来事はニューヨークのとあるホテルで起こりました。先進五カ国（Ｇ５、アメリカと日本と西ドイツとイギリスとフランス）の蔵相、中央銀行総裁が秘密裡に集まって、ドル高是正のための討議を行ないました。時間にしてわずか五時間、この短い秘密会議が後日「プラザ合意（一九八五年九月二十二日にニューヨークのプラザ・ホテルで開催されたＧ５の合意事項）」と呼ばれることになる合意《もの》を打ち出しました。じきに世界経済は円高基調となり、「プラザ合意」当時は一ドル二四〇円台だった円相場がわずかの歳月で一ドル一二〇円台に急上昇するという事態が生じます。
国内でバブルがはじまるのです。
バブル経済が。
昇る太陽は十九歳になります。一冊めの著作が刊行されます。

［22］

時が過ぎます。そして大学というのはじつに、じつに奇妙な場所です。管理者のいない牧羊地に似ていると感じられます。かつ**昇る太陽**は職業を持っているという奇妙奇態な立場の学生です。二十一歳までに、著書数は三冊となりました。その若さにもかかわらず一定のキャリアを誇っており、その若さにもかかわらず玄人向けの作家として知られていました。熱狂的な読者を抱えて、一部の評論家からはつねに賞賛されて重要視されて、けれどもベストセラー・リストには顔を出さない。「まだ顔を出さないんだ」と言ったのは編集者です。**昇る太陽**をスカウトした編集者です。「実際、君はいつも『この時代の若き俊才』とかってカタログ類には、載るだろ？　だから、雌伏しろ。いいか？　いちばんの大物は時代のいちばん最後《おしまい》に出るんだ。ここで瞬間風速の人気は、ぜんぜん時期尚早だ。テレビ出演はNG。エッセイなんて引き受けるのもなしだ」と言って、**昇る太陽**に出版社経由で舞い込むオファーを選別します。編集者は、処世の面でのアドバイザーであり、兼マネージャーです。絶対の指示《いいつけ》を出すプロデューサーでもあります。
カタログというのはこのバブル経済期の鍵《キー》でした。あらゆる分野にカタログは必要とされました。あらゆる文化が、いっきに膨張する「商業化」の濤《うね》りにのまれていました。そのように脹れる現象とは、譬《たと》えるならば風船《バルーン》です。そして「商業化」を推し進める母艦のような企業からみればアドバルーンです。ごくクラシックなカタログ類には、さほど冒険的ではない大企業も飛びつきます。一九八七年三月、安田火災がゴッホの絵画『ひまわり』を五十八億円で購入します。未曾有の好景気です。

昇る太陽が発表したそれまでの三冊は、短編集というか、作品集ばかりです。長編はまだ出していません。**昇る太陽**は、編集者に、一、二カ月に一度原稿を渡して、それらが四カ月か半年に一度雑誌に掲載されます。原稿用紙でだいたい三十枚の短編か一二〇枚前後の中編です。しかし、長編が構想されていないわけではありません。また、編集者も長編が構想されることが可能か不可能かを、しばしば食事をいっしょに摂りながら話題にします。編集者は不思議な言い方をするのです。小説は、たとえば短編の類いがどこから中編になって、中編がどこから長編になる？その範疇ってなんだ？　君はただのサイズだと思うか？

「長編を書こうと思うな。君、長編に書かれてみろ」

そんなふうに食事を定期的にする以外に、取材もアレンジされました。作者として受ける取材ではありません、する取材です。いずれ小説を萌《きざ》されるかもしれない、と編集者の目《もく》した、インプット源としての体験です。**昇る太陽**は三つめのインプットを得るのです。得るというか用意されるのです。以前からの二種類、文学と音楽に続いて。

頻繁にタクシーに乗ることが、奇妙でした。

車窓から切り取られた風景のどこを眺めても、街にはバブル期ならではの多面的な過剰さが充《じゅう》盈《えい》していました。日本の首府のそこに、あふれていました。二十世紀の終焉《おしまい》まで、あと十年と少ししかない東京に。

［23］

本来あった二つめのインプットが、変容します。装置的な、そして媒体《メディア》的な変容です。**昇る太陽**はそれなりに高品質のオーディオ機器類を揃えて、もっぱらレコードを聞きます。カセットテープから、その円《まる》い媒体《メディア》、合成樹脂を材料とするポリ塩化ビニール製の円盤に切り替えたのです。この当時のレコードには、EP（一分間に45回転する。シングル市場の主流）があり LP（一分間に33＋⅓回転する。アルバム市場の主流）があります。**昇る太陽**は、ジャンルを横断してそれらEPとLPを渉猟するようになります。ロックンロールとのレッテルに惑わされずに、多様なポップ・ミュージックのレコードの内側《なか》に賤しさを探ります。

これは儀式です。

だからこそ高品質の、やや高価なオーディオ機器が要ったのです。解像度の高い音色《ねいろ》を要求して。

［24］

儀式の手順はこうです。

一、レコードを手に取る。ＥＰかＬＰかは問われない。その盤面に螺旋状にカッティングされた溝があって、その溝の帯《バンド》の全部が終わるところにラベルがあって、そのラベルの中央に孔《あな》があいているのならば。

指紋がつかないようにと、**昇る太陽**は盤面にはいっさい触れません。溝には。しかしラベルは持っていい。それ以外の箇所に手を添えると音色《おんしょく》が損われるような感触が**昇る太陽**にはあります。

二、ターンテーブルに運び、そのターンテーブルの軸をレコードの孔に挿《さ》し、固定する。ノイズを起こす塵埃《ちりほこり》が盤面についていないか確認する。

三、カートリッジの装着されたアームを動かす。そのカートリッジに針があって、その針が、盤面に刻まれた振動波形すなわち溝を、電気信号に変換するのを待つ。すなわち音楽が再生されるのを待つ。

レコードの縁《ふち》にその針を落とす時、**昇る太陽**はいつでも仄かな緊張を感じます。「僕は落とすのだ」と感じます。

針が走ります。

昇る太陽はふと思います。どうして針はレコードを、その盤面を削ってしまわないのだろうと。それとも削っているのだろうか？　たとえば毎回、〇・〇一ミリ単位で？

四、いよいよ音楽が鳴り、聞く。

昇る太陽はアームの先端のカートリッジの、その針の移動を見ます。もしかしたら傷つけながら音楽を奏でているのかもしれない針を。溝の螺旋が、回るのも見ます。ひたすら回り、回ります。その回転には数があります。時に**昇る太陽**はその数をかぞえようとします。EPならば四十五回。LPならば三十三回と、もう少々。

「回るね」と**昇る太陽**は思います。「正しい数を回る」

あらゆる手順は踏まれて、正しい音楽《それ》は出現しています。顕《あら》われています。

そして、針はだんだんとラベルの部分に近づき、盤面の中心へと近づいていって、溝やその帯《バンド》が残りどの程度かを、移動ごとに減らしながら、どんどん減らしながら示します。再生時間は限られているのだ、と**昇る太陽**の目に見える形で。そうです、**昇る太陽**は視認できます。

時間が見えるし、音楽が見える。不可視であるといわれている概念や表現《もの》が、視《み》えます。この瞬間に手順五として、**昇る太陽**はある思いに衝《つ》かれることもあるのです。「うん、まるで余白を秘めたシンボルなんだ」と。しかしながら**昇る太陽**にも、脳裡に閃いたフレーズの意味はわかりません。毎度。

［25］

根源的な駆動があります。原稿用紙ではないたんなる横罫のノートに**昇る太陽**は、短編ではないし、中編ではないものを書き出しています。けれども長編小説なのかもわかりません。題名も妙です。『ロックンロール七部作』と付されています。ノートの扉に。

書き出すというよりも、**昇る太陽**の体感としては書き付けています。失念を回避するために、その、ビジョンの、なにごとかの湧出をひと片《かけ》らも逃さないために。

人物がビジョンとして出現しました。ですから、まずはそれを書きます。書き付けます。それは「年齢をどう判断するか？　人類には年輪はない。客観的な判定は、不可能だ。その上で。／十七歳としよう。十八歳としよう。いや二十一歳としよう。二十二歳としよう。ずいぶんと絞られた。／男だ。ラテン民族の遺伝子が濃い、と感じる。／しかし、顔は？／アジア人の血だ。／皮膚は？／少しばかりアフリカ大陸を感じさせる。／だとしたらコーカソイドが、モンゴロイドが、ニグロイドが混《ま》じっているのか。白色《ホワイト》、黄色《イエロー》、黒色《ブラック》。W、Y、B。／しかし人種の定義を色彩として、いいのか。この男はハイブリッドでありすぎる。皮膚は、黒檀のような黒、とまではいかないから、それを活かして入れ墨が彫られている。／読める。／読もう、入れ墨には文字もあったから。フレーズが見出されたから。それらは英語だ。ELVIS LIVES と彫られている。エルビスは生きている。これが右の前腕《ぜんわん》。そして LIVES はそもそも ELVIS という五文字の入れ替えだった。綴り換えだった。／アナグラム——たとえば live から悪が、evil が誕生しうるように。／ところで左の前腕には？／ここには MADE IN USA とある。何が、いったい何が、アメリカ合衆国製だというのか？」といった具合です。

書き付けてから、**昇る太陽**は考えます。こんなふうに肉体に文字を刻んだ人物は、やっぱり書物の人間か？　つまり、いわば、ブックマン。

［26］

第三のインプットが運命のレールを切り替えます。転轍機《てんてつき》の役割を果たしたのはもちろん編集者です。いつものように取材がアレンジされたのですが、それは人と会う取材でした。有名人でした。ただし、**昇る太陽**と同じようなニュアンスの有名度、ともいえました。編集者はこれを、こう解説します。

「これも時代のいちばん最後《おしまい》に来るタイプだな。けど、三カ月後にはいろんな連中が手をつけているよ。なにしろ話が面白い。あれがテレビに出はじめたら、けっこうヤバいな」

「宗教家なんですよね？」

「そうだよ。宗教団体の、トップ、ようするに教祖でさ、かなり若い信者を集めてる。本人、見た目は四十代の前半とかにも見えるけど、実際は二十六か七って齢《とし》だ、ほら、つまり『この時代の若き俊才』さ。現代のね」

「現代の日本の」

「ニッポンの。なあ、ところで君、なんでさ、日本のことをニホンっていったりニッポンっていったりするんだろうな？　君、作家の直観としてはどう思う？」

「どちらかが後天的なんです。後天的命名」

「そう？　だったらニッポンなのかね、その、ア・ポステリオリなのは」

「ア・ポス……って、何ですか？」

「『より後から成るもの』、ようするにア・プリオリじゃないってこと。ラテン語だよ。ラテン語なんて読めないけどさ、まあたんなる思わせぶりな教養、教養。で、話は戻るけどさ」

「はい」

「その宗教団体、たぶん年内には宗教法人になると思う。あれは認証されるだろう。ま、勢いだな」

宗教法人になると、何が起きるんだろう、とは**昇る太陽**は思いません。

取材は会食付きです。和食の店でした。しかし注文というのを、編集者も**昇る太陽**もしません。コースで出されます。意外なことに、**昇る太陽**たちがその店に着くと、取材の相手は厨房から出てきました。ただし調理に携わっていたわけではありません。食べられないもの、食べてはいけない食材を、店の側に事前に縷々《るる》説いていたのでした。

「すみませんね。お食事屋さんでこうした物言いは失礼にあたると重々承知していますが、不浄、ということを考えずに食べ物を摂るわけにはいかないので」

「宗教をきっちり実践されてるんですからね、わかります」と編集者は応じます。「ベジタリアンですか?」

「ベジタリアンの、粗食です」

そう言って、相手は笑いました。

たしかに若い声です。そして、外見はたしかに、自分より二十歳は上ではないかと感じられることに、予備知識はあっても**昇る太陽**は驚きます。いえ、予備のそれがあるからこそ驚きます。風貌は、ワイルドというのが当たらずとも遠からずです。毛髪や髭には無精の印象がある。しかしそれは同時に力強さです。鼻や口といった顔のパーツは整っていませんが、彫りが深い。平均的な日本人というよりも南アジア系を連想させ、あるいは日本人ということでだったら縄文時代の人々のイメージ画を想わせます。この日本列島の、かつての住人たちの。そうした点から実年齢に架空の十歳、十数歳が加算されてしまうのだろうと推測しながらも、**昇る太陽**はその人物の目にじきに気づきました。鋭いのです。人類の、というよりも鳥類の、それも肉食の猛禽のように鋭利なのです。このことは「ワイルド」な風貌にむしろインテリジェンスの印象を足しています。それらの要素が揃ったときに、全体は「非常に魅力的で、いっそハンサムでもある」と感じさせます。

これが、経済大国の日本がこの時代につぎつぎ産み落としている風変わりなスターの、あるいはスター候補の一人でした。しかし、それに関しては**昇る太陽**も同じです。

この相手、この教祖もまた**昇る太陽**に関心を持っていました。

「会えたことで大変に光栄です。話題の文化人ですからね」と教祖は言いました。

「いえ、そんな」としか**昇る太陽**は咄嗟に言えません。

「ご本、あなたのご著書だけれど一冊は読ませていただきました」

「僕が送ってね」と編集者が添えます。

「全部じゃないのがちょっと失敬ですが」と言ってから右手の指を三本、三冊ぶん立てて、男は豪快に笑います。

昇る太陽は率直に訊ねます。

「ちょっと奇妙な小説じゃなかったですか?」

「私は気に入りましたよ」と男。

「その……」

「私がね、読んだのは最新作です。あそこに入っている二編」

編集者が、「この春に出た『メロディーズ、メロディーズ』だ」とまた口を添えます。その旋律《メロディーズ》たちと二度繰り返されるフレーズは、書名です。

所収の中編のそのタイトルでもあります。

「私はですね、ああ、感想を言ってもいいかな？」

昇る太陽は首肯します。

「あなたは小説の内側にある、言葉、ああした言葉たちをね、どこからか拾ってきているように感じ取ったんですが、どうですか」

「文体の話ですか？」

「日本語の話です。文学には門外漢ですから。それでもね、紐解《ひもと》いてみれば宗教にも宗教の文学というのがあって、鎌倉仏教だったら法然でも日蓮でも、それから道元も、道元の『正法眼蔵《しょうぼうげんぞう》』はかなり画期的な文学作品だと思いますが、みな著書がある。こうした場合は漢文体でも日本語です。コンセプトの日本語。まあ、専門外の私がそうだと断じるのは変ですが」

「読んだことないですね、道元？」

「『正法眼蔵』はそもそも和文かな」

編集者が、「僕たち文学を生業《なりわい》にしてる人間だって、読まないですよ。しかし深いなあ」と言います。

「生業なだけでしょう、私も」と男は返して、「とはいえ日本語の話ならば、できる、という証明です」と続けます。

「拾うといわれると……」と**昇る太陽**が言います。

「どう?」と、これは編集者が訊きます。

「その感じはありますね。うん。文体を作っているというよりは、僕、それを『摑んでる』っていつも感じるんです。ちょっと説明が、あの、上手にはいかないな。だから、その、もうしわけないんですけど」

「会ったばかりですよ」と教祖である男は笑います。「ゆっくり進みましょう」

豪快に声を立てようと、相好をそっと崩すだけだろうと、その笑いは場所の調和を擾《みだ》さない、と**昇る太陽**は気づいて、思わず編集者のほうを見やります。驚きを共にしたかったのです。または裏打ちしてほしかったのです。二度めの驚きが起きていました。この取材、この対面に入ってからの、二度めの。疑いなく教祖である男は**昇る太陽**の小説を気に入っています。本当に気に入っている様相です。しかも文体について、いきなり、なにごとかを的確に突いてきた。

「ふだんは、その」

「うん」と教祖。

「リズムの話をするんですけど。日本語の文章にも統御可能な速度があって、それを僕は、作者として、なるたけ自発的に抽《ひ》き出してるんだって」

「自発的というのは?」

「あの、たとえば『メロディーズ、メロディーズ』って、あ、表題作の作品《それ》ですけど、あれはデビューしてから四本めの中編ですけど――」

「五本め」と編集者が即訂正します。

「そうでした、五本めです。だんだんと数を重ねると、数、作品数っていうか経験を重ねると、こう、作品が浮かびはじめた途端にそれに合った文体というのを自動的にアジャストさせられるというか。その、適切な速度のことなんですけど」

「以前は違った？」と男が問います。

「リズムに自意識を持ちすぎてたから、うん、きっと違いましたね。自意識過剰だったんです。いまはそうじゃない。それで、さっき言った『摑んでる』感じを、こう、実感してて」

「拾うわけですよ」

「どこからか？」

「読んでいて感じたんですよ。『頂戴している』って。あなたは言葉を、どこからかね」

「どこなんでしょう？」

「難問だな」

また編集者が口を挟みます。「どうやら文学と宗教は、それなりに近い距離にあるな」

「そう思ってましたよ」と教祖。

「思っていませんでした」と**昇る太陽**が言い継ぎます。

昇る太陽は、この取材はしっかりと話を聞こう、それに雑誌や新聞媒体とかからのインタビューのつもりにならないで、問われたことにはふだんとは異なる角度から回答することも心がけよう、いつもの回答《それ》の亜流は避けよう、と内心決めます。そのほうが、うん、何かを教えられる気がする。

そして、教祖か、と思います。教える祖《ソ》か。

結局この日は、現代においての宗教とマスメディアの関係、これを平安期と照らした時のやはり宗教とマスメディア的な宮廷の比較譚、なかでも初期天台宗という存在《もの》と、そのアカデミズム、そこから密教体系に孕まれるオカルトといわゆるアカデミズムの根本的な親和性、と展《ひろ》がり、そこから現代のアカデミズムに求められるオカルトの可能性、等がどこまでも緻密に丁寧に、しかし突飛に語られます。非常に面白い。教祖である男は、「この時代こそ宗教の必要性をアピールしないと」と言います。「あまりにもジャパン・マネーが強すぎますからね。予言に聞こえるかもしれませんが、もうじき東京株価は三万円台を突破するでしょう。これは不可避の流れです。こんな時こそ、精神世界を見なければ。人々に見せなければ」と言います。「ええ、布教をすることは救済ですよ」

「マテリアルな、現代ニッポンに対する?」と訊いたのは編集者です。

「物質至上主義の、世紀末も間近い日本に対する」と教祖は言い換えます。

「説得されちゃいますね」と編集者が嬉々として、応じます。

「しかし面識を持った全員をうちに入信させる気持ちは、世俗の言葉では『野望』っていうのかな、ありませんから」教祖は笑って応じます。

昇る太陽が訊きます。「どうしてです?」

「修行は厳しいですよ」

失礼、と言って編集者がトイレに立ちます。**昇る太陽**は教祖と二人になります。教祖が箸をつけているのは、豆腐です。塩がわずかにふられています。その白い半透明の結晶を、なぜだか箸がつまむのを**昇る太陽**は見ます。二粒、三粒。コロリとしたものがつままれます。ふいに教祖は顔をあげます。その猛禽類の視線《まなざし》が**昇る太陽**を捉えます。しかし鋭いのに、優しい。非常にチャーミングです。

「はい」

「私が思うに、執筆する力というのは」と教祖は言います。

「神に属する力ですね。神仏の属性と同じですよ」

「そんなことはないでしょう」

「あるよ」

　塩粒がなめられます。

「まあね」と教祖は言います。「文学の門外漢に言われてもね、妙だろうけどね、でもどこからかって、言ったでしょう?」

昇る太陽は考えます。

　それから教祖が言いました。「これは予言になるのだけれども、少し前から見通していたのだけれども、私がね、あなたに会うのはわかっていたよ。ああ、それにしても、あなたはそのままで聖なる名前だね。日出男君」

［27］

　これは**昇る太陽**と呼ばれた人物の物語です。その名前は漢字の連なりによって表記されていて、本来の日本語ではその末尾に性別を明示する一字「男」が足されていて、ユニバーサルに通ずる言語的側面だけを抽出すればたしかに昇る太陽 rising sun なのですが、じつは rising son でもありました。昇る息子、太陽《サン》は息子《サン》に響いていたのです。日出「男」と。しかしながらこの物語は、国号の日出《ひい》づる国 the Rising Sun との反響、共鳴だけを前景化させました。国家がそこにあり、「男」は、息子は失われています。ここには軋みがあります。運命のレールが切り替わります。あるいは二つのレールを、同時に踏みます。

〔28〕

長編小説が刊行されます。『ロックンロール七部作』ではありません。違う小説がするりと産み落とされたのです。原稿用紙に書かれて、生まれたのです。それらはどの一文字も枡《ます》めを食《は》みだしませんでした。一枚につき四〇〇文字、しかし空白《ブランク》の枡めも勘定に入れて。だいたい一日に二十枚書き、ひと月かけずに完成させました。推敲には二週間。いっぽうで、本そのものも「商品」としてするりと産み落とされます。入稿からひと月半と少しです。装幀は凝っていますが、軽やかでした。その時代の空気が意図的に前面に押し出されていました。これまでの、玄人向けの作家、との**昇る太陽**のイメージにはそぐいません。あえて造りを変えたのです。

編集者が、そうした事柄をコントロールし、**昇る太陽**本人は、関知していません。

初の長編を書き了《お》えると、ふたたびあの、横罫のノートの、すなわち四〇〇字詰め原稿用紙ではない単なるノートの『ロックンロール七部作』に舞い戻っていました。中断をさし挟んでも書き継いでいます。本人の実感としては、ひたすらに書き付けています。湧出するビジョンの、誠実な記録です。その合間合間に、かっちりした短編の仕事を入れ、また中編のプラン作りもこなします。

　しかし状況は動いています。

　刊行される長編小説は、その帯（帯紙。「腰巻き」とも呼ばれる。本のカバーに巻いて宣伝コピーなどを配した紙）の推薦文で目を惹きます。著名人がコメントを寄せているのです。ほとんど彼のコメントだけで、コピーが組まれているのです。ちょうどブレイクしたての著名人でした。いわゆる新宗教の教祖にもかかわらず、人気のバラエティ番組に立て続けにゲスト出演して、その話術と賢者的な風貌とパーソナリティでブラウン管越しの視聴者を魅了しました。どちらも全国放送のテレビ番組です。ホストの一人は放送中、数秒ほどですが明らかに演技ではない畏敬の表情を彼に向けて、この事実に目をつけた流行先端的なカルチャー雑誌がこの両者の誌面対談を企画、実現させました。全二十ページ、カラーでした。売れました。ひき続き、エッジのきいた映画監督や思想家との対談《それ》も予定されていました。

　知的な煽り、としか言いようのない色調がその男のまわりに濃厚に漂い、そうした雰囲気、カラーは**昇る太陽**の初の長編にもまとわれていました。しかしそれだけではありません。**昇る太陽**のその長編小説が発売一週間を待たずにベストセラー・リストに顔を出したのは、一、そうした売れ行きのリストには当然ながら元データを集計する書店群というのが背景にあり、二、この書店群の数が限定されていて全国で一〇〇軒ほどで、三、そこに集中的な配本がなされたうえに信者が動員されたのです。その教祖が主宰する宗教集団の、すでに六〇〇〇人余いる信者が。一部の信者は二冊、三冊と買います。たちまち捌《は》けます。各店、完売です。

選ばれた書店に本の入荷数を強引に増やす、また、増やしてもらうためには交渉《ネゴ》が要ります。この部分を編集者がコントロールしました。編集者は仕掛けたのです。推薦文をお願いした「推薦人」たる教祖と密談を交わし、出版社の営業部をまるまる引き込み、教祖の署名する「覚え書き」を準備して、書店にはリスク回避を保証する。公にはできないし、されない取り決めです。編集者は、「商業上の企みだからね」と囁いていています。しかし密《ひそ》やかな二つの細部は、たとえば**昇る太陽**に乞われても答えません。帯の推薦文そのものが原稿料ではなしに印税扱いという特異な契約になっていて、その率はわずかですが、捌ければ捌けるぶん教祖側が取る仕組みが用意されていること。それから説得の殺し文句として、「とあるそのへんの小説を、帯に寄せた推薦文のひと言で、ポン、とベストセラーにのしあげたら、こりゃあ凄いですよ。どのマスコミも大認証ですよ。この人はやっぱり本物なんだ、何かを決定できるパワーのある人なんだ、一九八〇年代の真打ちだってね」と言ったこと。ただ、編集者自身もわかっていないことがあります。その「商業上の企み」に教祖側はもしかしたら前もって積極的だったのかもしれない、説得前から、とは。

状況は動いています。

ここまでの仕掛けがあるのですから増刷はかけられることが事前に決まっていたのですが、かけられたことがニュースになります。発売二週めと三週め、本はベストセラー・リストで上位を維持し、その翌《あく》る週にナンバーワンの座を射止めます。ほぼ順当に。そして、そこから、世間的な人気の火がつきます。

［29］

世間がこぞって**昇る太陽**を読みます。

話題の本を読みたい人間たちは、みな。

［30］

ところで日本はいかなる様相だったでしょうか。世界一の債権国となるのは少々さきでしたが（一九九〇年にそうなる）、国際金融における支配力は桁外れでした。その圧倒ぶりの証しとして、アメリカの市場は日本の企業群にイニシアティブを握られ、それこそ「ロサンゼルスのダウンタウンの不動産の三分の一が、早《はや》、日本人の所有となった」と語られました。それどころか、東京を売ればアメリカ全土が買えるようになるだろうとも真《まこと》しやかに語られたのです。しかしそうした事態を誰が望んだのかといえば、主体的にはとりたてて誰も望んでいません。すなわち、目的を持たない力を、日本は手に入れていました。日本は、煩悩的でした。それで、日本は、どうしたらいいのでしょう。

「そのために宗教が必要なのだ」と回答したのが、**昇る太陽**の帯を書いた教祖です。

煩悩的なのだ、現代のニッポンが、と喝破しつづけるのもこの男か、この男の発言のアンプとなる媒体《メディア》です。

煩悩とは仏教用語です。解脱《げだつ》を妨げるあらゆる精神作用を指します。世界を席捲しているジャパン・マネーとは、造語、すなわち和製英語です。英語としての正しさを追求するならばJapanese moneyとなります。

昇る太陽が自らを定義したブックマンとは、造語でしたが、その bookman との単語は綴りも含めて英語圏に存在しないわけではありません。和製英語であるはずなのに、あるもの。ないのに、あるもの。

状況は動いていますが、著者である**昇る太陽**はいっさいコントロールしていません。編集者がプロデューサー、アドバイザー、マネージャーなのです。しかしマネージャーとしての側面がいちばん薄れました。基本的に「あまりインタビュー取材は受けないし、テレビ出演はもとよりNG、雑文の類いも拒否」のスタンスを通し、それでじゅうぶん人気のカリスマ性に寄与するのですから、変えないでよかったのです。断わるだけの仕事ならば、担当編集者が前に立たないでも当然可能です。ベストセラー作家という時の人でありながら**昇る太陽**は神秘性を醸します。そして、編集者には「いままで通りに書けばいいさ」と言われ、「そこんとこだけに集中してればいいさ。ま、日々の暮らしってやつにかな」と言われた**昇る太陽**は、道場にいます。そのことを、編集者はコントロールしていません。

［31］

道場とは、修行をするところです。

もっぱらヨガです。ヨガの範疇に入ります。これを教祖その人が**昇る太陽**に手ほどきしました。**昇る太陽**は入信したわけではありません。しかし男の話はあまりにも面白いのです。話は、それが道場で行なわれる場合には「説法」と呼ばれました。ここは仏教の大学なのだと**昇る太陽**は思いました。現実社会のその在籍する私立大学、バブル経済下のマテリアリズムには当然染まっている奇妙奇怪なキャンパスよりも、職業を持つという奇妙奇態さのほうをいわばより際立たせた**昇る太陽**には合っていました。ここは、一般の目には見えない大学だ、不可視の大学、だから安心する、と**昇る太陽**は思いました。

その安心も、阿弥陀如来の救済を説いている宗派ではアンジンと読ませる、この安心《あんじん》には三種類ある、と習いました。それらは順に至誠心《しじょうしん》、深心《じんしん》、回向発願心《えこうほつがんしん》だ、と習いました。

そうした知識にはアカデミズムが反響し、やはり安心感があります。アンジンではない安心《あんしん》が。

しかし道場とは、もっぱら肉体の修行をするところです。ヨガです。教祖である男は、意外なほど筋肉質でした。そして、手本を示します。呼吸法を指導します。そして、解説も入れます。「霊性の向上は、メソッドとしては簡単だ」と指導者の口調で言います。**昇る太陽**は、教える祖《ソ》、と思います。「肉体には、人間だったら何人《なんびと》の肉体にもね、霊的なセンサーがあるんだよ。それも複数。そういうのが内蔵されているんだよ。ほら、吸った息をここに落とせ」と言います。丹田《たんでん》と呼ばれる部位、臍《へそ》の少し下を示します。「こうですね?」と**昇る太陽**は訊きます。

「繰り返せ。それから立ち、動き、礼拝し、跳べ。それから伸ばし、屈伸させ、跳び、見つめて、戻れ」

「見つめる?」

「眺めろ」

［32］

集中修行、と内部でいわれているもののわずか三度めで、それは起きます。教え込まれた何種類かのヨガの動作をえんえん単調に繰り返して、呼吸を深めて、経過時間を認識する感覚が薄れはじめて、体内の熱がいっそう昂まり、視野が霞んでいるような様態《さま》がむしろ常態になった頃に、指導する男が、予告せずに**昇る太陽**に触れます。その頭部を、ポン、と叩きます。それは一瞬のことであるはずなのに、一瞬ではない。丹田から力が上がるように、頭頂から力が下ります。注ぎ込まれた、と感じます。しかも頸筋《くびすじ》に螺旋を感じます。その力のうねりを、螺旋なるものとして。頸椎《けいつい》から胸椎《きょうつい》の周囲を、回る、回る——。回るね、と**昇る太陽**は思います。

レコードの針だ。

すると見えます。視認されたのは展《ひろ》がる空間です。それであると同時に時間です、流れを前後させている時間です、しばしば時が前後している、と**昇る太陽**は感じます。これもまた風景だ、と**昇る太陽**は感じます。あわいだ、と認めます。

そこにはあわいがありました。びゅうびゅうと愛の風が吹きます。

［33］

その宗教体験あるいは神秘体験で、**昇る太陽**の、最下層の記憶が起動します。そこには、何がいたのだろう？　僕は、何を求めていたのだろう？

お父さん、と**昇る太陽**は思います。前のお父さん……。

遠い口癖が甦ります。それから誤解が起きます。**昇る太陽**はその教える祖《ソ》を、因縁のある祖《おや》なのだと、はっきりと父親視します。前世の父親に頼る心理が、働きます。

［34］

いっぽうでそれは続いています。根源的に駆動される執筆《もの》が。

横野のノートは書き継がれています。断章から成ります。たぶん、断章で構成されているのは題名が『ロックンロール七部作』であるからです。しかしところどころ冒頭《オープニング》に描出された人物のビジョンが、断片性を補い、その情景世界を拡張する形で挿《はさ》まれます。これまた断章で切れぎれに構成されている証しでしょうか。たとえば「正体のわからない人物は、その正体が明かされなければならない。あるいは謎として探求されなければならない。／一つめの物語は終わり、二つめの物語は終わった。第三の物語は。／途上だ。しかし、転調しよう。その、右腕にELVIS LIVESと入れ墨を彫って左の前腕にはMADE IN USAと彫った、かつ全身にそれ以外の読める文字と読めない文字と読めない文様とが稠密に配されてもいる、その、人物は、しかしどこにいるのか。どこに蔵《おさ》められているのか。／地下室だ。／冷蔵室だ。／この人物は、冷蔵庫のいわば蔵書だ。が、その冷蔵庫はどこにある？　あるいは冷凍貯蔵室は？」と挿入されます。それから、つぎの断章に飛びます。これらの断章と断章、言い換えるならば挿話と挿話を区切っているのは、数字です。数です。ふられる数です。すなわちナンバリングなのですが、その『ロックンロール七部作』のノートにおいて、連続性は時に裏切られます。1に続いているのは2、とはかぎりません。34のあとには61がくるかもしれないのです。区切りごとのそれ、それらのアラビア数字を書き付けるたびに**昇る太陽**は思います。これは回転数じゃないよ。

一つめの物語が何かを、**昇る太陽**は把握しています。南極大陸の物語です。

二つめの物語も。ロシアというか、ユーラシア大陸が語られます。

これらは、それぞれの内側では連続しています。完結しています。たぶん題名にある『七部作』、すなわち七書のそれぞれの書《ふみ》に相当するはずです。しかし、だとしたらELVIS LIVESの人物がいる物語はいかなる位置に収められるのでしょうか。すでに文章内で「一つめの物語」に言及しているのだから、もちろん第一部ではありません。それは確実です。また第二部でも、第三部でも。ELVIS LIVESの右腕を持った人物のいる物語、あるいはその情景は、どうやら七書を俯瞰するポジションにあります。そして断章のはじまりに付せられる数は、つねに連続性を断ちます。これは全体で七つあるであろう物語に、さらに強者として君臨する物語なのです。あるいは物語的な情景世界なのです。

きっとそうだ、と著者は直観します。

昇る太陽は直観します。

ではエルビスは生きているとの訴えに、著者はどう答えるか。この人物こそ、七つの物語をもたらしているのかもしれない、と当然のように考えます。物語の父です。そして、父、と考えたときにまたもや何かが動きます。だから書きます。

「冷凍貯蔵室は最下層にある。その船の最下層にある。作業用の通路はまるっきり隧道《すいどう》だ。全乗組員のための食糧が、そこに貯められている。複数のスペースに冷凍貯蔵されている。が、この人物も冷凍されているのだ。これは密航者だ。／この密航者は凍った。摂氏〇《ゼロ》度をはるかに下回る冷気にやられて。しかし、ほんとうか？／それは船上の噂にほかならないのではないか？／そして船上ではないところ、つまり甲板から離れたところ、船の下層、つまり船の地底では、こうも噂されている。こうも囁かれている。／『この男は、もともと氷塊の内側《なか》から発見されたんだよ』／『この男は、氷山とこの船が衝突しかけた時に、その氷山の内側《なか》に封じ込められているのが見られたんだよ』『見られて、救助されたんだよ。でも、冷凍庫に抛《ほう》り込む以外、手はなかった』『この男を閉じ込めている氷塊は、その証拠に、舐めるとしょっぱい』／そして肝心なことなのだが。／この、船は。／二十一世紀の洋上を航海している。／これは近未来の物語なのだ。だとすると、密航者は。／もう何年も何年も前に乗り込んで——いかなる説を信奉しようとも——冷凍貯蔵されているのだから、二十世紀からの密航者だ。さあ、その二十世紀は何を生んだ？　どんな最大の発明品を？」

ロックンロール、と**昇る太陽**は答えます。この作者は。

［35］

いろいろと書いてしまうべきでしょう。**昇る太陽**はすっかり編集者からのコントロールを離れて、教祖のその団体に入信してしまったこと。けれども、その事実をしばらくは編集者にあかさなかったこと。その間《かん》に新しい作品集が発表されて、これもベストセラーになったこと。編集者にはなんら文句がなかったこと。その宗教団体には在家の修行のほかに出家制度があり、教祖から**昇る太陽**が、「そうしたほうが修行の階梯がいっきに上がるぞ。上昇する」と言われたこと。**昇る太陽**が、そうしたこと。**昇る太陽**の、本来的な家族との絆の薄さというか弱さが、この出家をあらゆる意味合いで容易にしたこと。出家に際しては、さまざまな主旨の誓約書と、遺言書を提出したこと。親族とは絶縁し、あらゆる遺産、財産を教団に寄贈する、これを本心から誓えるだけの帰依心が**昇る太陽**にはあったこと。それゆえにただちに、教祖から高弟として扱われたこと。

「しかし広告塔なぞにはなるな」と言われたこと。

「はい」と答えたこと。

「ただ、書け。そして、いずれ、お前が教化《きょうけ》しろ」と言われたこと。

「そうします」と答えたこと。

その教祖に率いられる集団が、宗教法人として認証されたこと。この認証に至るまでは、なぜか茨《いばら》の道だったこと。じつは**昇る太陽**同様に陸続と出家する若者たちの家族が、多数の苦情を東京都、その他に寄せていたこと。弁護士団体も動きはじめていたこと。しかし教祖の下《もと》にも信者の弁護士が複数いて、彼らの敏腕で、結局は法人登記はぶじ叶ったこと。これで宗教法人であるその集団が、当局に対して「聖域」化したこと。信教の自由は憲法（日本国憲法。一九四六年十一月三日に公布、翌四七年五月三日に施行。そこにはGHQの強い意向が反映している。このGHQとはアメリカ政府と等号で結ばれうる）に照らしても、守られるというか、保護される形になったこと。

週刊誌が、出家した信者の親たちに取材してその教団にネガティブ・キャンペーンを張りますが、当局は動きません。これが一九八九年の年末です。信者数は一万二〇〇〇人を超え、出家者だけで四〇〇〇人、その磁場としての様態《ありよう》は集団の内側ではむしろ強まります。外側すなわち社会が、一部にせよオカルト教団と批判するので。**昇る太陽**は、機関誌を出す作業にも加わります。しかし修行のかたわら執筆するのは九割がた小説です。編集者は**昇る太陽**から離れてはいきません。二本めの長編小説を待ち、**昇る太陽**がそこに属していることを、しかも出家信者としていることを、世間に知られないようにむしろガードしています。ただし、もはや会食をすることもなければ、例の「する取材」をアレンジすることもありません。第三のインプットは消えて、電話連絡が中心、原稿はファックスで受け取ることが中心です。

「僕が口を出すことじゃないしな。口を挟むようなさ」と編集者は言います。

「はい、信教の自由ですから」と**昇る太陽**は返します。

［36］

オーディオ機器類も俗世に置いてきました。

渋猟した多数のレコードも。ＬＰとＥＰ、ジャンル分けを重要視しないポップ・ミュージック、その内奥に賤しさを孕んだ、すなわちレッテルに囚われないロックンロールの数々も。

それは心残りです。第二のインプットも、絶たれたのです。

しかし音は頭に鳴ります。脳内に。それは、聞いてもかまわない。あわいが見えるように、幻の音色や音楽でも聴《き》いてしまってかまわない。修行のシステムからも許されています。だから**昇る太陽**は、耳をすまして書きます。心眼ならぬ心耳《しんじ》を開いて。**昇る太陽**には小説のロックンロールがあるのです。

［37］

第二の長編作品として発表した本は、まるで売れません。これもまた『ロックンロール七部作』ではありません。

編集者は、「まあ、つまり、君は一九八〇年代のいちばん最後《おしまい》の大物として登場したんだし」と言います。そして、「それは成功したんだし、で、いまは一九九〇年代だし」と言います。

一九九〇年の一月から三月にかけて、債券価格が落ち、株価が急落し、円安が進行するというトリプル安が発生します。バブル経済は、その時点ではいまだ当事者たちには気づかれていませんが、もう弾《はじ》けていました。弾ける、とはすなわち崩壊であり、当事者たち、とは日本列島のその住人たちです。

売れなかったところで、編集者が離れます。

一九九〇年代に、**昇る太陽**と編集者が食事や打ち合わせをする機会はありません。

［38］

『ロックンロール七部作』。

その四つめの物語は書かれ、第五の物語も書かれました。

それから、連続する数、断章の区切りのアラビア数字をランダムにする俯瞰の物語《それ》も、書かれました。

船が航行している二十一世紀が、描写されました。まるで幻視です。

Wの幻視です。ウォー War すなわち戦争の――「戦争状態に陥《お》ちた大陸は、どこも軍用犬に荒らされている。二十一世紀は、その直前の世紀、すなわち二つの大戦と核に象徴されるところのいいい戦争の世紀である二十世紀に宣戦されていた。宣戦布告されていた。この二十世紀は、究極の生物《いきもの》の兵器としての軍用犬を生んだのだ。戦争の落とし子の、犬たち。それが二十一世紀に復讐している。／軍用の犬《ドッグズ》たちは吠える」

うぉん！

［39］

転換点。

教祖は帰依の度合いを試します。
苛酷な修行中に、事故死者が出たのです。いえ、出ていたのです。そうした死は隠蔽されていて、宗教法人として抱える敷地内で遺体は処理されていました。**昇る太陽**がこの事態を知らされたのは、すでに三人、というか三人分の遺体が始末されて、その最後のケースからも一年と二カ月余が経過してからです。そして、ここでも、起きたことを順次いろいろと書いてしまうべきでしょう。**昇る太陽**は「事故死は警察に届け出たほうがいいと思うか、出ないほうがいいと思うか」と教祖に問われて、「すでに内部で処理した案件があるのですから、公表はマイナスです」と答えます。「では、お前が、お前もまた、遺体を焼却する修行に立ち会えるか」と問われて、「はい」と答えます。七人の高弟が、ドラム缶を用いて遺体を焼きます。教祖のマスメディア出演が激減します。同じ出家者の輪のなかにいる誰かが「教団はちょっと、ここでは言えない違法行為に手を染めている」と**昇る太陽**に囁き、それを**昇る太陽**は信じません。脱走しようとする人間が出ます。真相というのを捏造して、それを週刊誌に売ろうとしているのだと説明されます。そんなことは、されてはたまりません。

だとしたら、口を封じなければなりません。

それは、**昇る太陽**にもできるでしょう。それに、そもそも、そうした連中こそが警察のスパイなのです。宗教弾圧をなすために、一九八八年、八九年にはもう潜入していたのです。これは透視された事実だ、と教祖は語ります。ですから真実です。それに、悪業《あくごう》を犯そうとしている者を慈悲をもって今生《こんじょう》から取り除いてやれば、来世はまともになるでしょう。来世は——。

慈悲の殺人は、あるのです。

［40］

何かの愛が歪みます。

誤解があります。しかし誤解の愛すら、びゅうびゅうと吹きます。

そこは、すでに社会から孤絶の様相を呈しだした閉鎖集団で、しかも、世界観は仏教の輪廻転生を基盤としています。生まれ変わりはあたりまえの生《せい》の前提なのです、そこでは。それを信じられないで、そもそも信仰ができるでしょうか。

昇る太陽の小説は、ここ、この宗教法人が立ちあげた独立系の出版社から刊行されます。機関誌の発行元と同じです。教祖は華やかさを手放そうとはしていません。かつて一世を風靡した文化人、いまだ若き小説家を利用しないでいられましょうか。教祖は、このベストセラー作家もまた信者である、ゆえに教えの正しさというのは裏付けられる、と表明します。**昇る太陽**は広告塔になります。

教祖は言います。「教化しろ。しろ」

昇る太陽は答えます。「します。そうします」

［41］

あからさまな宗教性は秘めたほうがいいのです。せいぜい暗号にとどめるべきなのです。聖なる暗号に抑えるべきなのです。そして、それでヒット小説と化したら展開《なりゆき》としては最高なのです。かつ、たとえ一般読者を相手には「売れない」でも五桁の数に届いた信者たちは買うのです。

しかし作品のその体裁がとりもなおさずエンターテインメントであって、これゆえに通常の文芸書マーケットにも滲透して、信者の予備軍を増やせたら尚《なお》……いい。

『ロックンロール七部作』は、まだ出ません。

七つの書はほとんど完成しました。その七番めの物語は、エルビスの物語でした。それもインド亜大陸のエルビスの物語でした。それも父としてのエルビスの物語でした。

エンターテインメントでした。これが第七部であるはずでした。

しかし数冊に及んだ横罫のノートじたいは、混乱していて、教祖には見せられません。整理が要ります。そのためにはナンバリングを、まともな七部作の構造に仕立て直さなければならない。数を。ですが、そうすると余る物語があります。俯瞰のあれが。この現実を直視して、これは第○部なのか、第八部なのか、と**昇る太陽**は熟思します。

いずれにしても、これは一つめの物語からさらに七番めの物語までの発生源だろう。序章《はじまり》？

［42］

一九九一年、湾岸戦争（アメリカとイギリスなどの多国籍軍が、前年クウェートを侵攻したイラクと対決した戦争）が勃発します。

「世紀末が来る」と教祖は言います。

一九九一年、教祖が高弟たちを集めて、私も前世では殺人を犯していたよ、その過去世《かこぜ》で慈悲の殺人に手を染めたが、そのことで魂のランクは上げた、と告白します。みな、安心します。いえ、安心《あんじん》の度を高めます。

一九九一年、ソ連が崩壊します。十二月に存在をやめます。「世界秩序の崩壊の前兆だよ、破滅が来る」と教祖は言います。

一九九二年、教祖にじかに組織された研究会が、いわゆるノストラダムスの予言の研究をはじめます。日本国内で知られるオカルト本の『ノストラダムスの大予言』からは離れて、フランスの、医師であり占星術師のノストラダムス（この名前はラテン語の発音によるもので、本来のフランス語の読み方ならば本名はミシェル・ド・ノートルダム）の長編詩を解読します。もちろん学究的に解読はしきれませんが、します。部分的には「完璧に読み解けた」と報告します。「やはり、そうか。二十一世紀は来ません」と教祖は言います。

［43］

——二〇〇一年は到来せず、その世紀末までに、最終戦争が勃発する。一九九一年の湾岸戦争はその予告である。ソ連の崩壊はその予告である。日本経済の低迷は、その予告である。経済は、より低迷する、景気は後退する。はっきり言う、最終戦争を生き残れるのは、正しき信仰者だけである。はっきり言う。正しき信仰者をなじり、疑い、攻撃する人間はみな、悪しき勢力である。これは予言である。ただしノストラダムスよりも、ノストラダムスその人すらも保証する私の予言である。いまさら説明するには及ばないが、しかしながら教えを聞かない者たちには説こう。地獄は存在している。たとえば人が地獄に転生すれば、動物になる。幾度も幾度も、その生まれ変わりを繰り返す。では、ならないためには。ならせないためには。救済が要る。それをなすのは、私たちだ。君たちだ。この予言は、はっきりと成就させなければならない。かりに世紀末であることが遅れるのならば、こちらが準備しなければ――。

そのように教祖は言います。

最終戦争を擬装しても――、と言います。――最終戦争を――。

［44］

一九九三年。

一九九四年。

一九九五年はありません。

一九九六年。

一九九七年。さらに。

［45］

『ロックンロール七部作』は刊行されましたが、「二十一世紀が書かれている」との理由で、第

○部になったかもしれないし第八部として配されたかもしれない序章《はじまり》は、省かれます。本当は、作者の**昇る太陽**はそれを付して出したかった。けれども、それでは宗教文学として不適切なのです。ここの、この集団の宗教文学としては無益でむしろ害悪なのです。ですから**昇る太陽**は、あきらめて、しかし夢想はしました。夢想されたその本は、外典でした。夢想の次元ではもちろん刊行された小説です。

　これが一九九六年のことです。

　この間にも最終戦争を擬装する準備は進み、一九九三年、旧ソ連に上陸して支部を複数設立し、そのチャンネルで銃火器類を日本国内に流入させました。旧ソ連軍の武器を、密輸入しました。たとえば自動小銃です。製造技術はもっと大胆に導入しました。毒ガス類の開発にも入りました。一九九四年には、省庁制、というのを敷いて、高弟たちは法務省やら防衛庁やらを管轄することになりました。**昇る太陽**は、書物省に。その機関の長《ヘッド》に、すなわち大臣に。そして国家と対立するのです。そんなもので、日本という「国家」そのものと本当に対決してしまうのです。

　それは一九　九　X……

［*xx*］

お前は死ぬし、

あるいは

お前は生きるし、

それから
お前といっしょに修行した
何人もが、
死ぬし、殺すし、殺されるし、
そこには
彼女がいたし、
そのため
彼女は死ぬし、
お、　お……、　お前、
お前は生きるし、
あるいは
昏睡が彼女を襲い、
白い、
白い、白い、ホワイトWhiteの昏睡、
それでも
お前は死ねない、
歌え。

［45］

「加害者は被害者となり、結末は二つ生まれる。その出来事の結末は」

そう語る声がします。

彼がいたのです。

そこにいたのです。

ずっとそこにいたのです、ブックマンが。

ロックンロールの物語をするブックマンはそうして語りきって、樹下を去ります。

エピローグ

地下鉄の車輌にいる。男はことをなす前に、乗客たちの顔を見たのだった。ぼんやりとした顔が幾つかあり、その反対に網膜に焼きつけられて離れない容貌もある。そうした取捨を意識的にしているのではなかったが、男の無意識はそうしていた。たとえば向かい側の座席、そこには日灼けした少女がいる。お下げ髪にしていて、年齢は十歳にも満たないだろう。いまにも楽しげに歌いそうだ。そこから右方向に二人のぼんやりした顔を挟んで、白髪の老人がいる。ずいぶん高齢だろうに、どこか発散される精力を感じる。肥え方のためだった。でっぷり肉《しし》が付いているからだった。この老人には、と男は思っている、正体不明の飢餓感というのが付きまとっているのかもしれない、それゆえに牛飲馬食をしてきた。その四字熟語が脳裡に浮かぶと、たちまち男は牛のイメージと馬のイメージに囚われた。それら二種類の動物の形象《すがたかたち》から思考を切り離すことができなかった。駅が過ぎる。予定していた一つめの駅が過ぎる。また駅が過ぎる。計画にあった虎ノ門の駅が過ぎる。男の電車は、日本国の行政の中枢をゆき過ぎようとしている。男の持たされた電子機器が、無音の合図を送っている。信号を何度か送り届けてきている、が、男は応答できない。そして、つぎの駅で、地下鉄車輌のその扉がスーッと開くと見知っている顔が乗り込んでくる。同じ教団に属している人間だ、出家者の一人だ。男とほぼ同ランクの高弟で、それは女性だ。彼女だ。男の携わる作戦の、その補助の役割を務めていた。路線別に符牒《ふちょう》で呼ばれている実行班のうち「母上《ははうえ》」の、姉との暗号名を付されていた。

彼女は、姉は、男に合図する。目で合図する――無音で。それから躊躇《ためら》わずに、電車の床にポリ袋を抛《ほう》る。すとんと、無造作に。そのポリ袋の内容物は、液状のガスだ。たとえば尖らせた傘の先端で突けば、それで撒布が完了する。姉の背後でふたたびス―ッと扉が閉まる。電車は滑り出す。

一九九八年か九九年の、その朝。

この『南無ロックンロール二十一部経』は、以下に挙げる媒体に載せられた原稿――挿話群――に基づいている。「モンキービジネス」vol.11（二〇一〇年十月二十日発売）から vol.15（二〇一一年十月二十日発売）、「文藝」2012夏号（二〇一二年四月七日発売）から2013春号（二〇一三年一月七日発売）、河出書房新社ウェブマガジン（二〇一二年七月二日更新、二〇一二年十月五日更新、二〇一三年一月八日更新）。ただし、本書と同じタイトルを冠《かぶ》せて発表された挿話はない。「文藝」と河出書房新社ウェブマガジンに掲載されていた当時――二〇一二年四月から二〇一三年一月――は、それらは『ロックンロール二十一部作』だった。さらに遡り、「モンキービジネス」で連載が開始された当時――二〇一〇年十月から二〇一一年十月――は、それらは『ロックンロール十四部作』だった。もちろん、これらに先立つ『ロックンロール七部作』も存在した。が、その七部作は明らかに本書『南無ロックンロール二十一部経』の過去世《かこぜ》である。とはいえ輪廻こそはこの〝ロックンロール黙示録〟の主題だ。だとしたら過去世をも探ろう。書き出したのは二〇〇三年十一月、そこで産み出された挿話は「第六の書」所収の「アフリカ大陸の『鬼面のテープ』」に相当する。しかし一切は書き改められて、一文字たりとも痕跡を残していないが。これを前世面《づら》していないと形容すればいいのか？　ちなみに『十四部作』の原稿も『二十一部作』のそれも、経典化するためにミックスされ、編集、再《リ》プロダクションを施された。鳴らすために、この小説を鳴らすために。そしてひとつだけ、最後のクレジット credit として情報を補足しておきたい。「東京タワーのおよそ三分の一に、アメリカ軍の戦車を潰した鉄骨が使われている」。史実である。

南《な》無《む》ロックンロール二《に》十《じゅう》一《いち》部《ぶ》経《きょう》

古川日出男（ふるかわ ひでお）

一九六六年七月、福島県郡山市生まれ。九八年、日本人少年のアフリカ大陸での色彩探求譚『13』で作家デビューし、二〇〇一年発表の『アラビアの夜の種族』がジャンル越境型の奇書として読書界の話題を集める。〇六年、『LOVE』で三島由紀夫賞を受賞。その他の著書に軍用犬の視点から二十世紀の戦争史を描いた『ベルカ、吠えないのか?』、東北六県の七〇〇年間の歴史を徹底した文学的ハイブリディティで浮き彫りにする大著『聖家族』、東日本大震災直後の福島での旅が綴られる『馬たちよ、それでも光は無垢で』等がある。朗読活動も積極的に行ない、CDブック『春の先の春へ』を始めとするCD、DVDも発表。また管啓次郎、小島ケイタニーラブ、柴田元幸との共同プロジェクトとして朗読劇『銀河鉄道の夜』を制作し、二〇一一年末より国内各地で上演する。イラストレーター／アート・ディレクターの黒田潔との共著『舗装道路の消えた世界』等も刊行している。

二〇一三年五月二〇日　初版印刷
二〇一三年五月三〇日　初版発行

著者　古川日出男
発行者　小野寺優
発行所　株式会社河出書房新社
東京都渋谷区千駄ヶ谷二-三二-二
電話　〇三-三四〇四-一二〇一（営業）
〇三-三四〇四-八六一一（編集）
http://www.kawade.co.jp/
組版　KAWADE DTP WORKS
印刷　株式会社暁印刷
製本　小高製本工業株式会社

Printed in Japan
ISBN978-4-309-02187-4